KB126851

보쿠라노하타

우리들의 깃발 ①

보쿠라노 하타 1
'우리들의 깃발'

1판 1쇄 발행 2018년 1월 27일

지은이   박기석
옮긴이   정미영
펴낸곳   도서출판 품
디자인   콩보리, 북스피리언스
인쇄   미래상상

제406-2017-000130호 (2017. 9. 19)
10884 경기도 파주시 안개초길 12-1 302호
031-946-4841 poombooks2017@gmail.com

책값은 뒤표지에 있습니다.
잘못 만들어진 책은 구입하신 서점에서 바꿔 드립니다.

일러두기 보쿠라노 하타僕らの旗는 저자가 1998년 탈고해 2008년 綜合企画舍 ウイル에서
전3권(上중학시대, 中고교시대1, 下고교시대2) 일본어판으로 출간된 것을 저자와의 협의를 거쳐
보급판 2권으로 축약해 한국어판으로 출간되었음을 알려드립니다.

보쿠라노하타

우리들의 깃발 ①

보쿠라노 하타 2 목차

보쿠라노 하타 1

추천의 말

괴이한 존재들이 붙잡은 우리들의 깃발

김명준(영화 우리학교 감독)

단순하게 말하면 이 소설은 1949년에서 1955년까지 6년 동안 일본 도쿄의 '조선학교'에서 중고교 시절을 보냈던 청춘들의 이야기이다. 결코 충격적인 반전을 가진 미스테리 소설도 아니고 오묘한 구조를 가진 천재적 소설도 아니다. 그냥 '청춘 소설'이다. 자신의 10대를 시리게 통과해야 했던 청춘들의 성장에 관한 이야기. 그런데 소설의 마지막 장을 덮는 그 순간까지 독자는 '충격과 공포'에 사로잡혀 읽게 될 것이다.

소위 '글로벌' 시대, 모든 정보가 인터넷에 다 들어 있는 시대에 살면서 우리 중 대부분은 몰랐던 이야기라는 '충격'과 이 이야기를 몰랐다면 그들과 우리 후손에게 또 어떤 잘못을 저지를지 가늠할 수 없었다는 '공포' 때문이다.

솔직히 말하자면 나는 '충격과 공포'보다는 읽는 내내 심한 감정이입, 흥분, 공감을 경험했다. 번역자인 정미영 씨는 이 소설을 처음 읽었을 때 엄청난 '충격과 공포' 속에서 심하게 몸살을 앓았다고 했다. 그러나 적당히 재일동포 사회를 안다고 자부하고 있는, (책을 다 읽고 그 '자부'가 '자만'이었음을 알게 되었으나) 나에게도 이 이야기는 정말 굉장하다. 과문한 나로서는 소설을 읽는 행위가 어떠해야 하는지 모른다. 사전에 어느 정도는 이야기의 배경이 되는 '사실'들을 알고 있는 것이 좋은지, 아니면 전혀 몰라도 상관 없을지. 다만 이 소설이 우리가 말하지 않았거나 까맣게 모르고 있었던 우리들의 '일부'가 겪고 이겨낸 세월이 배경이라는 사실을 알게 되면 등장인물 하나 하나를 대하는 입장이 조금은 달라질 것이다. 그리하여 독자가 '충격과 공포' 대신 적게나마 '공감과 감동'을 얻을 수 있도록 작은 길잡이가 되었으면 하는 바람으로 이야기의 시대적 배경을 조금 서술해야겠다.

이야기의 배경이 되는 1949년 말부터 1955년까지는 재일 민족교육의 역사를 통틀어 이른바 '암흑기' 라고 정의할 수 있다. 이 암흑기는 두 번에 걸친 '학교 폐쇄령' 을 통해서 등장했다. 해방 전 일본에는 약 230여 만 명의 재일조선인이 살았다고 한다. 한 세대를 강점 당했던 조선사람들은 '일본인' 이 되어야 했고 자녀들도 당연히 '일본사람' 으로서 '일본학교' 에 다녀야 했다. 토지와 재산을 수탈 당해 먹고 살 길을 찾아 바다를 건넜던 사람들, 강제 노역에 동원되어 끌려 온 사람들, 공부를 위해 왔다가 눌러 앉은 사람들 등 수많은 사람들이 타국에서 '해방' 을 맞이 했다. 그들의 고향은 거의 경상도, 제주도, 전라도였다. 일본과 지리적으로 가까웠기 때문일 것이다. 문제는 아이들이었다. 일본으로 건너 간 1세대들에게 '말' 은 문제가 안 되었다. 그러나 일본에서 태어나고 일본학교를 다닌 2세대들에게 우리말은 '모국어' 이긴 했으나 '모어' 는 아니었으므로 아이들이 귀국하여 받을 또 다른 차별이 걱정이었다. 동포들은 '돌아올 준비' 로 가장 먼저 '우리말' 을 아이들에게 가르쳤다. 이른바 '국어강습소' 가 시작된 것이다. 해방된 지 몇 달도 되지 않아 전국에 500여 곳의 국어강습소가 생겼다. 패전이 되어 사회체제가 제대로 정비되지 않은 일본 땅에서 낮에는 '일본학교' 를 밤에는 '국어강습소' 를 다니며 귀국 준비를 했다.

해방 당시 1세들의 교육 수준은 매우 낮을 수밖에 없었다. 거의 대부분이 넝마주이, 선술집, 암 거래상, 날품팔이, 고철, 토건업 등이었다. 가난은 고질적이었고 함께 모여 살며 나눌 수밖에 없는 이유였다. 그렇게 '조선인 부락' 이 도시의 후미진 골목이나 공사판 언저리에 자리 잡았다. 당연히 글자 깨나 안다는 지식인은 그들의 지도자 역할을 했다. '사회주의 혁명' 이 시대적 조류로 자리잡고 있었던 때였다. 재일조선인들이 스스로의 생활권을 확보하고 귀국을 조직하기 위해 만들었던 '재일조선인연맹(조련)' 의 지도부

대부분이 사회주의 사상으로 무장했던 것도 당연했다. 이들은 일본공산주의 세력과 연대하면서 '일본의 사회주의 혁명'을 꾀하는 것과 동시에 '귀국사업'과 '민족교육'에 중점을 두었다. 1946년 4월을 기점으로 '국어강습소'를 3년제 초등교육 시설인 '조선초등학원'으로 개편했다. 많은 재일조선인 자녀들이 일본학교가 아닌 '조선학교'에 정식으로 등교하는 시대가 해방 1년 만에 시작된 것이다. 교과서도 책상도 교실도 변변히 없는 학교였지만 학생 4만 3천여 명, 학교 537개 교에 달했다. 해방 후 몇 년에 걸쳐 170만이 귀국하고 60만이 남게 되었다.

조련이 없으면 일본 공산당도 제대로 운영이 힘들 정도로 재일조선인이 만든 조직의 힘은 막강했다. 패전한 일본을 점령하고 있던 연합국총사령부(GHQ, 총사령관 맥아더)에게 38도선 이북의 사회주의 세력과 내부의 일본 공산당은 지극히 위험한 존재였다. GHQ가 일본 지배와 체제 정비에 여념이 없었던 틈을 타 성장한 '조련'과 조련의 영향 하에 정비된 '조선학교'는 철저한 관리와 통제의 대상이 되었다. 한반도의 제주도에서 발생한 4.3 민중항쟁으로 위기의식이 심화된 GHQ와 일본정부는 1948년 1월 24일 '조선인설립 학교의 취급에 대해서'라는 문부성 통달을 내리고 1차 폐쇄 작업에 들어간다. "조선인 아이들은 모두 일본학교에 취학해야 한다."는 취지였다.

동포들은 거세게 저항했다. 야마구치, 오카야마에서 시작된 들불은 효고, 오사카, 도쿄 등으로 거세게 타올랐다. 4월 24일 효고현에서는 만오천 명의 동포들이 현청을 둘러싸고 지사 면담을 요청했다. 대표단이 지사를 만나 항의하고 있을 때 GHQ가 습격하여 총을 겨누고 해산시키려고 했다. 그러나 '다시는 일본학교에 다닐 수 없다. 해방된 조선사람이 조선학교에 다니는 것이 왜 나쁜가'라며 더욱 격렬하게 항의했다. 결국 GHQ는 물러나지만 그날 밤 11시 30분을 기하여 이 일대에 전후 최초의 '비상사태'를 내리고 '조선인 사냥'에 들어갔다. 1,700여 명의 조선인이 검거되고 다수의 부상자가 나왔다. 그러나 '비상사태' 선언에도 재일조선인의 저항은 그칠 줄을 몰랐다. 이틀 뒤인 4월 26일 오사카에서는 4만여 명이 모여 일본 군경의 공권력에 맞섰다. 16세 김태일 소년이 경찰의 총탄에 사망하는 '피의 탄압'이었다. 동포들의 역사책에는 이 저항의 시기를 '4.24 교육투쟁'으로 기념하고 있다. 3,000여 명이 구속되고 213명이 형을 받았으나 일본정부와 '각서'를 교환하여 '독자적 교육은 인정하나 사립학교법에 따를 것'이라는 양보를 얻어낸 승리의 순간이었다.

남쪽의 단독정부가 수립되고 이어 북에서도 정부가 수립되었다. 38도선을 중심으로 충돌이 연이어 일어났다. 냉전의 시작이었다. GHQ와 일본정부에게 '일본공산당'과 '조련'은 눈엣가시였다. 일본 공산당의 핵심 세력인 조련을 무력으로 진압, 해산시켰다. 1949년 9월 '단체 등 규정령'을 통한 해산명령이었다. 동시에 조련의 교육기관인 '조선학교'에 대해서도

> 조련이 설치한 학교를 폐교할 것
> 조선학교에 재학하고 있는 아동, 학생은 공립학교에 수용할 것
> 교과서는 '국정교과서' 또는 '문부성검정교과서'를 사용할 것
> 조련 관계자는 학교로부터 배제할 것
> 교육내용이나 명칭에 조련을 상기시키는 모든 것을 제거할 것
> _문부성관리국장, 법무부특별심사국장 공동통첩, 1949년 10월 13일

등을 명령하였다. 10월 19일에는 92개교에 폐쇄 명령, 245개교에 개조 통지(2주 이내에 사립학교로 신청 수속할 것)을 명했다. 이에 응하지 않았던 약 120개교는 자동 폐쇄, 신청 수속을 진행한 학교에 대해서도 3개교를 제외하고 128개교가 폐쇄 당했다.

2차에 걸친 학교폐쇄령 이후 조선학교의 민족교육은 크게 4가지의 형태로 진행되었다.

첫째, 행정의 인가를 받지 않은 자주학교로서 운영된 경우(효고, 아이치의 일부). 둘째, 일본의 공립학교로서 운영된 경우. 49년 12월부터 초,중,고를 합쳐 15개교가 운영된 도쿄의 도립 조선인학교가 이 경우다. 셋째는 공립학교의 분교로 유지된 경우(가나가와, 아이치, 오사카, 효고의 일부 등). 그리고 넷째는 공립학교 안의 특설학급(민족학급)을 설치하고 조선인교사가 민족과목의 수업을 진행한 경우다. 오사카, 교토를 중심으로 시가, 이바라기 등 18현에서 운영되었다.(**고교무상화재판~249명의 조선고교생 투쟁의 기록** 월간 이어 편집부 2015년)

이상 해방 직후부터 1949년 2차 폐쇄령이 내려 학교가 문을 닫고 '도립조선인학교' 시절로 들어가는 시기까지의 역사적 배경을 간략히 짚어 봤다. 이 자전적 소설 '보쿠라노 하타'의 주인공 석철이가 중학생이 되어 입학한 곳이 바로 1950년의 '도립도쿄 조선인학교'였던 것이다. 재일동포들이 민족교육의 '암흑기'라고 부르는 6년의 출발점에서 이 소설도 출발하고 있다. 말이 소설이지 저자인 박기석의 자전적 기록이라고 해도 무방하며 소설에 등장하는 하나하나의 사건이 모두 사실에 근거한 사건들이다. 해방 후 고향으로 돌아갔으나 가난과 냉전, 분단의 어려움으로 일본으로 재귀국한 사람들, 일본학교에만 다니다가 조선학교에 편입한 시골 학생, 먹고 사느라 배움의 시간을 놓쳐 늦깎이로 입학한 사람들, 일본인이지만 조선학교의 교원이 되어 삶 자체가 변하게 된 일본 선생님들, 가족의 반대에도 불구하고 일본 여성과 결혼한 사람들, 밀입국자임을 들켜 조선으로 강제소환 당한 사람들, 다양한 배경을 가진 등장인물들뿐 아니라 당시 조선인 부락의 세세한 풍경까지. 저자 박기석은 그 시절 소년 소녀들의 꿈과 우정과 사랑을 그려가면서도 당시의 시대상을 손에 잡힐 듯 세세히 묘사하고 있다.

문제는 이 소설에 등장하는 그 어떤 풍경과 인물들도, 그 어떤 사건 사고도 분단된 남쪽의 우리들에게는 생소하다는 것이다. 당연히 '재일동포와 조선학교'에 관심이 적었던 독자에게는 그야말로 '충격과 공포'를 담은 이야기가 될 것이다. 그러나 나처럼 오랜 기간 동안 관심을 기울여 오고 만남이 잦은 사람에게도 이 이야기는 어지간히 놀라움의 연속이었다. 거의 70년이 흐른 지금도 일본정부의 '조선학교와 재일조선인'에 대한 태도는 전혀 바뀌지 않았으며 소설 속 소년 소녀들의 고민과 방황의 내용 또한 정도의 차이는 있으나 본질에서는 한 치의 변화도 없기 때문이다. 이것이 재일조선인의 삶과 역사를 '몰랐던 독자'뿐만 아니라 '아는 독자', 나아가서는 현재를 살아가는 4세, 5세 조선학교 학생, 재일동포 청년들이 이 소설을 반드시 읽어야 하는 이유다. 2018년은 1차 학교 폐쇄령과 4.24 교육투쟁이 70주년을 맞는 해이다. 그리고 어느 때보다도 '재일민족교육'의 위기가 심화되고 어려움에 처해 있는 상황이다. 70년 전의 주인공들이 그 시절을 눈물과 고통만으로 통과하지 않았듯 지금의 조선학교 학생들도 마찬가지일 것이다. 그 시절 주인공들이 감내해야 했던 시대의 아픔이 평범한 소년소녀들의 성장통에서는 발견할 수 없는 진한 흔적을 남겼듯이, 지금의 조선학생들에게 이 시대는 평범은 커녕 '괴이한 존재의 아픔'을 계속 강요하고 있다. 여든이 넘은 작가의 기억 속 풍경에서 삶을 만끽하고 있는 석철이, 태일이, 승옥이, 영순이의 얼굴 위에 현재의 조선학생들의 얼굴을 오버랩 시켜 보자. 그러면 그 꿈틀거리는 생명력이 70년이 지난 지금에도 활활 타오르고 있음을 알게 된다. 그러므로 주인공들이 붙잡고자 했던 '깃발'은 모르고 살아 죄스러운 남녘의 우리들이 붙잡아야 할, 여전히 우리학교를 사랑하는 지금의 아이들이 붙잡아야 할, 시린 세월을 살아 낸 재일동포들이 다시 붙잡아야 할 '우리들의 깃발'이기도 하다.

우리들의 깃발

두 명의 담임 선생님

아카바네선赤羽線 주조+条역 앞 광장은 개찰구에서 쏟아져 나온 교복을 입은 남녀학생들로 북새통이었다. 검은색 교복 행렬이 정하기라도 한 듯 왼쪽 보도를 따라 걷기 시작한다. 마치 큰 구렁이가 땅을 기어가는 것 같은 행렬이다.

무겁고 낮은 구름이 머리 위까지 내려와 있다. 어제까지 포근했던 햇살이 거짓말 같다. 왼쪽 보도 옆으로 때 이른 벚나무 한 그루에 작은 꽃봉오리가 수줍게 맺혀있다. 오늘 아침 라디오에서는 나흘 후 일요일쯤에 벚꽃이 만발해 꽃구경하기 가장 좋은 날이라고 했다. 마음만 먹으면 훌쩍 우에노上野까지 벚꽃을 보러 갔는데, 앞으론 그것도 쉽지 않을 것 같다. 그래서였을까, 작은 가지에 맺힌 아직은 때 이른 봄이라도 봐 두어야겠다 싶어 태일이와 나는 잠시 걸음을 멈췄다.

교복 행렬은 역 앞 상점가를 지나 국도를 오른쪽으로 돌아 백 미터 정도 지난 곳에서 두 갈래로 나뉜다. 곧장 가는 행렬은 테이쿄帝京 고등학교 학생들이고, 왼쪽으로 꺾어지는 행렬은 조선중고등학교 학생들이다. 행렬은 두 갈래로 나뉘었지만, 학교 정문으로 통하는 좁은 길은 여전히 학생들로 넘쳤다.

맞은편에서 달려오던 삼륜 트럭이 학생들의 행렬에 가로막혀 길 한가운데에서 오도 가도 못하고 있었다. 끝없이 이어지는 행렬에 짜증이 난 운전사의 표정이 멀리서도 뚜렷이 보인다.

삼륜 트럭에 가까워졌을 때 갑자기 요란한 경적이 울렸다.

깜짝 놀란 나는 도로 옆 담벼락으로 몸을 피했지만, 태일이는 길 한가운데 선 채로 운전사를 노려보았다. '뭐야, 저 녀석은'이라는 표정의 운전사가 차창 밖으로 고개를 내밀었다.

"야! 지나가게 좀 비켜!"

나는 얼른 태일이의 소매를 잡아당겼다.

툭하면 싸우려드는 태일이가 등교 첫날부터 좋지 않은 일에 휘말리면 안 될 것 같았다. 전차 통학이 매일 소풍이라도 가는 것처럼 설레는 일이지만, 공연히 싸움이라도 나면 곤란해질 게 뻔했다.

"안녕!"

뒤쪽에서 김말순이 우리 쪽으로 뛰어왔다. 말순이와 팔짱을 끼고 있는 권금자도 보인다. 이 둘은 우리가 전차를 타는 바로 다음역인 미카와시마三河島역 부근 조선인 부락에 산다.

"오오!"

"안녕!"

두 사람을 보고 태일이가 씩 웃는다. 나도 반갑게 인사를 건넸다. 전부터 태일이가 김말순을 마음에 두고 있는 걸 눈치채고 있었다. 늘 깔끔한 옷차림도 좋았고, 겁 없는 말투는 영리해 보이기까지 해 호감이 가는 여학생이다. 여자애들이라면 사족을 못 쓰는 나도 솔직히 말순이에게 관심이 있었다. 농담 반 진담 반으로 태일이가 자주 그 애 이야기를 했기에 나는 관심 없는 척했을 뿐이다.

우리는 아라카와荒川 조선소학교 동급생이다.

펜 세 개가 뾰족한 끝을 마주한 모양의 금박 배지가 달린 모자에 금박 단추가 줄맞춰 달려있는 교복을 입은 나와 태일이와는 다르게 말순이와 금자는 세일러 교복을 입었다. 소학교 시절과는 많이 달라진 모습이라 서로 어색해진 우리는 수줍게 웃어댔다. 교문 왼쪽과 오른쪽 기둥에는 두꺼운 나무판자에 각각 한자와 한글로 적힌 **도쿄 도립 조선인 중고등학교** 간판이 붙어있다. 우리는 꽤 우쭐한 기분으로 교문을 통과해 안으로 들어갔다.

교무실로 보이는 단층건물 벽면에 붙은 큰 게시판 앞에 학생들이 구름처럼 몰려있다. 게시판 상단에 별도로 만들어 붙인 나무판에 칼라로 그린 산에는 굵은 글씨의 '백두산' 이라는 제목이 보인다. 조선에서 가장 높은 백두산은 일본의 후지산보다 약간 낮은 높이 2,750m의 영산靈山이다.

게시판에는 중학교 신입생 명단이 반별로 적혀있었다. 1반에서 5반까지 한 반에 오십 명 정도다.

"와! 1학년이 2백5십 명이나 된다."

소학교 전교생 수에 해당하는 학생들이 오늘부터 중학교 동급생이다. 학생들 대부분은 도쿄도 소재의 13개교 조선소학교에서 이곳으로 진학했다. 각자 자기 반에 같은 소학교 졸업생 중 누가 있는지가 학생들의 관심사였다.

"있다 있어!"

자신과 친구의 이름을 손가락으로 가리키며 좋아하는 녀석도 있고, 꺅꺅 소리치고 폴짝 뛰며 기뻐하는 여학생들도 보인다.

"석철아, 우린 같은 반이다."

"응, 잘됐다!"

3반 명단에 태일이와 내 이름이 있었다. 다행이다 싶어 가슴을 쓸어내렸지만, 처음 보는 아이들과 오늘부터 한 교실에서 공부한다 생각하니 조금은 걱정도 앞섰다.

고등학생 혹은 성인이 아닌가 싶을 정도로 억세 보이는 몇 녀석이 게시판을 들여다보고 있다. 서로에 대해 속속들이 잘 아는 태일이가 같은 반에 있는 것과 없는 것은 큰 차이다.

태일이는 일본학교에 다니다 소학교 4학년 때 아라카와에 있는 조선소학교로 전학을 왔는데, 언제 어디서든 누구하고도 허물없이 잘 어울렸다. 탁구를 칠 때는 내 호적수였고, 학교에서는 물론이고 처음 알게 됐을 때부터 같은 미노와쵸三ノ輪町에서 살았기에 일요일이면 동네 탁구장에서 온종일 신나게 놀기도 했다.

공부는 곧잘 했지만 이따금 욱하는 성격이 옥에 티다. 그다지 싸움을 잘하는 것도 아니면서 시비를 걸어온 상대가 누가 됐던 질 것이 뻔한 데도 싸움을 마다하지 않는 탓에 온몸에 늘 상처가 끊이지 않았다. 기가 센 녀석이다. 별것 아닌 일로 나하고도 자주 말다툼을 했지만, 다시 사이가 좋아지기까지 그리 오래 걸리지도 않았다. 둘 사이에 무슨 일이 있었든지 둘 다 가슴에 오래 담아두지 못하는 닮은 구석이 있었다.

3반에는 태일이 말고도 소학교 동급생이 세 명 더 있다. 김말순은 1반이고, 권금자는 5반이다. 소학교 동급생 오십여 명이 다섯 개 반으로 흩어졌다.

"어차피 이렇게 나뉠 거면 우리도 1반이 됐음 좋았을 걸."

김말순과 같은 반이 되지 못해 서운했을 태일의 마음을 눈치 챈 나는 슬쩍 한마디 건넸다.

"뭐, 어쩔 수 없지."

태일이가 쓴웃음을 지었다.

입학식 시작까지 아직 시간이 남아 넷이서 같이 교내를 둘러보기로 했다.

이 학교는 다른 학교 건물과는 달리 좀 특이한 모습이다.

모든 교실이 같은 동에 있지 않고, 교실 3개씩 독립된 목조 단층 건물에 있고, 그마저도 여기저기 흩어져있다. 그중에는 콘크리트로 지은 창고처럼 보이는 교실도 있다.

더욱 이상한 건 어느 교실이든 출입문에서 한 발짝만 내딛으면 바로 건물 밖으로 나오는 구조다. 말하자면 각 교실을 연결하는 복도가 없었다. 교문 옆에 있는 기숙사까지 포함하면 이런 식으로 된 교실이 전부 몇 개의 건물에 나뉘어 있는지 알 수가 없었다. 그뿐만이 아니다. 교정 동쪽 넓은 부지에는 긴 방공호와 미군의 퀀셋 막사까지 있고, 교정 안쪽에서부터 막사까지는 철조망이 설치되어 있었다.

학교를 구 일본군이 무기고로 썼다는 소문이 사실이었음을 한눈에 알 수 있었다. 또 철조망 너머로 보이는 곳은 미군의 사격훈련장 같았다. 때마침 사격 훈련이 시작되었는지 귀청을 찢는 '다다다! 쾅! 쾅!' 하는 총소리가 잠깐씩 사이를 두고 크게 울려왔다. 일본군의 무기고였던 이 학교가 지금은 미군 사격훈련장을 바로 옆에 두고 있었다.

"으아악!"

"이게 무슨 소리야? 고막이 터질 것 같아."

갑작스런 요란한 총소리에 우리 넷은 괴성을 지르며 손바닥으로 귀를 막았다.

2

입학식은 교정에서 거행되었다.

중학교와 고등학교 신입생이 운동장 중앙에 섰고, 좌우로는 선배들이 섰다.

전교생 천오백여 명.

모두 운동장에 집합하자 덜컥 겁이 날 만큼 많은 학생 수에 압도될 정도로 장관이었다. 무엇보다도 큰 키에 다부진 체격의 선배들이 너무 많았다. 교복을 안 입었다면 성인으로 착각할 정도다.

입학식 진행을 맡은 조선인 교사가 앞으로 나왔다.

"안도 다케오 교장선생님의 인사말이 있겠습니다."

우렁찬 조선말로 소개하자 교장이 단상으로 올라왔다.

오십 대 전후쯤 되는 것 같다. 가느다란 목, 두꺼운 호박무늬 안경을 썼고 약간 통통한 체격에 풍채가 좋아 보였다.

"여러분, 입학을 축하합니다. 여러분은 오늘부터 본교의⋯."

그때였다. 선배들이 서 있던 왼쪽 뒤편에서 굵은 목소리로 누군가 소리쳤다.

"우리말로 해 주세요!"

신입생들은 일제히 소리가 난 쪽을 향했다.

안도 교장선생도 소리가 난 쪽을 쳐다보고는 순간 긴장한 표정이었지만, 조선말로 외친 그 말의 의미를 모르는지 무시한 채 인사말을 계속했다.

"교장 선생님, 여기는 조선학교니까 조선말로 말씀해 주십시오!"

이번에는 오른쪽 뒤편에서 누군가가 일본어로 외쳤다. 신입생들의 시선이 다시 그쪽으로 쏠렸다.

그 순간 안도 교장선생의 얼굴이 벌겋게 상기되었다. 뭔가 심상치 않았는지 교장선생은 좌우에서 들려오는 소리에 아랑곳없이 인사말을 이어갔다. 하지만 처음보다 확실히 힘이 빠진 목소리다.

안 좋은 예감이 드는 건 우리도 마찬가지였다. 신입생들은 좌우 뒤편을 몇 번씩 고개를 돌리고 쳐다보느라 정신이 없었다.

'오! 이제부터 볼만하겠는데.'

아라카와 조선소학교도 내가 6학년일 때 도쿄도의 관리감독을 받아야 하는 '도립학교'로 지정되었다. 그러자 느닷없이 일본인교사가 학교로 부임해왔고, 그 바람에 적잖은 충돌이 일어났다. 한때는 학교가 폐교되는 것은 아닌지 불안하기도 했다.

학교를 지키기 위해 교내에 모두 모여 교실 안쪽부터 책상을 높이 쌓아 교실 출입구를 봉쇄한 적도 있다.

어느 날 경찰기동대가 탄 트럭 3대가 폐교 반대를 위해 모인 학부형과 학생들을 학교 밖으로 몰아내기 위해 학교를 '습격'한 것이다. 교문에서 스크럼을 짜고 있던 학부형들의 맹렬한 저항을 이기지 못한 경찰기동대는 결국 철수했지만, 교실 창밖으로 그

상황을 모두 지켜본 우리는 무슨 일이 있어도 학교를 지켜야겠다는 사명감과 경찰기동대와 학부형들 간의 위태로운 일촉즉발에 부들부들 몸을 떨었다.

그때는 문제가 생길 때마다 양측의 교섭을 위해 학부형이나 선생님들이 나섰다. 그런데 또다시 눈앞에 벌어진 이 싸움은 여태까지 보아온 것과는 전혀 다른 것이었다.

조선소학교의 존속 여부는 '도립학교'로 지정되는 것으로 결말이 났고, 그 때문에 더 이상의 과격한 상황은 벌어지지 않았다. 하지만 이제부터는 경찰기동대가 아닌 일본인 교사들과의 '싸움'이 시작되었으니 맞서야 할 상대가 달라진 것이다. 다행이 경찰기동대가 했던 것처럼 '습격'을 당할 일은 없을 것이다.

중학생이 되고나니 매일 전차를 타고 통학하는 설렘도 있고, 소학교 때는 몰랐던 여유로움도 느껴졌다.

앞줄에 서 있던 교사 몇 명이 양팔을 휘저으며 학생들의 소란을 진정시키려 했지만, "우리말로 해 주세요!"라는 외침은 마치 구호처럼 퍼져 좀처럼 잦아들지 않았다.

'そうだ, そうだ! (옳소! 옳소!)'

웅성거림은 아까보다 더 크게 여기저기서 들려왔다.

그때였다. 다다다! 탕탕탕!

갑자기 총소리가 났다. 미군의 사격훈련이 다시 시작된 것이다.

안도 교장선생의 입은 금붕어처럼 뻐끔뻐끔거릴 뿐 목소리가 전혀 들리지 않았다. 앞에 서 있던 조선인 교사 몇 명과 일본인 교사들은 어찌할 바를 모르고 서로의 얼굴만 쳐다볼 뿐이었다. 하지만 조선인 교사들은 이렇다 할 움직임을 시작하지 않았다. 학생들의 주장은 조선인 교사들의 주장이기도 했기 때문이다.

주위를 이리저리 둘러보며 어안이 벙벙해진 사람은 단상에 올라 서 있던 안도 교장선생과 새로 부임해 온 일본인 교사들이었다. 험악해진 분위기와 사격장에서 쏟아지는 총소리에 입학식은 이미 엉망진창이 되어 버렸다.

선배들은 일본인 교사들이 조선말을 못한다는 걸 이미 알았을 터이다. 그걸 알고도 이런 상황을 만든 건 시비를 걸어 본때를 보여주자는 심산이다. 다만 선배들의 의도는 조선인으로서 민족교육을 받을 당연한 권리를 찾고자 하는데 있었다. 일본의 교육

행정이 조선학교의 자주성을 인정하지 않고, 무리하게 '도립학교'로 지정해 첫 단추를 잘못 끼운 결과가 생각지도 못한 곳에서 문제를 일으킨 것이다. 앞으로 선배들이 어떤 수완을 발휘해 나갈지 흥미로웠다. 입학식인 오늘만큼은 '신입생'은 초대받은 손님이기 때문이다.

체념이라도 한 것일까, 안도 교장선생은 학생들이 듣거나 말거나 준비한 인사말을 끝내고 허둥지둥 단상을 내려갔다.

'쳇, 생각보다 야무지지 못 하시군.'

"다음은 우리 임광철 교장선생님의 인사말이 있겠습니다."

진행을 맡은 교사가 가슴을 쓸어내리며 '우리 교장선생님'을 소개했다. 이 학교에도 일본인과 조선인, 두 명의 교장이 있다. 소학교 때도 마찬가지였다.

단상에 올라온 이는 오십 대 전후로 언뜻 보기에도 학자 같은 인상이 물씬 풍겼다. 비쩍 마른 몸에 검은 테 안경을 썼고, 이마로 흘러내리는 푸석푸석한 머리카락을 한 손으로 계속 걷어 올렸다.

학생들의 소란이 잦아들기를 기다린 후 우리 교장선생님은 강렬한 눈빛으로 인사말을 시작했다.

조선은 유구한 역사와 세계에 자랑할 만한 문화를 가진 나라이니 그에 걸맞은 조선인이 되기 위해 학업에 힘써야 한다, 해방된 민족으로서 당당히 살아가야 한다며 미끄러져 내려오는 안경을 손가락으로 연신 밀어 올리며 또박또박 조선말로 얘기했다.

오학근 PTA(학부형, 교사의 모임)회장의 축사가 입학식의 마지막 순서였다.

눈사람같이 둥글고 뚱뚱한데다 두상 가운데 머리칼이 거의 빠져 반질반질한 머릿속이 훤히 보이는 대머리다.

그 순간, 또다시 몸속까지 뒤흔드는 총소리가 났다. 그런데 오학근 회장은 사격소리의 흐름을 몹시도 잘 아는 것 같았다. 사격소리가 나는 30초 정도는 말을 멈추었다가 그다음 사격까지의 간격을 놓치지 않고 맹렬한 기세로 말을 이어갔다.

작년 겨울부터 '도립학교'로 지정된 우리학교의 사정을 설명하고, 앞으로 민족교육을 어떻게 이어갈 것인지에 대해 침까지 튀겨가며 열변을 토했다. 사격소리에 묻혀 잠깐씩 끊어지기도 하고, 엉뚱한 방향으로 얘기가 빗나가기도 했다. 우스갯소리도 곁

들여가며 그런대로 재미있게 말했지만, 한 마디도 머릿속에 남지 않는 산만한 축사였다. 그래도 활기찬 기운만큼은 앞서 있었던 소란을 충분히 환기시켜줘 소박하고 유쾌한 분이라는 인상이 강하게 남았다.

입학식이 끝나고 드디어 담임교사들을 소개할 차례다.

중학교 1학년은 한 반에 두 명씩, 모두 열 명의 일본인과 조선인 교사가 차례로 단상으로 올라왔다. '도립학교'로 지정되는 조건은 교장과 담임이 반드시 일본인이어야 했다.

"1학년 1반 담임 히로타 오사무 선생님, 그리고 우리 김광지 선생님."

담임 선생님의 소개는 이런 식이었다. 조선인 교사에게는 담임이라는 호칭을 붙이지 않는다. 이런 일들이 더 이상 새삼스러울 일도 아니었다. 실질적으로는 '우리 선생님'이 담임인 것을 학교에서 굳이 알려주지 않아도 나 같은 1학년에게조차 이미 상식이었다. 조선인 선생님이 가르쳐야 진짜 조선인학교 아니겠는가.

1반에서 3반까지 콘크리트로 된 교실을 쓰고, 4반과 5반은 그 옆에 있는 목조 단층 건물의 교실이 배정되었다.

어느 틈엔가 햇살이 얼굴을 드러냈다. 봄날의 포근한 기운 때문에 기온도 알맞게 올라 따듯했다. 하지만 배정받은 우리의 교실은 냉동 창고 안에 들어온 듯 쌀쌀한 냉기로 가득했다. 교실로 들어선 모든 학생이 불만 가득한 표정이었고, 그중에는 투덜투덜 볼멘소리를 하는 녀석도 있었다. 게다가 교실 안은 교단 앞에서부터 뒤쪽 벽까지 꽉 들어찬 책상들로 미어터질 지경이었다. 한술 더 떠서 사방이 콘크리트이다 보니 오십 명의 학생들이 작은 소리로 얘기해도 소리가 웅웅 울렸다. 이 교실이 정말 무기고였을지도 모른다는 생각이 들었다.

우리들은 적당한 자리를 골라 앉았고 선생님이 오기를 기다렸다.

소학교 동급생인 우리 다섯은 자연스레 한군데로 뭉쳤다. 여기저기 무리지어 모인 애들은 모두 같은 소학교 출신 같았다. 기숙사생들도 있으니 관동지역은 물론이고 전국에서 모인 신입생이라는 걸 들리는 일본말 사투리로 쉽게 알 수 있었다.

그보다 더 신경이 쓰인 건 우리보다 훨씬 유창한 조선말로 얘기하는 녀석들 네다섯 명이다. 일단 체도도 크거니와 나이도 서너 살 많지 않나 싶었다. 소학교에서는 이런 녀석들을 한 번도 본 적이 없다.

"굉장한 놈이 있어."

태일이가 내 무릎을 쿡 찌르며 다른 애들이 눈치채지 못하게 책상 밑으로 손가락을 세워 뒤쪽을 가리켰다. 나는 뒤에 앉은 소학교 동급생인 이승기에게 말을 거는 척하며 재빨리 뒤쪽을 살폈다.

있다 있어. 맨 뒷자리에 혼자 떡 하니 버티고 앉은 도깨비 낯짝처럼 생긴 녀석이 보였고, 조금 떨어진 자리에 온통 여드름투성이에다 체격도 우람한 녀석이 눈에 들어왔다. 까까머리인 우리를 가소로운 듯 보고 있는 장발의 녀석들이었다.

"헉! 큰일이다."

나도 모르게 중얼거렸다. 상대하기 만만치 않을 것 같은 저런 녀석들이 같은 반이라는 게 슬쩍 걱정되었다.

이윽고 철제로 된 교실 출입문이 '끼-익' 열리더니 두 명의 선생님이 들어왔다. 입학식 때 소개했기 때문에 두 선생님의 이름은 이미 알고 있다.

카지 마사오 선생님과 채용득 선생님. 곱슬머리가 카지 담임 선생님이고, 산발머리의 채 선생님이 '우리 담임'이다.

카지 선생님은 이십 대 초반, 채 선생님은 그보다 두세 살 위로 보였다. 두 사람 모두 활짝 웃을 때는 꽤 앳되어 보인다. 아니, 카지 선생님은 억지로 웃고 있는 것 같았다. 긴장한 것일까? 웃고는 있는데 어쩐지 표정은 딱딱했다. 교단 옆 의자에 앉은 카지 선생님은 무릎 위로 깍지 낀 손을 신경질적으로 좌우로 흔들어 댔다. 두 담임 선생님의 어울리지 않는 불균형이 왠지 불안했고, 교실 안에는 긴장감이 흘렀다.

입학식에서 우리 반 담임으로 소개된 카지 선생님이 당연히 먼저 교단에 올라오겠지, 그러면 입학식에서처럼 일본인 교사에게 누가 어떤 식으로 야유를 던질까? 내색은 안 했지만 모두 긴장한 채 서로의 얼굴을 유심히 쳐다보았다. 그런데 어찌 된 일인지 교단에 먼저 온 것은 채용득 선생님이다.

"자, 먼저 출석을 부른다."

채 선생님은 출석부를 넘기며 우리들 이름을 부르기 시작했다.

자신이 호명되면 자리에서 일어나 "예"하고 대답해야 한다고 배웠기 때문에 학생들은 한 사람씩 일어서 힘차게 대답했다.

출석을 부르는 동안 두 선생님도 우리도 서로를 보며 웃었다.

출석 확인이 모두 끝나자 채 선생님은 미리 정해놓은 학생들의 자리를 알려줬고 내일부터는 지정된 자리에 앉으라고 했다.

"이제 학급임원을 정해야 한다. 누가 해보고 싶은 사람 있나? 하고 싶다면 시켜주겠다."

채 선생님은 우리 반 학생회의를 이끌어 가는 임원이 학급임원이라며 반장을 비롯한 임원도 학생들이 뽑는다고 했다. 중학교 전체를 대표하는 학생회 임원 또한 임원선거로 결정되는 것 같았다. 이것이 바로 민주주의 방식이라며 채 선생님이 덧붙여 강조했다. 오늘은 먼저 규율부와 문화부원까지 정한다고 했다.

"모두 오늘 처음 봤으니 누가 좋을지 잘 모르겠지? 그래서 선생님이 알아서 정했다. 김남식, 어디에 앉았나? 일어서 봐."

가운데 줄에서 큰 키에 똘똘하게 생긴 녀석이 자리에서 일어섰다. 약간 긴 바가지머리에 어딜 봐도 모범생 같은 타입이다. 저런 녀석들이 제일 상대하기 껄끄럽다.

"네가 김남식이구나. 오늘부터 반장을 맡아라. 알았지?"

할 건지 말 건지는 묻지도 않고 선생님은 그렇게 결정해 버렸다.

"대답을 안 하네. 알았지?"

채 선생님이 다시 한 번 물었다.

김남식이 이마로 흘러내린 머리카락을 오른손으로 쓸어 올리며 대답했다.

"아아, 예에."

양쪽 볼에 깊은 보조개가 인상적인 김남식이 '아아, 예에' 하고 조선말로 한 대답은 흐르는 물소리같이 상쾌하게 들렸다.

"그리고 이수일이 규율부를 맡고, 문화부는 임태일이 맡는다. 이수일, 임태일 알아들었지?"

오이처럼 길쭉하고 마른 녀석이 이수일이다.

"저… 선생님, 저는……."

태일이가 입술을 내밀며 뭔가를 말하려다가 포기한 듯 '예-' 하고 기어 들어가는 소리로 대답했다. 그런 태일이를 보고 웃어줬다.

"반장이나 학급임원은 모범생이라 시키는 것이 아니다. 솔선수범해서 급우들을 위해 봉사하는 것이 임원들의 역할이다. 민주주의는 함께 협력하는데 의의가 있다. 그러니까 학급임원뿐만 아니라 다른 학생들도 서로 협력해 좋은 학급을 만들어가길 바란다. 그런 의미에서 다 같이 박수!"

채 선생님은 세 사람을 앞에 세우고 이렇게 말했다.

그 다음은 학교생활에 필요한 자질구레한 설명을 입학식 때 우리 교장선생님처럼 장황하게 늘어놓은 후 카지 선생님에게 바통을 넘겼다.

드디어 담임인 카지 선생님 차례다.

어떤 얘기를 하는지 한 마디도 놓치지 않고 듣겠다는 듯 모두 진지한 태도로 카지 선생님을 주목했다.

소학교 2학년 때부터 조선학교에서 공부한 나는 일본사람을 가까이에서 대할 기회가 거의 없었다. 물론 근처에 사는 또래 장난꾸러기들과 딱지치기나 구슬치기를 한 적은 있었지만, 아주 어릴 때 일이다. 때문에 카지 선생님은 처음으로 가까이 접하는 일본사람이고 게다가 선생님이다. 도쿄도에서 파견된 일본인 교사는 대체 어떤 사람일지 무척 궁금했다.

카지 선생님이 교단 위로 올라서자 교실은 다시 팽팽한 긴장이 감돌았다. 선생님은 잠시 아무 말 없이 학생들을 한 차례 둘러보았다. 당연히 일본어로 인사를 할 것이고, 그러면 그 순간을 놓치지 않고 누군가 "조선말로 말씀해 주세요!"하며 시비를 걸 것이다. 그 다음에는 교실 분위기가 엉망진창이 될 게 뻔하다.

카지 선생님은 꽤나 긴장한 듯 말을 시작하기도 전에 '아아' '에에'를 연발하며 어떻게 얘기를 시작할지 망설이는 모습이 역력했다. 얼굴까지 벌겋게 상기되었다.

"잘 안 들려요!"

어떤 녀석인지 찢어지는 목소리로 소리쳤다. 아니, 오히려 사방이 콘크리트 벽이라 귀에 거슬릴 정도로 소리가 울려댔다고 해야 맞다.

카지 선생님은 그 소리에 순간 정신이 번쩍 들었는지 보일 듯 말 듯 미소를 지었다.

그리고는 크게 한 번 숨을 들이쉬고 난 뒤 차분히 이야기를 시작했다.

"나는 불과 1년 전에 일본학교의 교사가 되었습니다. 조선학교는 오늘이 처음입니다. 그러니까 여러분처럼 신입생이 된 기분입니다. 중학교 때 같은 반에 '김 군'이라는 조선인 학생이 있었습니다. 언젠가 기회가 되면 그 친구 이야기를 모두에게 하겠지만, 오늘 나는 그때 그 친구가 생각났습니다. 김 군도 마찬가지였지만, 일본에 사는 대부분의 조선인이 가난 때문에 많은 고생을 하고 있다고 들었습니다. 나도 가난한 집에서 태어나 자랐습니다. 그래서 여러분과 친구가 될 수 있으리라 생각합니다. 앞으로 같이 열심히 공부하기로 합시다."

카지 선생님은 우리를 격려했다. 시비를 걸어 볼 틈이 보이지 않는 인사말이었다. 사전에 계획한 것은 아니었지만, 만약 형식적인 인사였다면 모두들 한 마디쯤은 날려줄 각오를 하고 있었다. '김 군'이라는 중학교 때 같은 반 친구는 물론이고, 일본에 사는 조선인들의 처지를 자신도 충분히 알고 있다는 말에 공격 자세를 취하고 있던 우리의 전의는 무참히 꺾여 버렸다. 그냥 이대로 듣고만 있어도 되는 건지 우리는 서로의 얼굴만 쳐다보았다. 카지 선생님의 말을 끝으로 오늘의 예정은 모두 끝나 버렸다.

두 선생님이 교실을 나간 것과 동시에 이번에는 2학년 선배 두 명이 교실로 들어왔다. 다 끝난 것이 아니었다.

선배들은 지금부터 학생자치회의 활동에 대해 설명한다고 했다. 한쪽은 키가 크고 체격이 좋았고, 다른 한쪽은 소학교 학생처럼 작은데다 드럼통처럼 통통하게 살이 찐 녀석이다. 둘이 나란히 서 있으니 영화에 나오는 뚱뚱이와 홀쭉이 콤비 같았다.

교단에 올라서 처음부터 끝까지 얘기한 쪽은 키가 큰 녀석이다.

그는 칠판에다 자신의 이름을 '박원식'이라고 한글로 썼다.

덩치는 큰데 글씨는 마치 지렁이가 기어간 듯 삐뚤삐뚤 작고 볼품없었다. 하지만 자치회 활동에 대해 설명하는 박원식의 조선말은 정말 유창했고, 나도 모르게 빨려 들어가는 것 같았다.

대체로 학생신분으로서 지켜야 할 내용들이었는데, 금지사항도 있었다. '지각해서는 안 된다' '길거리에서 군것질해서는 안 된다' '머리는 항상 짧게 깎는다' '담배를 피우거나 술을 마시면 안 된다' 등으로 이 금지사항은 학생자치회가 직접 관리하고 단속한다고 했다. 두말하면 잔소리 같은 얘기다. 그런데 담배를 피우거나 술을 마시면 안 된다는 건 대체 무슨 소린지, 그러는 녀석들이 있다는 얘기인가?

나도 모르게 주위를 훑어보았다. 실제로 머리를 길게 기른 녀석이 교실 안에도 네다섯은 있었다.

반장이 된 김남식도 긴 머리다. 혹시 저 녀석도? 우리 반에는 껑다리 박원식과 옆에 서 있는 드럼통 선배보다 몇 살은 더 들어 보이는 녀석들도 있다. 앞으로 꽤 재미난 구경을 하게 될 게 틀림없다.

바로 그때 껑다리 박원식이 물었다.

"이 반은 누가 반장이 됐지?"

김남식이 손을 들었다.

"동무에게 질문하겠는데, 입학식을 치른 느낌이 어때?"

우리는 모두 마른 침을 삼키며 김남식을 쳐다봤다.

일본인 교장선생의 인사말 시간에 선배들이 항의한 것을 어떻게 느꼈는지 묻고 있는 것이다.

"우리는 진정한 조선인이 되려고 이 학교에 들어왔기 때문에 선배들의 행동은 당연하다고 생각합니다. 처음부터 일본정부는……"

남식이가 한 말은 모두의 생각과 같았기에 새삼 놀랄 일도 아니었다. 하지만 그가 하는 조선말은 우리가 쓰는 조선말과 전혀 달랐다. 자연스럽고 아주 우아하게 들렸다. 듣고 있던 모두가 넋을 잃고 김남식을 뚫어져라 쳐다보았다. 달변이라고 생각했던 껑다리 박원식도 남식이가 하는 조선말에는 상대가 되지 않았다.

"김남식 동무의 의견에는 나도 찬성한다. 같은 의견인 사람들은 손을 들어주길 바란다."

거침없이 손을 들어보라며 한껏 선배 무게를 잡는 박원식이 못마땅했지만 선배는 선배다. 나도 김남식과 같은 생각이었기에 손을 들었다. 교실 안에 손을 들지 않은 학생은 한 사람도 없었다. 전원이 찬성한 것을 확인하고는 껑다리 '박'이 다시 열변을 토하기 시작했다.

"아무리 도립학교로 지정되었다 해도 우리들의 민족교육만큼은 자주적이어야 한다. 일본인이 일본인을 교육할 수는 있겠지만, 조선사람의 마음까지 교육할 수는 없다. 따라서 우리는 조선의 말, 역사, 문화를 지금까지 해 온 것 이상으로 열심히 배워 일본인 선생들도 인정할 수 있도록 '투쟁'을 시작해야 한다. 앞으로 이 '투쟁'을 어떻게 해나갈 것인지 내일이라도 함께 토론해서 의견을 모아주길 바란다. 학생자치회는 조선인 선생님들과 여러분의 의견을 바탕으로 공동전선을 펼쳐 나갈 계획이다!"

공동전선!

처음 듣는 단어다. 정신이 번쩍 드는 이 말이 귓속을 울렸다. 일본인 교사들과의 협상을 여기선 '투쟁'이라 했다. 생각해보니 소학교 때부터 이런 싸움의 연속이었다. 중학생이 된 오늘, 그런 싸움이 마치 전쟁놀이처럼 느껴져 나도 모르게 온몸에 힘이 들어갔다. 만만치 않은 일들이 다가올 것 같은 예감이 머릿속을 가로질렀다. 더 이상은 신입생 기분으로만 있을 때가 아니었다. 내일부터는 우리들의 '투쟁'이 시작되는 것이다.

공격목표는 무엇일까? 적은 누구인가?

적잖이 투쟁 분위기에 휩쓸린 느낌이 있었지만, 아주 조금은 알 수 없는 투지도 꿈틀거렸다. 그리고 박원식이 굉장한 놈이란 생각이 들었다. 한 번도 만난 적 없는 우리를 한 마디로 압도해 투사로 만들어내는 힘을 가졌다. 옆에 있던 태일이가 주먹을 불끈 쥐었다. '어디 한번 붙어보자!'는 투지에 찬 목소리가 들리는 것 같았다. 태일이도 나도 이런 일에는 일단 마다하지 않고 뛰어들어 보는 녀석들이다.

조선말을 쓰면 안 된다고?

1

내 자리는 교실 뒤쪽 창가 옆이었다. 도깨비 낯짝과 상대하기 껄끄러운 녀석들이 주위에 없는 게 다행이었다.

학생들이 함께 결정하고 실천하는 것이 민주주의라고 한 선생님 말씀보다 '남녀평등'이 학생들에게 쉽게 와닿는 방법인 '남녀공학'이 내게는 민주주의의 좋은 면을 묵직하게 실감케 했다.

소학교도 남녀공학이었다. 그런데 중학생이 되자마자 이 남녀공학이란 것이 조금 묘한 기분을 느끼게 했다. 발바닥이 간질간질한 것 같기도 하고, 꿀을 찾아다니는 벌이 된 것도 같고, 향긋한 꽃향기에 취하는 것도 같고, 가슴이 뻐근해지는 것도 같은. 똑같은 남녀공학인데 소학교 때는 이런 감정을 한 번도 느껴본 적이 없었다.

불과 얼마 전까지만 해도 이런 남녀공학을 일반적으로 환영하지 않았던 것 같다. 정체불명의 쾌감을 가져다주는 남녀공학을 어째서 위험하게 보았던 것일까. 옛날 어른들은 쓸데없는 걱정이 너무 많다고 생각했다.

우리 반도 당연히 남녀짝꿍으로 앉았다. 그래서일까, 학교에 왔을 때부터 여기저기서 쑥스럽고 부끄러워 머리를 긁적이거나 수줍게 웃어대는 남학생들로 교실 안은 활기가 가득했다. 나 혼자 쾌감에 도취한 줄 알았는데, 남학생은 모두 같은 기분이었다. 아니, 남학생 모두가 맘속으로 '민주주의'를 찬양했다.

"안녕하십니까?"

모기만 한 소리로 인사를 건넨 여자애가 내 옆에 서서 머뭇거렸다. 가까이 다가오던 그 애를 나는 아까부터 곁눈질로 보고 있었다. 목소리를 듣고서야 그 아이를 알아차린 듯 조선말로 씩씩하게 대답했다.

"아! 안녕하십니까?"

곱게 땋은 갈래머리 여자애가 얼굴을 붉히며 미소를 지었다. 커다란 눈동자는 맑았고, 웃을 때 보이는 덧니가 앳되고 순진해 보였다.

"앉아도 되겠습니까?"

너무 빤히 쳐다보고 있는 내 시선 때문에 그 애는 아까보다 더 얼굴이 붉어졌다.

"아, 앉아요."

약간 당황한 나는 일부러 무뚝뚝하게 대꾸했다.

그 애가 자리에 앉아 교재를 꺼내는 것을 보며 다시 퉁명스럽게 물었다.

"이름이 뭐야?"

여자애 이름은 이미 자리가 정해졌을 때부터 똑똑히 기억하고 있었다. 일부러 시치미를 뗐을 뿐이다.

"주…영…순입니다."

"음, 난 김석철."

잘 지내자며 곁눈질로 흘깃 보고는 재빨리 내 이름을 말했다.

'민주주의'도 익숙해질 때까지는 한동안 어색함과 부끄러움이 먼저인가 보다.

이름을 알고는 있었지만 어떤 애가 짝꿍이 될까 마음을 졸이고 있었는데 온순하고 상냥한 아이 같아서 마음이 놓였다.

관심 없는 척했지만 티나지 않을 만큼 적극적으로 나는 그 애에게 일본말로 질문을 계속했다. 아무리 봐도 조선소학교에서 진학한 학생은 아닌 것 같았기 때문이다.

처음에 자신의 이름을 '주…영…순'이라며 떠듬떠듬 말할 때부터 이상했다. 한자는 어떻게 쓰는지 묻자 책상 위에다 손가락으로 朱英順이라고 썼다. 무엇을 물어도 영순이는 '…입니다'로 대답했고, 목소리는 작았지만 대답은 '네'였다.

영순이는 아이치현 산골 출신이고, 일본학교에 다니다 전학생으로 이 학교에 입학한 기숙사생이었다. 아버지가 토건업을 한다고 했다.

"우와!"

나도 모르게 감탄이 나왔다. 중학교부터 부모님을 떠나 혼자 도시로 나온 그 애가 갑자기 안쓰러운 생각이 들었다. 낯선 사람들뿐이라 마음도 안 놓이고 쓸쓸할 것 같았다. 딸도 대단하지만, 그걸 허락해 준 부모님이 더 대단하다는 생각도 들었다.

우리 아버지도 오래전에 규슈에 있는 탄광을 비롯해 일본 각지의 깊은 산속에서 합숙 노동을 했다고 하셨다. 지금은 잡철을 모아 되파는 장사를 하는데, 대부분의 조선인들 직업인 넝마주이, 선술집, 암 거래상, 날품팔이는 알았어도 영순이가 말한 토건업이 어떤 일인지 궁금했다. 수업 시작 전까지 나는 질문공세를 퍼부었다. 그렇게라도 하지 않으면 영순이가 나에 대해 아무것도 묻지 않아 대화가 끊어질까 봐 조바심이 들었다.

1교시 수업은 국어다. 하지만 그건 어디까지나 시간표에 있는 예정이었고, 짐작대로 첫 시간부터 수업은 하지 않았다.

험상궂은 표정으로 카지 선생님과 채용득 선생님이 다시 교실에 들어왔다. 교단에 올라 얘기한 것은 채 선생님이고, 카지 선생님은 여전히 한쪽 구석에 앉아만 있었다.

채 선생님은 학교 운영방법과 교과내용 건으로 선생님들의 긴급 교직원회의가 있으니 그동안 자습하도록 당부했다. 어이가 없을 정도로 짧은 당부 말에 무언가 우리가 모르는 사이에 중대한 움직임이 생겼음을 직감했다.

"알겠지? 모두 조용히 자습하기 바란다. 남식이, 수일이, 태일이는 교실 좀 부탁한다."

두 선생님은 허둥지둥 교실을 나갔다. 중요한 건 이날 이후 두 분이 함께 우리 앞에 나타난 것은 두 달이나 지나서다.

반장을 맡은 남식이가 교단에 서서 조용히 자습하자며 선생님 말씀을 그대로 반복했다. 긴박하게 돌아가는 분위기 때문에 앞으로 어떻게 될지 모를 불안함으로 다들 무거운 표정이 역력했다.

선생님들이 교실을 나간 뒤 곧바로 키 작은 드럼통 같은 2학년 선배가 와서 긴급학생자치회에 참석할 세 명의 학급임원을 호출해 나가자 교실의 불안감은 한층 더해졌다. 우리들의 '투쟁'이 이미 어딘가에서 시작된 것이었다. 하지만 교실의 긴장감은 채 10분도 되지 않아 무너졌다.

"후우-아-아함!"

나는 괴상한 소리를 내며 크게 하품을 하고 말았다. 일부러 그런게 아니라 지루함을 못 견디고 나도 모르게 하품이 나와 버렸다.

교실 전체에 폭소가 터졌다.

긴장감은 한순간에 무너졌고 그것이 신호라도 된 것처럼 그 후론 제멋대로 떠들기 시작하더니 순식간에 교실이 난장판이 돼 버렸다. 순간 나는 당황했다. 내 탓이 아니라고 교실에 있던 모두에게 확인받고 싶을 정도였다.

몇 개의 그룹이 만들어져 게임 같은 걸 하는 애들도 있고, 자지러지게 웃는 애들도 있고, 만화책을 꺼내서 읽는 애도 있고, 자리를 벗어나 교실을 이리저리 뛰어다니는 애들도 있었다. 얼굴도 모르던 녀석들이 이때부터는 오랫동안 알고 지낸 패거리들처럼 어울렸다.

드디어 1교시 수업이 끝나는 사이렌이 울렸고, 곧이어 2교시가 시작되었지만, 수업은 진행되지 않았고 학급임원들도 돌아오지 않은 채 아예 운동장으로 나가 노는 애들과 도시락을 꺼내 먼저 먹기 시작한 녀석까지 있었다.

나도 영순이와의 대화가 즐거웠지만 그러다 이내 싫증이 나 2교시에는 아예 운동장으로 나갔다. 이승기한테 같이 나가자고 했지만, 옆에 있는 여자애와 얘기하느라 온통 정신이 팔려 듣는 둥 마는 둥이었다.

엉큼한 자식.

하는 수 없이 나는 혼자서 밖으로 나갔다. 운동장 안쪽으로 높이 5미터쯤 되는 언덕이 보였다. 10분 정도면 꼭대기와 주변까지도 모두 정복이 가능한 보잘 것 없는 언덕이다. 급하게 경사진 비탈과 정글 놀이하기에 딱 좋은 수목들과 가는 대나무가 무성했고, 아무 데서나 타잔 놀이를 해도 그런대로 재미있을 것 같았다. 그런데 언덕 뒤쪽으로 가 보고는 숨이 멎는 줄 알았다.

철조망 너머로 몇 백대나 되는 미군의 야포가 마치 장난감처럼 줄지어 있었다.

"헉!"

봐서는 안 되는 비밀기지를 본 것처럼 덜컥 겁이 난 나는 허겁지겁 언덕을 뛰어 내려왔다.

점심시간이 되어 도시락을 먹고 있을 때 남식이와 같이 나간 학급임원 세 명이 허둥지둥 교실로 돌아왔다. 남식이와 태일이가 자리에 앉기가 무섭게 가방에서 도시락을 꺼내 먹기 시작했다. 뚜껑을 열자마자 두 녀석의 도시락에서 풍기는 김치 냄새가 코를 찔렀다. 수일이가 도시락을 싸오지 않은 걸 알아차리고 두 녀석이 도시락 뚜껑을 뒤집어 밥과 반찬을 담아 수일이한테 내밀었다.

"고맙다."

수일이는 자신의 가방에서 잽싸게 꺼낸 연필 두 자루를 젓가락 삼아 입 안에다 밥을 몰아넣었다. 도시락을 다 먹고 난 후 혼자 남은 태일이에게 물었다.

"어떻게 되는 거야?"

"오후에는 수업이 있을 거야. 그리고 방과 후에 학급자치회의를 할 거다. 학생자치회의 투쟁방침은 그때 얘기 할게."

태일이의 대답은 단지 그뿐이었다. 간략한 대답 안에 '싸움'의 내용이 응축된 것 같았다. 어차피 학생자치회에서 들은 얘기겠지만 태일이는 아무렇지도 않은 얼굴로 '투쟁방침'이라고 말했다. 이것도 처음 듣는 말이다. '다투는 방법' '싸우는 방법'이라고 나는 해석했다. 어딘가에서 일전을 벌이고 돌아온 것처럼 여태까지 보지 못한 또 다른 태일이가 거기 있었다.

2

오후 수업은 영어이고, 담당교사는 일본인이다. 이 수업도 선생님은 들어오지 않았다. 남식이가 교무실에 알아보러 간 사이 나는 학생자치회에서 무슨 얘기를 했는지 태일에게 물었다.

교직원회의에서 앞으로 학교운영에 관한 방법을 놓고 격하게 논의 중인데, 일본인 교사와 조선인 교사가 팽팽하게 대치하는 상황이고, 안도 교장과 일본인 교사들은 교육위원회의 지시대로 일본인 교사의 주도 아래 일본어로 수업을 하겠다며 강하게 주장하고 있다고 했다.

당연히 조선인 교사들은 교장의 주장에 맹렬히 반발했다. 조선인학교에서 교육 용어를 일본으로 한다는 것은 있을 수 없는 일이며, 더구나 민족교육을 정규수업이 아닌 '과외수업'으로 한다는 것이 얼마나 부당한지를 주장하며 물러서지 않았다.

"일부 일본인 교사들이 입학식 날 어딘가에서 비밀회의를 한 것 같아."

비밀이기라도 하듯 태일이가 목소리를 낮췄다.

"그 비밀회의에서 무슨 얘길 했는데?"

"교장이 한 얘기 같은데, 학생들이 학교를 빼앗겼다고 생각해서 수업을 거부하려 하는데다, 도립학교라 교내 수업용어는 원칙적으로 일본어인데도 조선인들이 여전히 조선말을 쓰며 무슨 일인가를 꾸미는 것 같다고. 조금씩 타협해가고는 있지만, 어떻게든 이번 학기부터 정상적인 수업이 진행되길 바란다고 했대."

"시건방진 소리 하고 있네. 그놈들 진짜로 그렇게 생각하는 거야?"

역시 일본인 교사들의 생각은 우리와는 완전히 거리가 멀었다.

"그런데 어떻게 그런 것까지 알았어? 그리고 일부 일본인 교사라고 했는데, 교사 전원이 교장 의견에 찬성하는 건 아니란 얘기야?"

"응, 맞아. 일본인 교사 중에는 교장 의견에 반대하는 사람도 있어. 이 정도 쯤이야 조사해 보면 다 알지."

태일이는 유치한 질문 따위 할 생각도 말라는 듯 깔보는 눈초리로 나를 쳐다보았다.

어차피 학생자치회의에서 들은 내용을 단지 전하는 것뿐이면서 태일이는 마치 자기가 조사해서 알아내기라도 한 말투다.

우리 쪽 스파이가 이미 적진 깊숙이 잠복해 있는 건가?

"그러니까 우리 선생님들과 공동전선을 펴서 우리도 일본인 교사에게 저항해 올바른 교육을 하도록 요구하기 위한 작전을 짜야만 해."

태일이는 이미 어엿한 투사라도 된 듯했다.

교무실에 갔던 남식이가 돌아왔다. 오자마자 수일이와 태일이를 부르더니 뭔가 의논하기 시작했다. 우리 반 리더들의 호흡은 착착 들어맞는 것 같았다.

잠시 후 세 사람이 교단에 섰다. 지금부터 학급자치회를 시작하겠다며 엄숙하게 선언했다. 남식이가 학생자치회에서 한 얘기를 세세하게 보고했고, 이제부터 무엇을 해야 하는지 일본인 교사들에게 어떻게 대응해야 하는지 토의하고 싶다고 했다.

여자애들은 남식이의 유창한 조선말에 넋을 잃고 쳐다보았다. 양 볼에 생긴 보조개가 '귀엽다'는 말까지 들렸다.

남식이의 조선말은 확실히 듣는 이의 넋을 빼는 매력이 있었다. 그에 비해 수일이가 한 보충설명은 나와 비슷한 '조선중학생식(일본어투) 조선말'로, R과 L발음이 뚜렷하지 않고, 일본어 단어를 조선말에 그저 끼워 맞춘 말이었다. 같은 조선말이지만 남식이와 수일이는 발음도 어휘력도 하늘과 땅 차이였다.

하지만 남식이 만큼이나 수일이 말의 논지는 분명하고 알아듣기 쉬웠다. 선배 박원식 타입의 능숙한 언변이랄까. 아니, 그 이상일지도 모른다.

수일이는 규율위원으로서 한마디 덧붙이고 싶은 것이 있다고 했다.

"때가 때이니만큼 우리도 학교에서는 되도록 조선말을 쓰고, 학생으로서 지켜야 할 규칙은 꼭 지켜야 합니다. 그에 대해서도 의논했으면 좋겠습니다."

"무슨 의미야, 그건?"

말이 끝나기가 무섭게 뒤쪽에서 장발의 여드름투성이가 힘이 들어간 목소리로 물었다.

"조선말을 잘 못하는 전학생은 어떻게 합니까?"

나도 짝꿍인 영순이가 맘에 걸려 이렇게 물었다.

"일본학교에서 온 전학생은 특별반을 만들어 방과 후에 국어입문 수업을 할 것입니다."

남식이가 대답했다.

"얼버무리지 말고 똑바로 말해 봐, 학생이 지켜야 할 규칙이란 건 뭔데?"

여드름투성이가 윽박지르듯 집요하게 물고 늘어졌다.

'저 녀석은 뭐가 신경 쓰여서 저러는 거지?'

"그건 지각하지 말고, 빡빡머리로 깎고, 술을 마시거나 담배를 피워서는 안 된다는 것입니다."

수일이가 대답했다.

'담배'라고 말할 때 어쩐지 목소리가 작아졌다.

"고등학생이면 몰라도 우리 중에 담배 같은 거 피우는 녀석이 있을 리 없잖아?"

누군가가 이렇게 말하자 여기저기서 킥킥 웃음소리가 들렸다.

"머리가 긴 사람은 빡빡머리로 깎아 주십시오. 며칠 후 학생자치회에서 점검한다고 합니다."

남식이가 덧붙였다.

"니가 먼저 깎아!"

뒤쪽에서 핀잔이 날아들자 모두들 왁자그르르 웃기 시작했다. 모두의 비웃음 소리에 남식이는 입을 비죽 내밀 뿐 다음 말을 잇지 못했다.

한바탕 웃고 나자 교실은 완전히 술렁거렸고, 모두들 제멋대로 떠들기 시작했다. 아무리 수일이와 태일이가 조용히 하라며 제지해도 좀처럼 멈추지 않았다.

그때였다.

"조용히 하지 못해!"

벼락이 치듯 성난 목소리에 깜짝 놀라 일제히 소리가 난 쪽으로 향했다. 도깨비 낯짝이 사천왕처럼 서서 모두를 노려보았다.

"학교가 곤경에 빠졌는데 투덜대지 말고 남식이 말대로 따르지 못해? 학생이 담배는 피워서 어쩌겠단 거야. 그리고 남식아, 너부터 바로 머리 깎아. 알겠냐?"

자식을 호되게 꾸짖는 아버지 같은 말투다.

이 말에 남식이는 다시 지르퉁한 표정을 지었고, 여드름투성이 녀석은 단번에 조용해졌다.

머리를 깎으라고 명령한 도깨비 낯짝도 머리가 길었다.

"난 오늘이라도 시원하게 싹 깎을 거다. 남식아, 다음 얘기 계속해!"

이렇게 소리친 후 도깨비 낯짝은 자리에 앉았다.

도깨비 낯짝의 이름은 이평성, 야마나시현山梨県에 있는 토목현장에서 일하다 입학한 기숙사생이다. 나이는 우리보다 다섯 살 위인 열아홉. 열아홉이면 고등학교 3학년이나 대학교 1학년 아닌가! 게다가 자식도 하나 있는 아버지라는 소문도 있었다.

"정말이야?"

소문이라고는 하지만 모두들 그 소문에 할 말을 잃었다. 진짜로 이건 나중에서야 알게 된 사실이다. 자식이 있다면 당연히 아버지다. 도깨비 낯짝은 이후로 '아버지'라는 별명으로 불렸다.

'아버지'의 불호령에 압도되어 교실 분위기는 찬물을 끼얹은 것 같았다.

이때를 놓치지 않고 남식이가 다시 학생들의 의견을 물었다.

"일본인 교사와 어떻게 대결하면 좋겠습니까? 의견이 있는 사람은 발언해 주십시오."

의견을 말하라고 했지만 구체적으로 어떻게 해야 좋을지 아무도 대답하지 못했다.

"우리는 조선인이니 조선말로 해 주세요"는 입학식 때 선배가 한 '대사'이니 그 정도라면 발언할 수 있다. 하지만 상대는 어른이고 더구나 교사다. 어른인 일본인 교사를 상대로 열두 살의 중학교 1학년인 우리에게 어떤 '싸움'이 가능하단 말인가.

지금까지 내가 접해 본 일본인이라고는 소학교 때 자주 놀던 막과자 집 캇짱과 이웃에 살던 아이들이 고작이었다.

학교는 달랐지만 캇짱은 학교에서 돌아오는 나를 언제나 기다려 주었다.

나는 같은 학년인 캇짱이 정말 좋았다. 집에 돌아오면 가방을 집어 던지고 캄캄해질 때까지 캇짱과 함께 딱지치기나 구슬치기를 하며 놀았다.

어느 여름밤, 담력테스트를 한 적이 있다.

근처에 있는 소학교에 수영장이 있었고 그 옆은 강당이었다. 주위에는 가로등이 없어 몹시 캄캄했고 제일 무서운 곳이었다. 거기까지 혼자서 갔다 오는 담력테스트를 한 거다.

캇짱에겐 중학교 2학년 형이 있었는데, 그 형이 캄캄한 어둠 속에 숨어 다른 애들을 놀라게 하는 술래가 되었다.

캇짱과 몇 명이 꺅꺅 웃어대며 학교 울타리를 뛰어넘어 돌아왔다. 정문도 후문도 꽉 잠겨있어서 공포에 새파랗게 질린 채 내달려야 하는 마지막 난관이 이 울타리였다.

내 차례가 되었다.

그 형이 어디쯤에 숨어 놀래주려고 하는지 대충 정보를 들었기 때문에 반대로 내가 형을 놀래주려고 꾀를 냈다.

울타리를 뛰어넘어 수영장에 가까워지자 강당 옆 틈에 숨어 이제나저제나 내가 나타나기를 기다리는 형을 발견했다.

나는 고양이 걸음으로 형에게 다가가서 머리를 쑥 내밀고 연신 상황을 살피고 있던 형의 등 뒤에서 "와악!"하고 크게 소리를 내질렀다. 놀라게 해야 할 사람이 반대로 놀랐으니 형은 기겁을 하고 공중제비를 넘듯 자빠졌다. 그렇게 놀라는 모습이 우스꽝스러워서 나는 깔깔깔 웃어대며 쏜살같이 도망쳐왔다. 뒤에서 무어라 소리치며 쫓아오는 형을 무시하고 나는 있는 힘껏 달렸다.

울타리를 뛰어넘어 겨우겨우 뒤쫓아 온 형은 숨을 헉헉 몰아쉬며 힘겨워했다. 그런 형을 보고 다른 애들도 큰소리로 웃었다.

그런데 그 형은 가쁜 숨이 진정되고 나자 낯빛을 싹 바꾸고 내게 덤벼들었다.

"깜짝 놀랐잖아, 이 새끼야! 이래서 조센징이 싫다니까!"

감쪽같이 속은 형을 보고 다들 또 한 번 웃었다. 하지만 웃고 있던 내 얼굴이 순간 굳어지는 것을 어둠 속에서 눈치챈 사람은 아무도 없었다.

그로부터 며칠 후에 또 사건이 터졌다. 그 일은 다시 떠올리고 싶지 않은 장렬한 싸움이었다.

평소처럼 캇짱이랑 다른 애들과 깡통 차기 숨바꼭질을 했다.

술래는 나보다 두 살 많은 기코짱이다. 기코짱은 온 식구가 가방을 만드는 재봉 일을 하는 집 딸이다. 집이 가난해서 학교에 못 가고 아침부터 밤까지 재봉틀 페달을 밟았다. 기코짱이 어쩌다 같이 노는 것은 괜찮았지만, 한 번 술래가 되면 좀처럼 벗어나질 못했다. 기코짱은 골이 날 대로 나 있었다. 숨어 있던 몇 명은 찾아냈고, 두 명 더 남았을 때 나는 숨어있던 곳에서 느닷없이 나타나 깡통을 다시 있는 힘껏 멀리 차 버렸다.

기코짱은 잔뜩 골이 나서 반은 울면서 소리를 질렀다.

"멍청이! 심술쟁이! 조센징!"

그 순간 내 가슴속은 차갑게 굳어버렸다. 무턱대고 화가 치밀었다.

나는 기코짱 쪽으로 뒤돌아서 그 아이를 향해 돌진했다.

"다시 한 번 말해 봐! 그게 무슨 상관이야? 조선인이라서 뭐가 어쨌다고!"

"싫다고! 너 같은 조센징 따위!"

기코짱도 가만히 있지는 않았다.

왜 그런지 모르게 나는 눈물이 쏟아졌다. 캇짱과 있었던 일도 분했지만, 캇짱이 좋았으니까 형에게는 아무 말도 하지 못했다. 기코짱이 여자애라 따지고 든 게 아니다. 그게 누구라도 더는 용서할 수 없었다.

"이 멍텅구리야!"

나는 기코짱의 얼굴을 주먹으로 때렸다.

기코짱 코에서 코피가 흘러내렸다.

손으로 코를 문질러 보고 손에 묻은 코피를 본 순간 기코짱은 이성을 잃었다.

"아악!"

기코짱은 큰 소리로 울면서 내 얼굴과 머리를 마구잡이로 때리기 시작했다.

내 코에서도 코피가 흘렀다.

그 뒤로는 드잡이 싸움이 되어 버렸다.

캇짱이 싸움을 말리려 들었고 이웃에 있던 어른들도 나와 보았다. 엎치락뒤치락 다툼은 점점 더 장렬한 싸움이 되었다.

"조센징!"

"니혼징(일본놈)!"

"닝니꾸(마늘) 냄새 역겨워!"

"누까미소(쌀겨) 냄새가 더 역겨워!"

나와 기코짱은 악다구니를 써 가며 욕을 퍼붓고 큰 소리로 울었다.

그날 이후로 나는 두 번 다시 캇짱과 놀지 않았다.

그 기억 때문에 내게 일본인 교사 카지 선생님의 등장은 떠올리고 싶지 않은 과거와 오버랩 되어 어디서부터 어떻게 손을 대야 좋을지 모를 매우 난감한 문제가 되었다.

얼마쯤 지나 앞쪽에 앉은 남학생이 질문이 있다며 쑥스러운 듯 손을 들었다.

"대결이라는 게 우리가 일본인 선생님들과 싸우는 겁니까?"

여기저기서 키득키득 웃음소리가 났다.

"싸우는 게 아니라 조선사람인 우리를 제대로 가르치도록 선생님들의 마음을 바로 잡으려는 거 아니겠어?"

뒷자리에 있던 남학생이 앉은 채로 답변했다.

"하지만 선생님들도 어느 정도는 알고 우리학교에 온 거 아닐까?"

이번에는 여학생이 말했다.

"그러니까 그걸 물어보자는 얘기 아니야?"

남식이의 지명도 받지 않은 채 다양하고 활발한 의견이 나오기 시작했다.

아직은 서로가 익숙하지 않은 터라 발언자의 이름도 잘 몰랐다.

이과理科는 카지 마사오 선생님, 영어는 히로타 오사무 선생님, 일본어는 야마시타 카즈오 선생님이다. 이 세 명이 우리 교과 담당이고, 예정대로라면 내일 첫 수업부터 바로 이과 수업이 시작된다.

대결한다면 담임인 카지 선생님이 맨 처음이다.

카지 선생님의 첫날 인사를 생각하면 어쩐지 상대하기 껄끄러울 것 같았다.

"카지 선생님은 우리를 잘 이해하고 있는 것 같으니까 굳이 대결하지 않아도 괜찮지 않을까……."

아니나 다를까 여학생이 말했다. 담임이라면 누가됐든 껄끄럽긴 마찬가지다.

"어째서 이해한다고 생각해? 그저 인사였을 뿐이잖아?"

"상대가 누가 됐든 일단 얘기는 해 봐야 하잖아."

각자 다른 생각이 있었겠지만, 여러 의견은 한 가지로 모아졌다.

조선학교의 일본인 교사로서 교육목표는 무엇인가, 그 목표를 위해 선생님은 어떤 노력을 할 생각인가, 실제로 '도립학교'에 대한 도교육위원회 관리를 어떻게 생각하는가를 따져 물어서 그 답변에 따라 각자가 임기응변으로 대응하자는 결론이다.

남식이가 메모를 보면서 결론을 얘기한 걸 보면 문제 제기는 이미 학생자치회에서 나온 이야기일 것이다. 알듯하면서도 그 순간에는 쉽게 이해가 안 되었다. 어떤 질문을 해야 좋을지 구체적인 이미지가 그려지지 않았다.

태일이와 나는 하굣길 전차 안에서 전차가 멈춰 설 때마다 뒤쪽 칸에서 앞쪽 칸까지 올라탔다 내려섰다 장난을 치며 집으로 돌아왔다. 노는데 정신이 팔려 내일 일 같은 건 까맣게 잊었다.

대결

1

'아버지'가 까까머리가 되어 나타났다. 얼굴 윤곽이 게다(일본의 전통 나막신)처럼 네모 져서 도깨비 낯짝의 위엄과 오싹함이 바래져 버렸다. 모두 '아버지' 주위로 우르르 모여들어 놀려댔다. '아버지'는 아예 다른 사람이 된 듯 연신 히죽거리며 웃었지만, 애들이 계속 자신의 머리만 쳐다보는 것이 골이 났는지,

"이것들아! 저리 가!"

큰소리로 파리를 쫓아내듯 호통을 쳤다. 그러면서도 얼굴은 여전히 쑥스러운 표정이다. 모두가 '아버지'의 결단력에 신뢰감을 갖게 된 것은 말 할 것도 없었다.

"나는 시간이 없어서……."

남식이가 머리를 긁적이며 핑계를 댔다.

여전히 머리가 긴 여드름투성이 건일이와 주준모는 모두의 시선을 피하며 모르는 척 무시했다.

오늘 수업은 예정대로 시작한다.

선생님들도 언제까지나 긴급회의만 하고 있을 수는 없는 노릇이었을 거다. 타협이 절실하긴 했지만, 문제점이 확실히 드러나기 시작했고, 앞으로 전망도 밝다며 채 선생님이 아침 학급회의 때 설명했다. 하루아침에 해결될 일이 아니었다.

맨 처음 대결은 어제 합의한 대로 각자 알아서 임기응변으로 대처하기로 다시 한 번 확인했다. 그러기는 했지만, 임기응변이란 것을 도대체 어떻게 해야 좋단 말인가.

딱히 방법도 모르는 채 결국 그 순간이 오고야 말았다.

교실 철문이 열리는 소리가 났다.

카지 선생님은 새 양복을 입고 우리 앞에 나타났다. 고개를 약간 숙이고 표정이 경직된 채 교단으로 올라왔다.

우리는 교실에 들어서는 선생님에게 인사도 하지 않고 끼리끼리 잡담만 하고 있었다. 반장인 남식이가 "일어서!" 하고 구령을 하지 않은 결과가 그대로 이런 상황으로 이어졌다.

말없이 그냥 지켜보는 녀석도 있고, 자리가 떨어진 애들은 큰소리를 질러가며 대화를 하는 등 대담하기 짝이 없는 행동들이다. 시끌벅적한 소란은 멈출 줄 몰랐고, 카지 선생님은 놀라고 어이가 없었는지 그저 멍하니 보고만 있었다.

선생님은 교실 분위기가 원래 이렇다고 생각했을지도 모른다. 조만간 잦아들겠거니 했을 것이다. 하지만 전혀 그럴 기미가 없는 우리의 불손한 태도에 선생님의 짜증은 곤두섰고 결국엔 얼굴까지 새빨갛게 상기되었다. 더 이상은 참을 수 없었던지,

"그만 떠들지 못해!" 하고 소리치셨다.

그때다.

마치 이 순간을 몹시 기다렸다는 듯 맨 앞자리에서 뒤를 돌아보며 떠들고 있던 남학생이 정면으로 휙 돌아앉더니,

"선생님, 여기 있는 애들은 모두 조선인이라 일본어를 모른답니다. 선생님은 조선말을 아십니까? 조선말로 주의를 주면 곧바로 조용해질 텐데요."

일본어를 모른다는 녀석이 유창한 일본어로 비아냥거렸다. 중학교 1학년 말버릇이라기에는 너무 천연덕스러운 거짓말과 뻔뻔한 태도에 선생님은 눈만 껌벅이며 아연실색이다.

카지 선생님은 입술을 깨물고 굴욕을 꾹 참고 있는 듯했다.

"선생님, 조선말을 모르는데 조선인을 가르칠 수 있다고 생각하세요?"

한술 더 뜨며 카지 선생님을 몰아붙인 남학생은 아예 끝장을 보겠다는 듯 기세등등했다.

"맞아, 나는 조선말을 모른다. 조선말을 알지 못하면 조선인을 가르칠 수 없다고 생각하는 사람은 손을 들어봐라."

선생님은 애써 흥분을 가라앉히며 조용히 물었다.

전원이 일제히 손을 들었다.

그중에는 "오오" 하고 추임새를 넣는 녀석도 있다.

"알겠다. 맘대로들 해라!"

카지 선생님은 괘씸하다는 듯 이렇게 내뱉더니 슬리퍼 소리를 탁탁탁 거칠게 내며 철문을 힘껏 닫고 나가 버렸다.

싱겁게 막이 내렸다.

불과 30분 정도였지만 눈 깜짝할 사이에 벌어진 일이기도 했다.

'적'을 오로지 혼자서 격퇴한 것은 가츠시카葛飾에 사는 조승옥이다. 여우처럼 눈매가 날카로운 녀석이다.

교실 철문이 닫히자 교실 안은 일순간 조용해졌다. 그러나 잠시 후 여기저기서 와-하고 다 함께 웃음이 터졌다.

"이겼다! 해냈다!"

고함을 지르며 박수까지 치는 녀석도 있다.

우리가 힘껏 지른 환호와 박수는 쌓일 대로 쌓여온 억울함에서 나온 것이었지만, 진심에서 우러난 것이라고는 할 수 없었다. 무엇이 서러웠는지 훌쩍이며 우는 여학생도 있다. 알 수 없는 공허함이 내 가슴에도 몰려들었다.

첫 번째 '싸움'은 우리가 이긴 것일까?

입학 첫날 성실하게 인사를 했던 카지 선생님은 우리의 속마음과 행동을 어떻게 받아들였을까.

2

일주일 시간표에는 일본인 교사의 교과목이 이과 2시간, 영어 4시간, 일본어 3시간으로 할당되어 있다.

카지 선생님은 맨 처음 수업에서 우리의 집단 괴롭힘에 화가 나 교단을 박차고 나가 버렸다.

다른 반에서 시작한 영어와 일본어 수업은 어찌 되었을까?

또 다른 반에서는 무사히 수업을 했을까?

우리의 '공동전선'이 성과를 거둬 모든 학급에서 일본인 교사들의 악전고투가 이어졌다.

'싸움'의 전황은 학급마다 달랐다. 카지 선생님처럼 교단을 박차고 나가버린 선생도 있고, 끝까지 학생들과 옥신각신한 교사도 있었다. 하지만 수업이 진행된 반도 있는 것 같았다. 어차피 쉽게 결론이 날 문제도 아니기에 매번 수업을 시작하기 전에 서로 의견을 교환하고 충분한 이해를 얻은 후라는 '조건'을 전제로 수업을 시작했다고 한다. 우여곡절은 있지만 조금씩 공부도 시작되는 것 같았다.

중·고 전교학생자치회는 시도 때도 없이 열렸다. 나는 태일이한테서 자치회의 때 나온 뉴스를 낱낱이 들었다.

태일이에겐 고교 3학년인 누나가 있다. 집안 사정 때문에 지금은 친척 집에서 통학하는데, 누나에게서 들은 고교생들의 움직임은 상상 이상으로 과격하다고 했다.

"어떤 식으로 과격한데?"

태일이에게 바짝 다가서며 물었다.

"학생들한테 진절머리가 나서 태도가 돌변한 선생이 있대. 결국은 속내를 드러낸 거지. 자신들에게는 '도립'이라는 간판이 있고, 게다가 정부의 강력한 후원도 있으니 너희가 아무리 요구해도 선생 개인에겐 아무 상관없는 일이다. 하려면 정부에게 호소해라. 자신들은 파견된 교사로서 오로지 수업을 진행할 뿐이라고. 그렇지만 이 학교의 앞날은 보나 마나 뻔하다고 지껄였대."

"뭐라고? 그 따위 소릴 지껄이다니. 우릴 깔보는 거야."

"그렇지? 용서할 수 있겠어?"

"그렇게는 못 하지!"

"어떻게 할까?"

어떻게 하다니, 무엇을 어떻게 해야 되는지.

머리끝까지 울컥 화가 치밀어 오는 건 사실이지만, 그렇다고 '싸우는 방법'에 대한 특별한 지혜가 있는 것도 아니다.

'공동전선'을 이룬 전교생의 총공격에 일본인 교사들은 대처방법을 찾지 못하고 쩔쩔맸다. 무리도 아니다. 대책이 있을 리 없다. 아무리 견고한 후원자가 있다고 해도 상대는 매일같이 봐야 하는 학생들인데다 교사로서의 양심과 직분도 있기 때문이다. 고교생들의 날 선 추궁을 견디지 못해 화가 난 나머지 멋대로 내뱉은 한 일본인 교사의 온당치 못한 발언이 불길에 기름을 끼얹은 결과가 되었다. 여러 경유를 통해 우리에게까지 알려지자 학교 전체의 문제로 번졌다.

학생자치회가 나설 차례였다.

온당하지 못한 발언을 취소하지 않으면 일본인 교사의 수업을 일체 거부하기로 했다.

안도 교장은 궁지에 몰리자 침착함을 잃고 우왕좌왕할 뿐이었다.

타개를 위한 적극적인 묘책이 있을 리도 없으니 이러다 할 손도 쓰지 못하고 한동안 상황이 흘러가는 대로 놔두었다. 그러자 옥외 게시판 **백두산**에 '어느 일본인 교사의 망언' 이라는 대서특필로 학생자치회의 성명이 게시되었고 파문은 점점 더 확산되었다.

도에서 내려온 지시가 어떤 내용이었든 간에 상황이 이 지경에 이르자 안도 교장은 '우리 교장' 임광철 선생님과 PTA 오학근 회장에게 울며 매달릴 수밖에 없었다. 이렇게 되면 조선인 교직원들이 나서야 될 차례다.

일본어 수업도 영어 수업도 선생님은 교실에 들어오지 않았고, 카지 선생님의 이과 과목을 포함해 벌써 이주일이나 일본인 교사의 수업이 이뤄지지 못하고 있었다.

국어, 조선역사, 사회, 지리, 수학, 체육 등은 조선인 교사가 담당이라 예정대로 진행되었다.

학생들의 추궁이 두려워 수업에 들어오지 않는 일본인 교사 시간은 다른 수업으로 대체되었다. 하지만 그 시간조차도 긴급교직원회의가 빈번하게 열려 저녁 무렵까지 계속되는 바람에 온종일 수업은 진행되지 않고 자습하는 날이 잦았다.

운동장 만들기

1

입학 후 어느새 한 달이 지났다.

일본인 교사와의 '싸움' 때문에 수업거부와 긴급회의가 계속되었고, 자습하는 날이 많았다.

수업이 있든 없든 우리는 한가로움을 주체하지 못했다. 차고 넘치는 에너지를 '싸움'에 다 쏟아부어도 여전히 에너지는 남아돌았다. 그렇다고 학교에서 줄곧 놀기만 한 것도 아니다. 조선인 교사의 수업과 연일 계속되는 학급 회의로 나름 바빠지기 시작했을 때 우리의 남아도는 열정을 발산시켜 줄 일이 준비되어 있었다.

학교 운동장 한쪽 구석에는 볼품없는 언덕이 있다. 나중에서야 알았지만, 이 언덕은 이곳이 화약고로 사용되었을 때 재난 방제용 둑의 일부였다고 한다. 타잔 놀이를 할 요량이었던 방제 둑을 운동장을 확장하기 위해 전교생이 동원되어 깎아 허무는 작업이 시작되었다. 학교 측으로부터 그 얘기를 들었을 때 남학생들은 모두 아쉬워했다. 우리에겐 자연 속에 마련된 안성맞춤의 놀이장소였기 때문이다.

일주일에 두 시간인 체육수업이 이 작업에 할당되었다.

게시판 **백두산**은 전교생에 의한 '일대 토목 · 개간 · 정지사업이다!'라며 몇 차례나 작업의 의의를 부여하는 게시를 올려 학생들에게 의지를 불러일으키고자 했다. 어차피 전교생이 동원된 단순한 막노동작업에 지나지 않았지만, 중 · 고교를 합해 천오백여 명의 체육 시간이 전부 이 작업에 할당되었다. 날마다 몇 개 학급이 언덕을 허무는 작업을 하고 있어서 운동장은 어수선하고 번잡스러웠다.

곡괭이와 삽이 언덕을 깎아 허무는 작업 도구의 전부였다. 파낸 흙은 삼태기와 손수레에 퍼 담아 날랐고, 울퉁불퉁한 운동장을 평평하게 다진 후에 남은 흙은 쓰지 않는 저수지나 웅덩이를 메우기 위해 버려졌다.

인해작전이다. 날이 갈수록 언덕 모양이 변해갔다.

모든 작업의 진두지휘에 나선 이는 체육 담당 김태진 선생님과 신동준 선생님이다.

김 선생님은 '엣삿사', 신 선생님에게는 '원폭'이라는 별명이 붙었다.

별명의 유래는 이렇다.

매일 아침 체조 때 NHK라디오체조를 한 후 김 선생님의 구령에 따라 '엣삿사 체조'를 반드시 덤으로 실시했다.

보는 눈에 따라서는 웅장한 체조일 수도 있겠지만, 자세가 우스꽝스럽기 짝이 없었다. 두 다리를 앞뒤로 간격을 벌리고, 허리는 낮추고, 가슴은 쫙 펴고, 양팔은 앞뒤로 휘두르면서 '에-엣삿사 엣삿사' 라는 구호를 외친다. 처음에는 우스워서 저절로 웃음이 터졌고 여학생들은 민망해했다.

"야 이놈들아! 좀 더 큰소리로 못 해! 가슴을 펴라고 가슴을! 힘차게!"

김 선생님은 이 체조를 할 때마다 소리를 질러댔다. 그래서 붙은 별명이 '엣삿사' 다. 이 체조가 구 일본군의 체조일지도 모른다고 꽤 그럴싸하게 말하는 녀석도 있었다.

별명 그대로 '원폭' 신동준 선생님은 무서운 선생이다. 그냥 무서운 정도가 아니다. 야단을 칠 때는 욕을 퍼부으며 따귀를 때릴 때도 있었다. 학생 수가 많을 때는 모두 한 줄로 세우고 바짓단을 걷어 올리게 한 다음 탄력 있는 대나무 회초리로 장딴지에서 '파싯!' 소리가 나도록 마구 때렸다. 이 체벌은 장딴지에 가로줄로 흔적이 남았다. 아무도 본 사람은 없지만 그 대나무 회초리를 선생님이 항상 가지고 다닌다는 소문이다. 소문대로 원자폭탄처럼 무서워서 '원폭' 이다.

'원폭' 의 회초리 세례를 학급에서 처음으로 받은 건 나를 포함한 다섯 명의 남학생이다.

체육시간이었다. 몇 녀석이 집합시간에 연달아 지각을 했다.

'원폭' 선생은 턱을 내리고 눈을 치켜뜬 채 뛰어오는 녀석들을 노려보았다. 같은 일이 여러 번 반복되자 결국 '원폭' 의 화가 폭발하고 말았다. 폭발의 충격파는 엄청났고, 정열해 있던 전원이 그 자리에 얼어붙고 말았다. 하필 그날 지각한 다섯 명 안에 나와 규율부원인 수일이가 들어있었다.

"거기 다섯 명, 한 줄로 서!"

반 애들은 물론이고 운동장에서 작업하던 학생들까지도 악명 높은 '원폭' 의 위력을 보고 싶었는지 재밌는 구경거리라도 생긴 듯 작업하던 손을 멈췄다.

폭발은 한 번으로 끝나지 않았다. 숨도 제대로 못 쉴 만큼 맹렬한 폭발이었다.

내 자존심은 산산이 부서졌고, 수치심으로 피가 거꾸로 솟았다. 너무 무서운 나머지 원폭이 무슨 소리를 질러대는지 전혀 들리지 않았을 정도다.

"바짓단 걷어 올려!"

옆에 있던 수일이가 재빨리 바짓단을 걷어 올렸다. 나를 비롯한 네 명은 두려움과 불안으로 엉거주춤 바짓단을 걷어 올렸다.

"넌 규율부원이지?"

모범을 보여야 할 규율부원이 왜 그랬느냐는 듯 선생님은 수일이를 매섭게 쳐다보았다. 수일이가 입술을 꽉 깨물었다.

다섯 명 안에 수일이도 같이 있었기에 나는 그다지 죄의식을 느끼지 않았다. 하필이면 오늘 운 나쁘게 지각한 것뿐이다. 규율부원인 수일이한테도 있을 수 있는 일이라고 생각했다.

하지만 신 선생님은 내 생각 같은 건 안중에도 없이 무자비했다.

원폭은 뒷주머니에 꽂아 둔 작은 대나무 회초리를 꺼냈다.

"한 줄로 서!"

살벌한 목소리다.

어차피 맞을 거면 뒤에 맞는 게 낫겠다 싶어 꾀를 낸 나는 줄을 설 때 일부러 수일이한테서 멀리 떨어져 맨 끝에 섰다.

그런데 심술궂은 '원폭'이 내 쪽으로 먼저 다가오는 것이 아닌가!

"아아—"

나는 맞기도 전에 비명을 질렀다.

허리를 굽히자 원폭은 내 다리가 움직이지 못하도록 한손으로 단단히 움켜잡았다. 눈을 질끈 감는 순간 대나무 회초리가 휘면서 허공을 가르며 내는 파샷! 소리가 날카롭게 들려왔다.

"히악~!"

나는 너무 아파서 비명을 지르며 폴짝폴짝 뛰었다.

나쁜 짓을 했을 때 아버지한테도 장작으로 여러 번 다리를 맞았었지만, 장작과 대나무 회초리는 감촉이나 소리가 전혀 다르다는 것을 대나무 회초리에 맞으며 알았다.

장작은 '바싯' 소리가 난 뒤에 묵직한 통증이 오지만, 대나무 회초리는 '파싯'하는 소리가 나는 순간부터 예리한 칼에 살을 베이는 것같이 아팠다.

"원폭이 예전에 학도동원(2차 대전 후 극심한 노동력 부족을 해결하기 위해 동원된 학생노동동원)에서 일본군에게 된통 당했던 것 같아. 그래서 그때 당한 걸 똑같이 우리한테 하는 것 아닐까?"

어디서 들은 소문인지 그날 이후로 생각날 때마다 분풀이삼아 이런 소문을 마구 퍼트리는 녀석도 있었다.

한 번 맞아보면 통증 때문에 잘못한 것을 반성하기보다 분하고 억울함이 앞섰다. 나도 그랬다. 운 나쁘게 하필이면 그날 지각한 게 분했고, 절대 봐주지 않는 신 선생님이 원망스러웠다.

하지만 그런 기분도 잠시뿐 운동장에서 작업하는 날이 잦아지자 분한 생각과 창피함도 점점 누그러져 갔다. 만약 신 선생님의 '원폭투하'가 예상되면 나는 조건 반사적으로 수업시작 5분 먼저 운동장에 나가 있었다. 그런 의미에서 '원폭' 신 선생님의 폭격 효과는 절대적이었다.

그건 그렇고, 언덕을 허무는 작업의 진두지휘를 맡은 또 한 사람이 있다. 선생이 아닌 학생이다. 바로 우리 반의 '아버지' 이평성이다.

야마나시현 깊은 산중에서 산을 깎아 도로를 만드는 일을 하다 온 '아버지'는 이런 일에 전문가였다. 붕괴사고를 미리 예방하고, 작업의 효율을 높이기 위해서 어떤 식으로 언덕을 깎아 내야하는지, 작업순서는 어떻게 짤 것인지, 삼태기나 곡괭이의 사용방법에 이르기까지 5월 염천 더위에 땀을 뻘뻘 흘리며 물 만난 고기처럼 의기양양하게 맨 앞에 나서서 이래라저래라 지시를 내렸다. 교사들도 '아버지'를 믿고 작업에 대해 일일이 조언을 구하기까지 했다.

먼저 흙더미를 파내는 조, 삼태기 조, 손수레 조, 세 작업반으로 나누었다. 어떤 작업반에 들어갈 것인지는 자유롭게 선택했다. 삼태기와 손수레는 둘씩 짝을 지었는데, 다만 여학생들은 오로지 손수레로 흙을 운반하는 작업을 했다.

"배고프다— 더는 못 하겠어—"

"저 자식, 공부는 못하는 주제에 이런 일에만 으스대기는."

"구시렁대지 말고 제대로 좀 밀어 봐—!"

"야, 아퍼! 수레 안으론 흙이 하나도 안 들어가고 내 발에 쏟아지게 하면 어떡해!"

하나같이 볼멘소리로 투덜댔지만 모두들 각자의 '체육'을 즐기기도 했다. 삼태기를 지거나 손수레를 끄는 일은 놀이의 한 종류 같았고, 적당히 운동도 되어 에너지를 발산시키기에는 더할 나위 없었다.

다함께 군소리를 해대고, 땀을 흘리며 언덕을 허물고, 운동장의 울퉁불퉁한 면을 고르는 동안 어느새 우리는 서로에 대한 경계를 허물고 친밀한 사이가 되어 있었다. 우리가 모교를 '우리 학교'라고 부르는 이유는 이런 과정을 통해 일체감을 가질 수 있었고 나의 학교라는 의식을 심어 주었기 때문이다.

어느 날 체육 시간, 이날 나는 언덕을 허무는 조였다.

"자, 여기다 흙을 담아 줘."

손수레로 흙을 나르던 조승옥이 수건으로 이마에 맺힌 땀을 닦으며 흙을 파내고 있던 내 앞에다 수레를 세웠다.

뒤쪽에서 주영순과 박영희도 웃으며 땀을 닦고 있다.

"이영~차!"

나는 있는 힘껏 흙을 떠서 손수레에 퍼 담았다. 두 여학생을 보자 갑자기 힘이 솟아나는 게 신기했다.

영순이는 그렇다 치고 영희로 말하자면 우리 반에서 내로라하는 미인으로 남학생들에겐 관심의 대상이었다. 반에서 뿐만 아니라 내 생각엔 학년에서 일, 이등을 다투는 미인이라 해도 과언이 아니다. 게다가 영희의 조선말은 녹아내릴 것 같은 현지 조선말이다. 깊고 뚜렷한 얼굴 윤곽에 속마음을 감춘 것 같은 짙은 눈썹, 귀여운 입술, 입안에서 살살 녹는 조선말.

이것만으로도 내가 그녀에게 열을 올릴 조건은 충분했다.

"승옥아, 이젠 내가 손수레를 끌 테니까 나랑 바꿔 줘."

영희와 함께하고 싶은 생각에 나는 슬쩍 승옥이에게 이렇게 말했다.

"어, 좋아."

내 기분을 아는지 모르는지 승옥이가 곧바로 승낙했다.

그런데 흙이 가득 찬 수레를 끌려는 순간 생각지도 않은 녀석이 끼어들었다.

"야, 왜 너희들 맘대로 바꿔? 넌 흙을 파내는 조 아냐?"

나와 같은 조였던 여드름투성이 강건일이 우리를 지켜보다 참견을 했다.

우리보다 키도 크고 덩치가 있는 건일이는 툭하면 트집을 잡거나 거친 말버릇 때문에 여학생들이 싫어했다. 나도 이땐 속으로 재수 없는 녀석이란 생각이 들었다. 아니면 설마 건일이도 영희에게 관심이 있는 건가?

"딱히 게으름을 피우는 것도 아닌데 뭐 어때?"

내가 건일이에게 쏘아붙였다.

"내가 좋다고 했어. 나랑 바꾸는 것뿐이라고."

승옥이가 나를 거들어 무슨 불만이라도 있냐며 날카로운 표정으로 건일이를 노려보았다. 건일이에 비해 키는 작아도 승옥이의 으름장은 녀석보다 한 수 위였다.

"니들 나한테 까불지 마."

우리 둘이 노려보자 슬쩍 겁이 났는지 건일이가 한 마디 내뱉고는 하던 일을 계속했다.

부탁하자마자 자리도 바꿔주고 생트집을 잡던 건일이에게 반격을 가해준 승옥이와는 이날 이후로 둘도 없는 친구가 됐다.

"자, 이제 밀어줄래?"

"그래, 밀어줄게."

영순이와 영희는 아무 일도 없었다는 듯 손수레를 힘껏 밀었다.

"석철 동무 힘세다! 게다가 다정하기도 하지."

손수레를 끄는 것이 하나도 힘들지 않았다. 오히려 신이 났다.

"별로 뭐 그렇지도 않아."

"영순 동무가 늘 얘기했어. 석철 동무는 정말 자상하다고. 영순 동무, 내 말이 맞지?"

확인이라도 하듯 영희가 영순이를 쳐다보았다.

"응 맞아, 얼마나 친절한데."

내가 영희와 말다운 말을 주고받은 것은 이때가 처음이다. 한 교실에 있으면서도 그녀가 어떻게 생각할지 마음이 쓰여 지금까지 한 번도 제대로 말을 붙여보지 못했다. 말할 기회는 얼마든지 있었지만, 왜 그런지 그럴 수가 없었다.

영순이와 영희 사이에 나에 관한 얘기가 오갔던 모양이다. 앞으로는 영순이한테 더 다정하게 대해야겠다고 그때 마음먹었다.

2

우리 반 급우들의 얼굴과 이름을 거의 외우게 됐고, 학교와 교실 분위기에도 익숙해졌다. 또 마음에 드는 녀석과 그렇지 않은 녀석들이 가려졌다.

내가 분석한 바로는 급우들은 대략 세 그룹으로 나뉜다.

학급의 과반을 차지하는 것은 나처럼 일본에서 태어나 조선인소학교로 순조롭게 진학한 '적당한' 나이의 그룹이고, 나머지 두 그룹은 소수파인데, 영순이처럼 일본학교에서 전학 온 '출발이 늦은' 학생들이 두 번째 그룹에 속한 세 명이다.

반 급우들보다 터무니없이 나이가 많거나, 일상적인 대화의 소소한 부분까지 유창한 조선말이 가능한 한국에서 온 녀석들이 세 번째 그룹에 속하는 네 명이다.

'아버지'는 워낙 특별해서 어느 그룹에도 속하지 않는다.

확실한 것은 잘 모르겠지만, 한국에서 온 녀석들은 대부분이 밀항자인 것 같았다.

미군정 지배 하에서 대한민국이 되었지만, 미국과 이승만 대통령의 정치는 국민의 지지를 얻지 못하고 각지에서 총파업과 반란이 빈번하게 일어나고 있음을 라디오와 신문이 날마다 보도했다. 반공 · 북진 통일을 주장하는 이승만의 통치 아래 한국의 남단 제주도와 여수 · 순천 등에서 일어난 무장 항쟁 등 국민들의 저항은 게릴라투쟁으로 번져갔다.

우리 반의 밀항자들은 해방이 되자 곧바로 일본을 떠나 고향으로 귀국한 애들인데, 당시 한국의 정치적 혼란을 피해 다시 현해탄을 건너온 이들이다. 그 때문에 다른 애들보다 학년 진급이 늦어진 거다. 우리보다 나이가 많기는 했지만 느긋하기만 했던 우리와는 어딘가 다른 냉엄함과 끈질긴 인내심이 자연스럽게 배어 있었다.

학급은 당연히 나 같은 주류파를 중심으로 돌아갔다. 하지만 나는 '출발이 늦은 조'에 비해 조선말을 할 수 있다는 약간의 우월감과 그들보다는 일본어를 잘 모른다는 열등감이 있었고, 세 번째 그룹의 녀석들과 비교하면 내가 하는 조선말이 그저 어린 아이 수준이라 몹시도 강한 열등감을 느꼈다.

지는 걸 싫어하면서도 소심했던 나는 이런 애들과는 친구가 되고 싶지 않아서 되도록 마주하지 않으려 했기 때문에 그들을 처음부터 친구 상대로 생각하지도 않았다. 아니, 억울하긴 하지만 반대로 그들에겐 내가 친구 상대로 여겨지지 않은 것이라 해야 맞을지 모른다.

반장인 김남식과 주준모는 우리보다 세 살 많았고, 같은 나이의 박영희도 조선말이 유창한 이 그룹에 포함된다.

특별한 경우인 '아버지'를 비롯해 나이가 많은 이들과는 공부건 운동이건 무엇을 해도 우리와는 확실히 차이가 났다. 동급생이라고 생각하면 억울하지만, 나이가 많아서 그렇다 생각하니 얼마 지나지 않아서는 그러려니 했다. 하지만 잊을 만하면 한 번씩 분명 우리와는 다른 차이를 똑똑히 깨닫게 했다. 마음에 두지 말자 하면서도 나도 모르는 사이에 그들로부터 영향을 받고 있었는지도 모른다.

일대 토목 · 개간 · 정지사업은 순조롭게 진행되어 꽤 높았던 언덕도 반 이상 깎여 나갔다.

이쯤 되자 체육 시간은 때때로 작업을 진행하는 학급과 정규 체육 수업을 진행하는 학급으로 나뉘었다. 운동장이 아직은 제대로 다듬어진 것은 아니었다. 일부에서는 아직도 작업이 계속되었고, 그 때문에 어디까지나 작업에 지장이 없을 정도의 행진연습과 일직선으로 달리는 경주가 중심이 된 체육수업이었다.

언덕을 허무는 작업을 할 때는 바지와 러닝셔츠를 입어도 되지만, 체육시간에는 흰 반바지나 운동복 바지에 러닝셔츠를 입어야 했다. 여학생은 검은 블루머에 흰 셔츠를 입었다.

이날 체육수업은 흙 언덕을 허무는 체육이 아니고 진짜 체육수업이었다.

반바지를 가져오지 않았기 때문에 속옷 팬티만 입고 운동장으로 나갔다. 남학생 대부분이 나와 같은 차림이었고, 반바지나 운동 바지를 입고 있는 사람은 준모와 건일이 등 네댓 명뿐이었다. 아무리 학교에서 정한 규칙이라 해도 반바지나 체조복 같은 모양을 낸 옷을 살 돈도 없었고, 그저 운동일 뿐인데 뭘 입고한들 마찬가지란 생각에 그다지 신경을 쓰지도 않았다. 그런데 막상 이런 시간이 닥치자 옷차림에 신경을 쓰지 않은 것이 몹시 후회가 됐다.

다른 애들은 모두 깨끗이 세탁한 팬티 같았는데, 아침에 갈아입는 것을 깜빡한 나는 열흘이나 입었던 팬티였다. 꾸깃꾸깃한데다 여기저기 튄 오줌 자국으로 얼룩 투성이다. 낭패라는 걸 깨달았을 땐 이미 늦고 말았다.

더러운 팬티를 모두에게 보이고 싶지 않았기 때문에 자연히 허리가 구부정하게 됐고 몸 전체가 움츠러들었다.

"야, 너 왜 그래?"

눈치도 없이 이승기가 내 등을 찰싹 때리며 물었다. 순간 깜짝 놀라서 등이 저절로 꼿꼿이 펴졌다. 등이 펴진 순간 팬티 속에서 단단해져 있던 그 녀석이 팬티 한가운데 작은 산을 만들었다. 조금 전 내 앞을 지나간 여학생을 본 순간 그 녀석이 멋대로 부풀어 오른 것이다. 이러면 안 된다고 생각하면 생각할수록 녀석은 원래대로 돌아올 기미조차 없었다. 떠올리지 마라, 생각하지 마, 잊어버려! 열심히 나에게 타일렀지만, 팬티 한 가운데 생겨버린 작은 산은 도무지 평상시대로 돌아와 주질 않았다. 그래서 더더욱 허리는 구부정하게 되었고 몸은 움츠러들었다.

"멍청한 자식. 팬티 안에다 서포터를 하면 될 것을."

승기가 깔깔 웃으며 내 앞으로 오더니 호들갑을 떨며 내 팬티를 쳐다보았다. 고무재생업을 하는 아버지를 둔 승기는 소학교 동기인데, 새로운 상품을 누구보다 먼저 살 수 있는 환경이었다.

"서포터가 뭐야?"

"너, 서포터도 몰라?"

"몰라."

승기는 서포터를 모르는 내가 어이없다는 표정이다.

"자, 봐봐"

승기가 자신의 팬티 고무줄을 잡아당겨 앞으로 벌렸다. 안을 들여다보니 소중한 그것이 별도의 천으로 감싸져 있다.

"뭐야 훈도시(일본 속옷) 같잖아? 이런 것도 있어?"

"그럼, 있지. 아휴 됐다. 너한텐 설명해도 소용없겠다. 앞으론 이걸 입으면 눈에 확 띄는 것도 감출 수 있을 거다."

기막혀하기는 했어도 승기는 내가 좀 안쓰러웠던가 보다. 내 팬티가 보이지 않게 내 앞에 서서 운동장까지 같이 걸어가 주었다. 나는 승기 등 뒤에 바짝 달라붙어 걸었다. 곰곰이 생각해보니 어이가 없었다. 녀석을 감추기 위해 입는 것이 팬티인데 그래도 마음이 안 놓여 팬티 속에 별도의 천을 입는 건 대체 어떤 의미지? 조금 일찍 성에 관심을 가진 녀석들은 재치 있게 저런 걸 입는 모양인데, 서포터 같은 속옷문화를 모르는 나란 놈은 역시 야무지지 못하고 뒤처진 건가?

운동장에 집합한 남학생들은 멀리서 봐도 대부분이 나와 엇비슷한 팬티차림에 그다지 신경을 쓰는 것 같지도 않아서 갑자기 힘이 났다. 어느새 그 녀석도 제멋대로 작아져 있었다. 주인의 의지와는 상관없이 저 혼자 부풀다 풀죽었다 하는 괘씸한 녀석이다.

"오늘은 정렬의 기본동작과 행진 연습을 하겠다."

'원폭' 선생의 구령을 시작으로 재미도 없는 우향우, 좌향좌, 뒤로 돌아 동작을 몇 번이나 반복해 연습했다. 우향우를 시키면 좌향좌를, 좌향좌를 시키면 우향우 동작을 하는 운동신경도 방향감각도 전혀 없는 나사 풀린 녀석이 있다는 게 놀라웠다. 금방 이라도 울 것 같은 당사자야 여러 사람 앞에서 창피를 당했기에 안쓰럽기도 했지만, 나는 애써 웃음을 참으면서도 무언가를 예감하고 이내 불안해졌다.

아아, 그리고 드디어 행진 연습이 시작됐다.

남녀가 따로 대열을 이룬 것이 그나마 다행이었다. 그러나 4열 종대 행진은 상상 이상의 참담한 상황이 되고 말았다.

양팔을 크게 휘두르며 다리를 앞으로 내디딜 때마다 중요한 내 '물건'이 멋대로 좌우로 움직여 댔다. 멋있게 행진을 할 생각이었지만, 나는 내 '물건'이 요동치는 것을 알아차리고 당황해 허리를 구부렸고 그러자 엉덩이를 뒤로 쑥 뺀 자세가 되었다. 나 혼자만이 아니다. 같이 있던 녀석들의 '물건'도 주인님의 의지에 반항해 제멋대로 좌우로 요동을 치기 시작한 것이다. 요동을 친 것뿐만이 아니다. 자라나기 시작한 콩나물 뿌리 같은 내 거웃이 다리를 움직일 때마다 팬티에서 삐져나왔다. 당황한 나머지 남들이 눈치채지 못하도록 허리를 구부리면 엉덩이가 뒤로 **빠졌다**. 이런 꼴인 녀석들이 집단을 이뤄 행진하는 모양새라 언뜻 보기에는 허리가 굽은 노인들의 행진처럼 되고 말았다.

"이 녀석들! 왜 엉덩이를 빼! 가슴을 펴란 말야, 가슴을!"

'원폭' 선생이 처음에는 호통을 치기만 하더니 왜 이런 자세인지 진상을 알고 나자,

"좋다, 그만 됐다."

터져 나오는 웃음을 애써 참으며 곧바로 중지시켰다.

"달리기는 할 수 있겠지? 좋아, 남자는 열 바퀴, 여자는 다섯 바퀴 운동장을 돌겠다. 이건 경주가 아니니까 천천히 달려도 괜찮다. 체력단련을 위한 것이니 완주하기만 하면 된다."

축구나 배구도 가능했지만, 작업 중인 학생들도 있어서 운동장을 자유롭게 이용할 수 없다고 선생님은 판단한 것이다.

행진은 좌우에 누군가 있었기 때문에 쑥스럽고 창피했다. 하지만 운동장 달리기라면, 게다가 경주를 하는 것도 아니면 힘들 것도 없었다. 나도 달리기엔 꽤 자신 있었다.

마음대로 달려도 좋다했으니 행진보단 수월하겠다 싶었다.

내 계산은 여기서 또 빗나갔다. 상황은 아까보다 더 비참해지고 말았다.

남녀 학생 오십 명이 일제히 달리기 시작했다. 한 바퀴도 돌지 않았을 때 예상대로 여학생들은 뒤쳐졌고, 남학생만이 집단을 이뤄 선두를 달렸다. 그중에 나도 있었다. 흙으로 고르게 다져놓아 달리기 불편한 운동장 흙을 발로 차서 흩트리며 달렸다.

"방해된다, 저리 비켜!"

나와 선두집단에서 달리던 '아버지'가 삼태기와 손수레를 끌던 학생들에게 비키라며 소리 질렀다.

그 소리에 놀란 고교생 작업반이 눈을 부라렸지만, 상대가 '아버지'와 '원폭'이라 아무 말도 못 하고 운동장 끝으로 몸을 피했다.

달리다 보니 손수레를 끌고 있는 김말순이 보였다.

"야, 말순이가 있어!"

함께 달리고 있던 태일이에게 내가 말했다. 태일이는 이미 그녀를 알아차리고 있었고 히죽 웃으며 갑자기 속도를 냈다.

경쾌하게 달리고 있는 내가 멋지다는 생각이 들었다. 하지만 이런 기분에 젖은 건 운동장을 한 바퀴를 돌았을 때 까지였다.

또다시 그 녀석이 발딱이기 시작한 거다. 아니, 아주 들까불었다. 얇은 상의를 입은 누나들이 달리기를 할 때에 큰 출렁임을 만드는 젖가슴처럼, 팬티 속 그 녀석이 발칙하게 상하 좌우로 제멋대로 날뛰는 게 아닌가!

그 녀석을 의식한 순간 갑자기 속도가 늦춰졌고 천천히 뛸 수밖에 없었다. 낭패였다. 속도는 느려졌어도 달리고 있는 한 그 녀석의 요동은 멈추질 않았다.

내 옆으로 한 여학생이 보란 듯이 몇 명의 남학생들을 제치고 앞질러 갔다. 나는 속으로 비명을 질렀다. 이대로라면 여학생한테도 뒤쳐져 꼴찌가 될 것 같았다.

나는 반사적으로 오른손을 뻗어 그 녀석을 움켜쥐었다. 자세는 불안정했지만 조금은 속도도 붙었다.

여학생 하나를 앞질렀다. 계속해서 한 사람 더 앞지르려고 그 녀석을 다시 힘껏 움켜쥐었을 때 영순이가 내 앞을 앞질러 갔다. 뒤이어서 영희도 나를 앞질러 갔는데 게다가 나를 보고 생긋 미소까지 지었다. 그 바람에 나는 의지가 꺾이고 말았다. 선두를 달리던 태일이도 나처럼 뒤로 처져서 바로 눈앞에 있었다. 태일이도 자신의 그 녀석을 오른손으로 단단히 움켜쥐고 있었다. 그 모습이 우스꽝스러워서 둘이 서로를 보고 웃을 수밖에 없었다.

"태일아 잠깐 쉬지 않을래? 이 녀석 때문에 안 되겠어."

"잠깐 쉬고 나서는 어쩔 건데?"

"기권할래."

"그건 더 안 되지. 원폭이 가만있겠어?"

"그럼 어떡해?"

"나도 몰라. 그냥 달릴 뿐이야."

벌써 몇 명의 여학생이 우리를 앞질러 갔다. 자리를 바꾸듯 앞에서 달리던 남학생 한 무리가 속도를 늦춰 우리 쪽으로 가까이 왔다. 죄다 자신의 그 녀석을 움켜쥐면서 달리고 있는 게 아닌가! 이런 상황에서 할 수 있는 행동은 모두 같을 수밖에 없는 모양이다.

이건 비극이야. 달리기 무대에 선 인물들은 온 힘을 다해 몰두하고 있었지만, 작업반 녀석들은 망측한 모습으로 달리는 우리를 보고 하던 일도 내려놓고 자지러지게 웃어댔다. 그들은 희극을 보고 있는 것이다.

"날뛰지 못하게 자지를 단단히 움켜잡고 뛰어랏!"

구경하고 있던 고교생이 큰 소리로 놀려냈다. 그러자 주위에서 또다시 웃음이 터졌다. 기묘한 자세로 달리는 열다섯 명 정도의 애처로운 집단은 수치심으로 반은 울고 반은 웃으며 계속해서 달렸다.

"야, 왜 그래? 힘이 다 빠졌냐?"

우리보다 한 바퀴나 앞질러 달리던 건일이가 옆에 나란히 붙어 내 팬티를 뚫어져라 보며 말했다. 우쭐대는 녀석의 어렴풋한 미소가 밉살스러웠다.

"시끄러!"

얄미운 건일이에게 소리를 꽥 질렀다.

"깜짝이야, 어휴 무서워라. 기권할 생각은 아니지? 히히!"

건일이는 보란 듯이 속도를 내 마구 달렸다.

여학생들은 벌써 전원이 다섯 바퀴를 다 돌고 운동장 중앙에 앉아 가쁜 숨을 고르며 우리를 쳐다보았다.

드디어 '아버지'와 건일이, 승기를 포함한 몇 명도 열 바퀴를 다 돌고 운동장에 앉았다. 애처롭게 달리던 집단에서는 결국 기권하는 녀석이 나왔다. 하지만 단 두 명뿐이었다.

이제 남은 건 두 바퀴다. 전원이 의기투합했다. 신기하게도 열세 명 정도 무리지어 달리자 수치심도 없어지고 마음도 차분해졌다. 무언가 엄청난 일에 도전하고 있는 것 같아 갑자기 유쾌한 기분도 들었다.

"야, 전부 모여서 달리자. 우린 하나야!"

수일이가 모두에게 말했다.

그러자! 일제히 큰소리로 대답하고 다 같이 웃었다.

"모두 자지에서 손을 떼라. 당당하게 달리자. 창피해 할 거 없어!"

이번에는 태일이다.

우리는 일제히 불효막심한 녀석을 매정하게 뿌리쳤다. 날뛰고 싶다면 맘대로 날뛰게 하자. 거웃과 불알이 속옷 밖으로 비어져 나온다 해도 이젠 상관없었다.

"달려라 달려! 끝까지 달려!"

작업반에 있던 학생들 모두 일손을 멈췄고 박수를 치는 녀석까지 있었다. 그중에 말순이도 있다.

열세 명 전원이 팬티 속 작은 산을 출렁대며 한 무리가 되어 당당하게 골인 지점으로 뛰어들었다.

기다리고 있던 '원폭' 선생이 포옹이라도 하듯 한 사람 한 사람 어깨를 감싸며 두드렸고 머리까지 쓰다듬으며 마구 웃어대는 바람에 몹시도 얄미웠다.

화해

1

우리 담임인 채용득 선생님은 아침 학급회의에 들어올 때도 있지만, 방과 후에는 어김없이 교실에 들어오신다. 선생님이 오지 않는 한 하루가 끝났다고 할 수 없었다. 이날은 삼십 분 정도 늦어진다는 연락이 있었기에 그동안 학급회의가 열렸다.

주제는 변함없이 일본인 교사와 '싸우는 방법'이다. 카지 선생님과 두 달 전 일전을 벌인 이후 다른 일본인 교사와는 아직 얼굴도 마주하지 못하고 있다. 이과 수업은 물론이고 일본인 교사들과의 싸움도 시들해져서 새삼스럽기까지 했다. 그동안 상황도 많이 달라졌다.

양쪽이 '적'의 태도를 살피며 서로 견제하던 험악한 냉전 상태는 끝나 있었다. '도립학교'임을 기정사실로 인정하고 민족교육을 어떻게 해야 할지 일본인 교사들도 진지하게 고민하는 분위기였다. 여러 날에 걸쳐 열렸던 긴급교직원회의의 성과가 이제야 나타나기 시작하는 듯했다. 이러한 상황을 어떻게 발전시킬지 전술을 짜자며 반장 김남식이 제안했다.

"남식아, 설명이 너무 어려워. 그냥 싸움을 하라면 얼마든지 생각하겠는데 말이야."

장난기 섞인 강건일의 말에 여기저기서 웃음소리가 났다.

남식이가 약간 당황하더니 보충설명을 덧붙였다.

"다른 반에서는 일본인 교사의 수업이 시작됐다고 합니다. 고등학교도 수업은 진행하면서 계속 타협해가며 서로의 입장을 충분히 이해하는 식으로 가고 있는 것 같습니다. 카지 선생님이나 야마시타 선생님도 다음시간부터는 수업에 들어온다고 했습니다. 만약 수업이 시작된다면 우리는 어떻게 하면 좋겠습니까?"

"다른 반이 시작했다면 우리도 시작하면 되잖아. 공동전선 아니었어?"

가와사키川崎에서 통학하는 정만우가 발언했다.

"수업을 시작한 학년은 몇 번씩 선생님과 이견을 조율했으니까 된 거 아니야? 우리 반은 카지 선생님과 딱 한 번 만났을 뿐 다른 두 선생님은 얼굴조차 못 봤잖아."

이승기가 자리에 앉은 채 발언했다.

"겁이 나서 도망간 거 아냐?"

건일이가 또 참견하며 말허리를 꺾는다.

"도망가진 않았어. 매일 학교에 나오시는걸."

앞쪽에 앉은 여학생이 말했다.

"그럼, 교실에 들어오면 되잖아?"

"승옥이가 무서워서 그런 거 아냐?"

뒤쪽에서 들린 말에 다시 또 한바탕 웃음바다가 되자 조승옥이 머리를 긁적였다.

박효순이 손을 들고 발언을 요청했다.

"이대로는 세 선생님의 수업이 늦어지기만 할 뿐입니다. 어떻게든 빨리 공부하고 싶습니다."

여학생 대부분이 고개를 끄덕였다.

"공부를 시작하고 싶은 것은 우리도 마찬가지야. 하지만 시작에는 순서라는 게 있는 거라고."

이수일이 여학생들의 태도가 불만이라는 듯 말했다.

"순서라니 어떤 순서입니까?"

효순이의 질문에도 불만이 엿보였다.

"아직 우리와는 아무것도 이견을 조율한 적이 없잖아."

"맞아. 결정된 게 아무것도 없다구!"

여세를 몰아 건일이가 말했다.

"좋아, 그럼 이렇게 하자."

그때 '아버지'가 벌떡 일어났다.

"지난 시간엔 일부러 수업을 거부하려 한 것은 아니었지만, 앞으론 고분고분 수업을 받기로 하자. 전에는 선생님에게 인사도 하지 않았는데, 그건 옳지 못해. 처음이라 어쩔 수 없었지만, 일본인 교사들이 반드시 적은 아니야. 우리가 무언가 착각하고 있는 것 같아. 그들은 선생님이고 교사야. 인간을 교육하는 사람이니까, 우리 조선인의 생각을 차분히 얘기하면 반드시 이해해 줄 거다. 민주주의가 그런 것 아니겠어? 다른 반에서 수업이 시작됐다는 건 우리의 생각이 이해되고 있다는 얘기니까."

역시 '아버지'는 우리와는 말하는 것 자체가 달랐다. 나도 머릿속이 개운해졌다. 한편으론 자습이 좋기도 했지만 이젠 그것도 지겨웠다. 이대로 공부가 늦어지는 것이 나 또한 불안했다.

교실 철문이 끼익 열리더니 채 선생님이 들어왔다.

"미안, 미안. 회의 중? 좀 더 걸리나?"

"아뇨, 거의 끝났습니다."

남식이가 '아버지' 이평성의 발언을 결론으로 하겠다고 말한 뒤 자리로 돌아왔다.

채 선생님은 오늘도 플레이어와 레코드를 들고 왔다.

일주일에 한 번씩 채 선생님의 '클래식 레코드 감상회'가 있다.

우리 집에도 형이 염가로 구입한 니치쿠(日蓄 일본축음기상사)에서 만든 휴대용 축음기가 있다. 새로운 것만 보면 사족을 못 쓰는 형은 온종일 유행가와 샹송을 들었다. 어디서 구했는지 조선의 유행가 레코드도 있었고, 아버지 동료들이 소란스럽게 떠들며 놀 때에도 축음기가 요긴하게 쓰였다. 덕분에 나는 일본 유행가와 샹송, 해방 전 조선의 유행가를 대부분 축음기로 들으며 외웠다.

그런데 서구음악인 클래식은 음악실에 걸려있는 위엄 있고 깐깐해 뵈는 바흐나 베토벤의 초상화를 본 게 전부이고, 가까이에서 들을 기회가 거의 없었다. 그런 바흐나 베토벤의 음악을 듣는다고 한다. 채 선생님은 클래식음악의 광팬이었다.

"오늘은 쇼팽을 듣겠다. 그 전에 일본과 조선의 정치 움직임에 관해 얘기할 게 있다. 혹시, 영화 푸른 산맥(靑い山脈, 이시자카 요지로의 동명 소설을 영화화한 작품, 1949년)을 본 사람 있나? 있으면 손들어 봐."

정치 얘기를 하겠다던 선생님은 돌연 영화 얘기를 꺼냈다.

나는 제일 먼저 손을 들었다. 나 말고 두세 명 더 있다.

"어때, 재밌었냐?"

선생님이 내게 물었다.

"재밌었어요."

"어떻게 재밌었지?"

"영화 속 선생님과 학생들 모두 활기가 넘쳤어요. 낡은 생각을 가진 선생님들이 쩔쩔매는 모습이 특히 재미있었습니다."

"석철인 최근에 또 어떤 영화를 봤지?"

"미소라 히바리(美空ひばり 1937~1989, 유명 가수이자 배우)가 나온 구슬픈 휘파람(悲しき口笛 1949년)을 봤습니다."

"영화를 좋아하냐?"

"좋아합니다! 선생님, 미소라 히바리는 우리랑 같은 나이잖아요. 노래는 굉장히 잘하지만, 아직 어린데 좀 건방지고 불량해 보였습니다."

"음, 건방지고 불량하다고. 아무튼, 시간 있으면 다른 학생들도 영화를 많이 봐라. 무척 재밌는 거다 영화란 게."

교실은 영화 이야기로 꽃을 피웠다.

학생들에게는 영화관람 금지가 암묵적으로 정해진 것이었음에도 선생님은 항상 뜻밖의 얘기를 해 우리를 놀라게 했다.

내가 본 서부극 역마차(Stagecoach, 1939년)나 아기사슴 이야기(The Yearling, 1946년) 같은 영화를 도대체 왜 보지 말라고 하는지 어른들의 생각을 이해할 수 없었다.

역마차를 본 뒤로 나는 캇짱을 비롯한 동네 아이들과 서부극 놀이에 해가 저무는 줄 몰랐고, 아기사슴 이야기는 세 번씩이나 보았는데 볼 때마다 눈물을 뚝뚝 흘렸다. 영화는 내가 알지 못하는 세계를 스크린을 통해서 가르쳐 준 또 다른 학교였다. 그 때문에 틈만 나면 아니, 공부 따위는 내팽개치고 몰래 영화관에 드나들었다.

관람료를 달라고 조르면 엄마는 늘 퉁명하게 이렇게 말했다.

"영화 같은 거 안 봐도 엄마는 잘만 산다. 사는데 아무 지장 없어."

역정을 내시는 엄마에게 '영화는 좋은 거다. 자주 보라'고 한 채 선생님의 말씀을 어떻게든 들려주고 싶은 심정이었다.

"모든 영화가 다 좋다는 건 아니다. 어떤 영화가 좋은지 고르는 건 쉽지 않은 일이지. 그건 그렇고, 영화의 좋은 점은 사회의 모습을 반영한다는 거다. 일본에도 새로운 사상이 들어와서 전쟁 전에 비하면 분위기가 많이 밝아졌다. 푸른 산맥이란 영화를 보면 그걸 잘 알 수 있다."

영화가 사회의 모습을 반영하는 것이구나. 어쩐지 가슴속에 꽉 막혀있던 것이 뚫린 것처럼 후련해졌다. 영화는 숨어서 보는 것이 아니다. 사회에 대한 공부를 위해서도 당당하게 봐야 한다고 선생님은 말했다.

"하지만 말이다, 모든 일에는 표면과 다른 이면이 있다는 것도 잊어서는 안 된다. 새로운 것의 이면에는 그것을 곱게 보지 않는 낡은 세력의 생각이 있게 마련이다. 조선인은 독립국의 국민으로서 당연한 권리인 민족교육을 자력으로 실시해 왔지만, 이것을 인정하지 않는 일본정부의 탄압은 사회의 진보에 반하는 반동적인 행동이라 할 수 있다.

우리 조선반도 또한 지금 새로운 것과 낡은 것의 힘겨루기가 절정에 이르러 있다. 다들 신문은 보았겠지? 매일 보도되니 이미 알겠지만, 북진 통일을 외치며 국민의 저항을 탄압하고 있는 이승만정권의 움직임은 대단히 위험한 상태다. 언제 전쟁이 날지 알 수 없을 정도다."

선생님의 이야기는 어느새 영화에서 신문과 라디오에서 보도되고 있는 일본과 한국의 혼란한 정치정세 얘기로 바뀌었다.

해방이 되자 한국으로 되돌아간 부모님이 걱정이셨던 엄마는 성가실 정도로 부모님에게 보내는 편지를 나에게 대신 써 달라고 하셨다. 너무 귀찮아 미루다가 사흘 전에야 겨우 써서 우체통에 넣었던 일이 선생님의 얘기를 듣던 중 생각났다.

"뭐, 이 정도로 할까. 오늘은 쇼팽이다."

선생님은 교탁에 축음기를 올려놓고 포장지로 싼 레코드를 조심스레 꺼내며 우리에게 물었다.

"쇼팽은 어느 나라 사람이지?"

"프랑스!"

맨 앞에 키 작은 성창도가 자신만만하게 대답했다.

"독일 아니야?"

뒤쪽에 앉은 남학생 목소리다.

"그것도 모르는 거냐? 폴란드야."

선생님이 손수건으로 레코드의 먼지를 닦으며 말했다.

"그럼, 쇼팽의 곡 중에서 뭐든지 좋으니까 아는 곡이 있으면 말해 봐라."

"엘리제를 위하여!"

또 키 작은 창도 녀석이다. 이번에는 아까보다 더 자신 있게 말했다.

"…?"

선생님이 창도의 얼굴을 빤히 쳐다보았다.

"아닌……가요?"

틀린 걸 알았는지 창도가 선생님을 얼른 훔쳐본다.

"엘리제를 위하여는 베토벤이야."

내 옆에 앉은 주영순이 어이없는 표정으로 이렇게 말했다.

"에? 언제부터 그랬어?"

폭소가 터졌다.

이 녀석도 나랑 소학교 동기인데 예전부터 말이 많은데다 쓸데없이 참견하기 좋아하고 덤벙대는 녀석이다. 나도 큰 소리로 웃었지만 속으론 식은땀이 났다. '언제부터 그랬어?'는 내가 묻고 싶었던 말이기도 했기 때문이다. 하마터면 나도 창피를 당할 뻔했다.

"피아노를 배우는 사람이라면 반드시 연주해 보고 싶은 동경의 대상인 곡이 쇼팽의 왈츠라고 한다. 왈츠로 유명한 것은 요한슈트라우스이지만, 그의 곡은 화려한 귀족풍이 대부분이라 쇼팽에 맘엔 들지 않았다. 그래서 쇼팽짱(ちゃん, 친한 사이에 쓰는 호칭)은 생각했다. 나의 왈츠는 우아한 아름다움과 기품을 지닌 연주회용 예술작품이 될 것이다. **화려한 대원무곡** 작품번호 18을 연주회장에 울려 퍼지게 하겠어!"

바흐도 베토벤도 선생님은 모두 '짱'을 붙여 불렀다. 바흐짱, 베토벤짱까진 좋았다. 스트라빈스키짱에서는 모두들 혀가 뒤엉켜 버렸고, 훌륭한 음악가의 권위가 떨어지는 것 같아 어색했지만, 까다로워 보이는 쟁쟁한 작곡가들이 동네 아저씨들처럼 느껴져 친근하게 들렸다.

채 선생님은 지리를 가르치셨다.

일본에서 대학을 졸업하고 곧바로 우리학교 교사가 되었는데, 조선말이 유창한 것은 해방 전에 조선에서 건너와 스스로 학비를 벌어가며 학교를 다녔기 때문이다. 눈매와 콧날이 뚜렷한데다 훤칠한 키에 잘생긴 선생님이다. 타고난 목소리가 커서인지 야단을 치실 때는 어떤 선생님보다도 무서웠다.

선생님은 특히 바이올린 연주를 좋아했다. 지난번에는 사라사테의 지고이네르바이젠을 들었다. 그때 나는 황홀한 표정으로 음악을 듣고 있는 선생님을 보면서 생각했다. 채 선생님의 매력을 바이올린 연주에 비유하면 여러 화음과 음계가 절정에 이르렀을 때 예리한 칼날에 '사악' 베이는 것 같은 선명함에 있다고. 학급회의나 레코드감상회 때 하신 선생님의 말씀은 보이지 않게 천천히 스며드는 물처럼 내 가슴속에 또렷하게 새겨져 있다. 실수를 조금도 두려워하지 않는 대담함과 과감하게 현을 가르는 후련함 같은 면이 내게는 정말 신선하고 좋았다.

나도 조금씩 클래식에 신선한 감동을 느끼기 시작했다.

왈츠의 우아한 음이 콘크리트 교실에 절묘하게 울려 퍼졌다.

문득 뒤를 돌아보니 건일이가 입을 크게 벌리고 하마처럼 하품을 하고 있었다. '아버지'는 이미 꿈나라에 들어가 있다.

나의 '다정함'이 박영희에게 전해지길 바라서 그런 건 아니지만, 어쨌든 영순이에겐 상냥하게 대할 생각이었다. 무엇보다도 조선말을 전혀 모르는 영순이한테는 수업이 외국어나 마찬가지였다.

그런 영순이가 안쓰러워서 나는 수업 중이나 쉬는 시간에 그녀를 위해 일본어로 '반복수업'을 하게 되었다. 번거롭긴 했지만 막상 해보니까 귀찮기는커녕 복습이 되어 내게도 상당히 도움이 되었다. 솔직히 말하면 예를 들어 국어의 경우, 영순이가 질문할 때까지는 아는 것이라 생각했던 것도 제대로 아는 게 아니라는 걸 알고 당황했다. 이래서야 조선소학교를 나온 내 체면이 서질 않는다.

"아냐, 지금은 너에게 이걸 설명해도 잘 모를 걸."

적당히 이런 핑계로 그 자리를 모면했다. 잘 모르는 쪽은 오히려 나였다.

다음날까지 허둥지둥 조사를 했다. 조사했다고 한들 완벽히 아는 것도 아니었다. 특히 문법에 관한 것은 조선소학교를 나와서 잘 알거라 생각한 녀석에게 물어도 모르는

것이 있었다. 태일이나 수일이, 승기 같은 애들도 소용없었다. 조선말 특유의 고유어
가 제일 어려웠다. 이런 것은 어쩔 수 없이 남식이나 주준모한테 가르쳐 달라고 부탁
해야 한다. 사실 조선말이 능숙한 영희와 얘기할 수 있는 절호의 기회였지만 내 뒤틀
린 자존심이 그걸 허락하지 않았다.

그런데 대부분은 다음 날 영순이가 스스로 해결해 왔다.

편입생을 위한 특별입문수업이 매일 있었고, 기숙사에서 선배들 대여섯 명과 같이 생
활하고 있었기 때문에 어려움 없이 해결할 수 있었던 것이다.

내가 제대로 알아내지 못했을 땐 그 애에게 먼저 말해 보라고 한 후 "바로 그거야. 그
런 뜻이거든!" 하고 칭찬해 주었지만, 속으론 오히려 내가 큰 보물을 발견한 것처럼
기뻤다.

"어때? 학교생활 재미있어?"

"응, 재밌어. 다들 친절하게 대해 주거든. 산골 일본학교에서 답답하게만 지냈던 지
금까지가 바보 같다는 생각이 들었어. 지금은 즐겁고 정말 좋아. 그런데 석철아, 어째
서 다들 일본인 교사들을 따돌리는 거야? 선생님을 따돌려도 되는 거야? 난 뭐가 뭔
지 잘 모르겠어."

"이유 없이 따돌리는 게 아니라 일본인 교사들의 마음가짐을 바로잡으려는 것뿐이
야."

"진짜 그럴까?"

"그럼!"

힘주어 대답은 했지만 도시에 있는 민족학교에서 공부한 나와 지방의 일본학교에서
공부한 영순이와 생각의 차이를 좁히기 위해 꽤 공을 들여 얘기해야 했다.

'따돌림'을 하는 것은 상대 쪽이고, 우리들 마음 깊은 곳에는 언제나 '따돌림 당했
다'는 감정이 있었다. 누군가에게 짓밟혀 본 사람만이 그 아픔을 잊지 못하는 것이
다.

드디어 일본인 교사와 '대결'하는 날이 왔다.

교실을 박차고 나간 카지 선생님은 물론이고, 아직 한 번도 얼굴을 마주하지 않았던

두 명의 일본인 선생님과의 '대결'도 남아있다.

오늘은 오전에 일본어, 오후에는 영어, 그리고 이과 수업은 내일이다.

임시시간표에는 그동안에 계속 자습만 했던 일본인 교사의 수업이 집중적으로 들어있었다. 수업진도가 늦어진 것을 만회하려는 이유이자 일본인 교사 측에 무언가 움직임이 있었다는 뜻이다. 드디어 수업이 정상적으로 이뤄지려는 것 같았다.

2

일본어 과목 담당인 야마시타 카즈오 선생님의 첫인상은 어딘가 얼빠진 느낌이었다. 자그마한 체격에 토끼처럼 앞니가 튀어나왔고, 실제로 깡충 걸음으로 교실에 들어오셨다.

우리를 쳐다보지도 않고 곧장 교단으로 폴짝 뛰어 올라간 후 칠판에 자신의 이름을 크게 썼다. 글씨가 옆으로 점점 올라가는 버릇이 선생님의 얼빠짐을 그대로 보여주었다.

"아아, 미안. 야마시타 카즈오라고 한다. 잘 해보자. 나도 안다. 출석부는 본명으로 불러야지? 헌데 난 아직 조선말을 읽지 못한다. 조만간에 꼭 조선말로 부를 수 있도록 할 테니까 오늘은 봐 줘라. 미리 말해 두는데, '우린 일본어를 몰라요' 하며 나를 골탕 먹일 생각 마라. 너희가 일본인 학생들과 다름없이 일본어가 유창하다는 걸 나도 잘 알고 있다. 일본에 사는 이상 외국어로서 일본어를 아는 것은 중요하다. 쓸데없는 충돌은 더 이상 그만 하고 이렇게 하면 어떨까. 나는 조선인에게 일본어를 가르친다는 마음으로 수업을 할 테니까 너희들도 그런 마음으로 공부해 보지 않을래?"

시작부터 기가 꺾이고 말았다. 얼빠진 말투나 웃는 모습이 아무리 봐도 억지로 만든 것으로는 보이지 않았다. 담담하게 말하는 표정은 처음부터 상대의 페이스에 휘말려들게 하는 분위기를 지니고 있었다.

"네 이름이 뭐지?"

쉼 없이 여기까지 얘기한 다음 갑자기 야마시타 선생님이 맨 앞에 앉은 창도를 지명했다.

"성창도입니다."

"오오, 일본어를 잘 하는구나. 성창도. 좋은 이름이다. 내가 머리가 나빠서 좀처럼 조선말을 외우기 어렵지만, 조만간에 반드시 조선말로 이름을 부를 테니까. 음, 느긋하게 기다려주디다."

이래서야 더는 싸움이 안 될 것 같았다. 우리들의 '전술'이 적에게 들통난 거다. 우리 속을 훤히 들여다보고 있었고, 적의 화술 또한 예상 밖이었다. 내용도 우리의 주장을 꿰뚫는 것이어서 더는 반발해 볼 수조차 없게 급소를 찔렀다. 갑자기 전의가 꺾인 탓에 어이없는 웃음이 여기저기서 터져 나왔다.

이런 상황에서도 수일이는 교과서 표지에 적힌 **국어 · 중1**이란 제목을 꼬투리 잡았다.

"아, 그거. 너희에겐 국어가 아니디. 모두들 교과서 제목을 **일본어**로 고쳐 써라. 맞다, 내 수업은 외국어로서의 일본어다."

더는 할 수 있는 말이 없었다. 우리의 마음은 어느새 '수업을 시작하고 싶다, 야마시타 선생님의 수업을 듣고 싶다'로 바뀌었다.

"혹시 질문 있나? 있으면 망설이지 말고 얘기해 봐라. 오랫동안 함께 공부해야 하니까 일본과 조선을 위해서라도 앞으로는 기분 좋게 웃으며 공부해 보자꾸나."

사십 대인 야마시타 선생님의 초연함과 노련한 말투에 넋을 잃고 시간가는 줄 몰랐던 즐거운 수업이었다.

오후 영어수업은 야마시타 선생님을 뛰어넘는, 여태까지 겪어보지 못한 전대미문의 수업이었다.

오십 대 전반에 동그란 테 안경을 쓴 히로타 오사무 선생님은 양복에 넥타이까지 매고 교실에 나타났다. 영어를 가르치는 사람은 분위기부터 어딘가 달랐다.

"일어서!"

남식이가 자리에서 벌떡 일어나 구령을 외쳤다.

"절!"

모두 선생님에게 주목했다.

히로타 선생님은 우리를 한번 쭉 둘러보시더니 잠시 후 이렇게 입을 열었다.

"How do you do everybody. How are you?"

" ? "

몇 번인가 'How do you do'를 반복하시더니,

"Nice meet you. My name is OSAMU·HIROTA."

" ? "

"What's your name?"

히로타 선생님이 교단에서 내려왔다.

지명할 대상을 찾느라 선생님의 눈동자가 이리저리 움직였다. 눈이 마주치는 것을 열심히 피하던 창도가 옆을 본 순간 선생님이 성큼성큼 창도 앞으로 다가갔다.

"What's your name?"

" ? "

이번에도 창도가 걸렸다.

이 녀석은 늘 운이 없다. 가만히 있어도 불행이 알아서 찾아온다. 또 지명을 받자 멋쩍은 듯 계집애처럼 머리를 긁적이기만 했다. 아마도 속으로는 반은 울고 싶었을 거다.

창도를 제외한 모두는 지금부터 어떤 상황이 전개될지 바짝 긴장했다. 불쌍한 창도의 속마음 따위는 아무도 안중에 없었다.

당황하는 창도의 머리를 히로타 선생님이 애썼다는 듯 다정하게 쓰다듬고는 헛기침을 한 번 하고 이렇게 말했다.

"너희가 영어권 사람들이라면 이런 식으로 첫 대면 인사를 나눴을 거다. 바로 이런 영어를 이제부터 내가 가르칠 거다. 원래는 조선말로 영어를 가르치는 것이 너희에겐 가장 좋겠지만, 일본인인 나한테 영어를 배우는 것도 나름대로 의미가 있다고 생각한다. 사실, 곰곰이 생각해보면 난 너희가 정말 부럽다. 너희는 3개 국어를 공부할 수 있으니까 말이다. 조선말과 일본어는 이미 유창하지? 그리고 이번엔 영어다. 영어도 유창하게 말할 수 있도록 나도 열심히 가르칠 테니까 너희도 그런 마음으로 열심히 해주기 바란다. 조금 익숙해지면 다음에는 너희가 나에게 조선말을 가르쳐주기 바란다. 나도 너희들처럼 적어도 3개 국어 정도는 하고 싶으니까. 우리 함께 국제적인 사람이 되어 보지 않을래?"

무슨 이유인지 모르게 가슴이 벅차올랐다.

이제까지 우리는 '공동전선'을 이뤄 '싸워' 왔지만, 오늘 수업을 보면 적들도 '공동전선'을 이뤄 우리에게 대항하고 있다는 생각이 들었다. 물론 이런 대항은 '싸움' 안에서 오해를 풀고 화해하기 위해 서로를 알아가는 과정이라고 생각했다. 서로에 대해 전부 확인했다고는 할 수 없었지만, 우리 모두는 가슴을 쓸어내리며 안도했다.

내일 있을 카지 선생님의 수업도 분명 오늘처럼 잘 되리라는 확신이 들었다. 어찌되었든 카지 선생님은 '담임'이다. 다른 선생님도 마찬가지지만 카지 선생님과는 어떻게든 사이좋게 지내고 싶었다. 선생님이 첫 수업을 박차고 나가서였을까, 그런 생각이 점점 더 확고해졌다.

이날은 담임 선생님도 특별한 말씀이 없었기 때문에 수업이 끝나고 태일이와 나는 일찌감치 집으로 갔다.

드디어 다음 날.

카지 선생님은 하얀 가운을 입고 교실에 들어왔다. 손에는 현미경을 들고 있었다. 두 달 전 수업이 떠올랐다.

그때 우리는 선생님을 무시한 채 인사조차 하지 않았다. 그건 옳지 못하다고 했던 '아버지'의 말이 머릿속을 스쳤다.

'일어서' '절' 구령에 맞춰 다함께 시원시원하게 인사했다.

선생님의 표정은 여전히 굳은 채로 지난 수업 때와 다름없었다.

카지 선생님이 천천히 출석부를 펼쳤다. 우리는 모두 고개를 갸웃거렸다.

야마시타 선생님과 히로타 선생님은 이런저런 핑계로 출석부는 펼치지도 않았다. 조선말을 읽을 수 없기 때문이다. 출석부는 펼쳐서 어쩌겠다는 것일까?

"출석을 부르겠다."

카지 선생님이 굳은 표정을 풀지 않은 채 이렇게 말했다. 그리고 우리 모두는 서로의 귀를 의심했다.

"강 건 일."

'강'부터 시작되는 출석부의 이름을 카지 선생님이 더듬더듬 조선말로 읽었다.

"강건일은 결석인가?"

결석이라니. 건일이는 벌어진 입을 다물지 못한 채 대답하는 것도 잊고 있었다.

"이, 이옛!"

건일이가 당황한 목소리로 대답했다.

"강 숙 희."

"옛!"

우리는 마른침을 삼키며 자신의 이름이 호명되는 것을 기다렸다. 이름이 불릴 때마다 모두 힘찬 목소리로 대답했다.

출석을 다 부르는데는 꽤나 시간이 걸렸다. 십 분은 족히 걸렸지만 모두의 이름을 부르고 난 뒤에는 선생님도 우리도 안도의 숨을 내쉬었다. 그리고 선생님은 그때서야 처음으로 웃었다.

다음으로 선생님이 한 일은 분필을 들고 칠판을 향한 것이었다. 무엇을 쓸까. 우리는 칠판을 뚫어지게 쳐다보았다.

식물의 세계

가까이 있는 생물과 그 생활

식물의 이야기

이게 어찌된 일인가, 선생님이 칠판에 쓴 것은 한글이었다. 게다가 힘이 넘치는 깔끔한 글씨체다.

제목을 다 쓰고 난 다음엔 색분필로 민들레 그림을 그렸다.

"자, 다들 노트에 필기해라."

허둥지둥 칠판에 적힌 내용을 노트에 옮겨 적었다. 필기를 하는 동안에도 선생님은 자신의 노트를 슬쩍 보면서 여전히 수업의 요점을 계속 써 갔다. 칠판에 쓰인 건 전부 조선말이었다.

우리가 필기를 끝내는 것을 기다린 후 선생님이 말했다.

"오늘은 현미경 얘기를 하겠다. 다음시간부터 현미경으로 관찰하면서 오늘 필기한 민들레를 중심으로 주변에 있는 식물을 공부하자."

선생님은 현미경의 구조에 대해 설명했다. 그리고 대표로 몇 명을 불러 교단에 세우고 현미경을 들여다보게 했다.

수업은 거기까지였다.

선생님은 남은 시간에 잠깐 이야기를 하고 싶다고 했다.

"조승옥 군 있나, 어딨지?"

갑자기 호명된 승옥이가 멈칫거리며 손을 들었다. 승옥이 이름을 카지 선생님이 어째서 기억하고 있는 것일까?

"첫날, 네가 했던 말이 나에게는 충격이었다. 기억하고 있나?"

나는 기억했다.

'우리는 일본어를 모릅니다. 소란을 진정시키려면 조선말로 주의를 줘야 금방 조용해질 겁니다. 선생님은 조선말을 아십니까?'

승옥이는 이렇게 말하며 카지 선생님에게 맞섰다.

"특별히 너를 탓하려는 것은 아니다. 나는 네가 했던 말이, 조선말도 모르는 내가 진심으로 조선인을 가르칠 수 있는가, 다시 말해 조선말을 알지 못하면 이 학교의 교사로서 자격이 없다고 학생들에게 경고를 당한 것과 같다고 생각했다. 나는 고민했다. 교직원회의에서도 이 문제로 몇 번이나 의견을 나눴다. 너희들의 요구가 그저 핑계이거나 단순한 반항이라고 아무리 생각하려 해도 결코 숨길 수 없는 진실이 있다고 느꼈다. 따라서 이 학교의 교사로서 무엇보다도 먼저 해야 할 일은 나 자신이 하루라도 빨리 조선말로 수업을 할 수 있게 되어야 한다고 생각했다. 오늘 칠판에 쓴 한글은 그동안에 내가 조선말을 공부한 성과의 하나다. 아직도 많이 부족하다는 걸 안다. 이 학교에 있는 한 나도 너희에게 뒤지지 않도록 조선말을 공부할 생각이다."

우리는 카지 선생님의 한마디 한마디에 꼼짝도 하지 않고 귀를 기울였다. 무슨 말이든 하고 싶었지만, 우리의 기분을 어떻게 얘기하면 좋을지, 설령 얘기한다고 해도 정확하게 전달할 수 있을 것 같지도 않아서 모두 아무 말도 하지 못했다.

그런데 잠시 후 발언을 한 것은 역시 '아버지'였다.

"선생님, 고맙습니다. 같이 열심히 공부하기로 합시다."

'아버지'의 그 말은 모두의 마음이었다. 그 이상 덧붙일 것은 아무것도 없었다.

그때 박효순이 손을 들었다.

"선생님, 첫인사 때 중학교 시절 김 군이라는 같은 반 친구에 대해 말씀하셨죠? 그 친구 얘기를 들려주세요."

"듣고 싶나?"

"네! 듣고 싶어요!"

모두들 같은 마음으로 한 대답이었다.

바로 그 순간 수업종료 사이렌이 울려 퍼졌다.

"시간이 다 됐다. 그 얘긴 다음에 하기로 하자."

"에~"

여학생들이 일제히 아쉬운 듯 소리쳤다. 하지만 카지 선생님은 수업이 끝났다며 단호했다.

수업은 거의 일본어로 했지만 필기해야 하는 요점은 조선말로 칠판에 쓴 카지 선생님의 얘기가 순식간에 학교 전체에 퍼져 화제가 되었다.

겨우 두 달 동안에 어떻게 그런 일이 가능했을까?

일본인 교사들에게 대체 무슨 일이 있었던 것일까?

학생들 사이에도 뒤범벅된 정보가 떠돌았다.

"내 정보에 의하면 말이야."

태일이가 언제나처럼 의기양양하게 설명했다.

민족교육의 의의를 인정하고, 교사의 양심에 비추어 보더라도 학생들에게 적극 협력하는 것이 옳다는 일본인 교사의 압도적인 의견이 있었다고 한다. 채 선생님의 말씀처럼 두 달 동안의 혼란은 우리 학교에서도 새로운 것과 낡은 것이 부딪혀 힘겨루기를 한 시간이었다.

영순이가 뜻밖의 정보를 알려줬다.

"이건 기숙사 선배한테 들은 얘긴데, 나처럼 일본학교에서 온 편입생들의 특별수업을 중학교와 고등학교가 따로따로 하잖아. 고교반 조선어강습회에서 얼마 전 예고 없이 시험이 있었대. 최고 득점이 88점이었는데 누구였는지 알아? 바로 카지 선생님이었대! 같이 공부했던 학생하고 카지 선생님이 얼싸안으며 무척 기뻐하셨대!"

이것으로 우리의 '싸움'이 벌써 끝나는 것인가?

남식이와 학생자치위원의 설명에 따르면 일본인교사 전원이 적극적으로 조선인 편에 서 있다고 단정할 순 없는 것 같았다.

조선인의 민족교육은 '반일교육'이며, 교육위원회가 지시한 대로 수업은 일본어를 사용해 '보통 일본학교와 같은 교육'을 해야 마땅하다고 생각한 일부 일본인 교사들이 수면 아래에서 수상한 움직임을 시작한 것 같았다.

전쟁이 터졌다!

1

술잔이 여러 번 돌았고 방에 모인 모두가 얼큰히 달아올랐다.

흥얼흥얼 부르기 시작한 노랫소리에 세 평 남짓한 다다미방은 점점 더 후끈한 활기가 느껴졌다.

컵과 밥그릇, 상 모서리를 젓가락과 손가락으로 두드리며 남자들이 장단을 맞추었다. 박자가 어긋나기 일쑤인 아키야마 아저씨가 부르는 농부가도 오늘은 제법 리듬을 타서 구성지게 들렸다.

"호랭이가 담배 묵던 시절부터 싸나는 얼굴로 말하는 기 아이다. 힘이 쎄야 하는 기라, 노래도 구성지게 불러야 가스나들도 붙었다 아이가. 마, 요래 노래를 잘 부르는 행님이라 아키야마 행수님도 고마 잘 참고 사신 거 아이겠나."

콧잔등이 불콰해진 다카야마 이모부가 아키야마 아저씨와 아주머니를 놀린다.

"니, 무신 소리를 하는 기고? 우리 집 양반을 흉보는 사람은 내 용서 몬 한다! 내가 홀딱 반한 사람인 기라! 니 하고 무신 상관이 있노?"

"맞다 아이가. 씰데 없는 소리 집어 치라 마. 내도 니 하고 같이 사는 기 홀딱 넘어가가 사는 기라고 생각 했드나?"

이모가 이모부에게 눈을 흘겼다.

"그라모 와 같이 사는 긴데?"

이번엔 이모부가 이모에게 눈을 흘긴다.

"고마 살아야 하니께 사는 거 아이겠나."

"거 봐라. 니 발밑도 제대로 몬 보면서 무신 말이 그리 많노? 제수씨가 만날 니 땜에 속 끓이고 사는 기를 몰랐다 말이가?"

"하이고, 마, 지가 잘못 했습니더. 억수로 무섭고마. 마누라한테 밉보이면 국물도 엄따꼬 옛날부터 안 그랬능교 행님?"

상황이 불리해지자 이모부가 아버지를 향해 도움의 눈길을 보냈고 아버지는 그저 웃고만 있다. 물론 이모부도 진심으로 아버지의 대답이 필요했던 건 아니다.

"행수님, 고만 하이소. 이쯤에서 절색 미인 행수님 노래를 듣고 싶어서 한 얘기라예. 행님 보다는 행수님 노래가 좋다 아입니꺼."

"맞다, 니가 노래 함 불러 봐라. 내도 듣고 싶었다 아이가."

어머니가 나물이 가득 담긴 접시를 들고 오며 아키야마 아주머니의 어깨를 쿡 찌른다.

"그라모 불러볼까예? 무신 노래를 부를까예?"

아키야마 아주머니가 기다렸다는 듯이 두말없이 물었다. 주거니 받거니 하는 비아냥과 농담도 그저 술자리의 흥을 돋우는 안줏거리에 지나지 않았다.

"타향살이! 그기 듣고 자픈데."

아키야마 아저씨가 술기운에 불콰한 눈을 게슴츠레 뜨고 말했다.

"그거 좋네예, 한번 불러 보겠심더."

아키야마 아주머니가 등을 곧게 펴고 나지막한 목소리로 차분하게 타향살이를 부르기 시작했다.

> 타향살이 몇 해던가 손꼽아 헤어보니
> 고향 떠난 십여 년에 청춘만 늙고
> 부평 같은 내 신세가 혼자도 기가 막혀
> 창문 열고 바라보니 하늘은 저쪽

이 노래는 나도 부를 수 있다. 집에 있는 조선유행가 레코드를 들으며 완전히 외웠다. 술자리가 있을 때마다 반드시 누군가가 이 노래를 불렀다.

허스키한 목소리다. 중년의 남자가 부르면 끈적끈적하게 스며들어 가슴을 울리는 노래지만, 아주머니도 노래의 맛을 잘 낼 줄 알아서 그 나름의 정감이 담겨있다. 벽에 기대어 서서 나도 따라 불렀다.

> 고향 앞에 버드나무 울봄도 푸르련만
> 버들피리 꺾어 불던 그때는 옛날

타향이라 정이 들면 내 고향 되는 것을
가도 그만 와도 그만 이제는 타향

한 달에 한 번은 우리 집에서 이런 술자리가 벌어진다.

우리 집에 모이는 이유는 아버지가 큰 형님뻘이라 그렇다. 내가 알기론 이모부를 비롯한 같은 고향 사람들이 해방 전부터 아버지와 늘 함께 생활해 왔다. 양돈, 행상, 지금 하고 있는 고철상까지도 아버지가 시작하면 모두 그걸 따라 했고, 각자 사들여 온 고철을 아버지한테 맡겼다. 아버지가 주도하는 술자리는, 말하자면 큰형님으로서 일가족의 결속을 다지기 위해 베푸는 아량이고, 장사물건을 대는 이가 다른 업자에게 옮겨가는 것을 막기 위한 회유책이기도 했다. 그 정도로 고철상은 순식간에 돈이 되는 장사가 되어 있었다.

"남자한테는 반드시 '찬스'가 온다."

안 쓰던 영어까지 써 가며 아버지가 어머니에게 말 한 적이 있다.

"경기라는 게 십 년에 한 번은 최고조에 달하게 돼 있거든. 사람이 그걸 모를 뿐이지. 그 절정이 지금 내 눈앞에 와 있어. 내 판단이 틀림없다!"

거나하게 술이 오른 아버지가 한껏 흥분해 얘기했다.

막노동, 암 거래상, 양돈, 밀주, 노점상, 자전거 타이어제조, 엿장수 등등 아버지가 손을 대지 않은 일이 없었다. 이제야 겨우 고철상이 행운을 가져다준 것 같다. 제2차 대전이 끝나고 평화산업 이후에 곧바로 냉전시대가 찾아왔고, 그 때문에 구리와 철강 등의 수요가 한꺼번에 몰린 것이다.

아무튼 나는 우리 집에서 벌어지는 이런 술자리가 언제나 신이 났다. 재치 넘치는 어른들의 이야기를 듣거나 어쩌다 사랑싸움도 구경할 수 있어서 적당한 긴장감과 재미에 잠시도 자리를 뜰 수가 없었다. 애들은 그만 자라고 야단을 맞아도 어차피 술김에 하는 소리일 뿐이니 적당히 대꾸하고 계속 엉덩이를 뭉개곤 했다. 남동생과 여동생이 졸음에 겨워 2층으로 올라간 뒤에도 나는 벽에 등을 기대고는 좀처럼 자리를 뜨지 않았다. 또 한 가지의 즐거움이 남았기 때문이다. 아버지의 판소리가 듣고 싶어서다.

"아이고 마, 행수님, 타향살이를 가만 듣고 있자니 눈물이 날 것 같네예, 그 노래만 들으믄 가슴이 울컥하는 기라."

말을 떼기가 무섭게 이모부가 민요를 부르기 시작했다. 이모부도 순 엉터리다. 지난번 술자리 때는 자기가 타향살이를 불러서 어머니와 이모를 눈물짓게 했으면서.

이모부는 구성진 고음의 자타가 공인하는 노래꾼이다. 항상 밝고 신나는 노래를 골라 부르는데, 클라이맥스에서는 아무나 시선이 마주치는 사람의 눈을 지그시 바라보며 흥겨워했다. 눈이 마주친 이는 능숙한 가락에 실려 어김없이 저절로 어깨가 들썩거렸고, 나중엔 양팔을 높이 쳐들고 덩실덩실 춤까지 추었다.

나는 노래가 한창인 틈을 타 사발에 반쯤 남은 이모부의 막걸리를 단숨에 마셔버렸고, 그 짧은 순간을 이모부에게 여지없이 들키고 말았다. 이모부는 노래를 부르면서도 손으로는 내 머리를 쿡 쥐어박았다. 잘하는 짓이 아니라는 생각이 들어서 잽싸게 마신 거였는데, 이모부에게 꿀밤을 맞을 일까지는 아니라고 생각했다. 막걸리는 아마자케(あまざけ 일본식 감주)에다 알코올을 약간 첨가한 것뿐이고 막걸리 담그는 일은 내가 언제나 도왔다.

불린 쌀에 누룩과 물을 섞어 통에 넣고, 통 둘레를 이불로 휘감아서 따듯하게 한 뒤 어두운 벽장에 넣어 열흘쯤 두면 뽀글뽀글 소리를 내며 발효가 되었다. 충분히 숙성된 막걸리를 맛보는 일은 아버지 혼자만 하신 게 아니다. 시음해 보는 어머니도 내게 숙성이 잘되었는지 묻곤 했다.

"진하게 잘 익었네."

맛을 보고 목 넘김이 어떤지 얘기해주면 어머니도 내 판정에 안심했다. 목이 마르면 사이다를 대신해 마실 때도 있었다. 그걸 보던 동생 유자가 사이다를 마시듯 연거푸 두 컵이나 마시고 얼굴이 빨개져서 벌러덩 드러누운 일도 있다.

기분 좋게 노래를 끝낸 이모부가 다시 나를 보더니 이번에는 큼지막한 손바닥으로 머리를 세게 내리누르며 말했다.

"이놈의 자슥, 술이나 쳐 묵고. 2층으로 퍼뜩 올라가 디비 자라!"

너무 아파 눈물이 나려는 걸 참으며 나는 능청스럽게 웃었다.

"마사오, 그럼 못쓴데이. 고마 퍼뜩 자라."

이모에게 꾸중을 들은 것도 그 바람이었다.

나는 이름이 두 개다.

석철과 마사오. 마사오는 어릴 때부터 쓴 내 일본이름이다. 내 본명이 석철이라는 것을 알게 된 건 조선소학교에 입학해서다. 때문에 지금은 학교에서는 석철이고, 집에서는 일본이름인 마사오로 불린다. 다카야마高山 이모부는 고高 씨, 아키야마秋山 아저씨는 추秋 씨, 김金 씨인 우리 집은 통칭명이 가네야마金山다. 내 주위의 조선인은 대부분 두 개의 성을 썼다. 식민지시대 창씨개명의 흔적이다.

"자기 전에 요전에 이모한테 들려준 노래 함 불러줄 끼가?"

"에에? 마사오, 무신 노래를 불렀었노? 아지매한테도 들려줄래?"

아키야마 아주머니도 내 노래를 듣고 싶어 했다.

나는 이 아주머니가 정말 좋았다. 예쁘고, 기품도 있고, 이 아주머니만이 조선말과 일본어를 읽고 쓸 줄 알았다. 노래를 불러 볼 맘이 생긴 건 내가 젤 좋아하는 아키야마 아줌마가 듣고 싶다고 했기 때문이다.

"그럼, 불효자는 웁니다를 부르겠습니다."

나는 자리에서 일어나며 조선말로 제목을 말했다.

> 불러 봐도 울어 봐도 못 오실 어머님을
> 원통해 불러보고 땅을 치며 통곡해요
> 다시 못 올 어머니여 불초한 이 자식은
> 생전에 지은 죄를 엎드려 빕니다
>
> 손발이 터지도록 피땀을 흘리시며
> 못 믿을 이 자식의 금의환향 바라시고
> 고생하신 어머니여 드디어 이 세상을
> 눈물로 가셨나요 그리운 어머님

이것도 레코드를 들으며 외운 조선의 유행가다. 4절까지 부를 수 있지만, 듣고 있던 모두가 갑자기 침울해져서 2절까지만 불렀다.

"하이고 마, 이 자슥 좀 보라예, 니 무신 뜻인지는 알고 불렀나? 언니, 요 녀석 효자네예. 거기다 조선말도 억수로 잘하네. 우리 얼라들도 조선학교에 보내야 않겠나 싶다. 그치예? 참말로 부럽다 아이가."

"이제 고마 자라, 퍼뜩."

내게 잠자리를 재촉하는 말들이 여기저기서 일제히 한목소리를 냈다.

"내일 신문배달 해야지 않드나? 그러다 몬 일어난데이."

어머니도 2층으로 그만 올라가라고 재촉하신다.

그 바람에 나는 마지못해 2층으로 올라가는 시늉을 해 보이고는 슬그머니 계단에 앉았다. 아직 아버지의 판소리를 듣지 못했기 때문이다.

"인자 행님 차례라요, 행님 노래를 몬 듣고는 집에 못 간다 아입니꺼."

역시나 아버지에게 한 곡조 뽑으라는 요청이 쏟아진다. 술기운이 돌아 눈을 게슴츠레 뜨고 있던 아키야마 아저씨다.

"내가 일찌감치 형부가 부르는 판소리를 들었다카믄 우리 집 양반하고는 안 살았을 끼다."

아키야마 아주머니가 아버지를 놀리 듯 애교 섞인 소리로 말했다.

"알았다. 그라모 함 불러볼까."

모두의 요청이니 더는 사양을 못하겠다는 듯 무게를 잡았지만, 아버지는 자신의 차례가 오기를 기다리고 있었다. 나는 며칠 전부터 작업장에서 판소리 특유의 가락을 목청 높여 부르던 아버지를 보았다. 인기척이 나면 곧바로 멈추고 입을 꾹 다물었지만, 기척이 사라지면 다시 부르기 시작했다. 그것만 보고도 나는 조만간 우리 집에서 술자리가 있다는 것을 알았다.

아버지가 부르는 낭랑한 목소리의 판소리가 방안 가득히 울려 퍼진다.

나는 방문을 조금 열고 안을 들여다보았다. 격정이 뿜어나는 고음과 간간이 이야기도 곁들여 가며 아버지는 한 손을 멋들어지게 들고는 열연을 하고 있었다. '사랑, 사랑, 내 사랑이야'

노랫말을 구성지게 몰아가는 장면으로 보아 오늘 노래가 '춘향가'인 것을 금방 알았다.

워낙 말수가 적은 탓에 한자리에 있는 사람들 눈에도 쉽게 띄지 않을 때가 많았는데, 가만히 때를 기다렸다 소리를 뿜내는 아버지가 평상시 모습 같지 않았다.

"이노무 자슥, 여태 안 자고 뭐하고 있노? 퍼뜩 2층으로 올라가지 몬하나!"

변소에 가려던 이모부가 계단에 앉아있던 나를 보고 또 손을 치켜들었다.

"내일은 일요일이란 말에요."

"신문배달 있따꼬 안 했나?"

"일요일은 좀 늦어도 돼요."

"25일, 일요일이라⋯. 벌써 유월도 다 끝나간다 아이가. 화요일은 미카와시마에 있는 공장 땜에 정신없을 끼고, 수요일은 닛뽀리에 가얄 끼고⋯."

이모부는 혼잣말로 중얼거리며 변소 문을 열었다.

나는 2층으로 올라갔다. 아래층 좁은 다다미방에서 또다시 왁자지껄한 웃음소리가 들렸다.

일요일 아침, 잠이 깬 시간은 6시.

2층 나무창 사이로 초여름 태양이 막과자 집 캇짱네 지붕 위까지 얼굴을 내밀고 있다. 화들짝 놀라 허둥지둥 이불을 걷어차고 일어났다. 셔츠를 걸치고 바지에 다리를 쑤셔 넣으며 자고 있는 동생들 사이를 폴짝 뛰어 계단을 내려와 밖으로 나왔다.

"너무 늦게 일난 거 아이가?"

일찌감치 작업장에 나와 일을 시작한 아버지가 나를 보고 물었다.

"응, 삼십 분이나 늦어 버렸네. 다녀올게요."

"그래, 조심히 댕겨 온나."

신문배달을 가거나 아버지의 일을 도울 때에만 아버지는 내게 다정하게 말했다.

아버지는 동이 틀 때부터 완전히 해가 저물어 아무것도 보이지 않을 때까지 일하셨는데, 폐철을 반출하기 쉽도록 4톤 트럭에 차곡차곡 정리해 두었다. 작업장의 반 이상을 차지한 이 화물들은 월요일 이른 아침에 운송업자의 트럭에 옮겨 실은 다음 중매인에게 보낼 예정이라고 했다.

신문 보급소까지는 걸으면 5분, 뛰어가면 2분도 걸리지 않는다. 뒷골목 지름길로 있는 힘껏 달렸다.

이십 미터정도 앞에 출입문을 활짝 열어놓은 요미우리신문 미노와바시ミノ輪橋 보급소가 보였다.

"안녕하세요!"

씩씩하게 인사를 했다.

"안녕."

대여섯 명의 소년 배달원들이 평평한 바닥에서 신문에 광고지를 끼워 넣으며 나를 흘낏 보고는 동시에 대꾸한다. 모두들 벌써 배달을 나갔을 거라고 생각했는데 그렇지도 않았다. 접어 넣을 광고지가 많은 날이나 중대한 뉴스가 있는 날은 신문 도착이 늦어지기도 했다. 오늘도 둘 중 하나일 것이다.

"가네야마, 좀 더 일찍 나오라구!"

키 작은 이이지마가 눈꼬리를 치켜뜨며 소리쳤다. 저 자식, 사람 이름을 함부로 불러댄다. 화가 나 한마디 해주고 싶었지만, 지각은 지각이니 괘씸했지만 대꾸할 처지는 아니었다.

소학교 6학년인 이이지마는 나보다 먼저 이곳 보급소에 들어왔다. 나보다 먼저 시작한 배달원에게는 아무래도 조심스럽다. 먼저 들어왔다고 늘 거들먹거렸는데, 그보다는 3년째 보급소에서 일한 중학교 3학년인 호리호리한 그 녀석 형의 위세가 키 작은 이이지마의 든든한 백이었다. 든든한 형이 있으니 쪼그만 녀석이 저보다 나이가 많은 사람을 누가 됐든 아무렇지도 않게 이름을 불러댔다. 함부로 이름이 불리거나 생트집을 잡혀도 그 형이 무서워 누구도 대들지 못했다.

언젠가 한 번은 꼭 손을 봐주고 말 테다 다짐하고 있었다. 그땐 쪼그만 동생이 아니라 그의 형을 두들겨 패줄 작정이다.

안쪽 방에서 담배를 피우고 있던 사장님에게 지각한 것을 사과하고 내 몫의 신문과 광고지를 받았다. 예상대로 크고 작은 광고가 일곱 종류나 되었다.

평평한 바닥으로 내려와 두 사람분의 자리를 차지하고 있던 꼬맹이 옆 빈자리에 일부러 신문과 광고지를 요란스레 던져 놓았다.

"뭐 하는 거야? 광고지가 다 날아가 버리잖아!"

쪼그만 녀석이 눈을 부라리며 신경질을 냈다.

"너 혼자만 일하냐? 자리 좀 좁혀. 날아간 광고지는 줍고!"

생각지도 못한 반격에 녀석은 눈을 희번덕거리며 형을 쳐다보았다. 형이 나를 쏘아보았다. 나는 무시하고 신문에 광고지를 끼워 넣기 시작했다. 형이 거들어주지 않자 꼬맹이는 나와 경쟁이라도 하듯 펄럭펄럭 소리를 내며 광고지를 끼워 넣었다.

신문을 분류하고 광고지를 접어 넣는 일은 금방 끝났다. 이제 나가볼까 하고 일어서려는 순간 꼬맹이는 내가 들으라는 듯 큰 소리로 말했다.

"불쌍한 조센징, 전쟁이 났으니 죽는 사람도 많겠지."

그 순간 캇짱과 기코짱의 일이 떠올랐다. 그 자리에 얼어붙은 채 머릿속으로만 정신없이 이리저리 되짚어 보았다.

석 달 전, 배달원 모집광고를 보고 면접을 보러왔을 때 사장님은 다음날부터 나오라며 바로 일하게 해주었다. 사는 곳도 가깝고 우리 집도 신문을 구독했기 때문에 얼굴은 알고 있었다.

그런데도 사장님은 내게 물었다.

"이름이 뭐지?"

김석철이라고 해야 좋을지, 가네야마라고 대답해야 좋을지 순간 망설였다.

"가네야마입니다."

"아, 역시 가네야마 씨 아들 맞구나."

그때서야 알아차린 듯 고개를 끄덕였지만, 신문대금을 받으러 오던 사장님은 우리가 조선인이라는 것을 분명 알고 있었다.

사장님이 모두에게 소문낸 것일까? 네가 누구네 집 자식인지 다 알고 있다고 꼬맹이가 내게 빈정댄 건가? 녀석은 전쟁 때문에 조선인들이 많이 죽을 거라고도 했다. 무슨 뜻이지?

"북조선, 한국에 선전포고, 서울에 위기가 닥쳐온다고?! 신문이 불티나게 팔리겠구나!"

꼬맹이가 양손으로 햇빛을 가리며 신문 일면의 제목을 소리 내어 읽었다.

"뭐라고?!"

나도 모르게 소리쳤다. 그때서야 아직 조간신문의 제목을 읽지 않았던 걸 깨달았다.

북조선北鮮, 한국에 선전포고, 서울에 위기 닥치다

하얗고 굵은 윤곽체 제목이 일면 톱기사로 장식되어있다.
"아아!"
나도 모르게 비명이 새어나왔다.
보급소를 나와서 다시 신문을 펼쳐 살펴보았다.

북조선 인민군, 개성 · 의정부 · 춘천 등 5개 지역으로
38선을 돌파해 남으로 진군 중, 한국군 이를 격파

오늘 새벽 4시발 보도였다. 긴급 전보여서 상세한 것은 쓰여 있지 않았다.

2년 전인 1948년 4월, 한국의 최남단 제주도에서 젊은이 2천 명이 궐기해 산으로 숨어들었다. 이후 1년이 넘도록 경찰과 한국군, 게릴라와 도민 사이의 항쟁으로 번졌고, 결국 섬 주민 3만 명이 학살당했다.
그때 제주도에서 도망쳐 온 친척으로부터 처참한 상황을 들었다며 임태일과 조승옥이 흥분해서 얘기한 적이 있다. 둘의 부모님은 제주도 출신이다.
한국을 반공의 거점으로 삼으려한 미군정과 이승만 정권은 하나부터 열까지 국민의 저항을 받았다. 산으로 들어간 게릴라와 주민의 항쟁은 제주도만이 아니었다. 게릴라 투쟁에 대한 공감이 한국 전역으로 확대되어 있었다. 게다가 이승만 대통령은 북진 통일을 주장했고, 38선에서도 북측과의 소규모 충돌이 끊이질 않았다. 미 · 소 강대국에 의한 패권전쟁으로 북도 남도 제 힘으로는 옴짝도 할 수 없는 소용돌이 속에서 허우적대고 있었다. 언제 전쟁이 일어난다 해도 이상할 것 없는 상황이었다.

나는 건성건성 신문을 배달했다.

아무하고나 얘기를 하고 싶었다, 누구라도 좋으니 아무 얘기라도 하고 싶었다.

집에 돌아오자 아버지가 작업장에서 나를 기다렸다는 듯 급히 손짓한다. 소리를 최대한 키운 라디오에서는 NHK뉴스가 밖에까지 들려왔다.

"마사오, 조선에서 전쟁이 터졌다 칸다!"

"네, 알아요. 라디오에선 뭐래요?"

"아직 자세한 건 잘 모르겠다. 전쟁이 터졌으니 앞으로 우찌되는 기고?"

어찌 되다니, 그건 오히려 내가 묻고 싶은 거였다.

"길게 가믄 몬 쓴다. 그럼 참말로 큰일 나는 기다."

걱정 되셨는지 아버지는 혼잣말로 중얼거렸다.

"부산에 어머니랑 식구들은 괘안겠나?"

어느 사이에 어머니도 다가와 걱정스레 물었다.

"아직 거기까지는 괘안을 끼다."

부산은 최남단이라 아직 괜찮다고 아버지는 말했지만, 물론 아무 근거도 없는 말이다.

라디오를 켜둔 채 아침을 먹었다. 전쟁이 시작된 사실만 전할 뿐 새로운 뉴스는 아무것도 없었다.

어쩐지 몹시 피곤해진 나는 2층으로 올라가 누웠다. 한숨 자려했는데 신경이 곤두서서 좀처럼 잠이 오지 않았다.

전쟁이라니 대체 무슨 일이지? 왜 전쟁이 일어났을까? 왜 하필 우리나라에?

문득 5년 전 도쿄 대공습이 떠올랐다.

그때 우리 집도 불에 타버렸다. 야간공습이 한창일 때 아버지는 누나와 형을, 어머니는 나와 두 동생을 데리고 식구들이 둘로 갈라져 도망쳤다. 무슨 일인지 도무지 알 수가 없었다. 어머니는 여섯 살인 나를 오른손에, 왼손에는 세 살 여동생을, 등에는 태어난 지 1년 된 남동생을 업고 불길이 솟구치는 마을을 도망쳐 나왔다.

피유웅- 피유웅- 여태까지 한 번도 들어본 적 없는 섬뜩한 소리를 내며 소이탄이 비처럼 마구 쏟아져 내렸다.

엄마 등에 업힌 동생은 자지러질듯 울어댔지만 나와 여동생은 공포 때문에 울음조차 나오지 않았다. 눈에 보이는 건 온통 불길로 휘몰아치는 불바다였고, 불꽃은 폭포처럼 하늘에서 쏟아져 내렸다. 가까스로 국철 철교 아래 도착한 우리는 부들부들 떨면서 하룻밤을 보냈다.

다음 날 아침, 불길과 매캐한 연기 속에 일행을 놓친 가족을 찾는 사람들로 철교 밑은 아수라장이었다. 부모를 찾는 아이, 아이를 찾는 부모의 비통한 울음소리가 이른 아침부터 끊임없이 들려왔다.

한낮이 가까워서야 아버지와 형이 철교 아래로 찾아왔고, 어머니는 땅바닥에 주저앉아 오열했다. 나와 여동생은 아버지를 보고도 울지 않았다. 공포로 감정조절조차 제대로 되지 않았다.

철교 아래서 큰길로 나오자 가옥의 목재 같은 것들이 새까맣게 탄 채 길가에 산처럼 쌓여있었다. 새까만 숯덩이에서 피어오르는 연기와 이상한 냄새가 코를 찔렀다.

아버지에게 이끌려 그 앞을 지날 때 까맣게 쌓인 숯덩이 일부가 우르르 무너져 내렸다. 그 순간 나는 그대로 얼어붙었다. 까맣게 탄 목재라 생각했던 건 새까맣게 타버린 사람이었다. 옷은 다 타버렸고, 피부는 종이처럼 벗겨진데다, 눈동자는 허옇게 하늘을 본채로 뜨고 있었다. 남자인지 여자인지 어른인지 아이인지 도무지 구분되지 않았다. 불에 타 죽은 사람을 폐자재처럼 쌓아놓은 것이다.

그런 끔찍한 전쟁이 지금 조국에서 터졌단 말인가?

게다가 이 전쟁은 조선인 동족끼리의 전쟁이란 얘기인가?

"그러니까, 물건이 못 들어오고 있다구요. 월요일에 운반하기로 약속했는데, 그 물건들이 들어오지 않으니 갈 수가 있어야지. 예예, 조금은 있습니다. 하지만 지금 있는 걸로는 운반비도 안 나와요. 예예, 죄송합니다. 내일 가는 걸로 일단 정해두고…….
일주일 정도는 안 된다고 했어요. 예? 아이구, 물론이죠. 들어오면 곧바로 댁으로 운반하겠습니다. 네네, 알고 있습니다."

아래층에서 큰소리로 통화하는 아버지 목소리에 잠이 깼다. 아버지는 폐철을 사들이는 중매인과 통화 중이었다. 4톤 트럭 두 대 분량의 화물을 월요일 이른 아침에 반출한다고 했다.

아래층으로 내려오자 아버지는 다시 수화기를 들고 다른 사람과 통화를 시작했다.

"노지마 씨죠? 안녕하십니까, 가네야마입니다. 전에 얘기한 나나쵸메에 있는 작업장 때문인데요. 그래도 노지마 씨와는 오랫동안 거래했으니 달리 방법이 없잖습니까, 빌려야지요. 그 대신에 땅값은 좀 싸게 해 주시지요. 그렇게 비싸게요? 그럼 빌릴 수 없다니까요! 예? 네, 그렇지요. 가난뱅이를 울리시면 안 되지요. 하하하. 알겠습니다. 그럼, 쇠뿔도 단김에 빼랬다고 계약은 월요일에 하는 걸로."

"무슨 일이에요? 또 다른 작업장을 빌리는 거예요?"

다른 작업장을 빌린다는 말은 처음 듣는 얘기다.

"그럼, 빌려야지. 여는 쫍아가 몬 쓴다."

아버지는 귓등으로 대꾸하더니 다시 수화기를 들고 다이얼을 돌렸다.

"다카야마냐? 내일은 예정대로지? 얼매나 되노? 2톤 트럭 세 대라꼬? 알았다, 인부 세 명 정도 쓸 생각이니, 그 일은 내일 중으로 끝내자. 그래, 알았다."

아버지는 흥분한 것 같았다. 복대에서 조심스레 돈다발을 꺼내 세기 시작하더니 다 세고 나서 잠시 무언가를 생각한 후 어머니를 큰 소리로 불렀다. 어머니가 무슨 일이냐며 부엌에서 달려왔다.

"니, 돈 가진 거 있나?"

"내가 돈이 어데 있따꼬. 어데 쓰게요?"

"시끄럽고, 꿍쳐 둔 돈 있으면 다 내봐 봐라."

아버지는 막무가내였다.

"은행에서 빌리면 안돼요?"

아버지의 흥분이 내게도 전염되어 묘책이라도 낼 요량으로 끼어들었다.

"멍청한 자슥, 조선인한테 돈을 빌려주는 은행이 어데 있따꼬. 핵교까지 댕기는 넘이 그것도 몰랐나!"

아버지가 땅바닥에 침을 퉤 뱉으신다.

"……"

아버지의 입버릇 같은 이 말이 나는 늘 못마땅했다. 은행이 조선인에게 돈을 빌려주는지 빌려주지 않는지 그런 걸 학교에서 가르칠 리가 없다. 학교에선 뭐든지 가르쳐 준다고 아버지도 어머니도 철석같이 믿었다.

아버지는 단호하게 말했다.

"사들일 수 있는 한 폐철이나 구리자재를 몽땅 사들일 끼다. 한동안은 어데도 내놓지 않을 끼고. 새 작업장도 빌려놨겄다, 쪼매 있슴 구리랑 철 값이 반드시 폭등할테니 두고 봐라. 내한테도 찬스가 온 기다!"

2

채용득 선생님이 플레이어와 레코드를 들고 교실에 들어왔다.

"슈만은 쇼팽의 **변주곡 작품번호 2번**을 듣고 '여러분, 모자를 벗으시오! 이 사람은 천재입니다!'라고 음악평을 썼다. 오늘은 쇼팽의 혁명이란 곡을 듣겠다. 쇼팽이 파리에서 연주여행 중일 때, 그의 조국 폴란드 바르샤바에서 혁명이 일어났다. 거기서 영감을 얻어 작곡한 곡이 바로 혁명이다. 21세 때 작품으로 정식곡명은 **에튀드 작품번호10 F단조**지만, 후세 사람이 '혁명의 에튀드'로 제목을 붙였다. 쇼팽은 39세에 결핵으로 세상을 뜰 때까지 많은 곡을 작곡했다. 피아노의 시인이라고도 일컬어진다."

선생님은 평소보다 엄숙한 표정이다.

"선생님, 쇼팽의 심장이 바르샤바로 옮겨졌다던데, 정말입니까? 지금도 거기 있습니까?"

박효순이 손을 들고 질문했다.

"우와ㅡ"

여기저기서 감탄이 터진다.

쇼팽의 심장이 그의 조국으로 돌아왔다는 것도 놀라웠지만, 그걸 알고 있는 효순이에게 더 놀랐다.

"사실이다. 심장뿐만 아니라 사후에 석고로 모형을 떠서 제작한 왼손도 남아있다. 결핵을 앓았던 그는 자신의 죽음을 예감하고 작곡에 더 열중했다. 그에게 있어서 작곡은, 어떻게 쓰느냐보다 무엇을 쓰느냐가 더 절실한 문제였다. 음악은 먹고 살 수단으로서의 사상이자, 삶의 문제였다."

선생님이 들려준 클래식이 모두 좋았던 건 아니다. 따분해져서 어느새 하품이 나오는 곡도 있었다. 하지만 대부분은 아름답고, 슬프고, 때로는 끊임없이 솟아오르는 에너지가 느껴지는 곡들이다. 청중의 마음을 자유자재로 움직이는 음 속에 작곡가의 사상과 삶에 대한 메시지가 담겨 있다고 한 선생님의 해설이 내게는 아주 신선한 감동으로 다가왔다.

"이해가 잘 안 돼서 졸음이 오는 곡도 있습니다. 선생님, 그런 곡은 어떻게 해석해야 좋습니까?"

나는 슈만을 듣다가 졸음이 쏟아졌던 일이 생각나 질문했다.

"그랬나? 석철이한테는 슈만이 따분했던가 보다. 또 지루했던 사람? 손을 들어 봐라."

쑥스러워하는 손들이 여기저기서 올라간다.

"꽤 많구나. 하지만 그다지 부끄러울 일도 아니다. 혹시 조선의 민요나 유행가를 들을 때도 지루한 적이 있었나?"

"없습니다. 오히려 신이 났습니다."

성창도가 힘차게 대답한다.

"너무 슬퍼질 때도 있었다니까!"

이번엔 정만우다.

"그렇지? 너희는 자연적으로 조선인의 정감을 지니고 있기 때문에 우리 민요가 쉽게 이해되는 것이다. 클래식은 서구음악이니까 우리와는 잘 맞지 않는 부분이 있을지도 모른다. 그런데 음악은 때때로 인간의 본능에서 만들어진다. 소리로 감정과 이미지를 표현하는 것이지. 예술이란 창조하는 것이다. 자신의 경험과 인생에서 얻은 플러스알파를 끄집어내 소리로 재현하는 거다. 자국의 음악을 사랑하고 소중히 여기는 사람은, 인간이 가진 보편적인 정감으로 타민족의 음악에도 감동할 수 있다. 지금은 잘 몰라도 어느 순간 이해될 때가 온다."

선생님의 해설은 평소보다 힘이 들어가 있었다. 우리에게 무언가를 간절히 호소하듯 진지함이 묻어났다.

"쇼팽은 폴란드의 민요와 춤을 기본으로 하는 폴로네즈와 마주르카를 많이 작곡했다. 폴란드 사람임을 자랑스럽게 여겼고, 전 세계와 후세까지도 쇼팽이라는 한 작곡가의 이름과 함께 조국 폴란드를 알렸고, 폴란드의 훌륭한 문화와 역사적 배경까지 널리 알리는 역할을 해냈다. 소리와 음악 이외에는 아무것도 쓰지 않은 채 말이다. 폴란드 사람들은 쇼팽을 자랑스럽게 여겼고, 그를 영원히 잊지 않기 위해 쇼팽의 심장이 조국과 함께 영원히 고동치기를 바라는 마음으로 소중하게 보관하고 있다. 이제는 쇼팽의 음악이 폴란드뿐만 아니라 인류의 큰 보물이라 할 수 있게 되었다. 그만큼 조국이라는 것, 자신의 나라라는 것은 소중한 거다.

조선인들은 36년 동안이나 일본에 나라를 빼앗겼다. 망국의 고통은 충분히 맛보았다. 너희도 조국을 소중하게 여기고, 조국과 함께 살고, 조국을 빼앗으려는 자는 절대 용서하지 않는 인생관을 가진다면, 앞으로 어떤 공부를 해도 보람 있는 일을 하게 될 거라 생각한다. 다들 알았나?"

우리는 미동도 하지 않고 레코드를 응시하며 열심히 귀를 기울였다. **혁명**은 시작부터 격정적으로 건반을 두들겨 치는 피아노곡이었다. 조국을 그리는 쇼팽의 분노와 기쁨, 고국 사람들을 향한 애정이 격렬하고 애절한 선율로 우리의 심금을 울렸다.

6월 25일 밤 7시 NHK 뉴스는 남측이 38도선 이북 지역을 공격했기 때문에 인민군이 총반격에 나섰다는 공화국 정부의 성명을 보도했다. 그러자 한국 측은 **국군 정예부대 북상 중, 총반격 전개, 추격 중**이라며 위세 등등한 성명을 내놓았다.

6월 27일 밤부터 외신들은 전황이 예상치 못한 전개를 보이기 시작했다고 시시각각 전하기 시작했다.

국군 정예부대 북상 중이란 보도가 남측의 허위보도였음이 폭로되었다. 실제로는 수도 서울의 함락이 코앞에 닥쳐 있었다. 하룻밤 사이에 대전으로 임시수도를 옮긴다며 당황하고 쩔쩔매는 한국 측의 동정을 전했다. 심야에는 한국의 KBS방송이 이승만 대통령의 육성녹음을 낭독 보도했다.

"국제연합은 우리나라를 지지하고, 미국은 적의 침략을 격퇴하기 위해 병기, 군수물자를 공수 중이다. 고난이 있더라도 참고 견디면 반드시 승리한다. 국민들은 안심하시라."

6월 28일 새벽 5시, 날이 새길 기다린 조선인민군은 서울 총공격을 개시했다. 서울 함락이 코앞이라는 아침 7시 뉴스를 듣고서 나는 태일이 집으로 향했다. 태일이는 벌써 아파트 현관까지 나와 안절부절 못하고 나를 보자마자 달려왔다.

학교는 오전 내내 활기에 넘쳐 웃음이 끊이지 않았고, 모두 들떠 있어서 정작 수업은 건성건성이었다. 마음이 온통 콩밭에 가 있었기 때문이다.

점심시간이 되자 남식이가 대표로 교직원실에 뉴스를 들으러 뛰어갔다.

잠시 후 어깻숨을 들썩이며 남식이가 돌아왔다.

"아나운서가 흥분해서 방송하고 있어!"

흥분한 것은 남식이었다. 목소리가 한껏 상기되어 있었다.

"알았으니까 빨리 말해 봐!"

'아버지'가 고함을 쳤다.

"서울이 함락됐다! 해방이다!"

교실 전체에 와락 환성이 터졌다. 여기저기 떨어져 있는 교실에서도 '와~!' 하고 환성이 들렸다.

오전 11시 30분에 서울이 함락됐다는 공식발표가 나왔다.

공화국 정부도 **공화국 수도 서울 해방**이라는 보도를 했다.

서울이 함락되고 7월에 들어서자 조선인민군의 파죽지세는 남한의 중부에 해당하는 평택, 안성, 음성, 충주까지 이르렀다.

미국의 움직임도 민감하고 신속했다.

트루먼 대통령은 군사개입을 선언하고 먼저 일개 연대의 투입을 명령했다. 이 명령에 따라 맥아더가 제8군사령관 W.워커 중장에게 미군의 출동 준비를 명하고 후쿠오카현 고쿠라小倉에 주둔중인 제24사단 일부 병력을 급파했다. 미국의 본격적인 개입이 시작된 것이다.

일본은 조선전쟁의 후방보급기지가 되었다. 우리는 불안으로 전율했지만 그 이상으로 인민군의 용맹함과 과감함에 감탄하기도 했다.

전쟁이 발발하고 여름방학에 들어선 7월 말, 인민군은 임시수도인 대전으로 들이닥쳤다. 이승만 대통령은 부인 프란체스카와 함께 목포에서 소해정을 타고 부산으로 도망치고 말았다.

7월 8일, 국제안전보장이사회는 소련이 불참한 가운데 국제연합군 창설을 결의하고 총사령관에 맥아더를 임명했다.

대전에서의 공략전은 인민군이 처음으로 미군과 맞닥뜨려 정면으로 대치한 전투가 되었다. 인민군은 제1, 2군단을 총괄하는 전선 사령부를 설치하고 김책 대장을 사령관으로, 정치부 사령관 김일 중장을 군사위원으로, 강건 중장을 참모장으로 임명하고 대전 진격태세를 강화했다. 이에 맞선 건 명령에 충실한 딘 소장이 이끄는 1만6천 명의 미군 제24사단이었다.

사기충천한 인민군과 고전을 면치 못하던 미·한국군이 허둥지둥 달아나는 것을 각종 외신이 전 세계에 보도했다.

7월 17일, 제8군사령부에서는 워커 중장이 맥아더의 지시를 받아 한국군의 지휘권을 장악했다. 자국의 전쟁에서 지휘권이 없는 한국군은 말 그대로 미국에 고용된 병사였다.

이날은 또 사령부에 국제연합기가 게양되었다. 형식적으로는 역사상 처음으로 15개국에 의한 국제연합군이 창설된 날이기도 하다. 조선전쟁은 **국제기구에 의한 경찰행동**의 성격을 띠게 된 것이다.

7월 17일 밤부터 대전에서는 인민군들과 함께 공동작전을 펴는 남쪽 게릴라부대로 추정되는 이들이 행동을 시작했다.

7월 19일 아침, 인민군의 대전 공격이 개시되었다.

대전 시내는 어느새 쏟아져 들어온 인민군으로 넘쳐났고 미군을 태운 트럭들이 길게 줄지어 대전을 빠져나갔다. 이렇다 할 교전 한 번 없는 함락이었다.

미군 제24사단장 딘 소장은 대전이 함락된 뒤 36일간 산중으로 도피한 후에 8월 25일 인민군의 포로가 되었다.

결정적인 승리를 확신하고 우리는 여름방학에 들어갔다.

3

아버지의 판단은 정확했다.

조선전쟁 발발과 함께 일본의 국내경제도 활기를 띠었고 금속과 구리, 철 등의 수요가 급격히 증가했다. 전쟁 특수가 시작된 것이다.

아버지가 제일 먼저 한 일은 백 평쯤 되는 집안의 빈터를 말끔히 정리한 것이다. 거주하는 집 이외 창고로 쓰던 양돈업 시절의 돼지우리와 작은 닭장, 불필요한 잡동사니들을 말끔히 정리해 작업장을 확장했다. 집 주변에 판자 울타리를 쳤고, 정면에는 큰 대문을 만들고, 목재 기둥으로 빗장을 만들어 안쪽에서 여닫을 수 있게 했다. 이렇게라도 하지 않으면 작업장에 쌓아 둔 구리와 철들을 도둑맞게 된다.

작업장에는 구리로 된 자재와 강판, 폐철, 강판 조각들, 중고품 전선과 모터들, 가정용 중고 알루미늄 제품부터 녹슨 함석판, 낡은 못에 이르기까지 못 쓰게 된 중고품과 자질구레한 것들까지 없는 게 없었다. 아버지가 안 계실 때는 어머니와 내가 양이 많고 적음을 따지지 않고 실려 들어온 잡다한 철들을 저울에 달아 사들였다.

손수레를 끌고 동네를 한 바퀴 돌면 주변에 굴러다니던 함석과 철 조각들로 어느새 수레가 가득 찼다. 몰래 가지고 나온 물건일 경우엔 사들이기 곤란했지만, 한 푼이라도 용돈이 필요한 주부들과 코흘리개들까지 집이나 길거리에 방치되어 있는 구리와 철들을 팔려고 가져왔다. 이런 잡철들을 사들인 아버지는 아침부터 밤까지 반출하기 쉽도록 다발을 지어 작업장 한쪽 구석부터 차곡차곡 쌓아 두었다.

전선과 모터 종류는 저울에 무게를 달긴 했어도 철 가격만 쳐서 사들였다. 이런 것들은 장작불에 태워서 가려낸다. 타고 남은 잿더미에서 동선과 구리 합금, 놋쇠 등을 골라낸다. 이런 것들이 철 이상으로 몇 배나 되는 고가의 물건으로 탈바꿈하는 것이다. 이렇게 모은 고철을 집안 작업장과 나나쵸메에 새로 빌린 작업장에 나눠서 쌓아 놓으면, 그다음은 주간 가격정보지와 치열한 눈치싸움을 해가며 반출할 때를 가늠한다. 보름에서 한 달 정도 재워두면 사들인 값의 곱절로 폭등할 때도 있었다. 수완이 좋은 매수인과 넓은 작업장 그리고 풍부한 자금만 있으면 누구라도 기회와 행운을 잡았다.

시집간 순남 누님 집에서 대학에 다니고 있는 기호 형은 여름방학이 되면 곧바로 아버지에게 불려와 일을 도와야 했다. 하지만 아버지는 나에겐 굳이 일을 도우라고는 하지 않았다. 매일 아침 신문배달을 하고 있는데다, 맘만 먹으면 굳이 얘기하지 않아도 아버지 일을 도왔기 때문이다. 헌데 형은 아버지와 나 사이의 이렇게 척척 맞는 호흡을 잘 모른다. 낮에 아무 때나 놀러 나가는 내가 못마땅한 것이다. 그 정도로 일이 많긴 했는데, 마지못해 일을 도우려 나서게 된 것도 형이 투덜대는 게 듣기 싫었기 때문이기도 하다.

"야! 또 어디가?"

염천 더위에 작업장에서 아버지의 일을 돕고 있던 형은 매번 내가 나가는 것을 눈치 빠르게 알아차리고 나를 불렀다.

'어딜 가긴, 어디 좀 간다 왜'

태일이랑 다른 애들과 신카이치 상점가에 있는 탁구장에 놀러 가는 것뿐이다. 이 근처 탁구장은 탁구대가 두 대밖에 없어서 때때로 미카와시마까지 원정을 가서 근방에 사는 창도와 동급생을 불러내기도 했다. 거기엔 탁구대가 일곱 개나 있어서 몇 명이 함께 가도 금방 탁구대를 확보할 수 있었다.

형은 그걸 알면서도 매번 트집을 잡았는데, 그토록 싫은 소리를 들으면서도 대문 가까이까지 강판이 산처럼 쌓여있을 때는 밖으로 나가는 것도 쉽지 않았다. 강판 위를 기어올라 타고 넘어 밖으로 나갈 때도 있다. 그런 나를 뙤약볕에서 땀을 뻘뻘 흘리며 일하는 아버지와 형이 어이없다는 듯 쳐다보았다.

"아, 알았어, 알았다구. 하면 될 거 아냐."

결국 놀고 싶은 맘을 접고 나가는 것을 포기했다.

사실 내가 진심으로 아버지 일을 도와야겠다고 맘먹은 것은 다카야마 이모부의 짐이 들어오는 날에 맛보았던 사탕에 마음이 뺏긴 이후부터다.

미카와시마에 있는 모치즈키 프레스공장을 단골 거래처로 둔 이모부는 그 공장에서 일주일에 한 번씩 삼륜 트럭 두 대 분량의 잡철 강판을 사들여 아버지에게 맡겼다. 모두 합해 약 5톤을 운반하는데 4명이 달려들어도 꼬박 하루가 걸린다. 이날이 이모부와 아버지에겐 정말 중요한 날이다.

중량이 꽤 나가는 짐의 무게를 달 때에는 트럭 채로 올라가 무게를 재는 다이칸이라는 대형 저울을 이용한다. 트럭에 쌓인 짐들을 내린 후에 다시 빈 트럭만 무게를 달아서 뺀 차이가 짐의 중량이 되는 이치다. 중량을 직접 확인하기 위해 다이칸 저울이 있는 곳까지 매번 공장장이 삼륜 트럭에 함께 타고 온다.

이 공장장이 나쁜 사람이다.

사장의 친척인 것 같은데, 안경을 썼고 학자풍의 몸집이 작은 남자다. 이 사내가 아니

꼬울 정도로 거들먹거렸다. 언젠가 공장 안에서 사장에게 굽실굽실하는 공장장을 본 적이 있다. 사장이 자리를 뜨면 갑자기 태도가 바뀌어 인부들과 이모부의 이름을 함부로 불러댔다. 우리 아버지를 '어이, 오야지!' 하고 불렀다. 이모부도 아버지도 그에게 불려 가면 굽실굽실 아첨을 떨었다.

두 시간이나 걸려 실은 짐을 먼저 다이칸 저울에 무게를 재러 가는 줄 알았는데, 삼륜 트럭은 우리 집 작업장으로 먼저 와 높이 쌓은 짐의 일부를 이모부와 아버지가 엄청난 속도로 바닥에 내동댕이치듯 던져놓았다. 고작 십 분 정도였지만 쏟아놓은 잡철 강판이 2, 3백 킬로는 되는 듯했다.

"됐어, 그 정도만 하지."

팔짱을 끼고 지켜보던 공장장이 이모부에게 이렇게 말하고 턱짓을 하더니 시치미를 뚝 떼고 곧바로 트럭 조수석에 앉았다.

이모부가 고개를 끄덕인 후 아버지에게 눈짓을 하자, 이번에는 아버지가 형에게 눈짓을 했다. 거기에는 각각 계산된 바가 있는 듯했고, 그 다음엔 형이 허둥지둥 대문을 닫았다. 트럭은 그제야 다이칸 저울이 있는 곳으로 향했다.

작업장에 남은 형과 나는 여기저기 흩어진 강철 자재 묶음을 정리해서 운반하기 쉽도록 쌓아 올렸다. 그다지 시간이 걸리지도 않는다.

"야, 여길 잡아!"

형이 쌓아 올린 강철 자재다발 하나를 들고 내게 다그쳤다.

"여기, 여기라고!"

작업장 안쪽에 돼지우리의 흔적이 남아있는 좁은 공간에다 옮겨온 짐 다발을 내던진다.

"빨리 해, 하나 더 남았다. 서둘러!"

형은 무언가에 홀린 것처럼 나를 다그쳤다.

다발 세 개를 옮기는 일이 끝나자 위에서부터 시트를 덮은 다음 형이 대문에 서서 안쪽을 쳐다보았다. 이전부터 쌓여있던 화물에 가려서 시트가 보이지 않는 걸 확인하자 안심한 듯 작업 바지에서 럭키스트라이크 담배를 꺼내 불을 붙였다. 형이 담배를 다 피울 때쯤이면 다이칸에서 무게를 잰 삼륜 트럭이 돌아왔는데 불과 15분도 걸리지 않았다.

다시 돌아온 공장장은 바닥에 내려진 짐들을 쳐다보며 아무 일도 없었던 듯 말했다.

"다카야마, 얼마나 되지?"

"이백오십 정도 되겠는데요."

"고작 그거야……. 다음엔 좀 더 내릴까. 아니, 관두지."

혼잣말을 하며 뭔가 궁리를 하는 것 같더니 다시 턱짓으로 출발하자고 했다. 이번에는 형과 나를 태우고 나나쵸메에 있는 작업장에다 남은 짐을 내린 다음 다시 공장으로 향했다.

이런 식으로 하루에 두 번씩 반복한다. 절묘한 호흡과 눈짓만의 지시로 모든 일이 순조롭게 진행됐다.

우리 집에 내려놓은 짐은 회사에는 비밀이었고 공장장의 부수입이 되었다. 2, 3백 킬로쯤 되는 짐을 두 번 빼돌리면 약 5백 킬로가 된다. 5톤의 십분의 일이 공장장의 부수입이다. 그것도 한 달에 네 번씩이나. 단순히 계산해도 공장 인부 열 명의 월급과 맞먹는다. 이 남자 진짜 나쁘다. 하지만 그보다 더 나쁜 사람이 있다.

회사에는 비밀로 빼돌린 공장장의 부수입이 될 철들을 이모부가 또다시 빼돌리는 것이다. 이런 일을 하려고 이모부는 아버지를 끌어들였고, 그걸 형과 내가 몰래 도왔다. 나는 아무것도 모르는 그저 심부름꾼에 지나지 않지만, 다섯 명 모두에게는 각각 계산된 생각과 역할이 있다는 것을 알기에 누굴 탓할 맘도 없었고 그저 웃음만 나왔다.

모든 일이 끝나자 값을 계산했다.

복대에서 돈다발을 꺼내 아버지가 이모부에게 구매 대금을 건넨다. 이모부는 그것을 회사와 공장장의 부수입으로 나누었다. 남는 돈과 빼돌린 짐의 대금이 이모부의 몫이다.

작업이 끝나자 어머니가 내 온 막걸리를 단숨에 들이키더니 이모부가 나를 불렀다.

"마사오, 일루 와 봐라!"

나는 작업장 수돗가에서 얼굴을 씻고 있었다.

"왜요?"

"오늘 애썼구마. 이거 용돈이다."

이모부가 형에게는 천 엔을, 나에게는 오백 엔짜리 지폐를 쑥 내밀었다.

"에? 저한테 주시는 거 에요? 진짜 받아도 돼요?"

옆에서 아버지가 받아두라고 눈짓을 한다. 보름 동안의 신문 배달료와 맞먹는 돈이다.

"마사오. 또 부탁한데이!"

나는 너무 좋아서 어쩔 줄 몰랐다. 이모부가 준 사탕은 말할 수 없이 달콤했다. 이 사탕 맛에 이끌려 그 후에도 짐을 빼돌리는 일에 심부름꾼 노릇을 하게 되었다. 어느 사이엔가 내가 아버지의 일에 없어서는 안 될 역할을 맡게 되었으니 아버지에게도 분명 큰 도움이 되었던 게 틀림없다.

4

"석철아, 일라 봐라. 임태일이가 왔다 아이가."

아래층에서 어머니가 부르는 소리가 들렸다.

나는 팬티와 러닝만 입고 대자로 누워 낮잠을 자고 있었다. 어머니가 부르는 소리에 실눈을 뜨긴 했지만 그대로 다시 잠 속으로 빠져 버렸다.

서쪽으로 기울기 시작한 뜨거운 햇빛이 비쳐 들어와 이마와 목덜미에 땀이 흥건해 마치 온실에 들어와 있는 것 같았다. 얼마 안 가 잠이 깼지만, 의식은 아직도 꿈속을 헤매는 중이었다. 눈꺼풀이 무거워서 좀처럼 떠지질 않는다.

"오빠야, 태일 오빠가 왔다고!"

소학교 4학년 유자가 투닥투닥 발소리를 내며 2층으로 올라왔다.

"야, 일어나. 승옥이도 같이 왔어."

유자 뒤로 계단을 올라오던 태일이가 말했다.

"어휴, 찜통이네! 창문 좀 열어라!"

태일이가 못 참겠다는 듯 창문을 열어젖혔다. 그러자 후끈한 바깥 공기가 방안으로 쏟아져 들어온다.

"열은 거나 닫은 거나 똑같아."

나는 하품을 하며 둘을 보고 일어났다.

"잘 있었냐?"

조승옥이 머쓱하게 웃으며 얼굴을 내민다.

우리 집과 마찬가지로 이웃하고 있는 집들도 창문 아래로 길게 이어진 함석지붕이다.

작업장에 있는 철과 주변의 함석지붕이 한여름 태양열을 흡수해 쏟아내는 열기로 창문을 열면 열풍 같은 바깥 공기가 밀려들었다.

"지금 몇 시야?"

같이 낮잠을 잔 소학교 2학년 히로시의 발을 밟을 뻔해 휘청거리며 태일이에게 물었다.

"벌써 여섯시다."

"승옥이 넌 가츠시카에서 여기까지 온 거야?"

생각지도 않은 승옥이가 와서 나는 좀 당황했다.

"이 자식, 친척 집에 얹혀 있었는데, 그 집으로 제주도에서 집안 친척이 밀항해 왔대. 그 사람이 승옥이와 방을 같이 쓰게 됐나봐. 고작 두 평도 안 되는 방에 말이야. 너무 비좁아서 이틀 전부터 우리 집으로 기어들어 와 있다."

"그랬냐? 너도 제주도야?"

"어. 태일이네 옆 동네야."

"승옥이가 한림이고, 우리 집은 그 옆 동네래."

"얼마나 떨어져 있는데?"

"그것까지 어떻게 알아!"

하긴 그도 그럴 것이다. 부모님의 본적이 제주도라고는 하지만 일본에서 태어난 둘은 제주도에서 산 적이 없으니까. 살아본 적도 없는 두 녀석 다 섬 구석구석을 훤히 아는 것처럼 말했다.

"오빠야, 얼음물 여기다 둘게."

방문 밖에서 얼음을 넣은 주전자를 문 앞에 두었다는 동생의 목소리가 들렸다. 작업장에서 일할 때는 이 얼음물이 없어서는 안 되었다.

어제부터 오봉(백중) 휴일이다.

"제주도는 굉장한가 봐. 낮에는 한국군이 지배하지만, 밤에는 게릴라가 지배한다며?"

얼음물을 컵에 따르며 나는 승옥이에게 물었다.

"그건 이번 전쟁이 나기 전까지고, 지금은 완전히 군이 지배한대. 밀항해 온 친척 형이 산으로 숨어 들어가고 난 뒤 빨치산의 가족은 살려두면 안 된다고 부모도 형제도 모두 죽여 버렸대. 그 형만 간신히 살아남아 일본으로 밀항해 왔다고 하더라."

아라카와荒川에는 제주도 출신이 많이 산다. 비슷한 얘기를 나도 여러 번 들었다. 제주도에만 그치지 않고 한국의 내륙에서도 빨갱이 토벌 열풍은 맹위를 떨치고 있었다.

얼음물을 벌컥벌컥 마셔가며 우리들의 화젯거리는 이런저런 얘기로 옮겨가 두서도 없고 결론도 없었다.

"그건 그렇고 인민군의 기세가 정말 대단하다. 진주, 안동, 김천도 해방됐잖아."

"이대로 낙동강을 돌파하기만 하면 남조선의 90%는 해방되는 거야."

"인구의 90%라던데."

진주는 어머니의 고향이다. 외가 쪽 조부모님은 부산에 계시기 때문에 아직은 안심이지만, 지금은 한국군이 부산 주변만을 남겨둔 채 경상남도 일대로 쫓기는 상황이었다.

"야, 탁구 치러 가자."

어느새 지루해진 태일이가 좀이 쑤시는지 이렇게 말했다.

"그래, 가자가자."

우리는 신이 나서 밖으로 나왔다.

"저녁 밥 안 묵고 어데 가노?"

등 뒤에서 어머니의 목소리가 들렸다.

"저 녀석, 부모님이 안 계셔."

탁구공이 오고가는 코트를 보며 태일이가 혼잣말하듯 말했다.

"그러고 보니 아까 친척 집에 얹혀 있다고 했지?"

"아버지는 전쟁 전에 어디론가 돈 벌러 간 후로 행방불명이고, 어머니는 소학교 5학년 때 돌아가셨대. 열여덟 살 누나와 열 살짜리 여동생이 있는데, 둘 다 오사카에 있나 봐. 지금은 가츠시카에 있는 친척이 저 녀석 혼자만 돌봐주고 있대. 형제자매가 뿔뿔이 흩어진 거지."

"그랬구나…."

"얼마 전에 우리 집에 놀러 왔을 때 어머니가 바로 알아차리셨어. 제주도는 손바닥만 해서 뻔 하거든. 승옥이네 일을 어머니도 알고 계셔. 안쓰럽다고 하시더니 지금은 우리 집에서 먹고 잔다."

"니네 집도 힘들잖아? 괜찮으면 우리 집에 와도 되는데."

나도 모르게 내뱉는 입방정을 떤 것을 후회했다. 어머니가 뭐라고 하실까. 하지만 태일이네를 생각하면 모른 척할 수가 없어서 한 말이었다.

동포들이 많이 살고 있는 평화장이라는 몹시 낡은 아파트의 세 평 남짓한 다다미방에서 태일이는 예순의 어머니, 고3 누나 이렇게 세 식구가 산다.

태일이에게는 교토에 살고 있는 국립대학에서 금속공학을 전공한 형이 있다. 태일이 어머니는 똑똑한 장남만 믿고 살아왔는데, 대학원까지 나온 그 형은 취직자리를 구할 수 없었다. 울며 겨자 먹기로 지금은 한창 유행하는 파친코 가게에서 허드렛일을 하고 있다. 얼마 후 처갓집의 도움으로 드디어 파친코 가게를 시작하려고 준비하는 것 같았다.

태일이 어머니는 그래도 장남을 믿었다. 생활보장 지원금을 받으며 치마저고리를 지어 번 돈과 장남이 보내온 용돈으로 누나와 태일이를 공부시켰다. 그런 태일이 집에 승옥이가 얹혀살게 된 거다.

우리 셋은 질릴 때까지 탁구를 치며 놀았다. 도중에 다른 손님이 끼어 게임을 하기도 했는데 물론 대환영이다.

두 시간 사용료 60엔은 내가 냈다. 계산은 돈이 있는 녀석이 하는 것이 우리들의 룰이다. 이모부에게 받은 용돈도 있었으니 내 주머니는 든든했다. 내친김에 한 그릇에 5엔짜리 라면까지 맘먹고 서비스해 줬다.

"승옥아, 너 아르바이트 안 할래?"

라면 국물을 후후 불어가며 내가 승옥이에게 물었다.

"어디서?"

"우리 집에서."

"그게 돼?"

"되고말고. 내가 하는 일인데 뭐."

"니네 아버지가 승낙하실까?"

"음, 한번 물어볼게."

"재밌을 거 같다. 나도 껴 주라."

태일이가 급하게 들이마신 라면국물 때문에 기침을 하며 대화에 끼어들었다.

"괘안타, 델꼬 온나."

어머니는 좋다고 했지만, 아버지는 아무 말이 없었다.

"여름방학 동안만이지만 집에 델꼬 와가 니랑 함께 자믄 된다 아이가."

"그렇긴 한데….'

나는 아버지의 표정을 살폈다.

"괘안으니까 델꼬 온나. 승옥이 갸가 불쌍타 아이가. 태일이도 델꼬 온나. 그란데 하루 일당은 얼마 줄낍니꺼?"

"이백 엔."

아버지가 대답했다.

"알았다, 아침, 점심, 저녁밥은 주는 걸로 괘안체?"

"진짜 그래도 돼요? 애들한테 그렇게 얘기해도 되죠?"

어머니 말에 나는 기분이 좋아졌다.

"함 해 봐라."

아버지는 짧은 대답으로 승낙했다.

단순히 계산해도 하루에 2백 엔이면 열흘만 일해도 2천 엔이다. 쌀 십 킬로가 7백9십 엔이고, 공무원 초임이 9천2백 엔이다. 2천 엔이나 받으면 한 달 치 학비와 전차 정기권도 충분히 살 수 있는 돈이었다.

해가 저물기 전에 허락받은 걸 녀석들에게 알려주었더니 그날 밤 늦게 책가방을 품에 싸안고 두 녀석이 집으로 왔다. 유자와 히로시를 방에서 쫓아내고 나니 방안은 우리 셋의 아지트가 되었다.

이쯤 되면 선배로서 내가 한마디 안 할 수 없지.

1. 무턱대고 열심히 일하지 말 것

2. 내 얼굴에 먹칠하지 말 것

"이 두 가지다."

"그게 뭐야?"

두 사람은 못 알아듣겠다는 표정이다.

"이 일은 생각보다 힘들다구. 조각난 철이랑 강판을 다루기 때문에 무거운 건 말할 것도 없고, 멍청히 있다가 떨어뜨리기라도 하면 발가락이 다 찌그러질 줄 알아. 강판이 칼날처럼 날카로워서 베이는 상처도 끊이질 않아. 게다가 바깥 날씨가 너무 더워서 익숙해지지 않으면 머리까지 멍해진다구. 그렇다고 너무 긴장해서도 안 된다. 여유를 가지고 힘을 적당히 나눠쓴다는 생각으로 해야 돼. 무작정 열심히만 해서 될 일이 아니야."

"이 자식 겉보기에만 고철상집 아들이 아니었네!"

태일이가 감탄하며 말했다.

"또 다른 한 가지는?"

"게으름 피우지 말라는 거야. 돈을 받는 일이니까 대충대충 해서 내 얼굴에 먹칠하지 말라는 얘기다. 부모님한테 내 친구들이 얼렁뚱땅 일하는 녀석들이라는 말 듣고 싶지 않으니까."

"그래, 알았어!"

둘은 진지한 표정으로 대답했다.

다음날 우리는 작업복으로 갈아입고 상처가 나지 않도록 긴 장화에 고무처리 된 목장갑을 끼고 작업장으로 나갔다.

구리와 깡통은 큰 해머로 찌그려 트린 후 철, 강판과 함께 묶음을 만들었다. 겉보기엔 제묫을 할 것 같이 보여도 두 녀석 다 요령을 몰랐기에 아버지가 일을 시켜도 처음 한동안은 우왕좌왕하기만 했다. 그때마다 나는 둘에게 해머를 쥐는 방법부터 무거운 철을 들어 올릴 때의 요령 등을 알려주었다.

한여름 땡볕 아래서 하는 이 일은 매우 힘이 들었다. 쉴 새 없이 얼음물을 들이키며 두 녀석 모두 그런대로 잘 버텼다. 이틀쯤 지나자 요령도 생겼고 조금은 여유도 부렸다. 그동안 이모부의 일도 두 번이나 있었고, 형을 대신 해 우리 셋이 공범자 역할도 그런대로 해냈다. 당연히 한 사람당 5백 엔씩 부수입으로 받았다. 두 녀석은 헤죽헤죽, 나도 헤죽헤죽 말할 수 없이 기분 좋은 보너스였다.

일이 끝나면 매일 밤 신카이치 상점가에 있는 큰 목욕탕에 갔다. 집 근처에도 목욕탕이 세 군데나 있지만, 이곳을 택한 것은 두 가지 이유가 있다. 목욕탕 옆길에는 야타이(屋台 간식 등을 파는 노점상)가 나와 있어서 목욕 후에 거기서 먹는 니코미(煮込み 여러 재료를 넣고 푹 익힌 요리)가 정말 맛났다. 게다가 목욕탕엔 판자 울타리를 걷어치운 긴 통로에 지금 한창 유행인 파친코가 20대나 나란히 놓여있었다. 한 접시에 20엔짜리 니코미를 함께 먹고, 10엔으로 구슬 스무 개를 받아서 파친코를 하는 것이 우리 셋의 즐거움이었다.

"우리 형님이 이런 파친코 가게를 시작할 거다. 오사카에는 **훨씬** 더 멋진 기계가 나왔다고 하더라."

태일이가 우쭐대며 말했다.

어쨌든 밤이 되면 녹초가 돼서 공부고 뭐고 아무것도 할 수 없었지만, 평소에는 털어놓지 못하던 얘기까지 할 수 있어서 밤이 새는 줄 모르고 즐거웠다. 그래봤자 선생님과 친구들의 소문과 욕지거리뿐이었지만, 느낌이 괜찮은 여학생 얘기도 간혹 끼었다.

"태일아, 요즘도 김말순이랑 만나냐?"

나는 다 알고 있는 것처럼 씨익 웃으며 태일이를 쳐다보았다.

"김말순이 누군데?"

승옥이가 내게 물었다.

"1반에 있는 …."

그 이상은 말하지 말라며 태일이가 달려들어 내 입을 막았다.

반전 서명 운동

언덕을 깎아낸 운동장 가장자리에 목조 단층건물 한 동이 다른 화약고(교실)에서 동떨어져 덩그러니 서 있다. 전에는 창고로 쓴 것 같은데 지금은 음악실로 사용했고, 때에 따라서는 2백 명 정도 한 번에 들어갈 수 있는 집회장소가 되기도 한다.

음악시간에 유리창 너머로 재난방지용 나무울타리를 곁눈질하며 피아노 반주에 맞춰 가곡을 합창하고 있으면, 왠지 잊고 있던 지난날의 그리움으로 가슴이 뻐근해지곤 했다. 언덕이 없어지고 운동장이 넓어진 것은 좋았지만, 이제는 유리창 너머로 나무들도 보이지 않았고, 그저 평평하기만 한 운동장 끝에 쓸쓸히 홀로 남은 건물이 되어버렸다.

음악수업이 끝났다.

수업 전부터 소변이 마려웠기에 선생님에게 인사를 하고 백 미터쯤 떨어진 변소를 향해 정신없이 달려갔다. 뛰면서 바지 단추를 풀고 변소에 도착하자마자 시원하게 소변을 보았다. 기분 좋게 소변을 보고 있자니 어디선가 종이 타는 냄새가 바람에 실려와 코를 찌른다. 변소 안에서 새어 나온 푸른 연기는 내가 있는 곳까지 몽실몽실 흘러왔다. 선생님인가? 하지만 교직원 변소는 따로 있었다.

철컥 문이 닫히는 소리가 들려 고개를 돌려보니 강건일이 나왔다. 나도 놀랐지만 뭔가 들킨 듯 당황하는 건일이의 모습이 평소 같지 않았다. 살벌한 눈빛으로 쏘아보더니 무슨 생각을 했는지 이내 나를 보고 히죽 웃는다. 웃고 있긴 하지만 적대심과 위협이 역력한 눈빛이다.

나도 슬쩍 웃어주고는 관심 없는 척 하면서도 고작 중학생이 수업도 땡땡이치고 담배까지 피우는 녀석에게 속으로 욕을 퍼부어 주었다. 그리고는 다시 소변을 보는데 또 한 사람이 변소 안에서 나온다. 그 남학생과 건일이가 무언가 소곤소곤 말을 주고받았다. 젠장, 어떡하지? 생각할 겨를도 없이 그 남학생이 성큼성큼 다가오더니 갑자기 뒤에서 내 바지를 움켜잡고 거칠게 잡아당겼다.

"무, 무슨 짓이야!"

느닷없이 벌어진 일에 놀라 소리친 후 소변을 조금 지린 채 내 중요한 물건을 허둥지둥 바지 속에 집어넣었다. 아니, 분명히 넣었다고 생각했다.

또 한 녀석은 가와사키에서 통학하는 5반 이 아무개다. 투실투실 살이 찐 이 녀석은 나보다 세 살은 많을 것이다.

이 아무개는 동급생 중에 모르는 사람이 없을 만큼 악명 높았다. 땡땡이와 지각은 상습적으로 했고, 수업 중에도 뻔뻔스럽게 헤이본(平凡 일본 연예주간지)을 읽는데다 학생자치위원의 의견은 뭐든지 "반대!"하며 생트집을 잡았고, 상황이 불리해지면 학급회의 중에도 아무렇지 않게 자리를 박차고 집에 가 버린다고 한다.

이 아무개와 건일이가 언제부터 한 패거리가 된 걸까.

"야, 뭘 그리 꼬나 봐?"

이 아무개가 나를 노려보며 으름장을 놓는 동안 그 녀석 뒤에서 건일이도 나를 째려본다.

"괜한 시비 걸지 마. 자, 잠깐만."

바지 속에 집어넣었다고 생각한 소중한 녀석이 아직 반쯤 남대문에 걸려 있었다.

"뭐? 너 말 다했어?"

이 아무개가 이번엔 내 목덜미를 움켜쥐었다.

그때 우리 반 아이들 다섯 명 정도가 다다다 발소리를 내며 변소로 달려 들어왔다. 그 중에는 태일이와 조승옥도 있었다.

심상치 않은 분위기를 알아차린 태일이와 승옥이가 나에게 바싹 다가왔다.

"무슨 일이야?"

승옥이가 나와 이 아무개를 번갈아 쳐다보며 다그쳐 물었다. 승옥이는 본능적으로 벌써 싸울 태세다.

"아냐, 아무 일도 아냐."

나와 이 아무개 사이로 건일이가 끼어들었다.

이 아무개는 계속 눈을 치켜뜨고 나와 승옥이를 노려보았지만, 뒤따라 변소로 뛰어 들어오는 학생들 눈에 띄는 것이 싫었는지 어깨 힘을 빼고 다시 건일이와 소곤거린다.

건일이가 턱짓으로 나에게 변소 밖으로 나오라며 위협적인 목소리로 말했다.

"쓸데없이 나불대지 마."

"걱정 마. 아무 말 안 할 테니까."

간신히 큰소리를 쳤지만 이걸로 끝나는가 싶어 긴장했던 어깨 힘이 어이없이 빠지며 종짓굽이 후들거렸다.

두 녀석은 일부러 어깨를 거들먹대며 가 버렸다.

"무슨 일 있었냐?"

태일이와 승옥이가 오줌을 다 누고 난 뒤 또 다시 물었다.

"저 자식들이 나한테 시비 걸었어."

얼굴이 새빨개진 것을 들키지 않으려고 땅바닥에 침을 '퉤' 뱉으며 말했다.

"건일이 저 자식하고는 한 번은 끝장을 낼 생각이다."

승옥이가 멀어져 가는 두 녀석의 뒷모습을 쳐다보며 살벌한 표정으로 말했다.

운동장 언덕을 허무는 작업 때도 그랬고, 오늘 일만 해도 그렇고, 건일이는 두 번이나 내게 시비를 걸어왔다. 그렇다고 딱히 내가 당한 기억은 없다. 우연히 담배 피우는 걸 내가 봤으니 고자질할까 봐 걱정이 돼 겁을 주려는 것이다.

애초에 담배 따위로 다른 애들한테 소문을 퍼트릴 생각은 털끝만큼도 없었다. 나도 여름방학 때 형이 잊고 두고 간 럭키스트라이크 담배를 태일이와 승옥이랑 셋이서 피웠고, 자기 전에 몰래 벽장에서 막걸리를 퍼내 와 마른오징어를 안주 삼아 마신 적도 있다. 겁도 없이 호기심이 발동해 어른들의 흉내를 내 본 것뿐이었다. 문제는 이런 일이 상습적이냐 아니냐는 것이다.

한편, 조선반도는 10% 정도 인민군이 진입하지 않은 지역만 남겨둔 채 낙동강 일대에서 치열한 공방전이 벌어졌다. 일진일퇴의 격전 속에서 인민군의 왕성한 전의가 그날그날 보도되었다.

2학기가 시작된 후 학교는 하루가 다르게 답답한 분위기에 휩싸였다. 전황이 생각지 못한 전개를 보였기 때문이다.

9월 15일, 미군을 중심으로 한 국제연합군은 서해바다로 일대 상륙작전을 감행했다. 인천상륙작전이다. 이 작전은 조선전쟁의 전세를 단숨에 뒤바꾼 사건이 되었다. 한국의 내륙 깊숙이 진출해 있던 인민군은 보급로와 퇴로를 차단 당하고 전열도 양분되었다. 인민군은 전략적인 후퇴상황에 빠져들 수밖에 없었다. 퇴로를 차단당한 일부 부대는 적군 점령지역에서 유격전을 펼치다 급기야 산속으로 피해 들어갔다.

10월 1일, 국제연합군은 38선에서 격전을 치르고 진격 방향을 공화국 평양으로 향했다. 국제연합군이 국경지역인 압록강에 다다른 10월 25일, 중국 인민지원군은 '미국에 대항하고 조선을 돕는다抗美援朝'는 방침 아래 전쟁에 참전했다.

12월, 트루먼 대통령은 조선전쟁과 관련해 국가비상사태를 선포하고, 이 전쟁에서 '원자폭탄을 사용할 수도 있다'고 했다.

조국 땅은 가혹한 시련의 시기를 맞고 있었다.

조국의 존망이 위급한 가운데 우리가 할 수 있는 것은 무엇인가. 중 · 고 합동 학생자치위원회는 세 가지 방침을 세웠다.

첫째, 생활규율을 엄격히 지킨다. 둘째, 조국에 있는 학생들의 몫까지 배운다는 마음가짐으로 본분인 학업에 힘쓴다. 특히 조선말과 역사 · 문화를 익히도록 노력한다. 마지막으로 조국에서의 전쟁과 원자폭탄 투하를 반대하고, 미군철퇴를 요구하는 투쟁을 실시한다는 것이다.

중학생들 가운데 몰래 숨어서 담배를 피우는 건일이와 이 아무개 같은 녀석은 거의 드물었다. 오히려 고등학생 중에 많은 것 같았다. 중학교도 그렇지만 고등학교에는 나이가 많은 학생들이 있어서 담배 이외에도 열렬한 커플이 생겨나기도 해 복잡한 풍기문란 문제로 선생님들이 골머리를 앓는 것 같았다.

장기간 결석과 지각문제도 심각했다. 채 선생님 이야기로는 중고생의 약 절반이 생활보호 가정이고, 80%의 통학생 가운데 2백~5백 엔의 정기승차권도 마련하지 못하는 학생이 많다고 했다. 당연히 2천 엔이나 되는 PTA회비(학부모와 교사의 모임. 도에서 지원하는 지원금은 대부분 일본인 교사의 인건비로 쓰이고, 조선인 교사의 인건비는 학생들이 납부하는 PTA회비로 마련)절반에 가까운 학생들이 내지 못했다.

PTA회비와 전차 정기승차권 비용을 벌기 위해 많은 학생이 아르바이트를 했고 심지어 휴학하는 학생도 있었다. 우리 반에도 학생자치위원인 이수일이 일주일이나 결석한 적이 있다. 본인은 병으로 결석했다고 했지만, 실제로는 정기승차권 비용을 마련하기 위해 그동안 아르바이트를 한 것이다.

방과 후 1반 남녀학생 30명 정도가 운동장을 돈 일이 있다. 다섯 명 정도의 여학생 중에는 김말순도 있었다. 나와 태일이는 체육 시간도 아닌데 무슨 일인가 싶어 운동장을 살펴보았다. 여학생들은 고개를 푹 숙이고 달렸는데, 우리와 눈이 마주치자 말순이가 창피했는지 점점 더 어쩔 줄 몰라 했다.

이 일이 나중에 큰 문제가 되었다.

"운동장을 돌던 애들은 몇 달치 PTA회비를 내지 못한 애들이래. 매번 깜박 했다고 하면 봐주었는데, 다음부턴 절대 잊지 못하도록 벌로 운동장을 열 바퀴씩 돌게 한 거라나."

그중에 말순이가 있어서 그랬겠지만 태일이는 분을 못 참겠다는 듯 몹시 흥분했다.

"그런 말도 안 되는 일이 어딨어! 가난한 사람은 조선학교에도 다니지 말라는 거야?"

정기 승차권 요금을 마련하느라 학교를 쉬었던 수일이도 거들었다.

"학생자치위원회에 이 문제를 제기할 거야!"

얼굴이 벌겋게 상기된 채 수일이가 격분했다.

게시판 **백두산**의 기사는 격렬했다.

학생 신분에 맞지 않는 풍기문란은 절대 허용하지 않으며 흡연과 음주, 열렬한 커플들의 눈살을 찌푸리게 하는 행동을 자치위원회의 이름으로 규탄했다. 그리고 PTA회비 미납자에 대한 체벌의 부당성도 언급하며 이를 재고하도록 요구했다.

전쟁 중인 조국을 생각하면 우리의 생활태도에도 그만한 긴장감이 있어야 하는 게 당연했다.

"눈살 찌푸리게 한 행동이란 게 뭐야?"

"숨어서 몰래 만나는 거 말이야, 밀! 회!"

승옥이가 히죽히죽 웃는다.

"어디서?"

"뒷산에서 말이야."

"니가 봤어?"

"봤을 리가 없지. 소문이야, 소! 문!"

운동장에 있었던 언덕 옆은 닛코아카바네日鋼赤羽 공장 부지로 공장과 운동장이 이어진 곳에 주위보다 약간 높은 유휴지가 있는데, 그곳은 방치된 채 초목이 무성한 들판이었다. 우리는 그곳을 뒷산이라 불렀는데, 점심시간이나 방과 후에 몇몇이 무리지어 모이기도 했고 산책을 하거나 놀이터가 되기도 했다.

뒷산에서 음주와 흡연을 하는 녀석들이 있다는 소문은 나도 들었다. 대부분 고등학생이긴 했지만 밀회를 한다는 말은 처음 듣는 얘기다. 나도 가끔 뒷산에서 남녀커플을 본 적이 있다. 단지 남녀가 그곳에 있는 것만으로 그런 소릴 듣는다면 남녀공학의 민주주의를 찬양했던 우리는 뭐란 말인가. 무슨 근거가 있어서겠지만, 뒷산이라는 말만 들으면 갑자기 야릇한 생각이 들어서 가면 안 되는 장소로 여겨졌다.

그러고 보니 며칠 전 점심시간에 낯익은 중학생 열 명쯤이 뒷산에서 운동장으로 내려오는 걸 나도 보았다. 맨 뒤에 약간 뒤처져 태일이와 말순이가 함께 있는 걸 운동장에서 본 나는 좀 이상하다고 생각했다. 두 사람이 거기서 뭘 했지? 밀회?

전교학생자치위원회가 우선적인 방침으로 결정한 사항은 학교 내부에서 전교생의 **국어 상용운동**을, 전쟁에 관해서는 **원자폭탄 사용금지**를 호소한 세계평화옹호위원회의 스톡홀름선언을 지지하는 반전 서명 운동을 실시하는 것이었다.

도립학교로 지정되자 방과 후를 제외하곤 교내에서 조선말 사용을 금지했는데, 국어상용운동은 학생들 스스로 그 금지사항을 깨뜨리는 것이었다. 조선학교에서 조선말을 금지하는 것은 일본인에게 미소시루(일본된장국)를 먹지 못하게 하는 것과 마찬가지였다.

우리 반에서는 현황 그래프를 만들어 두 가지 운동을 동시에 실시하기로 했다. 빨간 카드를 다섯 장씩 나눠주고 일본말을 쓸 때마다 카드를 뺏기는데, 다 빼앗기면 추가로 받기도 했지만 빼앗긴 카드 수만큼 그래프에 표시되는 형식의 국어상용운동이다. 일본어를 쓰면 그래프에 표시되었는데, 이는 조선말을 일상용어로 쓰지 못한다는 증거이기도 했다. 좋은 아이디어라고 생각한 빨간 카드는 그런대로 효과가 있었지만 생각지 못한 폐해도 있었다.

"석철 동무, 작문 숙제했어?"

박효순이 뒤로 돌아보며 내게 물었다.

"했지 그럼. 왜?"

"어디 보여줘 봐."

옆에 있던 녀석이 숙제를 보여 달라며 끼어들었다.

이런 일이 없었기에 이상하다고 생각하며 가방에서 국어 작문노트를 꺼냈다.

"일본어 작문은?"

뒤에 있던 녀석이 슬그머니 머리를 들이밀더니 물었다.

"뭐? 일본어도 있었어?"

깜짝 놀란 나는 엉겁결에 일본어로 소리쳤다.

"앗! 석철이가 지금 일본어로 말했다! 카드 한 장 내 놔!"

주위에 있던 녀석들이 동시에 깔깔댔다.

"치사해!"

"또 일본어다! 카드 한 장 더!"

이런 식이다.

엉뚱한 질문으로 상대가 실수하게 만들었다. 조선말 상용의 취지에 맞지 않는 이런 행위가 학생들에게는 놀이 감각으로 침투해 있었다. 카드를 뺏기고 싶지 않아 다들 한 호흡 생각한 뒤 조선말로 말했다. 의식하면 그런대로 머뭇거리지 않고 우리말이 나왔지만 먼저 일본어로 생각하고 조선말로 바꾸는데 시간이 걸렸다. 틈을 두지 않고 머릿속에서 곧바로 일본어를 조선말로 번역할 수 있느냐 없느냐가 조선말 상용으로 연결되었다.

우리에겐 일본어가 모어이기 때문에 조선말은 외국어처럼 배워왔다. 조선인으로 자각하기 위해 조선말로 매사를 생각해 올바른 조선말로 표현할 수 있어야 한다는 것은 생각지 못한 발견이었다. 그렇지만 집에 돌아가면 일본어를 썼기 때문에 언어 사용의 이중구조가 우리를 어지간히 혼란스럽게 만들었다.

현실과 이상은 일본 태생인 우리의 복잡한 처지를 느끼게 했다. 모국어가 외국어이기 때문에 이 외국어를 모어처럼 자연스럽게 쓸 수 있어야 진정한 조선인이 될 수 있을 것 같았다.

얼마 지나지 않아 빨간 카드의 폐해를 여실히 드러낸 녀석이 나타났다. 어떤 자리나 끼기 좋아하는 성창도가 완전히 입을 다문 것이다. 학생들 모두 조선말을 연습하는 것은 좋았지만, 빨간 카드를 다 빼앗기고 나자 "에에" 또는 "아아" 하고 말머리에 먼저 튀어나오는 감탄사도 일본어라며 야단법석이었다. 창도 같은 녀석은 딱 좋은 상대라 다 같이 합세해 덫을 놓고 실수하게 만들었다.

결국 창도는 그래프의 맨 꼭대기에 표시됐고 급기야 조개처럼 입을 꾹 닫고 말았다. 아무 말도 하지 않으면 빨간 카드를 뺏기는 일도 그래프에 더 이상 표시될 일도 없기 때문이다.

2

10월 말에 미국이 '원자폭탄을 사용할 수도 있다' 고 으름장을 놓은 이후 이에 반대하는 스톡홀름선언을 지지하는 서명운동이 매일같이 실시되었다.

12월 초, 공화국 각지에서 미국이 세균병기를 사용했다는 보도가 나온 이후부터는 서명운동에 대한 관심도 높아져 더욱 활발히 전개되었다.

학생의 본분은 학업이라며 운동을 반대하는 의견도 있었다.

"조국이 침략당해 동포들이 죽어 가는데 눈감고 두 손 놓고 있어야 하겠어? 공부 이상으로 지금 긴급한 것은 조국을 구하기 위해 싸우는 일에 우리가 무엇을 할 수 있는지도 중요하단 말이다!"

'아버지' 의 일갈에 서명운동에 적극 참여하자는 의견이 압도적이었다.

학급회의에서는 참여 가능한 학생들만 하자는 조건을 달았으나 대부분의 학생들이 서명운동에 참가했다.

10월 이후로는 수업이 끝나면 매일 거리로 나갔다. 우에노, 유라쿠쵸, 신주쿠, 이케부쿠로 등이 중심이었는데, 나는 태일이 승옥이와 함께 열 명 정도 그룹을 만들어 주로 우에노 역으로 나갔다.

"조선전쟁에 반대하는 서명을 부탁합니다!"

"미국은 조선에서 원자폭탄을 사용하려고 합니다. 원자폭탄 사용을 반대하고 미군을 조선에서 철퇴시키는 서명에 협조해 주십시오!"

목청껏 소리치며 닥치는 대로 사람들에게 다가가 서명을 받았다. 발길을 재촉하는 사람을 제외하고는 대부분이 서명해주었다. 특히 중년 여성이 눈에 띄면 곧바로 달려갔다. 서명을 부탁하면 열에 아홉은 친절하게 응해주었다. 진심으로 걱정해 주고, 보통은 10엔 정도 내는 모금액을 50엔이나 100엔까지도 흔쾌히 내주었기 때문이다.

문제는 역무원과 경찰관의 방해다. 그 일이 그들의 직무이지만 우리에게는 그렇게 보이지 않았다.

"역내에서 하면 안 된다. 밖으로 나가서 해라."

"아저씨는 조선전쟁에 찬성하십니까?"

"그런 게 아니라 규정이니까 여기서는 하지 말라는 말이다."

"보행자에게 방해되지 않도록 할 테니까 눈감아 주세요!"

역무원과의 이런 실랑이가 되풀이 되었다. 그러다 역무원도 포기했지만 경찰관은 그렇지 않았다.

"경범죄 위반으로 체포한다!"

두세 명이 같이 와서 무턱대고 겁을 주었다. 그렇다고 순순히 물러날 수는 없었다. 이대로 물러나면 동포 한 사람이 또 죽게 된다는 각오로 자리를 뜨는 척하다 경찰관이 가고 나면 다시 돌아오거나 장소를 옮겨 서명을 받는 다람쥐 쳇바퀴 도는 식이었지만 그것은 우리들만의 투쟁이었다.

12월에 들어서자 내가 받은 서명이 2천 명이나 되었다.

교실의 서명 모집 그래프가 빨갛게 채워졌고 대부분이 천 명 이상 서명을 받았다. 그런데 효순이는 3천 명, 영희는 4천 명, 수일이는 5천 명이나 되었다. 서명을 받은 수의 차이가 조국과 동포를 걱정하는 마음의 차이라도 되는 것 같아 억울했다.

"누군가 앞에 나서서 연설하면 몰라보게 효과가 있다니까."

수일이가 서명 모집의 요령을 알려주었다.

"너희도 그렇게 한 거야?"

영희에게 물어보았다.

"응, 우리도 그렇게 하고 있어."

"그렇구나! 영희야, 다음엔 우에노역에 우리랑 같이 가자."

얼마 후 우리는 영희와 함께 모집 운동을 나갔다.

역내 언제나 서명모집을 하는 곳에 도착하자 영희가 우리를 일렬로 서게 하고 한가운데 서서 당당히 연설을 시작했다.

"여러분! 저희는 조선학교 중학생입니다. 조선전쟁에 반대하는 서명에 모쪼록 여러분의 귀중한 협조를 부탁드립니다!"

갑자기 역내에 있던 승객들이 구경거리라도 생긴 듯 발길을 멈추고 모여들었다.

"저희 할머니는 북조선 평강이라는 곳에 살고 계시고, 어머니와 저는 일본에 살고 있습니다. 저는 이산가족입니다."

생각지도 못했는데 영희는 자신의 신상에 관한 얘기를 시작했다. 나도 모르게 그녀의 이야기에 귀를 기울였다.

"보도에 따르면 미국은 철원, 평강에 세균폭탄을 투하했다고 합니다. 전쟁 때문에 지금은 아무 소식도 들을 수 없습니다. 친척들과 할머니가 걱정되고, 슬픔과 분노로 가슴이 미어질 것 같습니다. 저희는 미국의 조선침략 전쟁에 반대합니다. 일본을 또다시 전장으로 만들지 않기 위해서도, 조선과 같은 상황이 되지 않기 위해서라도, 일본인 여러분의 단결된 힘을 서명으로 보여주시기 바랍니다! 부탁합니다!"

"부탁합니다!"

나머지 열 명이 따라서 합창했다.

"기운들 내라!"

노동자로 보이는 아저씨가 격려의 말을 건네며 흔쾌히 서명을 하자 몰려든 사람들이 따라 서명했다.

한참 후 멀리서 사람들을 헤치며 대여섯 명의 경찰관이 우리 쪽을 향해 오는 게 보였다. 자리를 떠야 할 때다.

이듬해인 1951년 1월 말 통계를 보면 일본 전국에서 서명 목표로 정한 것이 5백만 명인데, 그 가운데 전국의 조선학교 학생들이 2백만 명의 서명을 받았다고 한다. 도쿄에서만 60만 명의 서명을 받았다. 이는 도쿄인구의 10%에 해당한다. 이 안에 내가 모은 5천여 명의 서명도 포함되었다.

유혈

"태일아, 저기 좀 봐."

주조역+条駅 바깥으로 나온 순간 나도 모르게 옆에 있던 태일이를 쿡 찔렀다. 무장한 경찰이 도로 좌우 요소요소에 네 댓 명씩 나란히 경계를 서고 있었다.

흉악범죄라도 일어났나?

삼엄한 경계에 역에서 나온 사람들도 놀라 발길을 멈춘다. 무슨 일인지 경찰에게 물어보는 이도 있다. 등교를 서두르는 조선중고등학교 학생들도 고개를 두리번거리며 발걸음을 재촉해 지나갔다.

경계를 서는 경찰대열은 학교로 향하는 도로 곳곳에도 있었다.

주조역에서는 조선중고 학생들 이외에 테이쿄고등학교 학생들도 내렸는데, 경찰들의 날카로운 시선은 집요하게 우리들의 거동에만 집중되었다. 어쩐지 기분이 나쁘고 불안해 점점 걸음이 빨라졌다.

도로를 왼쪽으로 돌아 학교 정문으로 이어진 길로 들어선 순간 너무 놀라 옴죽도 못하고 그 자리에 멈춰서고 말았다. 온몸이 얼어붙는 오한까지 들었다.

까마귀 떼가 길가 좌우를 가득 메운 듯 시커먼 전투복 차림의 경찰기동대가 빽빽하게 염주알처럼 늘어서 있었다.

"태일아!"

"응"

나도 태일이도 학교에 심상치 않은 일이 생긴 것을 직감하고 뛰기 시작했다. 뛰기 시작한 건 우리만이 아니었다. 등교생 전원이 불길한 예감에 늘어선 까마귀 떼를 헤치며 일제히 달렸다. 전력 질주하는 학생들의 하얀 입김이 기관차의 증기처럼 거칠게 뿜어져 나왔다. 2월의 끝자락이라 유난히 추운 아침이었다.

학교 교문은 우락부락한 경찰기동대로 봉쇄되어 있었다.

학교 안으로는 한 사람이 지날 수 있을 만큼의 간격을 두고 기동대에게 감시당하며 들어갈 수밖에 없었다. 그들에게 무슨 일을 당하지 않을까 두려워 그 앞을 지나는 걸

주저하는 학생들도 있었지만 나와 태일인 경찰들을 쏘아보며 학교로 들어갔다.

학교 안은 화재 현장처럼 소란하고 혼란스러웠다.

교직원과 기숙사생들의 격렬한 항의 속에 무언가를 가득 채운 골판지 상자가 끝없이 실려 나왔다.

교문 옆 여학생기숙사 앞에서 넋이 나간 듯이 우두커니 서 있는 주영순을 발견하고 뛰어갔다.

"대체 무슨 일이 있었던 거야?"

영순이는 우리를 보자마자 맥없이 그 자리에 주저앉아 울기 시작했다.

"오늘 새벽에 갑자기 경찰이 들이닥쳤어. 무슨 일인지 나도 모르겠어!"

1951년 2월 28일 오전 6시 30분, 우리학교는 무장경관 520명과 사복형사 60명으로 이뤄진 기동대로부터 급습을 당했다. 이들은 교무실과 교실 유리창까지 깨부수며 개인 사물함을 마구 뒤졌고, 흙발로 기숙사 안까지 들어와 수색했다. 일부 경찰은 술 냄새를 풍기며 이불을 걷어차기도 했고, 여학생들이 수치심을 느낄 정도로 심한 욕설을 퍼부었다.

학교를 수색한 이유는 조선전쟁에 반대하는 삐라를 소지한 조선고등학교의 한 학생을 심문하기 위해 경찰서로 연행하던 중 증거물인 삐라를 강에 던져버린 것 때문이라 했다.

도쿄도조령東京都條令은 무분별한 삐라 살포를 금지하고 있다.

경찰이 압수한 증거물은 교수안, 출석부, 학기말시험 답안지, 도화, 작문 같은 것이었다.

경찰기동대의 급습은 사전에 교육감이나 교장에게 한 마디 양해도 구하지 않은 개인수사 명목의 강제침입 수사였다. 경찰의 과잉반응과 비정상적인 기동대의 급습은 재일조선인 동포사회에서는 하루가 멀다 하고 밥 먹듯이 일어나는 일이었다.

1949년 9월, 단체등규제령團体等規制令에 따라 조련(재일조선인연맹)이 해산되었고, 2년 후인 1951년 1월, 민전(재일조선통일민주전선)이 결성되었다. 민전은 민족교육을 포함한 재일동포의 모든 권리와 생활권을 옹호하고, 미국의 조선침략전쟁에 반대하는 투쟁에 재일동포들의 참여를 불러일으켰다. 전국에 있는 조선학교가 민전과 동포들에게는 단결의 거점이었다.

도립학교로 지정해 학교를 마음대로 주무르려 한 것이 도쿄도의 속셈이었다. 하지만 완강하고 고집스럽게 민족교육을 이어가며 조선전쟁의 후방기지가 된 일본에서 반전운동과 서명운동을 펼치며 조선인들의 기댈 곳이 된 조선학교가 일본 당국으로서는 무슨 수를 써서라도 도려내고 싶은 눈엣가시였다.

오전 중에는 수업을 못 하고 오후부터 정상으로 돌아왔다. 다섯 명의 기숙사생이 교실에 들어와 사건을 생생하게 보고했고, 우리의 분노는 머리끝까지 치솟았다.

'아버지'가 사물함 깊숙한 곳부터 천장 속과 방바닥 밑까지 샅샅이 수색한 기동대 급습의 전말을 설명했다. 영순이는 여학생 기숙사에 들이닥친 경찰기동대의 파렴치한 행동을 수치심에 떨며 힘없는 목소리로 전했다.

"절대로 용서 못 해!"

갑자기 건일이가 책상을 뒤흔들더니 와락 소리쳤다.

"이건 굴욕이야!"

너나 할 것 없이 남학생들의 성난 목소리가 빗발쳤다.

조선전쟁을 반대하는 당연한 운동이 어째서 경찰수색의 대상이 되어야 하는가. 백 보양보해 혹여 한 학생에게 혐의가 있다 한들 그것이 학교를 급습할 이유가 되는 것인가. 그들에게 우리학교는 이유 여하를 막론하고, 수단을 가리지도 않고, 억지 죄명을 붙여서라도 마구 부숴 없애버리고 싶은 대상이었다.

평소 같으면 채 선생님만 들어오는 방과 후 학급회의에 뜻밖에도 카지 선생님까지 들어왔다. 채 선생님은 연신 미간을 찌푸리며 분을 삭이지 못한 목소리로 오늘 있은 사건의 개요와 부당함에 대해 이야기했다.

카지 선생님도 어쩐지 화가 난 표정이다.

카지 선생님의 분노어린 표정은 우리와 채 선생님의 그것과는 조금 다른 느낌이었다. 어렵게 조선인의 처지를 이해하고 학생들과도 익숙해지기 시작했는데, 이제까지의 고생이 소용없게 되어버린 것에 화가 난 것 같았다. 고양이라는 별명이 붙을 정도로 온

화한 선생님이 낯빛이 상기된 채 시종일관 고개를 푹 숙이고 있었다.

"진상은 곧 규명될 것이다. 슬픈 사건이지만 이번 일로 기운 잃지 말고 앞으로도 힘내서 공부하기로 하자."

기운이 없는 건 오히려 담임 선생님이었다. 그런데도 우리에게는 미소를 지으려 애쓰셨다. 마치 선생님 자신에게 이야기하는 것 같았다.

경찰기동대가 학교를 급습했다는 뉴스는 라디오에도 방송되어 순식간에 학부형과 동포들에게 알려졌다. 오후부터 학교에는 학부모들의 전화가 빗발쳤다.

지난해 말 도쿄도내에 있는 조선학교 선생님들이 모여 조합을 결성했다. 학부모와 동포, 조합에 참가한 교사들로 이루어진 PTA임시총회를 일주일 후인 3월 7일에 긴급 개최하기로 바로 이날 결정했다. 불안해하고 있을 학부형들에게 학교 측이 사건의 진상을 자세히 설명하겠다는 뜻이다.

수습책은 관계자들에 의해 마련될 것이니 학생들은 부모님 중 한 분이 반드시 긴급총회에 참석하시도록 전하라고 채 선생님이 거듭 강조해 당부했다.

2

계절이 바뀔 때, 비가 오는 날, 바람이 부는 날이면, 아니, 계절을 막론하고 시도 때도 없이 교정은 몹시도 우리를 괴롭게 했다. 배수시설을 정비하지 못해 지면과 높이차가 생긴 교정은 비가 내리면 질벅질벅 진흙탕이 되었고, 바람이 부는 날엔 앞이 보이지 않을 만큼 흙먼지가 뿌옇게 날렸고, 한겨울 서릿발이 내린 다음에는 꽝꽝 얼어붙었다.

3월 7일은 아침부터 햇살이 포근했다. 교정의 흙도 적당히 녹아 봄이 머지않았음을 느끼게 했다. PTA총회는 오전 10시부터 개최된다.

오전 8시 30분, 주조역에 도착하니 어김없이 경찰기동대가 경계를 서고 있다. 지난번처럼 놀라지는 않았지만 화가 치밀기는 마찬가지였다.

교문 앞 좌우 도로는 경찰기동대로 빈틈이 없었고, 기동대 뒤쪽으로 장갑차가 몇 대나 무리지어 있었다. 근처 주택가에 사는 사람들도 걱정스러운 듯 창문으로 고개를 내밀고 밖을 내다보았다.

학교를 걱정하는 학부형들의 모임에 이렇게까지 삼엄한 경계가 필요한 것일까. 저들에게 우리가 그토록 미움 받는 존재였나. 문득 나 자신이 부정하고 불결해 이 세상에서 불필요한 존재로 여겨지는 것 같아 견딜 수 없이 괴롭고 서글펐다. 이 상황에서 왜 그런 생각이 들었는지 이유를 알 수 없었다.

총회가 시작되면 마이크 소리와 집회 소음으로 수업에 영향이 있을지도 모른다. 1교시 국어수업이 시작된 9시쯤, 일찌감치 모여들기 시작한 학부형들이 창문 너머로 보였다. 그런데 2교시 수업인 이과시간이 되었음에도 카지 선생님은 교실에 들어오지 않았다. 교무실에 사정을 알아보러 간 김남식이 고개를 갸웃거리며 돌아왔다.

"교무실에 선생님들이 하나도 없어. 선생님들 모두 교문으로 나가셨다는데. 고등학생들도 교문에 모였다는 것 같고…."

"멍청아, 무슨 일인지 교문으로 나가서 보고 오면 되잖아."

불안했는지 강건일이 입을 삐죽대며 명령하듯 쏘아붙였다.

"맞아, 빨리 가서 보고 와."

저마다 한 마디씩 남식이를 다그친다.

수일이와 태일이가 갑자기 자리에서 일어나 밖으로 나갔다.

십 분쯤 지나 학급위원 세 명이 교실로 돌아와 다급하게 상황을 알렸다.

"학교에 들어오려는 학부형들을 경찰기동대가 못 들어오게 막고 있어. 교문 밖에서 학부형들과 기동대가 충돌해서 검거된 사람과 부상자도 나왔대. 선생님과 고교생들이 교문 안쪽에서 항의 중인데, 우리도 나오겠다고 했다가 선생님한테 혼났어. 우린 그냥 교실에서 자습하고 있으래."

상황을 보고한 남식이가 어찌해야 좋을지 몰라 난감해 했다.

"그게 말이 되냐? 자습 따위 될 리가 없잖아. 우리도 교문으로 가자!"

'아버지'가 자리를 박차고 일어났다.

"잠깐 기다려 봐. 선생님 말씀대로 우리는 교실에 있자. 고교 선배들이 갔으니까 상황을 좀 지켜보는 게 어때?"

수일이가 '아버지'를 말린다.

가야 할지 교실에 있어야 할지 다들 태도를 정하기가 어려웠다.

"바보 같은 소리 하지 마. 오늘은 우리 아버지도 학교에 오신다구. 난 갈 거다."

건일이가 의자를 걷어차고 일어나 교실을 뛰쳐나갔다. 나도 밖으로 나갔다. 가만히 앉아 있을 수가 없었다. 분명 어머니도 이웃의 학부형들과 함께 와있을 것이다. 교문으로 나가고 싶은 심정은 모두 같았다. 대부분의 학부형들이 오늘 총회에 참석한다고 했다.

교정으로 달려 나가보니 학교 측과 학부형들의 강력한 항의가 받아들여져 학부형들이 속속 학교로 들어오는 중이었다. 학부형들은 기동대와의 몸싸움으로 머리와 복장이 흐트러지고 하나같이 상기된 얼굴로 흥분을 가라앉히지 못했다.

"이놈들아! 자식이 다니는 학교에 부모들이 모인다는데 뭐가 나쁘다는 거냐!"

치밀어 오른 화가 풀리지 않는지 한 아저씨가 흐트러진 복장을 매만지며 몇 번씩 뒤돌아서 기동대를 향해 호통을 쳤다.

잠시 후 교문 쪽에서 또다시 격렬한 항의가 시작됐다. 항의한 이들은 기동대에게 등을 떠밀려 넘어진 아주머니 다섯 명이다. 치마저고리 차림의 아주머니가 셋이나 있다. 기동대가 경찰봉을 휘두르며 아주머니들의 맹렬한 항의를 통제하자 힘에 부친 아주머니 셋이 앞으로 고꾸라지듯 넘어지고 말았다. 아주머니들의 분노는 머리끝까지 치밀었다.

"자식을 만나러 왔는데 어째서 못 들어가게 하는 거냐? 왜 이렇게 험한 꼴을 당하게 하냔 말이다!"

"너희들 어머니한테도 이렇게 난폭한 짓거리를 하더냐? 대답해 봐라! 어디 한 번 말해 보라구!"

"잔소리 집어치우고 냉큼 꺼지지 못해!"

경찰기동대 무리에서 악에 받친 소리가 들렸다.

"지금 뭐라고 했냐? 어떤 놈이야? 앞으로 나와 봐! 나는 용서 못 한다. 나올 때까지 여기서 한 발짝도 안 움직인다!"

저고리 차림의 나이 든 아주머니가 그 자리에 뿌리를 박듯 아예 땅바닥에 버티고 앉았다. 다른 네 명의 아주머니도 기동대를 향해 거칠게 항의했다.

나는 멀리서 그 광경을 지켜보았다. 낯익은 얼굴이었지만 많은 사람이 모여 있어 누가 누구인지 쉽게 구분되지 않았다. 잠시 후 그 속에서 저고리를 입은 어머니와 이웃 아주머니들을 알아차린 순간 마치 환영을 보는 것 같았다.

어머니는 평소엔 치마저고리를 입지 않는다. 그런데 동포들의 모임이 있을 때는 경사스러운 날에만 차려입는 옷처럼 치마저고리를 꺼내 입으셨다.

오늘 집회가 심상치 않을 것 같아 걱정이 된 나는 어머니에게 평상복 차림으로 학교에 오시라고 못 박아 두었다. "그래, 알아 들었꾸마" 대답은 찰떡같이 하시더니 기어이 저고리 차림으로 학교에 오셨다. 어머니를 얼른 알아보지 못한 것이 당연했다. 깜짝 놀란 나는 어머니에게 뛰어갔다.

"어머니, 그만하고 안으로 들어와요, 그냥 들어오시라구요."

더 이상은 어머니들이 기동대에게 험한 꼴을 당하는 것을 참을 수 없었다. 어머니는 나를 흘끔 보았으면서도 모르는 사람처럼 무시하더니 기동대를 향해 항의를 계속했다.

경찰관 하나가 질렸다는 표정으로 혀를 차더니 바닥에 침을 뱉었다. 몇몇 경찰관은 코웃음을 치며 비웃었다.

"우습냐? 엉? 뭐가 우습냐? 우리한테 이 따위로 대하면 절대로 용서 안 할 테다!"

아주머니들의 분노는 점점 더해갔다. 두려울 게 없었다. 맞붙어서 끝장을 볼 때까지 지렛대로도 꿈쩍 안 할 분위기였다.

"어머니, 그만하면 됐으니까 제발 이제 들어가요."

나는 또 한 번 어머니에게 사정했다. 눈물이 났다. 왜 눈물이 나는 걸까. 흐르는 눈물을 닦지도 못한 채 어머니의 소맷자락을 힘껏 잡아당겼다.

주위에 있던 동포들과 학생들이 어머니 다섯 명을 에워싸고 억지로 교정으로 이끌어 들어오시게 했다. 그 와중에도 다섯 어머니들은 기동대를 향한 항의를 멈추지 않았다.

겨우 진정되자 아주머니들은 그때서야 나를 알아 본 듯이,

"어이구, 마사오 아니냐? 여기 있었어? 많이 컸네. 게다가 듬직한 사내가 다 됐구먼. 공부는 열심히 하고 있지?"

마치 아무 일도 없었다는 듯 호들갑스럽게 웃고 내 손을 잡으며 머리를 쓰다듬었다.

어쩜 이리도 순식간에 태도가 바뀔 수 있는지 놀라울 뿐이다. 아버지와 싸우거나 나를 호되게 꾸짖고 난 후 불과 몇 분만 지나면 어머니는 아무렇지도 않게 평소 같은 말투로 돌아왔다. 부부싸움과 자식을 대하는 건 또 다른 것이었다. 어머니들의 변화무

쌍한 생각의 전환은 본능인 것 같았다.

여러 사람 앞에서 그 야단을 떨고 나니 창피해진 나는 온몸이 움츠러들었다.

"우리 애 조선이름은 석철이라 칸다. 인자부터는 석철이라꼬 불러도. 석철아 자, 이 거 받으래이."

어머니가 내 본명을 부르더니 애지중지 싸들고 온 보자기를 내밀었다. 보자기 속을 들여다보니 삶은 달걀 세 개와 고구마 다섯 개가 들어있다.

"이런걸 뭐 하러 싸갖고 왔어요?"

나는 어이가 없었다.

"필요 없어요, 이런 거. 도시락 싸 왔잖아."

"무신 소리 하는 기고? 묵고 싶지 않으면 다른 얼라들한테 나눠 주믄 될 꺼 아이 가."

내 기분 따위는 안중에도 없이 어머니는 언제나 모든 일이 자기 방식대로였다. 큰소 리로 아주머니들과 수다를 시작한 어머니는 이미 평소와 다름없는 어머니 모습으로 돌아와 있었다.

3

PTA총회는 1시간이나 늦어진 오전 11시에 시작되었다.

교정에는 예상했던 것 이상으로 학부형들이 모여들어 운동회 다음으로 큰 집회가 되 었다.

"엄청나다. 몇 명 정도나 될까?"

"천5백 명쯤?"

"아냐, 2천 명은 될 걸."

자습이 제대로 될 리가 없다. 창문 너머로 교정을 내다보며 모여든 사람 수를 서로 가늠해 보거나 각자 하고 싶은 것들을 하며 시간을 보냈다. 어머니와 미나미센주南千 住에서 온 아주머니들은 어디쯤 계시는 걸까.

우리교장인 임광철 선생님이 사건 당일의 상황을 보고하고, PTA 오학근 회장이 그 후 의 경과를 보고했다. 그 다음에 고교 기숙사생이 경찰의 수사가 얼마나 비정상적이고 파렴치했는지를 담담한 어조로 말했다. 그리고 학부형들의 발언이 이어졌다. 경찰기동대의 엄중한 경비와 방해를 뚫고 학교에 들어오기까지의 억울함과 흥분을 가라앉히지 못한 채 한 사람 한 사람 절규하듯 발언했다.

2월에 있은 경찰들의 학교 급습은 도쿄도조령東京都條令위반을 구실로 한 명백한 조선인 탄압임을 강조한 젊은 어머니의 발언도 있었다. 마이크를 통해 발언하는 학부형들의 목소리가 교정에 쩌렁쩌렁 울려 퍼졌다.

오후 1시쯤 PTA총회가 끝났다.

경찰과 관계기관에 항의를 하기 위해 대표단이 선출되었고, 곧바로 몇 개 조로 나뉘어 출발했다. 남은 학부형들은 해산해 썰물처럼 학교를 빠져나갔다.

학교 밖에는 아직 기동대가 경비태세를 갖추고 있었기 때문에 의미 없는 충돌과 사고가 있어서는 안 된다며 고교생과 중학교 상급생들이 주조역까지 학부모들과 동행했다.

어머니를 열심히 찾아보았으나 끝내 발견하지 못했다. 이렇게 수많은 사람 속에서는 어쩔 도리가 없었다.

집회가 무사히 끝나자 이어서 수업개시에 관한 교사들의 협의가 있은 후 다시 수업을 시작한다고 했다.

수업이 시작되기 전까지 다섯 명이서 말뚝박기 놀이를 하기로 했다. 건일이가 상대편 기수가 되었다. 재수 없는 자식.

녀석이 자기도 끼워달라고 해 거절할 수가 없었다. 내게 두 번이나 시비를 걸어온 주제에 뻔뻔하게 같이 놀자고 했다. 우락부락한 몸집의 이 녀석이 기수가 됐으니 보나마나 우리 편 말들은 힘없이 우르르 무너질 게 분명했다. 재미도 없고, 이기지도 못할 결과가 뻔한데 진짜 그렇게 되었다.

멀찍이 떨어진 곳에서 건일이가 기를 쓰고 달려왔다. 쿵 하는 소리와 함께 말에 올라타자마자 세 명이 맥없이 쓰러졌다. 쓰러지면 지는 거고 기수는 바뀌지 않는다. 몇 번씩이나 이랬으니 모두가 등이 아파 죽겠다고 호들갑을 떨며 비명을 질렀다.

몇 시쯤이나 되었을까.

갑자기 교문 쪽에서 날카로운 비명과 성난 목소리가 들렸다.

교정에 있던 일부 학생들이 놀라서 허둥지둥 교문을 향해 달려갔다. 학생들이 절규하는 소리가 또다시 들린다.

순간 내 얼굴은 새파랗게 굳어버렸다. 옴씰옴씰 피가 역류하는 소리가 귀에 들리는 것 같았다. 우리는 일제히 서로의 얼굴을 쳐다보았다.

상급생 몇 명과 태일이가 우리 쪽으로 달려오는 것이 보였다.

"집합! 전부 교문으로 집합해라!"

달려온 학생들이 너나 할 것 없이 큰소리로 외쳤다.

"무슨 일이야?!"

나는 태일이를 불러 세우며 물었다.

"개놈(기동대)의 새끼들의 습격이야!"

태일이는 교정을 뛰어다니며 목이 터져라 소리쳤다. 학교 안은 마치 벌집을 쑤셔 놓은 듯 놀라고 당황한 학생들로 삽시간에 아수라장이 되었다.

나는 반사적으로 교문을 향해 뛰었다. 있는 힘껏 달려가려 했는데 생각처럼 다리가 앞으로 나가지 않았다. 습격의 결과가 어찌될지 생각하니 두려움이 앞섰다. 다리가 앞으로 나가지 않는 건 덮쳐오는 공포 때문에 나도 모르게 속도가 나지 않은 건지도 모른다. 어쨌든 무작정 달렸다. 무슨 일이 있어도 반 아이들과는 떨어지지 않겠다고 다짐하며 달렸다.

도무지 이해가 되질 않았다. 다시 경찰기동대의 습격이라니? 대체 무슨 이유로? PTA총회는 이미 끝났고, 학부형들과 고교생들도 학교 밖으로 나가 있었고 교내에는 중학교 하급생들뿐이었다. 기동대가 학교를 덮치는 이유를 알 수가 없었다. 그저 위협일지도 모른다, 그게 틀림없다, 그랬으면 좋겠다고 나 자신을 다독이자 갑자기 마음이 가벼워졌다. 하지만 또 다른 구실을 만들어 다시 습격하는 거라면 어쩌지? 설마 그런 일이 일어날 리 없었다.

교문에 가까워졌을 때 상급생 몇 명이 허둥지둥 안쪽에서 교문을 닫고 있었다.

철모를 쓰고 턱밑의 끈을 조여 묶고 경찰봉을 양손에 단단히 움켜쥔 기동대가 돌입태세를 갖추고 있었다. 시커먼 암석처럼 미동도 하지 않고 눈만 날카롭게 우리를 노려보았다. 닫히던 목재 교문 틈으로 순간 그들의 눈빛을 보았다.

내 짐작은 어이없이 빗나가고 말았다. 그걸 깨닫는 순간 온몸에 전율이 휘몰아쳤다. 다리는 옴짝달싹 할 수 없었고 공포 때문에 이가 딱딱딱 부딪히며 떨렸다.

"모두 모여서 스크럼을 짜라! 학교를 지켜야 한다! 스크럼을 단단히 짜라!"

중학교 2학년 선배 박원식이 앞에서 절규하듯 소리쳤다. 그 모습이 섬뜩하기까지 했다.

앞쪽에는 박영희와 김말순, 박효순을 포함해 여학생 몇 명이 보였다. 나는 뒤쪽에 있었다. 어째서 여학생들보다 앞에 나서지 않았을까, 아니 나서지 못했는지 양심의 가책이 느껴졌다.

그때였다. 뒤쪽에서 무리하게 학생들을 밀어젖히고 5반의 이 아무개와 건일이가 맨 앞으로 튀어 나갔다.

"영희야, 효순아, 너희 여학생들은 뒤쪽으로 물러나라!"

건일이가 앞쪽에 서있던 영희와 여학생들을 밀다시피 힘껏 등을 떠밀었다.

"너하고 너, 그리고 너도 앞으로 나와! 우물쭈물하지 말고 빨리 서둘러!"

이 아무개가 좌우에 건장해 보이는 남학생을 가리키며 여학생들이 있던 자리와 맞바꾸도록 했다.

그 순간 건일이와 이 아무개가 눈부셔 보였다.

"모두 다 힘을 내라! 학교를 지키자! 다 같이 아무 노래라도 부르자!"

이 아무개가 큰 소리로 외쳤지만 어떤 노래를 불러야 좋을지 몰라 건일이를 쳐다보았다.

"인민항쟁가를 부르자!"

누군가가 큰소리로 외쳤다.

"그래, 그걸로 하자! 하나, 둘, 셋!"

두 사람은 주먹을 불끈 쥐고 오른팔을 위아래로 휘둘렀다.

인민항쟁가는 민족시인 임화林和의 시에 월북한 작곡가 김순남金順男이 곡을 붙인 것으로 우리가 즐겨 부른 '투쟁'의 노래다.

스크럼을 짤 때 슬그머니 다시 두세 줄 뒤쪽으로 물러난 나는 건일이와 이 아무개에게 비하면 아무짝에도 쓸모없는 겁쟁이라는 생각이 들었다. 그나마 이렇게 전체 학생들과 함께 있다는 것이 조금은 위안이 되었다.

스크럼을 짜고 교문 앞에 선 이들은 학교에 남은 중학교 1학년 삼백여 명뿐이다. 내 오른쪽에 주영순이 있고 뒤에 있던 태일이도 앞으로 나왔다. 우리는 영순이를 가운데 끼고 스크럼을 짰다. 앞쪽에 있던 승옥이가 우리를 보더니 빙긋 웃었다.

나는 전쟁의 불길 속에 고통 받고 있는 남북의 동포들을 생각했다. 학교를 지키는 것은 조국의 동포들과 하나가 되는 거라 생각해 목이 터져라 인민항쟁가를 불렀다. 턱을 하늘 높이 쳐들고 오장육부까지 쏟아낼 정도로 큰 소리로 불렀다. 이렇게 목이 터져라 불러본 적은 한 번도 없었다. 또다시 눈시울이 뜨거워졌다. 왜 오늘은 계속 눈물만 나는 걸까.

서로의 팔짱을 단단히 하고 영순이를 보았다. 공포 때문에 얼굴은 굳어있고 콧물까지 흘리며 울고 있었다. 아이치현 산골짜기에서 이곳까지 공부하러 왔는데, 한 번도 아닌 두 번씩이나 이렇게 험한 꼴을 당하리라곤 상상도 못했을 게 분명하다. 갑자기 영순이가 가엽고 안쓰러웠다.

"괜찮아, 영순아. 우리가 함께 있으니까 괜찮아."

나는 영순이의 팔을 더 단단하게 끼웠다. 이렇게라도 말하고 팔짱을 힘껏 끼지 않으면 후들거리는 다리가 멈추지 않을 것 같았다.

"그래 맞아, 나도 여기 있어."

영순이를 쳐다보며 태일이가 그녀의 등을 가볍게 토닥였다.

정면을 보니 교문 기둥을 기어오르는 남학생이 있었다. '아버지' 이평성이다. 울타리 위로 상반신이 드러나게 서서 기동대를 향해 소리쳤다.

"물러가라! 물러가라! 여기는 우리 학교다! 지금 학교 안에는 중학생밖에 없다!"

'아버지'가 계속 소리쳤지만, 그 외침이 오래가지 못했다. 경찰기동대에서 날아든 돌멩이가 정확히 그의 이마에 맞았다. 영화 속 느린 화면처럼 '아버지'가 교문 기둥에서 아래로 떨어졌다.

그것이 신호탄이 되었다.

"진입! 밀고 들어가!"

"물러서라! 비켜서!"

교문 바깥에서 분노에 가득 찬 명령이 떨어졌다.

"우우-!"

우렁찬 함성이 나더니 교문을 무언가로 두들겨 밀치는 소리가 '우두두' 들렸다.

뒤쪽에서 채 선생님과 카지 선생님을 포함한 스무 명의 교사들이 학생들을 제치고 교문 쪽으로 뛰쳐나갔다. 선생님들의 회의가 그때서야 끝난 것이다. 하지만 이미 때는 늦고 말았다. 그만큼 허를 찔린 습격이었다.

경찰들에게 떠밀려 교문이 어이없게도 열리고 말았다.

교문이 열림과 동시에 기동대가 산사태처럼 밀려 들어왔다.

"나는 일본인 교사입니다! 학생들을 물러나게 할 테니 기다려 주십시오!"

카지 선생님이 중앙에 서서 비통한 목소리로 소리쳤다. 다른 선생님들도 카지 선생님을 따라 같이 외쳤다.

"기다려라! 우리는 교사다! 학생들에게 거친 행동을 삼가라!"

채 선생님을 시작으로 교사 전원이 학생들의 앞을 막아섰다.

조선인 교사들 틈에 히로타 선생님과 야마시타 선생님도 보였다.

"교사고 나발이고 저리 꺼져!"

"국가권력에 반항하는 거냐!"

기동대가 분노에 찬 욕설을 퍼부으며 마구 경찰봉을 휘둘렀다.

채 선생님이 기동대의 발에 걷어차였고, 카지 선생님의 이마에서는 붉은 피가 흘렀다. 양손으로 머리를 감싸고 웅크리고 있던 이 아무개와 건일이한테도 경찰봉이 날아들었다.

어디서 나타났는지 신문사와 영화뉴스 카메라맨의 플래시가 여기저기서 일제히 터졌다.

찰칵찰칵, 번쩍번쩍.

"우우! 밀어버려! 돌진해라!"

찰칵찰칵.

분노로 가득한 우렁찬 함성과 카메라 셔터 소리가 여기저기에서 거의 동시에 일어났다.

'획- 획-' 경찰봉이 학생들의 머리와 어깨를 때리는 섬뜩한 소리가 들렸다. 학생모가 허공으로 날아가며 쓰러지는 사람, 짓밟히는 사람, 뚝뚝 떨어지는 선혈을 두 손으로 닦는 사람까지 한순간에 아수라장이 되었다. 기동대의 폭행은 학생들의 사정을 봐주지도 않았고 한 치의 용서도 없었다.

뒤에서 들리던 힘찬 노랫소리도 순간 희미해졌고, 여기저기에서 비명과 여학생들의 울부짖는 소리가 난무했다.

학생들의 대열은 한꺼번에 무너졌다. 교문 중앙을 돌파한 경찰기동대는 그대로 교정으로 쏟아져 들어왔다. 교문에 있던 학생들은 좌우로 갈라진 채 기동대에게 완전히 포위되었다.

"그만둬라! 그만해!"

"때리지 마라!"

궁지에 몰린 학생들은 저마다 울부짖으며 애원했지만 경찰들은 학생들의 말을 들으려고도 하지 않았다. 증오에 불타는 눈빛으로 노려보며 있는 힘껏 경찰봉을 휘둘러댔다.

나는 교정을 향해 도망쳤다. 도망치는 발걸음이 나도 모르게 빨라져 비겁하다는 생각에 부끄러웠다. 문득 주위를 둘러보고 영순이가 없는 것을 알아차렸다.

"태일아, 영순이가 안 보여."

나는 앞서 달리던 태일이에게 소리쳤다. 도망치는 학생들에게 둘러싸여 태일이는 내 말이 들리지 않는 것 같았다. 뒤를 돌아보니 영순이가 흐느껴 울며 필사적으로 달려왔다. 겁에 질려 뛰는 영순이의 다리는 너무 느렸고, 그 모습이 안타까워 다시 되돌아가 영순이의 손을 잡고 나란히 뛰었다.

도망치는 학생들 무리 속에 승옥이가 보였다. 교실로 도망치려는 것 같았다. 어느새 태일이는 세 명의 경찰에게 붙잡혀 마구 두들겨 맞고 있었다. 태일이가 다리를 버둥거리며 경찰들에게 발길질을 했지만 그것도 잠시뿐이었고 힘세고 건장한 경찰들에게 겨드랑이와 목덜미가 조여진 채 더 이상 움직이지 못했다.

얼마 못 가 나도 경찰들에게 쫓겼다. 숨이 가빠진 영순이 때문이다. 더는 안 될 것 같았다. 거친 숨을 몰아쉬며 이젠 어찌 되어도 상관없다고 생각했다. 경찰이 내 등 뒤까지 쫓아왔다.

"석철아, 이쪽이야!"

어디서 나타났는지 건일이가 내게 손짓했다. 운동장 끄트머리에 있는 높은 평지로 도망치라고 손을 흔들어 알려주었다.

나는 영순이의 손을 잡고 다시 뛰기 시작했다. 높은 평지로 도망갈지 교실로 도망갈지 망설이는 사이 돌부리에 발이 걸린 영순이가 넘어지고 말았다. 정말로 이제 더는 안 될 것 같았다.

두 명의 경찰이 영순이에게 바짝 다가서 경찰봉을 내리치려는 순간 나는 "아악!" 비명을 내지르며 그녀의 등 뒤로 몸을 날렸다. 영순이보다 차라리 내가 맞는 게 낫다고 생각했다.

경찰은 순식간에 오른손에 쥔 경찰봉으로 내 머리와 등을 내리쳤다. '윽' 소리와 동시에 이를 악물고 눈을 질끈 감았다. 머리 쪽에서 쉭- 하는 소리와 함께 등에 닿는 경찰봉이 묵직하게 느껴졌다. 뻐근하게 등이 저리고 후끈했지만 아프다는 생각은 안 들었다. 오히려 분함과 억울함이 전류처럼 온몸에 퍼졌다.

기동대에게 일망타진된 우리들은 학교 밖으로 내몰렸다.

교문 밖에는 응급치료소 같은 것이 마련되어 있었고, 적십자 마크 아래에 '아카바네 민주진료소'라고 쓰인 깃발이 세워져 있었다. 의사와 간호사들이 분주하게 부상자를 치료했다. 경찰의 통제로 부상자 이외에는 그곳에 머무는 것이 허락되지 않았다.

선생님들은 교문 밖에 서 있었다. 채 선생님도 카지 선생님도 머리에 붕대를 감고 있다. 다치지 않은 선생님도 머리가 헝클어지고 복장은 누더기처럼 찢겨 엉망이었다.

선생님들은 울면서 교문을 나오는 여학생들을 부둥켜안으며 다친 학생들을 의사에게 데려갔다.

"석철아, 괜찮냐?"

나를 발견한 채 선생님이 달려왔다. 가슴에서 왈칵 솟아오르는 것을 꾹 삼키며 대답했다.

"네, 괜찮습니다."

"영순아, 너는?"

카지 선생님이 영순이의 얼굴을 살피셨다.

"선생님……."

영순이는 카지 선생님의 팔에 매달려 또 울었다.

"괜찮다 영순아, 이제 괜찮아."

선생님은 영순이를 힘껏 안아주었다.

"여기 서 있지 마라. 모두 저쪽으로 걸어가."

경찰이 나와 영순이를 경찰봉으로 쿡쿡 찌르며 이동시켰다.

큰 도로까지 백여 미터쯤 되는 길은 경찰기동대로 빈틈없이 채워져 있었다. 경찰들은 두세 명이 겨우 지날 수 있는 간격을 두고 기동대에게 둘러싸인 채 우리를 지나가게 했다. 삼백여 명의 학생이 모두 울면서 걸었다.

"기동대는 물러가라!"

"물러가라!"

우리는 다시 인민항쟁가를 불렀다.

주택가에 있던 주민들도 창문을 활짝 열고 우리를 걱정스럽게 내려다보았다.

"학생들, 힘내라!"

어디선가 아주머니들의 목소리가 들린다.

"지면 안 된다. 난 너희를 응원한다!"

우리가 점심시간에 자주 갔던 다이코쿠야 빵집 아저씨가 도로에 서서 응원해 주었다. 하지만 많은 사람들이 아무 말 없이 그저 무심히 쳐다보고만 있을 뿐이었다.

큰 도로에는 학교로 돌아가지 못한 고교생과 일부 학부형들이 검은 산처럼 모여 있었다. 우리가 나타나자 모두가 우리를 안아주고 박수치며 맞아주었다.

차량 통행이 차단되었고 건너편 포장도로에는 몰려든 구경꾼들이 상황을 지켜보고 있었다. 잠시 후 도로 여기저기에서 소규모 집회가 열렸다. 선배들은 격렬하게 연설했고 그중에는 일본인에게 호소하는 집회도 있었다.

"야, 거기 조선학교 학생들! 무단 집회를 그만둬라. 해산해라. 해산하지 않으면 당장 체포한다!"

갑자기 장갑차 확성기에서 쩌렁쩌렁 울리는 위압적인 목소리가 들려왔다. 그런데도 고교생의 연설은 멈추지 않았다.

서른 명쯤의 기동대가 저벅저벅 군화 발소리를 내며 맹렬한 기세로 돌진해 왔다. 순간 벌집을 쑤셔 놓은 듯 학생들이 사방으로 흩어졌다. 몇 명인가는 경찰에게 붙잡혀 마구 얻어맞았다. 그 모습을 영화뉴스 카메라맨이 휴대용 촬영기로 촬영했다.

"이 새끼야! 그러고도 니가 일본인이냐!"

경찰 하나가 카메라맨의 이마를 정확하게 경찰봉으로 내리쳤다. 카메라맨의 이마에서도 붉은 피가 뚝뚝 흘렀다. 그런데도 그는 피를 닦으려 하지도 않고 촬영을 계속했다. 그 모습을 다시 신문사 카메라맨이 사진에 담았다.

이건 악몽이야. 악몽이 아니라면 무언가 크게 잘못된 것이야. 그것도 아니라면 우리에게 일본이란 나라는 정의도, 연민도, 애정도 없는 무자비한 세계인 거야. 일본에서 태어나고 자란 우리는 이 나라를 어떻게 받아들여야 하는 걸까.

태일이와 승옥이는 어디 있을까. 찾으려면 금방 찾겠지만 지금은 그럴 기운조차 나지 않았다.

영순이를 선배 기숙사생에게 부탁하고 나는 다른 반 학생들과 집으로 돌아가기로 했다. 가방을 가지러 학교로 되돌아갈 수도 없었다. 그저 이제 그만 집에 돌아가고 싶었다. 선생님과 선배들도 오늘은 일단 이대로 집에 돌아가라고 했다. 모든 것은 내일 이후에 할 얘기였다.

"그럼, 내일 보자."

나는 영순이에게 인사했다.

"석철아……."

영순이는 무언가 말하려 했지만, 말을 잇지 못하고 또 울었다. 이렇게 울기만 하는 녀석을 어쩌면 좋을지 안타깝기만 했다.

카지 선생님

1

후두부에 큼지막한 혹이 생겼고, 온몸에는 묵직한 통증과 오한이 들었다.

"아이고, 이를 우야노!"

어머니는 호들갑을 떨며 화를 내셨고 연신 혀를 차셨다.

"개놈의 자슥들! 내 새끼 우야믄 좋노!"

천정을 보고 누우면 등이 따끔거려서 배를 대고 엎드려야 했다. 등에는 살갗이 두두룩 솟은 상처가 벌겋게 부풀어 있었다.

아버지는 걱정되셨는지 방안으로 얼굴만 내밀고 나를 살피셨는데, 못마땅한 표정인 채 아무 말도 하지 않았다.

유자가 얼음을 사와 다친 부위에 냉찜질을 해주었다.

한밤중에는 높은 열에 시달리며 끙끙 앓았다.

다음 날 아침 거울을 보니 얼굴까지 퉁퉁 부어 섬뜩했다.

학교는 가지 못했다. 저녁 무렵이 되어서야 열이 내려 겨우 잠이 들었다.

밤이 깊어진 시각, 계단을 올라오는 소리가 들리더니 조용히 방문을 여는 기척이 났다.

"석철아, 괜찮아?"

이마에 붕대를 감은 태일이가 빙긋 웃으며 서 있다.

"으응- 괜찮아."

악몽 같은 사건이 어제 일이라고는 믿기지 않았고 꼬박 하루를 몽롱한 채로 보냈다.

태일이 뒤로 생각지도 못한 카지 선생님의 얼굴이 보였다.

"선생님!"

나는 깜짝 놀라 자리에서 일어나려고 했다.

"괜찮으니까 그냥 누워 있어."

선생님이 내 옆에 앉은 후 걱정스레 내 이마에 손을 짚었다.

"좀 어떠냐, 많이 아프지?"

"이제 괜찮습니다, 열은 내렸으니까."

방문 앞에 앉으려던 어머니가 나 대신에 대답했다.

어머니 쪽을 돌아보며 선생님이 다시 머리를 숙였다.

"어머니, 석철이가 이렇게 다쳐서 정말 뭐라 드릴 말씀이 없습니다. 이런 불상사가 일어나리라고는 전혀 예상조차 못했습니다."

내가 다친 것이 마치 선생님 책임이라는 듯 어머니는 시선도 마주하지 않는다.

"일본 경찰들은 어쩌자고 이런 얼라들까지 때린답니까?"

"그게…."

선생님은 어떻게든 설명하려고 했지만 내가 막았다.

"어머니, 그만해요. 그 얘기는."

나도 어머니도 선생님도 기동대 습격에 대해 얼마든지 할 말이 있었지만, 그렇다고 달라질 것은 없었다. 어머니의 어리석은 질문이 차라리 안타까울 따름이었다.

헛기침을 하며 아버지가 방으로 들어왔다.

자세를 고쳐 앉은 선생님은 어머니에게 했던 것처럼 또다시 아버지에게 머리를 숙였다.

"선생님이 때린 것도 아니잖습니까. 헌데 무엇 때문에 기동대가 학교를 덮쳤답니까?"

아버지는 단도직입적으로 물었다.

"허가받지 않은 집회가 혐의라고 합니다."

"학부형회를 하는데 일일이 신고까지 해야 된답니까? 일본학교는 모두 그렇게 합니까?"

매섭게 따지는 말투다.

"아버지!"

나는 조마조마했다. 카지 선생님 잘못이 아니었다. 조선인 교사였다면 어떤 의견이든 나누어도 괜찮지만, 어쩐지 나는 카지 선생님을 책망하지 않았으면 하는 심정이었다.

"교문에서 충돌이 있었을 때 권총 한 정이 없어져서 수색을 했다고도 합니다."

"정말입니까?"

모두 깜짝 놀라 동시에 소리를 질렀다.

"그래서 찾았답니까?"

"아무런 발표도 하지 않았습니다. 아마도 핑계이겠지요."

"조선인을 몬살게 할라꼬 그것들은 무슨 짓이든 안 했나. 해방 전부터 쭉 그런 취급을 당해 왔다 아입니까."

못마땅한 표정으로 어머니가 말했다.

"치사하고 말도 안 돼요!"

태일이도 입술을 깨문다.

"그래서 부싱자는 얼마나 됩니까?"

아버지가 선생님의 얼굴을 쳐다보며 물었다.

"중상을 입은 사람이 60명, 그 가운데 위독한 사람이 3명이고, 6명이 검거되었습니다."

"60명이나요?! 쯧쯧쯧."

어머니가 또 혀를 찼다.

"경찰기동대는 몇 명이었답니까?"

"삼천 명입니다."

"그게 말이 됩니까?"

"정황이 어찌 되었든 저항할 수 없는 학생들을 공격하고, 사태를 수습하려 나선 교사에게까지 폭행을 가한 난폭한 행동을 비난하는 목소리가 일본인들 사이에서도 나오고 있습니다."

침묵이 흘렀다.

"촬영 중이던 뉴스영화 카메라맨도 폭행을 당했습니다. 그 광경을 찍은 사진이 산サン 사진신문(1946년 창간된 일본 최초의 타블로이드 신문) 일면에 게재되었습니다만, 저녁 무렵에 발매를 금지 당했다고 합니다."

"그건 또 왜요?"

"……"

"알겠습니다. 고생하셨습니다. 선생님도 기운 차리십시오."

이러쿵저러쿵 묻는 법이 없다. 아버지는 이럴 때 누구보다 이해가 빨랐다. 아버지가 자리에서 일어나자 선생님이 덧붙여 알리려는 듯 말했다.

"오늘은 학생 다섯이 학교에 나오지 못했습니다. 채용득 선생님과 분담해 가정방문을 하고 있는데, 제가 석철 군 집에 오게 됐습니다. 태일 군 집에 들러서 안내를 부탁하느라 늦어졌습니다. 죄송합니다."

아버지가 어머니에게 눈짓을 했다.

"선생님, 식사 준비할 테니 드시라예. 남은 찬이긴 하지만."

"아닙니다. 여기 오면서 태일이와 함께 라면을 먹었습니다."

"라면으로 배가 부르겠능교?"

"괜찮습니다, 시간도 늦은데다 전차도 이미 끊긴 시각이고."

선생님의 손목시계를 태일이가 들여다보며 말했다 .

"벌써 1시네."

"그라모 우리 집에서 자고 가시라예."

"어머니, 아닙니다. 여관에서 자면 됩니다."

"선생님, 그럴 수는 없지예. 여기서 주무시믄 됩니더! 태일아, 니도 자고 가라."

어머니는 막무가내였다.

"선생님, 그게 좋을 것 같아요."

태일이가 차라리 잘됐다는 듯 말했다. 우리 집에서 몇 번이나 잔 적이 있으니 선생님과 집을 나설 때 자고 올 지도 모른다고 미리 얘기해 둔 것 같았다.

선생님과 태일이가 아래층에서 식사를 하는 동안 동생 유자가 내 옆에다 두 사람의 이부자리를 만들었다.

선생님을 가운데 두고 태일이와 내가 양옆에 누웠다.

이불 속에 누워있으니 편안했지만, 선생님도 태일이도 몸을 뒤척일 때마다 "아아, 으으" 앓는 소리를 해 함께 웃었다.

두 사람이 찾아와서인지 나는 갑자기 기운이 나는 것 같았다.

커튼이 없는 나무창으로 달빛이 환하게 방안으로 비쳐들었다. 나는 익숙했지만 선생님은 좀처럼 잠이 들지 못할 것 같았다.

"석철아, 영순이가 니 걱정 많이 하더라. 니가 영순이를 기동대한테서 구해줬다며?"

어둠 속에서 놀리는 말투로 태일이가 말했다.

"그런 거 아니야. 그냥 그땐 그럴 수밖에 없었어. 니가 맞고 있는 걸 봤지만, 그땐 너한테 갈 수 없었다."

"어쩔 수 없었잖아. 다들 같은 상황이었으니까. 선생님도 기동대한테 맞으셨죠?"

"응, 맞았다."

"아팠어요?"

"그야 당연히 아프지. 지금도 머리가 욱신욱신하다."

"선생님, 저 실은……."

"왜, 석철아 얘기해봐."

"저 사실은 선생님이 처음에 우리학교에 오셨을 때 일본인 선생님들은 모두 스파이라고 생각했어요."

"스파이? 이거 보통일이 아니구만."

"우리학교를 없애버리려고 온 스파이라고……."

"나도 그렇게 생각했는데….."

태일이가 맞장구를 쳤다.

"그런……."

선생님은 말을 잇지 못했다.

"선생님이 중학생 때 같은 반에 조선인이 있었다고 하셨죠? 언젠가 얘기해주신다고 하셨잖아요, 그 얘기 지금 해주세요."

어리광을 부리듯 내가 말했다. 어쩐지 선생님께 응석을 부리고 싶었다.

"그랬지. 잠도 오지 않는데 얘기할까. 뭐, 그다지 대단한 이야기는 아니지만."

"괜찮아요. 뭐든 좋으니까 듣고 싶어요."

나도 태일이도 소년 시절 선생님이 조선인과 어떻게 지냈는지 듣고 싶었다. 달빛이 새어드는 어슴푸레한 방에 누워 선생님은 옛날이야기를 하듯 조용히 이야기를 시작했다.

"내가 사는 동네에 가네모토라는 조선인 소년이 있었어. 애어른 할 것 없이 모두 그를 잘 알고 있었지."

"어째서요?"

내가 끼어들어 물었다.

"악동이었거든. 불량함의 표본 같은 소년이었지. 중학교에 들어오자 가네모토는 학교에서 짱이 되었다."

"짱이 되었다니요?"

"짱도 몰랐냐? 우두머리라는 뜻이야, 불량서클 대장 노릇을 하는 거지. 집이 가난해 낫또 장사를 해서 가계를 돕는 기특한 구석도 있었지만 골목대장답게 스모를 무척 잘했었다. 여름 마츠리 때마다 열리는 청소년 스모대회에서 항상 가네모토와 내가 우승을 했지."

"우와, 선생님도 스모를 잘했었나 봐요."

"입 좀 다물고 들어."

이야기에 집중하던 태일이가 나를 면박 준다.

"응, 잘했었지. 가네모토도 나도 해마다 열 명씩은 꼭 이겼으니까. 모두들 가네모토에게는 반드시 이름 뒤에 '군'이라고 붙여 정중히 불렀고 무서워했어. 그 친구를 그냥 '가네모토'라고만 부르면 못마땅한 표정을 지었지. 사람들이 민감하게 그걸 눈치채고 대부분 '김 군' 아니면 '가네모토군'이라고 반드시 '군'을 붙여서 불렀어.

'김 군'으로 불러주면 좋아했고, 늘 패거리들을 이끌고 다니며 대장 노릇을 했어. 야구시합이 있을 때면 그 친구가 나를 부르기도 했지. 그러던 2학년 가을에 갑자기 가네모토가 교정으로 나를 불러내길래 또 야구를 하자고 부르나 싶어 갔더니 그가 웃지도 않고 팔짱을 낀 채 떡 버티고 서 있는 거야. 표정이 험악해서 이상하다고 생각한 순간 보기 좋게 먼저 한방 맞았다. 왜 맞았는지 이유도 모른 채 순간적으로 당했지. 그때 그 친구가 화를 내며 내게 소리쳤어.

니가 뭔데, 나를 '김'이라고 함부로 불러! '김 군'이라고 똑바로 부르란 말야, '김 군'이라고!

난 한 번도 그를 '가네모토'라고도 '김'이라고도 부른 기억이 없었지만, 듣고 보니
그런 적이 있을지도 모른다는 생각이 들었어. 그 친구가 화가 난 이유는 알겠는데 그
게 어쨌다는 건지, 이런 일로 맞았다는 게 분해서 주먹을 날리려는 순간 가네모토의
눈이 순식간에 눈물로 글썽거렸어. 그리고는 무심히 그냥 가 버렸어. 내겐 단 한 사람
의 조선인 친구였다. 왜 그런지 알 수 없지만 그 친구가 아직까지도 생각난단다."
긴 이야기였다. 조선인을 얕보는 일본인에 대항해 완력으로 밖에는 자신을 내세울 수
없었던 김 군의 마음을 어쩐지 나는 알 것 같았다.
"가네모토 군, 아니 김 군은 그 후 어떻게 됐어요?"
"공장에서 일한다고 했는데, 전쟁이 끝나자 어느 야쿠자 조직에 들어갔다는 소문을
나중에 들었지."
"김 군이라는 친구, 외로웠던 게 아닐까요. 모두에게 평범한 인간으로 인정받지 못
했으니까. 맞지? 태일아?"
녀석에게 말을 걸었지만 태일이는 어느새 나지막이 코를 골고 있었다. 선생님의 체온
때문인지 포근한 느낌이 들었다. 나는 몸을 돌려 선생님 쪽으로 가까이 다가갔다.
"저, 선생님."
내가 다시 무언가를 물으려 하자 선생님은 내 손을 꼭 잡으며 말했다.
"석철아, 이제 그만 자라. 내일 일찍 학교에 가야 되니까…."

경관들에게 맞은 상처의 아픔을 되새기며 내가 왜 맞았을까 곰곰이 생각해 보았다.
폭력과 강압으로 사람의 생각과 행동을 규제할 수 있을까.
'국가권력에 불만 있는 거냐!'
학교를 습격한 기동대에게 온몸의 솜털이 바짝 설만큼 무서운 소리를 들었다. 이 말
이 뇌리에 박혀 아무리 떨쳐내려 애를 써도 되지 않았다.
진심으로 한 말일까? 혈기왕성한 기동대가 분풀이를 하느라 순간적으로 내뱉은 말이
아니었을까?
신문과 라디오가 우리학교에 대해 보도했지만, 그날 우리와 기동대 사이에 오간 언동
에 대해서는 자세히 보도하지 않았다. 오히려 거기에 문제의 본질이 숨겨져 있다는

생각이 들었다.

조선전쟁의 후방 보급지가 된 일본은 전쟁에 반대하는 삐라를 뿌린 조선고교생에게 혐의를 씌워 영장도 없이 아무 상관도 없는 학교까지 습격했다. 사태의 진상을 듣기 위해 학교에 모인 학부형회를 무단집회라 일방적으로 단정하고, 집회를 해산시키는 과정에서 분실되었다는 권총을 수색하기 위함이라며 3천 명이나 되는 기동대 공권력을 동원해 재차 학교를 급습했다.

권총을 찾았는지 못 찾았는지 그 후 아무런 결과 발표도 없이 기동대 출동의 정당성만 주장하는데 무슨 진실과 정의를 찾을 수 있을까. 그토록 우리학교와 조선인이 미움과 비방과 폭력을 당해야 마땅한 대상인가? 그 속에 있는 나도 부정되어야 마땅한 인간일까? 조선인으로 태어난 나는 도대체 어떤 존재이고, 왜 나는 조선인인가? 일본에서는 나 같은 인간은 환영받지 못하는 걸까?

학교에 가지 못하는 동안 고열과 통증에 시달리면서도 끝없이 이런 생각이 머릿속을 맴돌았다. 아무리 생각해 봐도 애초에 결론이 날 일도 아니었다. 다만 깨달은 것이 있다면 우리를 싫어하고 비방하는 이들에게 처음으로 맹렬한 혐오감을 느꼈다. 이와는 정반대로 세상 사람들에게 거부당해 튕겨져 나오게 된 이들에게는 같은 편이라는 연대감이 생겼고, 높이 막아선 벽은 그 누구도 아닌 자신의 힘으로 뛰어넘어야 된다고 생각했다.

조국은 전쟁의 참화 속 한복판이었다.

어떠한 희생을 치르더라도 우리들의 조국을 위한 투쟁과 우리학교를 지키는 싸움이 동일 선상에 있다는 의식을 갖게 되었다. 모든 학생이 같은 심정이었다. 경찰봉에 두들겨 맞은 통증은 한참이 지나도록 가시지 않은 채 이런 생각이 의식 속에 깊게 자리했다.

2

2학년이 되자 학급위원을 새로 뽑았다.

반장으로 김남식이 다시 추천되었지만 어째서인지 남식이는 극구 사양했다. 왜 그런지 이유를 말하지 않았을 뿐더러 회의를 지켜보던 채 선생님도 그냥 받아들이라고 모두에게 당부했다.

모든 남학생들이 부러워했을 만큼 남식이는 여학생들에게 인기가 많았다. 키도 크고 공부도 잘하는 녀석이다. 유창한 조선말에 곱상한 얼굴, 웃을 땐 양 볼에 귀여운 보조개까지 생기는 남식이가 반장을 안 하겠다고 하자 여학생들이 몹시 서운해 한 것은 당연했다.

수일이가 반장이 되었고, 남식이를 대신해 여학생 중에는 박효순이 학급위원으로 뽑혔고 임태일은 유임되었다.

3월 7일에 있은 학교 습격사건에 대한 매스컴 보도는 잠잠해졌고, 그날 일이 사람들에게 차츰 잊혀지는 것 같았다. 경찰기동대의 급습은 법률에 근거한 행위라며 아무런 항의도 받아들여지지 않았고 진상을 밝히는 일도 흐지부지 되어버렸다. 조선학교에 심리적인 위협과 규제를 가하기 위한 목적이었다면 당국은 그 정도만으로도 충분한 효과를 얻었다 생각했을 것이다.

어느새 중학교 2학년이 되고 여름이 가까워졌는데도 나는 그 사건 때문에 받은 충격과 마음의 상처를 달래지 못했다.

'말대꾸하지 마, 이 조선놈들아!'

그때 우리들은 존재하지 않았던 것이다. 거기에 있던 것은 그저 버러지 같은 하찮은 인간들이었다. 말살해야 마땅한 조선인만이 거기 있었을 뿐이다.

반 친구들도 나도, 아니, 학교 전체가 몰라볼 만큼 긴장감에 휩싸였다. 학생자치회가 어지간히 시끄럽게 호소했던 흡연과 풍기문란 문제는 완전히 모습을 감추었다. 담배 따위를 피우고 있을 때가 아니었다.

그보다는 무방비로 공격을 당한 우리학교를 지키는 것, 학업에 힘쓰는 것, 전쟁에 반대하는 운동을 더 활발하게 전개하는 것 등을 강조했다. 나라를 지키고 학교를 지키고 우리 자신을 지키자. 어떻게든 끈질기고 강인하게 살아야 한다. 좋든 싫든 이것은 조선인으로 살아가야할 우리들의 숙명이라고 생각했다. 경찰의 폭력은 우리를 더 단단하게 만들었다. 억울하고 마음이 약해질 때도 있었지만, 우리 스스로 놀랄 만큼 그것을 타파할 기력과 용기와 연대감이 내재해 있다는 것도 깨달았다.

스톡홀름선언에 이어진 베를린선언으로 80만 명 이상이 반전운동에 참여했고, 우리학교를 비롯한 전국의 조선학교 학생들에 의해 '조국 방위와 세계평화를 위한 서명' 도 100만의 서명이 모아졌다.

서명 운동은 방과 후부터 밤까지 역 부근과 번화가에서 실시되었다. 이제는 역무원과 기동대의 방해에 임기응변으로 대처하는 요령을 다들 몸에 익히고 있었다. 단지 걱정이라면 연일 계속되는 서명 운동으로 피로가 쌓여 학교공부가 소홀해진 것이다. 학생의 본분은 공부라고 주장하며 운동에 소극적이었던 학생들과 차이가 뚜렷해지기 시작했다.

나도 마찬가지였는데 태일이나 승옥이는 나와 똑같이 서명운동에 참가했으면서도 성적이 떨어지지 않았다. 그 녀석들과 내 머리가 다를 리 없다고 생각했지만, 아무리 노력해도 그 차이를 좁힐 수가 없었다. 적당히 핑계를 둘러대고 집에서 복습할 때도 있었지만, 운동에 불참했다는 이유로 다른 애들보다 애국심과 애교심이 부족하게 여겨지는 것이 더 억울했다.

성적이 떨어진 학생들에게 실시하는 학과별 보충수업 명단 속에는 내 이름도 들어 있었다.

"가능한 한 빨리 뒤처진 부분을 만회하도록 해라. 지금 공부를 열심히 하는 것은 조국과 학교를 지키는 싸움과 같다."

채 선생님은 이런 말로 나 같은 열등생들을 독려했다.

자존심이 상했다.

신경이 쓰였는지 태일이와 승옥이가 내 공부를 봐준다고 했지만 나는 아무렇지도 않은 척 거절했다. 그리고는 눈에 띄지 않은 곳에서 죽을 둥 살 둥 어떻게든 만회해 보려 했다.

그러는 사이 다시 또 사건이 터졌다.

2학기 시작부터 일본인 교감의 발언 때문에 일본인 교사들이 수업을 포기하는 일이 벌어졌다.

지난해 가을, 민족교육의 의의를 인정한 조 · 일 양국 교사들로 조교조(조선학교 교원조합)가 결성되었다.

도쿄도교육위원회는 이를 탐탁지 않게 여겼다.

'언젠가는 없어질 학교다. 조선인과 함께 조합 활동을 하면 앞으로 여러 불이익이 있을 것' 이라고 일본인 교사들에게 전달했다고 한다.

장래에 대한 불안을 느낀 교감을 비롯한 세 명의 일본인 교사가 도교육위원회의 뜻에 따라 행동에 나섰고, 민족교육을 인정하는 조합에는 동참할 수 없다며 일부 일본인 교사들이 조합 탈퇴를 표명했다.

이 뉴스가 고교 학생자치회에 포착되었다.

일부이긴 하나 '공동전선' 의 중요한 구성원이라고 생각했던 일본인 교사들이 반기를 들고 나온 것에 학생자치회는 분개했다.

교감의 수업시간에 조합에 남아주기를 바라는 학생의 입장에서 이 사건을 문제 삼았다. 어색한 분위기 속에 논쟁이 오가다 결정적으로 교감 선생의 발언이 문제를 악화시키고 말았다.

"일본군의 재정비再整備는 필요하고 찬성한다. 과거 조선의 식민지교육도 필요한 것이었다."

교감의 발언이 게시판 백두산에 게재되었고, 논란은 이미 세 명의 일본인 교사가 조합을 탈퇴한 사건의 범위를 넘어서 있었다.

학생자치회는 과거 식민 지배를 반성하지 않는 망언을 내뱉은 일본인 교사의 추방을 교장에게 강력히 요구했다. 이에 대항해 교감과 행동을 같이 한 12명의 조합탈퇴 교사들이 수업 거부라는 강경수단으로 대응했다.

카지 선생님을 포함해 중학교 선생님 대부분이 조합에 잔류한 교사여서 우리 수업에는 지장이 없었다. 피해는 고등학교 수업에 집중되었다.

조합에 참여한 교사들이 분담해 고등학교 수업에 들어갔고 밤낮으로 대책협의와 교직원회의, 탈퇴 교사들에게 복귀를 호소하고 교육청과 교육위원회에는 청원, 교섭, 항의를 하는 나날이 이어졌다.

조합을 탈퇴한 교사들은 '조선학교에서는 빨갱이 교육과 반일교육을 하고 있다'며 교육청에 청원과 고자질을 반복했다. 매스컴도 덩달아 조선학교에 맹비난을 퍼부었다.

해방 후 발 빠르게 재일조선인을 동포로 인정한 공화국을 진정한 조국이라고 여겨 지지하는 것을 '빨갱이' 로 치부한 그들은 우리가 남쪽을 지지했다면 '정상적인 교육'이라고 만족했을까.

지금 조국은 동족상잔의 전쟁 중이다. 무고한 희생과 원자폭탄 투하 반대를 외치는 반전운동이, 하물며 자국에 관계된 일에 목청을 높이는 일이 일본에서는 '빨갱이'라 불려 마땅한 것인가?

태평양 전쟁에서 패한 일본은 불과 몇 년 전까지만 해도 군국주의에 반대한 사람들이 민주 일본의 초석이 되었다며 각종 매스컴들이 칭송하는 기사를 앞을 다투어 써댔다. 그들은 이전에 빨갱이라고 불린 사람과 자유주의자들이었다.

조합에 잔류한 선생님들의 힘겨운 노력으로 조교조朝敎組의 상부단체인 도교조都敎組가 견해를 발표했다.

'수업을 거부한 교사들의 태도는 옳지 않다. 민족교육은 반드시 지켜져야 한다.'

교육청 담당관의 담화도 발표되었다.

"그따위 하찮은 문제로 수업을 안 한다는 것은 말도 안 된다. 여러 사정이 있겠지만, 수업을 진행하길 바란다. 조선학교에 몸담고 있는 한 일본인답게 넓은 아량을 가지고 열심히 해주길 바란다."

참으로 어처구니없는 담화였다.

조선학교 자체를 말살하고 싶은 것이 도쿄도 교육청의 솔직한 심정이다. 일부 일본인 교사의 반란은 교육청으로부터 칭찬을 받았으면 모를까 욕먹을 이유는 하나도 없었다.

결국 수업거부 체제는 무너졌지만, 해결까지 1년이 넘게 걸렸다. 문제는 조합 측에 양해를 구한 것처럼 행동한 교육청의 태도였다.

'도립'으로 지정해 학교를 빈껍데기로 만들려는 속셈이 분명한 교육청이 어째서 학교 측 입장에 섰단 말인가.

교육청이 조선학교를 말살하기 위해 수면 아래서 은밀히 다음 수를 칠 준비를 하고 있었다는 걸 알게 된 것은 한참이 지난 후였다.

3

국립대학 금속공학과를 나온 태일이의 형님이 드디어 독립해 점포를 차렸다. 전공인 '금속'을 다루는 일은 맞지만, 눈깔사탕 같은 작은 쇠구슬을 다루는 파친코 점포의 사장이 된 것이다. 고학력이었지만 조선인인 그를 채용해주는 일본기업이 한 곳도 없었다. 전공을 살리지 못하는 현실에 의기소침 했던 형님이 마음을 고쳐먹고 처가에서 운영하는 파친코 점포에서 일을 배운 뒤 드디어 자신의 점포를 차리게 된 것이다.

가게 이름은 '파라다이스' 였다.

도덴(都電 도쿄도가 운영한 노면전차) 미노와역三ノ輪駅 교차로에서 십 미터도 떨어져 있지 않 은 곳이라 유동인구가 많아 파친코 가게로는 안성맞춤인 위치다. 장인어른의 장사수 완을 형이 잘 배우기만 하면 순조롭게 해결될 것이다.

샐러리맨들의 연말 보너스를 노리고 11월 중순에 개점했는데, 이날은 요란하게 선전 하는 풍악단까지 불러 시끌벅적했다.

태일이 어머니는 아파트를 처분하고 큰아들 내외와 태일이와 함께 가게 2층에서 살기 로 했다. 친척들도 응원과 축하를 하러 와 주었다.

겨울방학에 나와 승옥이는 연말연시 2주 동안 태일이네 파친코가게에서 아르바이트 를 했다. 승옥이는 우리 집에서 일해도 좋다고 했지만 내가 거절했다. 폐철을 다루는 일은 무엇보다 중노동이었고, 받는 돈이 조금 적어도 파친코에서 일하는 것이 재미 난 건 두말하면 잔소리다.

우리가 맡은 일은 '우라까따裏方'라고 하는데, 등을 마주하고 설치된 파친코기계 사 이에 한 사람이 지날 정도의 공간에 들어가 구슬을 추가해 넣거나 기계에 걸린 구슬 을 빼내는 일이었다. 일을 마치고 집에 돌아올 때는 경품으로 나오는 껌, 초콜릿, 쿠 키 등을 받을 수 있는 것도 빼놓을 수 없는 매력이었다.

그러던 어느 추운 날 아침 일이다.

"석철아, 이 책 읽어 봐."

등교 도중에 태일이가 책 한 권을 나에게 내밀었다. 그동안 태일이는 다양한 책들을 소개해 주었다. 책을 읽는 재미와 즐거움을 가르쳐 준 친구다. 누나와 형의 영향도 있 겠지만, 태일이는 뜻밖에 독서광이었다. 소설 외에 사회과학서도 많이 읽었다.

태일이가 건넨 책은 **조야와 슈라**라는 제목의 문고판이다.

"읽어보고 감상을 얘기해주면 좋겠다."

"왜?"

"아무튼 일단 읽어 봐. 재밌을 거야."

감상을 말해달라며 책을 내민 건 처음 있는 일이다.

신경이 쓰여 그날 밤부터 읽기 시작했고 꽤 늦은 밤까지 읽었다. 다 읽지 못한 부분은 다음날 등교하는 전차 안에서 읽었고, 학교 가는 길에도 계속 읽었다. 책에서 손을 뗄 수가 없었다. 이렇게 무아지경으로 책을 읽은 적은 한 번도 없었다.

조야와 슈라는 독·소 전쟁 때 조국을 위해 죽은 소비에트의 오누이 이야기를 두 사람이 죽은 후에 그들의 어머니가 기록한 회상록이다.

누나 조야가 소비에트 국민에게 널리 알려진 것은 1943년 **프라우다**에 실린 한 르포에서다.

르포는 타냐라는 소녀의 과감한 죽음을 다루었다. 그녀는 모스크바 근교까지 닥쳐온 독일군의 후방에 잠입했고, 점령당한 페트리시체보 마을에서 적의 군마 마구간에 불을 지른 후 붙잡혔다. 빨치산이었던 타냐는 비밀 유지를 위해 가명을 썼는데 그녀의 본명은 조야 코스모데미얀스카야다.

조야는 잔혹한 고문을 참고 견디며 끝까지 적에게 비밀을 누설하지 않았다. 그녀는 마을사람들 앞에서 교수형을 당한다. 누나의 뒤를 이어 전차부대에 입대한 동생 슈라도 전쟁의 승리를 눈앞에 두고 전사한다.

어머니가 직접 자식들과의 추억을 담담히 말하고 있어서 더없이 겸손하고 아름다운 인간적인 이야기였다.

처형대에 선 조야는 이렇게 외쳤다.

"여러분! 어째서 낙담한 표정을 짓고 있나요? 더 용기를 내 싸워주세요. 파시스트를 쫓아내고 불살라 모조리 없애 주세요."

옆에 서 있던 독일병사가 그녀를 때리며 입을 막으려 했다.

조야는 독일병사를 향해 다시 외쳤다.

"당신들은 지금 내 목을 매달지만 나는 혼자가 아니다. 2억이나 되는 우리 같은 인간의 목을 전부 매달지는 못한다. 당신들은 나 때문에 복수를 당할 것이다. 결국은 우리가 승리한다!"

사형집행인이 승마 부츠를 신은 발로 처형대 밑의 상자를 걷어찼고 그것이 조야의 마지막이었다.

조야와 슈라를 읽고 눈시울이 뜨거워졌다.

하나밖에 없는 목숨을 던져 조국을 지켰고 그것을 자랑스럽게 여기는 소녀와 소년이 거기 있었다. 죽음을 앞두고 '우리는 반드시 승리한다' 고 외친 조야의 확신은 내 마음을 격하게 울렸다.

조야와 슈라가 죽음으로써 지키고자 했던 조국과 고향 사람들은 무엇이란 말인가.

내 조국은 전쟁의 참화 속 한가운데 있다. 남쪽이든 북쪽이든 다 같은 조국인데 반전운동에 참가하면서도 이들처럼 뜨거운 마음이었나 하는 생각이 들었다.

아주 어렸을 때 아버지를 따라 딱 한 번 다녀온 적이 있는 그곳이 나의 '조국' 이다. 지금은 뜬구름을 잡듯 손에 잡히지 않는 기억밖에 없는 것이 사실이다.

조선과 일본의 불행한 역사가 나처럼 구체적으로 조국을 느끼지 못하는 인간을 만들고 말았다. 내 마음을 단단히 안아 줄 '어머니 같은 조국' 을 갖고 싶었다. 이런 나를 다정하게 불러줄 '조국' 과 '고향' 을 원했다. 그곳의 공기와 냄새를 맡고 싶고, 땅에 발을 딛고 걷고 싶고, 강에서 헤엄쳐 보고 싶었다.

"느낌이 어땠어?"

점심시간에 벽에 기대어 햇볕을 쬐고 있는데 태일이가 내 표정을 살피며 물었다. 나는 진심을 담아 내 느낌을 말했다.

오전부터 시작된·학교 옆 미군기지의 대포소리와 기관총 사격 소리 때문에 태일이는 내 목소리가 잘 들리지 않는 것 같았다. 조국에서 전쟁이 시작된 이후로 사격연습은 쉴 새 없이 계속되었다.

"뭐, 뭐라고?"

몇 번이나 귀를 가까이 갖다 대며 태일이는 진지하게 내 감상에 귀를 기울였다.

"너 왜 그래, 왜 그렇게 심각한 표정인 거냐. 좀 이상하다."

"이상하긴 뭐가 이상해, 나는 감명 깊었는데 너는 어땠는지 궁금했을 뿐이야."

이내 웃어 보이긴 했지만 태일이의 눈빛은 여전히 내 표정을 살피며 뭔가를 확인하려
는 듯 했다.
"조야가 목이 매달리는 장면에선 눈물이 터져버렸다."
아까부터 내 눈에서 시선을 떼지 않은 태일이가 말했다.
"응. 나도 그랬다."
태일이는 내 얘기에 공감했고 그때서야 뭔가가 후련해진 듯 미소를 지었다.

난 죽지 않아!

1

어느 나라의 언어이든 그 언어에서 배어나는 정감에 무심코 도취될 때가 있다. 프랑스영화를 처음 봤을 땐 약간 콧소리가 섞인 어감이 기분 좋게 들렸고, 소비에트영화 '돌의 꽃'과 '시베리아 이야기'를 봤을 때도 그랬다. 낭랑한 러시아어의 울림이 언제까지나 귓가에 남았다.

김남식에게도 그런 면이 있다. 유창하고 우아하고 마치 노래를 부르는 것 같은 남식이의 조선말이 나에게 별천지를 맛보게 해주었다. '조선중학생식 조선말'이 아닌 본고장에서 빚어진 조선말 발음과 억양은 내가 아무리 발 벗고 쫓아가도 따라갈 수 없을 것 같았다. 남식이를 흉내 내려고 아무리 노력해도 이미 일본어에 혀가 굳어져 도무지 부자연스럽기만 했다. 남식이처럼 말할 수 있다면 얼마나 좋을까 동경의 대상이 되었다. 우등생 타입은 가능한 멀리하려 한 내가 조선말의 훌륭함을 조금씩 알게 되면서 좀 더 빨리 남식이와 친해지지 못한 게 후회가 됐을 정도다.

반장을 그만두고 나서야 그가 학급을 단합시키기 위해 얼마나 큰 역할을 했는지 모두가 깨닫게 되었다. 이평성이 '아버지'라면 남식이는 '어머니'의 역할로 학급전체를 이끌어왔다.

반장을 그만둔 이후에도 남식이는 어떻게든 학급에 도움을 주려고 애썼다. 천성이 착한 녀석이다. 영순이는 수학이든 국어든 모르는 것이 있으면 남식이에게 가르쳐 달라고 했다. 다른 여학생들도 슬그머니 따끈한 눈길을 보냈다. 남학생들의 심사가 편하지만은 않았으나, 나 또한 남식이와 가까워지고 싶었기 때문에 녀석의 인기에 질투가 났지만 어쩔 수 없었다.

수업 시작 사이렌이 울렸을 때 손목시계를 보던 남식이가 중얼거린 말에 나는 감격하고 말았다.

"앗, 시계가 죽어버렸다."

'멈추다止まる'의 일본어를 '죽었다'라고 표현한 조선말의 발상은 우리가 거꾸로 물구나무를 서도 나오지 않을 말이다. 이것은 체취와 같다. 태어날 때부터 몸에 배는 조

선의 체취다. 귀를 기울이고 있으면 교과서엔 안 나오는 단어가 툭툭 튀어나와 한 단어 한 단어가 모두 '살아' 있었다. 살아있는 조선말은 자장가를 듣는 것 같이 기분 좋고 편안했다. 말의 샘에서 나오는 깊은 맛의 정감이 펑펑 솟아났다. 나의 뿌리가 이런 말의 원천에 있었나 생각하면 뜬구름을 잡는 것 같기는 해도 왠지 모를 그리움과 누가 뭐래도 내 것으로 만들고 싶은 욕망에 사로잡혔다.

"근데, 고향은 어디야?"

"전라북도 남원이야."

"춘향전의 무대인 그 남원?"

"맞아. 남원은 아버지 고향이지만 난 거의 어머니 고향인 밀양에서 살았어. 어머니는 밀양박씨거든. 신라 시조 박혁거세의 자손으로 밀양은 박씨의 본거지야."

"밀양이 어디에 있는 거야? 좋은 곳이야?"

"경상남도인데 정말 좋은 곳이다. 도시에서 떨어진 한적한 마을로 산도 있고 강도 있어서 평온하고 한가로운 곳이지."

"그래서 가끔 경상도 사투리가 나오는 거구나."

나는 부모님의 경상도 사투리가 떠올랐다.

내가 아는 조선은 학교와 동포사회를 통해 알고 있는 것에 지나지 않는다. 다이아몬드의 가치를 아무리 강조한다 해도 유리구슬밖에 본 적이 없는 나는 나의 정확한 정체를 알 수 없는 안타까움이 있었다. 내가 알고 있는 세계가 실체가 없는 가공의 세계인 것 같았다. 산도 있고 강도 있어 평온하고 한가로운 곳이라고 사실과 체험을 바탕으로 조선을 이야기하는 남식이가 정말로 부러웠다.

"밀양에서 중학교를 다녔기 때문에 경상도 사투리가 나오긴 하지만…"

남식이는 중학교 얘길 한 뒤 말끝을 흐렸다.

"언제 일본에 왔어?"

"……"

"응? 언제?"

"언제 왔든 그게 뭐 중요해."

자세히 말하고 싶지 않은 것 같았다.

남식이가 밀항자인 것은 말하지 않아도 모두 알고 있었다.

남식이와 영희, 준모와 같이 밀항해 온 애들은 요즘 눈에 띄게 의기소침하고 뭐든지 조심스러워 했다.

출입국관리법 위반으로 각지에서 밀입국자가 체포되고 있다는 뉴스가 신문에 보도되어 걱정하는 것이다.

"석철아, 넌 국어에 흥미가 있는 것 같은데 괜찮은 시를 소개해줄까?"

"시라니? 무슨 뜻인지 이해도 안 되는 시 말이야?"

건일이가 머리를 들이밀며 끼어든다. 3·7 사건 이후로 건일이는 우리와 함께 어울리게 되었다. 그때 건일이의 용기에 모두가 감동했고, 그 후로는 허물없이 농담도 주고받는 사이가 되었다.

"쉬운 시야. 게다가 짧거든."

남식이는 내 노트에다 외우고 있던 열 줄 정도의 시를 빠르게 적었다.

기다렸다는 듯이 건일이가 노트를 낚아채 시인처럼 폼을 잡고 목소리를 높여 낭송했다.

"우와! 멋진데!"

무슨 뜻인지 다 안다는 표정으로 요란을 떨며 고개를 끄덕이는 건일이가 우스꽝스러워 곁에 있던 모두 웃음이 터졌다.

이번에는 승옥이가 노트를 뺏어 들었다.

"진짜 멋진데!"

건일이의 말투를 따라하고 책상 위에 노트를 올려놓자 우르르 노트에 적힌 시를 보려고 모여들었다.

"무명 시인의 '서시'라는 시인데, 내가 일본에 올 때쯤 입에서 입으로 알려졌어. 발 없는 말이 천 리를 간다는 속담이 있지? 바로 그거야. 내가 진짜 좋아하는 시다."

"근데 뭐라고 쓴 거야? 석철아 니가 번역해 봐."

영순이가 몹시 궁금한 모양이다. 이런 뜻이다 저런 뜻이다 한 줄 한 줄 손가락으로 가리키며 너도나도 일본어로 바꾸어 소리 내 읽었다.

죽는 날까지 하늘을 우러러

한 점 부끄럼이 없기를

잎새에 이는 바람에도

나는 괴로워했다

별을 노래하는 마음으로

모든 죽어가는 것을 사랑해야지

그리고 나한테 주어진 길을

걸어가야겠다

오늘 밤에도 별이 바람에 스치운다

"작자는 운동주인데 유학 중이던 교토에서 특별고등경찰에 검거됐어. 독립운동을 했다는 명목의 치안유지법위반으로 최종판결에서 8개월 구류를 받고, 후쿠오카 형무소에 투옥된 후 해방되기 6개월 전 옥사했대. 스물일곱의 나이로 말이야."

학교에서도 집에서도 나는 몇 번씩 그 시를 다시 읽었다.

태일이 덕분에 독서의 재미를 알게 된 후로 세계명작과 일본소설을 닥치는 대로 읽었다. 읽으려고 맘만 먹으면 이런 책은 쉽게 구할 수 있었다. 조선문학 작품도 국어 교과서에 실려 있었기에 알고 있었지만 그저 있다는 것만 알 뿐 원문을 구할 수는 없었다. 그래서 조선의 문학소설이나 시를 우리는 애타게 찾고 있었다.

이름 없는 시인의 시가 내 마음을 뒤흔들어 놓았다. 시인의 말이 어째서 이렇게 마음을 흔들어 놓는 것일까.

시인은 유한의 죽음을 얘기하며 죽음의 순간까지 만물에 대한 끝없는 애정과 기쁨을 노래했다. 아무리 고난이 있다 해도 오로지 자신에게 주어진 길을 묵묵히 걷고자 한 시인의 영혼이 찬란하게 느껴졌다. 나라를 잃은 암흑의 시대에 부끄러움 없는 인생을 살고자 투철한 생각을 품었던 시인의 굳건한 의지와 확실한 인생관이 마음을 맑게 씻어주는 느낌이었다.

그에 비하면 지금의 나는 존재 자체가 모호하게 느껴졌다. 있는 그대로의 내 모습이 누군가에 의해 긍정과 승인과 축복을 받지 못하고 있다는 불안감. 우리의 존재가 어떤 조건과 틀 안에서는 승인되지 않고 있다는 소외감.

누군가에게 소중히 여겨지려면 우리에게 요구되는 어떤 '조건'을 채우지 않으면 안되었다. 만약 그 '조건'을 채우지 못한다면 우리는 마치 쓰레기처럼 버려진다. 해방된 독립국의 국민이 되었지만 분명히 어딘가에서는 소외되고 따돌림 당했다. 이런 생각을 가슴 속 깊이 품은 인간들끼리 서로의 진의를 알기 위해 속을 떠보려고 표면상으로는 상냥하게 때로는 으름장을 놓는 사회. 이것이 지금의 일본과 우리 사이의 입장처럼 여겨졌다.

겨울로 들어섰다.

조국의 전쟁은 38선을 경계로 교착상태에 빠졌고, 그 사이 남과 북은 철저하게 유린당했다.

공화국 측이 전하는 전황은 조선중앙통신과 소련의 타스통신, 중국의 신화통신이 보도했지만 어디까지나 규제된 상태에서의 보도였다. 서방 자유진영의 보도가 압도적으로 많았다.

어느 쪽 보도이든 상관없이 조선전쟁을 담은 뉴스영화가 극장에 걸리면 태일이 승옥이와 함께 무작정 영화관에 갔다.

공중폭격으로 폐허가 된 도시, 무수히 많은 시체, 죽은 어미의 젖가슴에 매달려 우는 젖먹이, 엄동설한의 강을 목숨 걸고 건너는 피난민들의 행렬을 보며 분해서 이가 갈렸고, 그저 눈물이 쏟아지기만 했다.

조선전쟁에 반대하는 노동자와 대학생들의 집회는 경찰기동대와 격렬한 충돌을 반복했다. 전장으로 보내지는 전차와 무기 운송을 방해하기 위한 항의집회도 미군기지 주변에서 빈번히 열렸다.

돌멩이와 화염병이 이리저리 날아다니는 데모대의 선두에는 노동조합의 붉은 깃발과 함께 수많은 공화국기가 힘차게 펄럭였다.

우리도 이런 반전집회에 나갈 때가 있었지만, 데모대와 기동대의 충돌이 일어날 때는 늘 두려움으로 우왕좌왕하기만 했다. 그래도 참가한다는 행위 자체가 지금의 우리에게는 무엇보다 중요했다.

"석철아, 우리 조직에 들어오지 않을래?"

신주쿠에서 반전집회를 한 후 돌아오는 길에 태일이가 진지한 얼굴로 나를 보며 말했다.

"조직이라니, 무슨 조직?"

"조국방위위원회, 줄여서 조방위."

"조방위? 너 조방위에 들어갔어?"

나는 순간 다리가 얼어붙어 그 자리에 멈춰 섰다.

"조방위에 들어가서 뭘 하는데?"

이렇게 묻긴 했지만 무슨 일을 하는지 대략 짐작이 갔다. 데모대와 기동대가 충돌할 때 돌과 화염병을 던지며 과격한 저항을 하는 사람들 선두에는 언제나 조국방위위원회 회원들이 있었다. 그걸 알고 있기에 순간 당황한 내 속내를 어쩐지 태일이한테 들키고 싶지 않았다.

학교 안에서도 그런 그룹이 있다는 소문이 돌았다. 점심시간이나 방과 후에 자주 뒷산에 모여 뭔가 비밀스러운 회합을 한다고 했다.

"조야와 슈라에 나온 것처럼 조직된 부대인데 조선전쟁 반대와 요시다 반동정부 타도를 위해 투쟁하고 있어."

태일이는 긴장을 풀려는 듯 미소를 지었지만, 눈빛은 진지하게 내 표정을 살폈다.

"그럼 내게 책을 읽어보라고 한 게 그것 때문이었어?"

"기분 나쁘게 생각하진 마. 좋은 책이었잖아. 너의 진심을 알고 싶었던 거야."

"진심이라니?"

"조국과 민족을 생각하는 마음 말야."

"웃기지 마. 내가 너보다 모자라다는 얘기야?"

태일이에게 내 애국심이 값어치 없이 보인 것 같아 나는 입을 비죽거렸다.

"그건 아니야. 충분히 알지. 소학교 때부터 친구인 널 믿는다. 조방위는 진심으로 나라와 민족을 사랑하는 사람들이 활동하고 있어."

문득 번쩍 떠오르는 것이 있었다.

언젠가 점심시간에 뒷산에서 십여 명의 중학생들이 내려오는 것을 본 적이 있다. 그 중에 태일이와 말순이가 있었다. 나는 두 사람이 밀회하는 거라고 의심했었다.

"내가 아는 사람 중에 조방위에 있는 사람은 누구야?"

"그건 비밀이야."

태일이는 의미심장하게 웃었다.

"김말순도 들어 있지?"

"너, 어떻게 알았어?!"

"하하하, 걸렸다."

"자식, 치사하긴."

어색하게 웃긴 했지만 어쩐지 엄숙한 기분도 들었다. 조국을 지키고 전쟁을 반대하기 위한 투쟁에 무엇을 망설이겠는가. 조야의 죽음이 숭고한 것이라면 우리의 투쟁도 숭고한 것이 될 것이다. 하지만 나는 선뜻 조직에 뛰어들 수 없는 마음에 걸리는 것이 있었다. 전쟁 중인 조국을 생각하면 마음이 아프긴 했지만 '조야'처럼 나리와 고향을 향한 뜨겁고 복받쳐 오르는 그 무엇이 내게는 어찌해도 솟아나지 않았다. 없는 것은 만들어 내면 되겠지만 나와 태일이 말순이가 자란 환경이 특별한 차이가 없는 게 분명한데 어째서 그들은 나만큼 망설이지도 않고 조직에 가입할 수 있었던 걸까. 망설임을 극복한 걸까?

3·7 사건에서 경찰기동대와의 충돌이 있었을 때 여학생들보다 앞에 나서지 못했던 내 나약함이 아직까지 마음의 빚으로 남아있었다. 이렇게 약해빠진 내가 조방위에 들어갈 자격이 있을까.

"생각해 볼게."

"한번 생각해 봐."

"희망하기만 하면 아무나 들어갈 수는 있어?"

"아니, 안 돼. 엄격한 심사를 받은 후에 가입이 허락 돼."

"누가 심사해?"

"그걸 내가 어떻게 알아. 아마도 상부기관이겠지."

"나 같은 건 안 될 거야. 자신이 없다."

"아무튼, 니가 결심이 서면 상부기관에 얘기해 볼게. 너라면 괜찮을 거야. 내가 추천한다."

큼지막한 도장을 찍듯이 태일이가 내 어깨를 쾅쾅 두드렸다.

"그런데, 한 가지 마음에 걸리는 것이 있다. 전차와 무기를 전쟁터에 보내지 마라, 일본에서 무기를 만들지 말라는 운동도 하고 있는데….."

"뭔데?"

"너희 아버지가 하는 일 말이야……."

"그게 어째서? 자세히 말해 봐."

"폐철, 그게 죄다 무기로 만들어지는 게 아닌가 해서…."

" ? "

"폐철 수집일이 많이 바빠졌지? 그게 모두 전차와 무기가 돼서 조선으로 실려 가는 건 아닌지. 자세히는 모르겠지만, 뭐, 크게 신경 쓰지는 말고."

얄미운 자식. 신경 안 써도 될 일이라면 처음부터 말하지 말 것이지. 그런데 막상 듣고 보니 그럴 것도 같다는 생각이 들어 나는 진짜로 신경이 쓰였다. 아버지가 돈을 벌기 위해 조선전쟁에 협력하고 있다면 이것만으로도 나는 조방위에 들어갈 자격이 없는 게 틀림없었다.

확실히 전쟁이 시작된 이후로 아버지는 눈코 뜰 새 없이 바빠졌다. 학교에서 늦거나 쉬는 날 놀러 나가려고 하면 아버지의 심기가 좋지 않았다. 일을 도우라고 콕 집어 말은 안 하셨지만 그래 줬으면 하는 건 당연했다. 까맣게 그을리며 밤늦게까지 일하는 아버지에게 물어보기가 쉽지는 않겠지만, 한 번은 얘기해 볼 만한 가치가 있을지도 몰랐다. 조국방위위원회 가입을 권유받은 이상 물어보지 않으면 안 될 것 같았다. 내내 신경이 쓰였던 그 얘기를 어느 날 저녁식사 때 아버지에게 꺼냈다.

"아버지, 고철상 그만 하면 안 돼요?"

" ? "

입으로 가져가던 막걸리 잔을 상에 내려놓으며 아버지가 힐끗 나를 쏘아보신다.

"와?"

"고철이 전차와 무기로 만들어져서 조선으로 실려 가는지도 모르잖아요."

"언놈이 그 따우 소릴 씨부리드나? 만드는 걸 본 사람이라도 있나?"

"꼭 누가 얘기해서가 아니라요."

"느그 학교에서는 그레 가르치드나?"

"그런 거 아니라니까요."

"문디이 자슥, 씰데없는 소리 집어치라."

툭 내뱉고 아버지는 더 이상 내 말을 들으려고 하지 않았다.

"그럼 아버지는 전차나 무기가 만들어져서 동포들이 죽어도 괜찮다는 거에요?"

"이놈의 자슥이."

고함소리와 함께 섬광처럼 아버지의 오른손이 내 머리에 날아들었다.

"기껏 공부시켜 놨더니 대가리만 커져가지고. 우리가 우쨰 밥을 묵고 사는데? 식구들 모두 이 일로 밥 묵고 사는 거 니는 모르나? 학교엘 안 보내 줬노, 밥을 안 멕여 줬노, 뭐가 불만이어서 애비 하는 일에 재수 없이 트집을 잡고 지랄이고? 그렇게 불만이면 니가 일해 봐라!"

또다시 아버지의 손이 날아든다.

"때리지 말고 말로 하셔도 되잖아요. 혹시 그런 게 아닌가 물어본 것뿐이에요."

나도 화가 나서 목소리가 거칠어졌다.

"그기 지금 말이라꼬 묻나?"

"니 고마 입 못 다무나!"

어머니가 사이에 끼어들어 나를 나무랐다.

화가 가라앉지 않는지 아버지는 씩씩거리며 자리를 차고 일어났다.

"내 이놈의 자슥을 그냥."

아버지가 나를 때리려고 빗자루를 찾기 시작했다.

"니, 밖으로 나가라."

어머니가 내 등을 힘껏 떠밀었다. 그렇지 않아도 벌써 도망칠 준비를 하고 있었다. 허둥지둥 맨발로 방에서 뛰쳐나갔다.

"다시는 집에 들어오지 마라!"

아버지의 성난 목소리가 현관까지 들렸다.

화가 나긴 했지만 의외로 마음이 차분해졌다. 이런 일은 밥 먹듯 일어나는 일이라 도망쳐야 할 때와 요령쯤은 이미 터득하고 있다.

내 얘기가 조금은 과장된 걸 나도 안다. 진짜로 고철이 무기가 되는 건 아닌지 걱정됐을 뿐 깊은 의미를 담아 얘기한 것도 아니다. 단지, 그럴지도 모른다, 그렇지 않을까 걱정이라는 말을 아버지 입으로 듣고 싶었을 뿐이다. 고철상을 접고 다른 일을 할 것도 아니고, 한참 호황인 이 일을 그만둔다는 것도 아까운 일이다. 전쟁특수로 온통 들 끓고 있는 지금, 어떤 일이 어떻게 전쟁에 관여되었는지 명확한 구분이 있는 것도 아니었다.

뭔가 석연치 않다는 생각을 하며 한참 후 살그머니 집으로 돌아가 운동화를 신고 밤거리 상점가를 어슬렁어슬렁 돌아다녔다. 시간이 지나면 아버지의 흥분도 가라앉을 것이고, 그러고 나면 아무 일도 없었던 것처럼 집에 들어가면 그만이다.

2

장마철에는 우비를 준비하는 게 당연하지만 맑은 날에도 우리는 장화를 신고 등교할 때가 있었다. 뭐라 표현하기 어려울 정도로 교정이 질커덕거리는 진흙탕이 되기 때문이다. 배수로를 만들고 높낮이 차가 생긴 교정을 정비하면 되는데, 학생들이 몇 번이나 요구하고 교장도 관계기관에 강하게 청원했지만, 예산 부족이라는 이유로 좀처럼 해결되지 않았다.

1학년 때는 질벅거리는 운동장이 재미있어서 일부러 진흙탕 놀이를 할 때도 있었지만, 중학교 3학년이 되니 어린애도 아니고 이젠 지겹기만 했다.

장화를 신고 전차를 타고 학교에 가도 나는 아무렇지도 않았지만, 깔끔한 차림의 여학생 중에는 교문 앞에서 운동화를 장화로 갈아 신는 학생도 있다. 신발장도 교실도 진흙 투성이었다. 장마철 청소당번이 가장 힘들다.

운동장에서는 아무것도 할 수 없었기 때문에 체육에 관계되는 특별활동은 모두 중지되었고, 수업이 끝나자마자 다들 집으로 돌아가고 학교에 남는 학생은 드물었다.

내가 속한 연극부는 오히려 이것이 잘된 일이었다. 비어있는 교실을 자유롭게 이용할 수 있었기 때문이다.

조선말에 남보다 갑절로 관심을 두기 시작한 나는 국어가 자신 있는 과목이 되었다. 낭독에도 주의를 기울였고, 작문도 문장을 음미한 다음에 정확하게 표현하려고 신경을 썼다. 낭독도 작문도 무언가를 표현하는 의미에서는 공통점이 있었다. 어느 정도 능숙해지자 가슴이 두근거릴 만큼 쾌감도 느꼈다.

연극부 가입은 정창식이 권유했다. 깔끔한 이미지의 창식이가 싫어서 그다지 가까워지려고 하지 않았지만, 한국에서 온 창식이가 하는 조선말에 남식이에게 그랬던 것처럼 호기심이 생겼다.

연극부는 2학년 때에 만들어졌다. 창식이가 연극부원이라는 것도 의외였지만, 거기에 영희가 있는 것을 알고 나는 곧바로 연극부에 들어갔다. 오히려 왜 좀 더 일찍 들어가지 않았는지 후회가 됐을 정도다.

극단연구생 선배가 일주일에 두 번 지도해 주러 왔다. 모스크바예술극단을 만든 콘스탄틴 스타니슬랍스키의 연극론과 연기론 등을 능숙하게 강의했다.

이 무렵 고교진학에 관한 얘기가 화제가 되기 시작했다. 눈에 띄는 건 고등학교에서는 외국어가 영어 이외에 러시아어, 중국어 등 세 개 반으로 나뉜다는 소문이다. 러시아어와 중국어 반이 만들어지는 것은 사회주의체제가 세계적으로 주목받고 있기 때문에 앞으로 꼭 필요한 언어가 될 것이기 때문이란다.

아무튼 중학교도 거의 끝나가 다들 조금씩은 자신의 장래를 생각하기 시작했다. 대부분 학급 전원이 그대로 고교에 진학하기 때문에 그리 심각하게 생각할 일도 아니지만, 지금까지와는 다른 새로운 자신을 고민해야만 했다.

채 선생님과 카지 선생님 두 분이 함께 여러 차례 가정방문을 했다. 학급회의에도 같이 들어오는 일이 잦아지고 고교진학에 대한 마음가짐에 대해 강조했다.

장마가 끝난 7월, 남식이가 일주일이나 학교에 나오지 않았다. 이삼 일 정도는 아무도 신경 쓰지 않았지만, 일주일이나 학교에 나오지 않자 여학생들이 걱정하기 시작했다. 평소 같으면 채 선생님이 결석한 학생에 대해 이런저런 정보를 얘기해 주셨다. 하지만 레코드 감상회 때도 남식이에 대해 아무런 얘기가 없었다.

열흘쯤 지난 학급회의 시간에 평소와 달리 채 선생님과 카지 선생님이 같이 들어왔다. 무거운 표정으로 채 선생님이 입을 열었다.

"외국인 등록증을 소지하지 않았다는 이유로 남식이가 열흘 전쯤 길거리에서 체포되었다. 다들 눈치 챘을지도 모르겠지만, 남식이는 5년 전에 한국에서 밀입국해 왔다. 애초에 외국인등록증 같은 건 갖고 있지 않았다…." 그 순간 교실에 긴장감이 흘렀다. '외국인등록증'이 없는 창식이와 영희의 얼굴이 창백해졌다.

밀입국자가 각지에서 빈번하게 적발되고 있음을 우리도 신문을 통해 알고 있었다. 학급 친구들 중에 결국 적발된 사람이 나오고야 말았다.

"남식이는 어떻게 되는 거예요?"

여학생들이 걱정스럽게 물었다.

"……."

채 선생님은 아무 대답도 하지 않았다. 카지 선생님은 고개를 돌리고 학생들의 시선을 피했다.

내가 중학교 2학년 때 일이다. 골목에서 도로로 막 나가려는 순간에 트럭과 가벼운 접촉사고가 난 적이 있다. 잘못은 트럭 쪽에 있고 운전사도 처음부터 그것을 인정했다. 사고 조사 때 경찰이 내게 성명을 물었다. 여러 가지 복잡해질 것을 생각했더라면 처음부터 일본이름을 댔으면 좋았을 텐데 무심코 본명인 '김석철'을 말하고 말았다. 아차 싶었을 때는 이미 늦었다. 예상대로 경찰은 '외국인등록증'을 보여 달라고 했다. 피해자인 내가 외국인등록증 불소지라는 이유로 그 자리에서 파출소로 연행되고 말았다. 조선인은 상시 외국인등록증을 소지해야만 한다. 연락을 받은 어머니가 허둥지둥 파출소까지 '외국인등록증'을 가지고 와 겨우 풀려났다.

"최근 열흘간 나와 카지 선생님이 매일같이 경찰과 경시청에 가서 선처를 베풀어 달라고 부탁도 하고 가족들과 변호사와 함께 남식이의 석방을 위해 대책을 세워왔다. 하지만 안타깝게도 아직까지 남식이는 석방되지 않았다. 경찰 구류가 20일이기 때문에 남은 열흘 동안에 해결되면 좋겠지만……."

"해결이 안 되면 어떻게 되는 거예요?"

"이대로 간다면 오무라大村 수용소에 수용된다."

"오무라 수용소라뇨? 거기가 어디예요?"

"나가사키의 오무라에 밀입국자들만 수용하는 시설이 있다."

'아버지'와 수일이, 태일이가 잇달아 질문했다. 오무라 수용소와 밀입국에 관한 얘기는 이전부터 학교에서 화젯거리였다. 하지만 남식이가 체포되고 나서야 우리가 구체적으로 외국인등록법에 대해 잘 몰랐다는 걸 깨달았다.

"얼마 동안 수용되는 거에요?"

효순이가 울먹이며 물었다.

"수용소에 수용된다는 것은 한국으로 강제송환 된다는 것이 전제되어 있다."

"예에? 강제송환요?"

여기저기에서 여학생들의 비명이 한꺼번에 터져 나온다. 그리고는 너도나도 선생님께 질문을 퍼부었다.

"송환되면 불법으로 출국했다는 이유로 남쪽 정부도 가만히 있지 않을 것이다. 북쪽을 지지하는 운동에 참가했던 사람은 감옥에 갇힌다는 소문도 있다."

"정말로 한국으로 송환되는 거에요?"

"그럼 이제 앞으로 남식이를 못 보는 거에요?"

"송환을 막을 수 있는 방법은 없나요?"

채 선생님은 모두의 질문에 대답하지 못하고 강제송환이 무엇인지 요약해 대답 대신 설명했다.

"강제송환이란 일본의 법률을 위반한 재일외국인을 국외로 추방하는 것이다. 이 제도의 법적근거는, 1947년에 시행된 '외국인등록령'과 1951년 '불법입국자 퇴거 강제수속령'에 근거해 출입국관리령으로 만들어졌다. 재일외국인 가운데 조선인이 90%를 차지하고 있기 때문에 이것은 재일조선인을 단속하기 위해 만들어진 법률이라고도 할 수 있다. 처벌과 강제퇴거 대상이 누가 되느냐면, 먼저 언제 어떠한 경우라도 외국인등록증을 휴대하지 않은 사람은 검거된다. 생활이 곤궁한 자, 일본정부에 반대하는 자 또는 그런 단체에 가입한 자, 정신장애인, 부랑자, 신체장애인 등은 재판 없이도 국외로 추방할 수 있다. 남식이는 외국인등록법 위반에 해당하는, 다시 말해 상시 휴대해야 할 등록증을 소지하지 않았다는 이유다."

이런 법률이 언뜻 보면 외국인을 규제하기 위해서는 당연한 것처럼 보인다. 그러나 잘 생각해보면 관광여행과 업무로 오는 외국인과 우리를 같은 법률로 규제하는 것은 억지다. 애초에 우리 부모들은 식민지라는 불행한 역사 때문에 일본에 건너올 수밖에 없었다. 많은 조선인이 일정한 직업을 갖지 못하고 '부랑자' 같은 생활을 했다. 일본 정부에 반대하는 사람 또는 그런 단체에 소속된 사람을 강제송환의 대상으로 한다는 건 정말 어처구니없는 얘기다. 식민시대 36년간은 말할 것도 없고, 해방 후 독립민족이 된 후에도 대부분의 조선인이 아무런 권리도 보장되지 않은 채 방치되어 온 것이 실상이다. 조선학교에 대한 처우 하나만 봐도 그걸 잘 알 수 있다.

남식이는 전라북도 남원에서 태어나 아홉 살 때까지 거기서 자랐고, 가족과 함께 1942년에 오사카로 건너왔다. 일본에서 두 동생도 태어났다. 1945년 오사카에서 해방을 맞고 1년 후인 1946년에 아버지만 일본에 남고 어머니와 동생들이 고향으로 돌아갔다. 귀국 붐이 있던 때라 남은 일을 정리하기 위해 아버지만 남고 귀국한 것이다. 하지만 남쪽은 정치적으로 매우 혼란한 상황이었고, 생활고에도 시달렸다. 남식이가 중학교 3학년이던 1949년에 다른 가족보다 먼저 일본에 있는 아버지를 의지해 다시 일본으로 밀항해 왔다. 해방 전부터 일본에 있었지만, 1947년 외국인등록령 시행 전후로 불행히도 남식이는 일본을 떠나 있던 것이다.

"선생님, 분명히 말씀해 주십시오. 남식이는 석방되는 겁니까? 안 되는 겁니까?"

'아버지'가 진지하게 선생님께 물었다.

"모두 잘 들어라. 말하기 괴로운 일이지만, 남식이는 석방되지 않는다. 남은 열흘을 기다리지 않고 모레 금요일 저녁 열차로 오무라 수용소로 연행될 것이다……."

그때서야 선생님은 말하고 싶었던 것을 겨우 다 말한 것 같았다.

너무 놀란 나머지 우리는 목소리조차 나오지 않았다.

"수용소에 간다고 해서 반드시 한국으로 송환된다고는 할 수 없다. 여러 차례 심사를 받은 뒤에 석방되는 예도 있다고 한다. 어쩌다 보니 등록법 시행 전후로 일본에 있지 않았을 뿐 재일조선인의 역사적 과정을 생각해도 남식이의 체포와 송환은 부당한 것이다. 조선인단체와 변호사와 상담해서 법률적으로는 문제가 있긴 하지만 인도적으로 처리할 수 있도록 요구하고 있다."

희망이 없는 건 아니었지만, 수용소에 보내지는 것은 이미 변할 수 없는 사실이었다. 조선인의 체취를 느끼게 해준 남식이가 우리 곁에서 사라지려 하고 있다. 이 또한 우리와 남식이의 저항하기 어려운 운명일까. 일본에서 태어나고 자란 우리가 남식이처럼 가혹한 운명을 지고 있다고는 생각하지 않으나, 오십보백보의 상황이나 다름없었다.

"선생님, 남식이와 한 번 더 만나고 이별하고 싶습니다. 배웅해 주고 싶어요."

영순이는 결국 울음을 터트리고 말았다.

"맞아요. 다 같이 배웅하기로 해요!"

태일이 말에 여기저기서 그렇게 하자는 의견이 쏟아졌다.

"알았다. 모레 저녁 5시에 도쿄역에서 하카타博多행 미즈호열차로 남식이가 호송되니까 다 같이 배웅해 주자. 기운을 북돋아 주기로 하자!"

채 선생님이 모두에게 호소하듯 힘주어 말했다. 역시나 호송되는 일시까지 결정되어 있던 것이다.

앞으로 반년만 있으면 우리들의 중학교 시대는 끝난다. 우리는 언젠가 이 시기를 떠올릴 때가 있을 것이다. 졸업을 눈앞에 두고 반 친구인 남식이를 우리한테서 빼앗아 간 가혹한 이 시대를.

남식이가 좋아한다고 했던 윤동주의 시를 떠올렸다. '별이 바람에 스치우는' 지금, 남식이는 자신에게 '주어진 길'을 어떻게 '걸어가려고' 하고 있을까. 그 길을 '죽는 날까지 하늘을 우러러 한 점 부끄럼 없이' 걸어갈 수 있을까.

그날, 우리는 예정된 시각보다 삼십 분 일찍 도쿄역 10번 홈에 모였다.

남식이와 같은 처지에 있는 창식이와 영희는 일부러 오지 못하게 하고 그 외 반 친구들 대부분이 모였다.

미즈호 열차는 이미 10번 홈에 정차해 있었다. 열차는 거의 만석이고 서 있는 승객도 있다. 남식이가 어느 칸에 타고 있는지 알 수 없었다. 몇 명씩 나누어서 열차 창밖에서 안을 들여다보며 남식이를 찾았다. 열차 앞쪽을 살펴 본 애들이 돌아왔다. 우리는 다시 열차 뒤쪽으로 향했다.

"남식아! 남식아!"

창 너머로 열차 안을 살피며 큰소리로 남식이 이름을 불렀다.

"얘들아! 여기 있다! 이쪽이야, 이쪽!"

맨 뒤 칸 쪽에서 승옥이가 외치는 소리가 들렸다. 사십 명 정도가 일제히 뒤쪽으로 달렸다.

마지막 열차 칸 맨 뒤쪽에 호송관이 앞자리와 옆자리에 앉아있고 남식이는 창가에 앉아있다. 남식이 아버지와 친척들 몇 명이 홈에 서서 창 너머로 남식이를 우두커니 바라보았다.

우리를 알아본 남식이가 두 명의 호송관에게 열심히 무언가를 말하기 시작했다. 몇 번씩이나 남식이는 호송관에게 머리를 숙이며 사정을 설명하는 것 같았다. 하지만 호송관은 고개를 좌우로 흔들 뿐이었다.

우리는 차창 너머로 남식이를 부르며 소리쳤다.

"남식아, 힘내!"

"몸조심해야 해!"

말할 수 없이 마음이 허전했다. 아무리 크게 소리를 질러도 창으로 가로막혀 제대로 남식이의 귀에 닿지 않는 것 같아 우리는 그저 목이 터져라 외칠 수밖에 없었다.

남식이가 호송관에게 부탁하는 것을 포기했는지 이번엔 양팔을 벌려 차창을 열려고 했다. 당황한 호송관이 남식이의 손을 뿌리쳤다. 우리는 화가 나서 다 같이 소리쳤다.

"창문을 열어라! 열게 해 줘라!"

차내에 있던 승객과 홈에서 배웅하던 사람들이 그저 환송객인줄 알았던 우리가 갑자기 살기등등해진 것을 보고 멀찍이 둘러싼 채 힐끗힐끗 쳐다보았다.

그때 우리는 최근 음악수업 때 배운 '강제송환 반대의 노래'와 '인민항쟁가'도 불렀다. 차내 승객들을 헤치고 들어가 채 선생님과 카지 선생님이 호송관과 무언가를 협상하고 있는 모습이 창 너머로 보였다. 호송관 한 명이 일어서서 고개를 크게 가로저었다. 카지 선생님이 강하게 항의하며 실랑이를 벌였다. 홈에서 부르는 노랫소리와 객실내 말다툼 때문에 승객들이 모두 일어섰다.

드디어 호송관 두 명이 채 선생님과 카지 선생님의 어깨에 손을 올리더니 수긍하는 것 같았다. 두 선생님 모두 자신의 손목시계를 보면서 잰걸음으로 홈으로 돌아왔다.

발차를 알리는 벨이 울리자 위험하니 하얀 선 밖으로 물러나라는 안내방송이 반복되었다. 갑자기 방송 볼륨이 커진 이유는 우리 때문일 것이다.

큰 소리로 노래 부르며 여학생들이 울기 시작했다.

객실에 있던 호송관들이 남식이 앞뒤로 에워싸고 승강구 발판으로 이동했다. 선생님들의 부탁으로 발차할 때에 남식이가 승강구 발판까지만 나오는 것이 허락된 것이다.

이동하는 남식이를 쫓아 우리도 승강구 발판 쪽을 향해 따라갔다. 남식이 발목이 가는 줄에 묶여 있는 것이 보였다.

잠시 멈추었던 발차 벨이 짧은 간격을 두고 요란하게 울렸다. '물러서' '뒤로 물러서라'며 역무원이 우리를 다그쳤다.

승강구 발판으로 나온 남식이가 갑자기 양손을 위로 치켜들고 외쳤다.

"선생님, 그리고 동무들아, 걱정하지 마. 나는 절대 죽지 않아. 다시 또 만나자. 그날까지, 그날까지 모두 잘 있어!"

"잘 가, 남식아!"

"남식아, 몸조심해!"

"안녕!"

우리도 다 같이 남식이를 부르며 소리쳤다.

앞쪽에 있던 여학생 중에 누군가가 고향의 봄을 부르기 시작했다. 소학교 때 배운 동요다. 남식이도 기분이 좋을 때 언제나 교실에서 콧노래로 부르곤 했다. 어느 사이엔가 모두 합창하고 있었다.

나의 살던 고향은 꽃피는 산골 복숭아 꽃 살구 꽃 아기 진달래
울긋불긋 꽃 대궐 차리인 동네 그 속에서 놀던 때가 그립습니다

그때서야 남식이는 쏟아지는 눈물을 양손으로 거칠게 훔쳤다.

노래를 부르며 나도 꽃 피는 조선의 '고향'에서 놀던 어린 시절이 있는 것처럼 느껴졌다.

덜커덩 열차 연결소리가 나더니 천천히 열차가 움직였다.

사십여 명의 학생들이 열차를 따라 홈을 걷기 시작했다.

이윽고 우리 걸음도 열차 속도에 따라 빨라졌다. 역무원이 날카롭게 고함을 지르며 우리를 제지하려 들었다.

나는 그만 앞사람 발을 밟고 넘어졌다. 황급히 일어나 선로를 보았을 땐 남식이를 태운 열차는 뒤쪽으로 뿜어 나오는 증기에 뒤덮여 아득하게 시야에서 사라져 갔다.

아버지의 여자

1

조방위(조국방위위원회) 가입을 권유받은 지 시일이 꽤 지났다.

후보에 오른 나를 누군가 어딘가에서 심사하고 있다. 도마 위에 놓인 생선처럼 심사하는 상대와 기준을 알 수도 없다. 합격하면 본인 서약 후 정치학습과 활동내용이 주어진다고 한다.

심사가 진행되는 동안 딱히 과제가 주어진 것도 아니다. 모든 것은 결과에 따라 태도를 정하면 된다. 조방위 얘기를 꺼낸 태일이도 잊고 있는 듯 별다른 말이 없었다. 내가 먼저 조바심 난 것처럼 자꾸 묻는 것도 이상했다.

나를 신뢰하고 동지로 생각해 권유한 것을 알면서도 엄청난 일에 관련되는지도 모른다는 긴장감 때문에 이상하리만치 엄숙한 기분이 들었다.

하지만 그것과 '조야와 슈라'를 읽어 보라며 태일이가 내 마음을 시험한 것은 별개 문제다. 어쩐지 자존심이 상하고 언짢았다. 누군가에게 속마음을 탐색당하는 일은 여태까지 한 번도 없었는데, 가장 친한 친구라 여겼던 태일이가 그랬다는 것이 모래를 씹은 것처럼 뒷맛이 개운치가 않았다.

태일이와는 소학교 때부터 사소한 것까지 모두 털어놓고 이야기했다. 태일이가 김말순을 마음에 품고 있음을 내게 고백했고, 나는 그 녀석의 비밀을 지켜줬다.

소풍 갈 때 함께 부정승차도 하고, 재미삼아 헌책방에서 책을 훔친 적도 있다. 우리 둘만의 비밀은 얼마든지 있었다. 비밀을 공유하며 우리는 신뢰로 단단해졌다. 비밀을 발설하지 않는 것이 남자의 의리라 여겼고, 또한 그것이 서로의 자존심을 자극해 일체감을 만들어 냈다. 태일이의 기쁨은 나의 그것이고, 그건 태일이도 마찬가지였다. 확인을 한 적은 한 번도 없지만, 우리는 언제나 같은 것을 생각하고 행동을 함께 하는 것에 기쁨을 느꼈다. 둘의 우정을 영원히 기억하기 위해 시내에 있는 사진관에서 기념사진까지 찍었다. 그런데 내가 모르는 사이 태일이는 조방위의 멤버가 되어 있었고 게다가 말순이도 가입했다는 것을 나에게 숨겼다. 비밀조직의 멤버인 것을 내게 밝히면 비밀의 의미도 없어지는 것일 테니 그건 이해한다. 하지만 내가 모르는 곳에서 태일이가 중대한 행동을 하고 있었다는 것이 아무리 생각해도 기분이 찜찜했다. 한마음이라고 생각했던 태일이에게 감쪽같이 따돌림 당한 것 같아 씁쓸했다. 그 후로 어색할 만큼 태일이와 서먹해졌다.

나는 태일이의 차고 넘치는 호기심과 독립심, 동아줄로도 묶어둘 수 없는 자유분방함에 끌렸다. 기성세대가 정한 것들을 별것 아니게 여기는 발칙한 태일이가 언제나 흥미로웠다.

유명한 정치가나 예술가를 대담하게 조롱하거나 버릇없이 선생님 흉내를 내는 것을 즐겨했고, 내가 깔깔대며 즐거워하면 태일이는 점점 더 도발적으로 과장해서 보여줬다. 독서광인 녀석은 국내외 유명소설은 닥치는 대로 읽었다. 얼마 전에는 레닌과 모택동의 논문까지 읽더니 나에게도 읽어 보라고 했다. 이따금 모순된 말과 행동을 했어도 종잡을 수 없는 태일이의 약동감이 나를 오싹오싹 설레게 했다.

태일이는 내가 어떤 결단을 내리기까지 수고롭게 하지 않았다. 그가 모든 걸 결정하고, 하루를 어떻게 보낼지, 지금 무엇을 읽어야 하는지, 게다가 인생을 어떻게 살아야 하는지 일일이 참견했다. 내게 '작가가 되어 보라'며 생각지도 못한 충고를 했고, 마치 자신의 일인 것처럼 진지했다. 내겐 뜬구름 잡는 것 같은 일도 무조건 하면 된다고 매우 쉽게 말했다.

나오는 대로 지껄이는 무책임한 말이나 일방적으로 승복하기 어려운 의견은 시실시실 웃어넘기면 그만이었다. 태일이의 의지에 반대하지 않는 한 우리의 우정은 충분히 유지되고 자극적인 여러 순간을 맛 볼 수 있었다.

태일이의 적극성에 일방적으로 휘둘리기는 했어도 경쟁심이 발동해 태일이가 읽지 않은 책을 골라 의식적으로 읽기도 했다.

인생, 청춘, 신, 사랑, 미래, 죽음, 조국, 민족, 투쟁.

우리 대화의 주제가 된 이런 말들이 혼돈스럽긴 했지만 엉뚱한 가능성을 주기도 해 늘 자극적이었다. 어느새 우리는 서로에게 자극을 주고받는 친구가 되어 있었다.

고교진학을 앞두고 주변을 둘러싼 테두리에서 탈피해 자의식과 자유로운 정신의 발로가 나에게도 싹트기 시작했다.

곤혹스런 일이 일어났다. 부모님의 불화다. 징후가 보이기 시작한 건 중학교 1학년 때부터다.

여태까지의 나였다면 곧바로 태일이에게 속내를 털어 놨을 것이다. 하지만 나는 망설였다.

어릴 때 아버지를 잃은 태일이에게 적절한 조언을 들을 수 없다고 멋대로 판단했다. 학교일과 조방위 일만 보더라도 이런 일은 너무 저차원의 문제 같아서 말하고 싶지 않았다.

부모님의 불화 때문에 그저 괴롭기만 한 나날이었다.

다툼의 원인을 도무지 알 수 없었다.

음식 솜씨를 아버지가 타박하면 어머니는 어머니대로 생활비와 애들 학비를 그날그날 내놓는 아버지의 인색함을 탓했다. 그 외에도 두 분이 부딪히는 일은 많았지만 내게는 딱히 이렇다 할 문제도 되지 못하는 사소한 것들뿐이었다.

뒤엉킨 실타래처럼 두 분은 툭하면 고함을 지르고 화를 내며 서로를 몰아붙이다 녹초가 되다시피 했다. 아버지가 잔소리를 반복하면 어머니는 그 몇 배나 되는 말대꾸를 하셨다.

어머니의 추궁에 항변이 궁해지면 아버지는 벌겋게 상기된 채 입을 굳게 닫았다가도 이어지는 말대꾸에 아버지의 화는 결국 비등점에 달하고 만다. 아버지가 부들부들 몸을 떨기 시작하면 불길한 예감에 동생들과 내가 몸을 피하는 것과 동시에 밥상이 요란하게 뒤집히고 말았고, 이내 어머니는 머리채를 움켜잡혔다. 아버지의 화가 머리끝까지 치밀었을 땐 아무도 말릴 수 없다. 아버지의 고함 소리와 이리저리 도망치는 어머니의 날카로운 비명소리에 우리들은 방 한구석에서 꼼짝 못하고 두려움에 온몸이 얼어붙기만 할 뿐이었다.

중학교 1학년 때부터 시작된 이런 소동이 3년이 지나 고1인 지금은 밥 먹듯 일어났다. 그리고 하룻밤만 지나면 아무 일 없던 것처럼 일상으로 돌아왔다. 아침 일찍 아버지는 작업장에 나가셨고, 어머니는 식사 준비로 분주했다. 어젯밤 소동의 흔적조차 남아있지 않았다.

부부싸움은 칼로 물 베기라고 억지로 나를 이해시키곤 했지만, 어느새 다툼이 일어나는 간격은 점점 짧아졌다. 이런 일이 반복되자 싸움의 원인이 내가 이해할 수 있는 범위를 넘어선 곳에 있다는 생각이 들었다. 아버지와 어머니 사이가 벌어진 원인은 무엇일까. 원인이 무엇이든 아버지의 일방적인 폭력은 용서하기 어려웠다. 그저 당하기만 하는 어머니가 측은하고 가여웠다.

어느 날 밤, 막 잠이 들 무렵 2층으로 올라 온 어머니가 나를 깨웠다.

"아부지가 여태 안 들어 왔다 아이가. 퍼뜩 찾으러 가자."

초췌한 모습의 어머니 말에 졸린 눈을 비비며 옷을 챙겨 입고 밖으로 나갔다.

집을 나설 때 벽시계가 정각 12시를 알렸다.

어머니와 나는 아무 말 없이 전찻길로 향했다. 미노와바시 정류장 근처에 작은 술집들이 있다. 그 가운데 어느 곳인지 어머니는 알고 있었다. 전찻길 반대쪽 교차로 모퉁이에 2층짜리 술집 앞에서 어머니가 걸음을 멈췄다.

야심한 밤인데도 아직 손님들이 있었고, 1층도 2층도 불이 밝혀져 있다. 나는 출입문 틈으로 1층을 들여다보았다.

카운터 안쪽으로 두 명의 작부와 손님들의 분위기는 무르익었고, 여자의 간드러지는 웃음이 밖에까지 들렸다. 오른편 안쪽에 계단이 있는 걸 보니 단골손님은 2층으로 올라가는 것 같았다.

아버지가 안 보인다고 하자 어머니가 2층을 올려다본다. 불이 켜져 있는 것만으로 안에 누가 있는지 알 수도 없는데, 어머니는 그곳에 아버지가 있다고 확신하는 것 같았다. 그렇다면 불러오겠다고 다시 발길을 돌리자 어머니는 강하게 나를 말렸다.

"어째서요?!"

어머니는 쓸쓸한 미소를 지을 뿐이었다.

안에 있을지도 모르는 아버지를 밖에서 원망스럽게 바라만 보는 어머니는 대체 무슨 생각을 한 것일까. 아버지와 어머니가 다툼의 원인에 대해 서로 대화를 나눈 기색은 없었다. 혹시 아버지에게 여자가? 설마!

어느 날 순남 누이에게 전화를 했다. 누이는 어머니한테 아버지 행동에 관한 자초지종을 들었는지 모든 것을 알고 있었다.

내가 학교에 있는 사이 시집간 누이가 집에 와 아버지와 얘기한 것 같았다. 누이가 다녀간 뒤 아버지는 한동안 잠잠해지셨지만, 며칠이 지나자 도로아미타불이 되었다. 그러자 누이는 매형과 기호 형까지 불러들였다.

아버지가 유일하게 큰소리치지 못하는 사람은 매형이다.

매형도 해방 전 일본으로 건너 온 1세대다. 제화, 도매상 등에서 수습점원으로 일을 배워 독립한 매형은 전후 물품이 턱없이 부족했던 시기에 하루가 다르게 쏟아지는 가죽신발 수요 덕분에 지금은 성공한 사업가였다.

매형은 소학교도 제대로 다니지 못하고 갖은 고생을 한 사람이다. 공부를 할 수 없었던 만큼 학문에 대한 동경심은 신앙에 가까웠다. 처남인 형을 거둬 대학에 보낸 것도 매형 나름의 꿈을 이루려한 것이다. 건장한 체구에 적잖은 달변까지 더해 성실함이 배어나는 매형은 무엇보다 신용을 중하게 여기는 자세가 장사에도 발휘되어 동포사회와 아버지의 신뢰는 절대적이었다.

8시 쯤 학교에서 돌아오자 입에 담기에도 민망한 부모님의 거친 싸움소리가 현관까지 들렸다. 간발의 차이로 날아드는 어머니의 비명소리에 나는 가방을 내던지고 방으로 뛰어들었다.

"니가 주 서방 불렀나? 와 불렀노!"

"당신이 여자를 싸고도니까 모두들 걱정하는 거 아닙니꺼!"

아버지가 거칠게 어머니의 머리채를 잡았다. 은혜를 입은 사위의 갑작스런 출현에 아버지는 제정신이 아니었다.

"그만 해요! 아버지, 그만 해요!"

누이가 아버지의 양 다리를 붙잡고 매달렸고, 기호 형은 아버지의 양팔을 몸으로 제지했다.

"아버지! 이제 그만 좀 하세요!" 나도 사이에 끼어 아버지를 말렸다. 눈물이 났다. 부모님의 다툼은 말리기 전부터 가슴이 짓눌리고 눈물부터 나왔다.

양쪽 팔다리가 붙들린 아버지는 겨우 진정됐다. 나와 형이 부모님 사이에 끼어 다 같이 둘러앉았다. 모두들 어깨를 들썩거리며 거칠게 숨을 몰아쉬었고 흥분이 가라앉기를 기다렸다.

갑자기 비통한 목소리로 어머니가 흐느껴 우시더니 이내 신세타령을 하기 시작했다.

"아이고, 귀신도 모르는 사이 이 사람 혼을 도둑맞았네. 이 사람만 믿고 열여덟, 열 다섯에 바다건너 일본까지 와 살았는데…."

나는 눈물을 글썽이며 어머니의 신세타령을 들었다. 아버지와 어머니가 일본에 건너온 것이 열여덟, 열다섯 때였다니.

"장모님, 진정하세요."

매형이 어머니의 어깨를 가만히 쓰다듬으며 말했다.

감정이 벅차오른 어머니가 양손으로 방바닥을 치며 신세타령을 이어갔다.

"아이고, 자식들 보기 부끄러워 어쩐다요… 내 팔자야 아무래도 상관없어… 식구들이 잘 살기만 하면… 아이고 아이고."

"고마 해라, 입 다물지 몬 하겠나!"

아버지가 소리쳤지만 거칠던 목소리가 조금은 누그러졌다.

"아버님."

매형이 비장한 표정으로 아버지를 불렀다.

"아버님에게는 자식이 다섯이고 손자도 둘이나 있습니다. 다른 사람이 알 수 없는 마음의 변화가 있었겠지요. 저도 사내라 그 정도는 짐작됩니다. 하지만 자식들 교육과 장래도 생각하셔야죠. 장모님과 자식들이 불쌍하지 않습니까? 그 여자와 헤어지세요. 그렇지 않으면… 제가 집사람과 갈라서겠습니다!"

"당신 무슨 소릴 하는 거예요? 그건 안 돼요. 난 싫어요!"

누이가 깜짝 놀라며 매형의 팔에 매달렸다.

사태가 엉뚱하게 전개되자 당황한 아버지가 매형을 힐끗 보았고, 어머니는 콩알총을 맞은 것처럼 눈을 껌벅였다.

"그 여자와 헤어지세요!"

매형은 한 번 더 단호하게 말했다. 그리고 누이에게 단언하듯 말했다.

"안 그러면 더는 당신과 같이 못 살아. 친정으로 돌아가."

"당신 왜 그래요. 아버지, 어떻게 좀 해 봐요!"

누이가 진짜로 울기 시작했다.

나도 깜짝 놀라 매형의 얼굴을 빤히 쳐다봤다.

매형의 눈빛은 화가 나있기는커녕 눈물이 글썽했다. 그것을 보고 나는 속으로 쾌재를 불렀다. 매형은 이런 일로 누이와 이혼도장을 찍을 만큼 단순한 사람이 아니다. 장인이 과오를 깨닫고 마음을 고쳐먹기를 간접적으로 요구한 것이다. 사위가 이렇게까지 나오는 이상 아버지도 심각하게 받아들일 수밖에 없을 것이다.

아버지 일을 태일이에게 모두 털어놓고 말았다.

"음… 남자의 바람기도 능력이라던데."

태일이는 주의 깊게 내 얘길 듣더니 다 알 것 같다는 표정을 지었다.

처음 듣는 말이었다. 정신이 번쩍 들었다.

비통해 하는 어머니만 생각하고 아버지의 입장은 한 번도 생각해보지 않았다. 잘잘못이야 어찌되었든 태일이 말에 조금은 아버지의 기분을 알 것도 같았다.

매형이 '저도 사내라 그 심정을 모르는 것은 아니다'고 했다. 안개 속에서 무언가 희미하게 보이는 것 같았다. 남자에겐 여자가 이해할 수 없는 무엇인가가 있나 보다.

하지만 곰곰이 생각해보면 이건 남자에게만 편한 논리다. 그런 논리가 허용된다면 여자는 어찌되는가.

"남존여비. 잘은 모르겠지만 이런 봉건적인 사고와 싸우지 않으면 안 돼."

너무도 간단하게 태일이는 결론을 내렸다.

"그건 그렇지만…."

3

답답하고 지루한 장마가 지나고 초여름에 들어섰다.

음울한 집안 사정과 달리 새잎을 틔우고 초록으로 옷을 갈아입는 초목처럼 나의 고교 생활은 순수한 기운으로 넘쳤다.

고등학교부터는 외국어 선택 기준으로 반편성이 되었다. 동급생 250명이 영어 두 학급, 러시아어와 중국어 한 학급씩, 여기에 일본 중학교에서 전학 온 학생이 많았기에 특별반까지 만들어져 모두 다섯 개 학급으로 편성되었다.

나는 러시아어 반에 들어갔다.

러시아어가 앞으로는 꼭 필요한 외국어가 될 것이라는 확신이 러시아어 반을 선택한 학생들의 생각이었다.

먼저 나서서 이런 말을 퍼뜨린 사람 중에 하나가 태일이다. 나도 태일이 생각에 동조했지만, 러시아어를 선택한 또 다른 이유는 중학교 때 접한 러시아 문학과 음악에 친근함을 느꼈기 때문이다. 우리 반에 조승옥과 이수일도 있었다. 그런데 놀랍게도 막상 수업이 시작되고 보니 나도 모르는 사이에 태일이가 영어 반으로 바꾼 게 아닌가. 고등학교도 같은 반에서 공부하자고 약속한 나와 승옥이는 태일이에게 허를 찔렸다. 몇 번이나 태일이에게 속내를 물으며 설득했지만 이미 생각을 굳힌 녀석은 영어야말로 세계 공통어라며 뻔뻔스럽기까지 했다.

태일이가 왜 그랬는지 도무지 이해가 되지 않았는데, 영어 반에 김말순이 있다는 것을 알고 나서 모든 것이 이해가 되었다. 웃음도 나고 어이없고 기가 막혔다. 변덕이 죽 끓듯 하는 녀석. 또 한 번 태일이는 내게 씁쓸함을 맛보게 했다.

녀석이 아무리 고매한 논리를 펼친다 해도 한 여학생의 존재 앞에서는 아무 쓸모없었다. 말순이의 강력한 흡인력에 하룻밤 사이 자신만 납득할 수 있는 새로운 논리를 만들었기 때문이다. 여자는 무서운 존재구나. 하지만 그 이상으로 한 소녀에 대한 태일이의 일편단심에 혀를 내두르며 감탄했다. 문제는 말순이가 태일이의 선택을 어떻게 생각하느냐는 거다.

주영순은 영어 반이고 박영희는 중국어 반이다.

반이 바뀌어 모두들 흩어지자 중학교 때 같은 반 친구들이 더할 나위 없이 소중했음에 갑자기 쓸쓸해졌다. 이미 얼굴을 아는 동급생들로 새로운 반이 만들어졌기에 특별히 위화감은 들지 않았다. 오히려 러시아어를 선택한 기쁨과 긍지로 모두의 표정은 밝기만 했다.

러시아어는 남시학 선생님이 가르쳤는데 우리 담임이다. 어찌된 일인지 고등학교부터는 일본인 담임이 없었다. 원래는 있는지 모르겠으나 실제로 조선인 교사가 모든 것을 맡았다.

남 선생님은 키가 크고 마른 체형에 얼굴도 길고 머리카락도 길었다. 늘 흘러내리는 머리칼을 오른손으로 쓸어올리며 말했다. 아쿠타가와 류노스케를 닮았다.

영어는 중학교 때 포기했다. 우리가 '조선고교식 조선말'을 쓰듯 히로타 선생님의 영어발음이 '일본어식 영어'였기 때문에 믿음이 가지 않았고 그 후론 시들해졌다. 하지만 남 선생님의 러시아어는 달랐다. 첫 시간에 푸시킨의 시를 낭독해 주셨는데, 낭랑한 낭독도 좋고, 미끄러지듯 유연한 발음도 좋아서 완전히 러시아어의 매력에 사로잡히고 말았다.

가슴이 콩닥콩닥 뛰는 일은 또 있다.

고등학교 국어교과서에 고대부터 현대까지 조선문학사와 대표적인 작품의 짧은 원문이 실린 것이다. 드디어 진짜 조선의 문학작품을 접하게 되자 나는 교과서를 애독서처럼 탐독했다. 게다가 국어도 가르치는 남시학 선생님이 유명한 재일조선인 서정 시인이란 걸 알고 뛸 듯이 기뻤다.

소학교 때 배운 '소나기'는 여름 소나기를 사랑스럽게 노래한 동요다. 나는 틀림없이 조선에서 오래전부터 전해온 동요라 생각했다. 우연한 기회에 해방직후 조련(재일조선인연맹)에서 발행된 남 선생님의 **조선동요집**을 읽다가 소나기를 비롯해 당시 즐겨 부른 동요 대부분이 실려 있어서 깜짝 놀랐다. 그때부터 남 선생님의 국어시간이 큰 즐거움이 되었다.

선생님의 수업은 지금까지 배웠던 방식과 많이 달랐다.

한글은 입술과 구강 내 혀의 움직임과 공기의 흐름을 정교하게 기호화한 문자이다. 일본어에 익숙해져 굳어버린 우리 혀는 아무리 연습해도 발음과 억양이 정확히 안 되는 것이 있었다. 게다가 조선말은 된소리, 파열음, 마찰음 등이 너무 많다. 일본어로는 까마귀가 '카아 카아' 울지만, 조선말은 '까악-까악' 된소리로 운다. 이 소리를 우리는 좀처럼 낼 수 없었다. 우리 발음을 '일본어식 조선말'이라고 한탄한 까닭이 여기 있다.

선생님은 입을 크게 벌리고 혀의 움직임을 보여주면서 꼼꼼히 가르쳐 주셨다.

"숨을 참고 목에서 한꺼번에 공기를 토해내는 거다. '깍깍깍'의 '까' 다! 그렇지, 까-악 까-악. 공기를 내뱉어, 토해 내. 한꺼번에 뱉어내야 돼!"

오십 마리의 까마귀 떼가 일제히 교실에서 까-악 까-악 울어댔다. 무리하게 목에 힘을 준 학생들 중에는 '까-악'이 아니라 '꺼-억' 하고 토악질 소리를 내는 녀석도 있다.

묵독이 아닌 소리 내어 읽도록 해 자연히 수업은 낭독이 많아졌다. 어휘의 이해도 중요하지만, 구수한 표현을 정확한 발음과 억양으로 읽어야 조선말의 뿌리에 가까워진다고 선생님은 강조했다. 이과 과목이 시원찮았던 나도 소리 내 책을 읽는 건 어렵지 않았다. 집에서는 큰소리로 낭독하고 어려운 발음은 혀가 제대로 움직일 때까지 끈질기게 연습했다.

"잘했다. 거의 조선인다워졌다."

선생님의 칭찬이 정말 기뻤다. 나도 모르는 사이에 국어에 자신을 가지게 되었다. 하나라도 잘하는 과목이 있다는 것은 여러모로 자신감을 갖게 했다.

나의 고교생활은 러시아어와 국어 덕분에 새로운 세계가 열린 것 같았다. 하지만 한편으론 완전히 고쳐지지 않는 아버지의 태도로 싸움이 끊이지 않는 부모님 때문에 또다시 음울한 수렁으로 빠져들었다.

4 매형의 설득이 있은 이후 아버지는 다소 행동을 조심하는 듯했다. 밤 외출을 그만두진 않았지만, 날이 밝은 후 집에 돌아오는 일은 없어졌다. 외출하지 않고 일찌감치 잠자리에 드는 때도 있었다.

아주 서서히 아버지의 귀가가 또다시 늦어지기 시작했고, 어머니의 한탄과 걱정은 도졌다.

한밤중 아버지를 찾아나서는 일을 나는 매정히 거절했다.

"두 분이 잘 얘기해서 해결하면 되잖아요."

"잘 얘기한다꼬 한들 내가 무신 말을 하겠노."

아버지의 불만은 의외로 사소한 것일지도 모른다. 어머니가 의식하지 못하는 사소한 태도나 언행이 조금씩 불만으로 남아 딱지처럼 굳어진 것이다. 상처도 얘기하지 못한 채 떨어져 나간 듯 보였던 딱지에 다시 새로운 딱지가 내려앉았다.

만성화된 상처를 치료할 처방도 대책도 없이 어느새 몸속 깊은 곳까지 균이 침식해 끝내 손을 쓸 수 없는 지경에 이른 것이다.

어머니의 수동적인 태도도 이해할 수 없었다.

불의와 폭력을 당해도 그저 아버지가 달라지기만 믿고 기다렸다. 다른 길을 생각할 수 없는 운명으로 감수했고, 그것이 여자의 삶이라 체념하고 어머니는 그저 참기만 했다. 그런 어머니를 잘 아는 아버지의 행동은 그래야 마땅하다는 생각이 전제된 것처럼 보였다.

되풀이되기만 하는 부모님과의 생각 차이에 나는 환멸이 느껴져 경멸했고, 무턱대고 화가 났다.

어느 날, 어머니가 뜻밖의 고백을 했다.

아버지의 여자가 몇 달 전 정류장 뒷골목에 작은 술집을 차렸다고 한다. 자금의 출처는 아버지고, 매일 그곳에 드나들며 여자에게 정신이 팔려있다고 했다.

어머니의 고백을 적당히 웃고넘겼다. 어머니도 자조하듯 말했지만 나는 마음이 편치 않았다. 때때로 판소리를 구성지게 부르던 멋진 아버지도 어쩔 수 없는 바람둥이였던 걸까?

매형이 아버지를 추궁했을 때 어머니가 '여자를 싸고도니 식구들이 걱정한다'며 아버지를 몰아세웠던 일이 떠올랐다. 홧김에 말이 헛나간 것이라 흘려들었는데, 어머니도 매형도 그때 이미 알고 있던 것이다.

어느 날 밤 나는 어머니에게 비밀로 한 채 그 술집을 찾아가보기로 했다. 왜 그런 생각이 들었는지는 잘 모르겠다.

술집 이름도 여자의 얼굴도 모른다. 아버지가 그곳에 안 계신다면 역시나 어머니의 망상이라고 웃어줄 작정이었다.

정류장 뒷골목에는 토끼장 같은 작은 술집들이 대여섯 개 늘어서 있었다. 어느 가게나 작부 한 둘에 손님 다섯 명쯤 들어가면 꽉 차는 비좁은 가게들이다.

좁은 뒷골목을 오가며 재빠르게 가게 안을 살펴보았다.

밤 9시가 다 된 시각, 손님이 없어 무료해진 작부가 하품을 하고 있거나 입구에선 안이 잘 보이지 않는 곳도 있었다.

한참동안 오가는 짓을 되풀이하고 있자니 갑자기 바보 같은 생각이 들어 마음을 다잡고 한 집 한 집 당당히 들어가 가게 안을 살펴보기로 했다.

'치요코'라는 간판이 걸린 가게로 들어갔다.

마흔 쯤 돼 보이는 작부와 손님 셋이 술을 마시고 있었는데, 왁자지껄 웃으며 일제히 시선이 쏠린 장지문 안쪽 다다미방에서 '어이구, 고맙네' 하는 소리와 함께 카운터 쪽으로 얼굴을 내민 아버지를 발견하고 나는 그 자리에 기둥처럼 굳어졌다.

아버지는 한 손을 방바닥을 짚고 앉아 다른 손으로 짧게 깎은 머리를 긁적이며 손님을 향해 넉살좋게 웃고 있었다. 거기 있는 아버지는 내가 알고 있던 언제나 벌레 씹은 표정의 아버지가 아니었다.

"빌어먹을!"

나는 입안에서 욕지거리를 해댔다.

인기척을 느낀 작부가 흘끗 이쪽을 쳐다보았다.

당황한 나는 몸을 휙 돌려 도망치듯 가게를 나와 내달렸다.

"젠장, 두고 보자!"

무작정 고함을 지르며 내달렸다. 누구에게 욕이 나오는 건지 알 수 없었다. 아버지이기도 하고, 작부이기도 하고, 어머니이기도 하고, 나 자신에게 화가 나기도 했다.

토요일 오후 일찍 집에 돌아온 나는 작업장에서 일하는 아버지를 흘끗 보고 망설임없이 여자의 가게로 향했다.

그 여자와 담판을 짓고 말겠어!

여자가 어떻게 나오느냐에 따라서 거칠게 굴어줄 작정이었다. 가게도 죄다 때려 부숴버리고 말테다. 분한 마음을 다 풀어버리겠어. 여자가 뻐딱하게 나오면 흠씬 두들겨 패주고 이러쿵저러쿵 지껄이면 죽여 버릴테다. 가만 두지 않겠어, 눈 하나 깜짝 할 줄 알아!

오후 4시.

여자가 가게 앞길에 물을 뿌리고 있었다.

전신주 뒤에 숨어 잠시 여자의 거동을 살폈다. 여자가 양동이를 들고 가게 안으로 들어가자 어젯밤에 미리 생각해둔 질문과 대답을 재빨리 입속에서 되새겨 보았다. 그리고는 설마 아버지가 이곳에 나타나지 않을까 주위를 둘러보았다.

용기를 내서 다가가 가게 미닫이문을 힘차게 열었다.

다다미방으로 올라서려던 유카타를 입은 여자가 고개만 돌려 나를 쳐다봤다. 나는 여자를 노려보았다.

"이봐, 당신 나랑 얘기 좀 해야겠어!"

한 번도 써본 적 없는 건방진 말투로 여자를 위협했다.

여자의 얼굴을 상상해 보지는 않았다. 아버지의 여자가 조금은 괜찮은 느낌이었으면 하는 생각은 했다. 눈매와 콧날이 밋밋하고, 이마에 희미하게 맺힌 땀방울과 헝클어진 머리칼에 낡고 구깃구깃한 유카타를 입고 있었다.

음울한 기분이 드는 여자다. 게다가 아버지와 비슷할 정도로 큰 키에 혐오감을 느꼈다. 다만 속이 비칠 듯 투명한 피부와 가지런한 잇속이 불쾌감을 조금 덜어줬다.

"그쪽은 누구…?"

갑자기 나타난 나에게 여자는 겁을 내고 있었다.

"가네야마라고 합니다."

그 순간 여자는 얼굴색이 변하더니 들릴 듯 말 듯 '앗' 하며 뒷걸음을 쳤다. 그리고 잠시 뭔가 생각하는 표정이었으나 이내 내 시선을 피하며 '들어와요' 라고 말했다. 미닫이문을 닫고 가게 안으로 들어가 좁은 다다미방으로 성큼성큼 거침없이 올라갔다. 선 채로 재빨리 방안을 훑어봤다. 작은 옷장과 찬장, 화장대, 작고 둥근 밥상, 벽에 걸린 여자의 옷들뿐 아버지의 흔적 같은 건 아무것도 없었다. 최근에 읽은 모리 오가이의 '기러기' 가 떠올랐다. 노름꾼 사내도 이런 방에서 여자와 사랑을 나누었을까.

"앉아요. 그쪽은 혹시 마사오?"

여자가 내 이름을 말하자 나도 모르게 "네"하고 순진하게 대답한 것을 곧바로 후회했다. 불안한 마음을 들킬까 봐 일부러 거친 소리를 내며 바닥에 책상다리를 하고 앉았다.

"올해 고등학교에 들어갔다는 마사오구나?"

입을 꾹 다문 채 대답하지 않았다. 어차피 아버지에게 내 얘길 들었겠지. 여자의 리듬에 휘말리지 않기 위해 정신을 바짝 차렸다. 이런 대화는 내 예상문답에는 들어있지 않았다.

"콜라 마실래?"

카운터 냉장고를 열며 여자가 물었다.

"안 마십니다, 그런 거. 됐으니까 이쪽에 앉으시죠!"

싫다는데도 여자는 콜라를 잔에 따라 방으로 들어오며 말을 이었다.

"아버지가 늘 둘째아들 자랑을 하셨어. 제일 맘에 드는 효자라고."

"듣기 싫거든, 난 그런 얘기 하러 온 게 아냐!"

거칠게 쏘아붙였다.

여자가 작은 상을 펴 콜라를 내 앞에 올려놓고 다소곳이 마주앉았다.

틈을 두지 않고 여자를 노려보면서 따지듯 물었다.

"이봐요, 도대체 어쩔 생각이죠? 당신 때문에 어머니와 우리 가족 모두 힘든 걸 알기나 합니까?"

"……"

바닥만 쳐다볼 뿐 여자는 말이 없었다.

"뭐라고 대답 좀 해봐요! 어떻게 할 생각입니까? 말해 봐요!"

"어머니가 나한테 물어보고 오라고 하시던?"

"어머니는 아무 말씀도 하지 않았습니다. 자식인 내가 직접 물어보러 온 겁니다."

"……"

"이봐요, 우리 아버지를 사랑합니까?"

여자가 대답을 하지 않기에 나는 쓸데없는 것을 묻고 말았다. 원래는 아버지를 홀리는 것 아니냐고 다그칠 생각이었는데, 이런 질문을 한 건 얼마 전까지 연애소설을 너무 많이 읽은 탓이다. 그렇게 말하는 것이 어른스럽다고 생각했는데 정작 말을 꺼낸 내 얼굴이 빨개졌다.

시선을 바닥에 고정한 채 여자가 코를 훌쩍이며 가느다란 소리로 대답했다.

"사랑해. 그러면 안 되는 걸 알지만… 사랑한다."

조용하고 몹시도 차분한 목소리다.

역시 그 질문을 하는 게 아니었다.

나는 뒤를 이을 말을 찾지 못했다. 여자의 눈물과 능숙한 말솜씨에 넘어가지 않겠다는 경계심이 한층 더해졌다. 하지만 사랑한다는 대답에 그 다음엔 어떻게 해야 좋을지 예상문답 따위 더 이상 소용없었다. 우리 집의 불편한 상황을 솔직하게 말하는 수밖에 없었다. 여자가 그것을 이해해준다면 그걸로 족했다.

그런데 또 다시 쓸데없는 말이 튀어나오고 말았다.

"그쪽도 결혼했을 거 아닙니까? 자식이 있지 않나요?"

여자가 미간을 찌푸렸다.

"남편은 전쟁 때문에 죽었어."

"…"

"자식은 없고."

"…"

분위기가 침울하게 가라앉았다. 나는 초조했다.

"그렇다고 남의 남편을 뺏어 가정을 엉망으로 만들면 안 되는 거 아닙니까!"

"…"

"부탁합니다. 우리 아버지와 더 이상 만나지 마세요!"

나는 애원하듯 말했다.

"나도 몇 번이나 그런 생각을 했는지 몰라. 더 이상 아버지가 나를 찾아오지 못하게 해줄래?"

"아버지가 여기 오는 게 우리 탓이란 말입니까? 그쪽이 아버지를 이곳에 들이지 않으면 되잖습니까!"

"…"

나는 상에서 물러나 무릎을 꿇고 머리를 숙였다.

"부탁입니다. 아무 말 말고 아버지와 만나지 마세요!"

여자가 또다시 훌쩍였지만 헤어지겠다는 대답은 하지 않았다. 어쩐지 여자가 가여운 생각이 들었다.

전쟁으로 남편을 잃었으니 나름의 사정이 있을지도 모른다. 궁핍한 환경과 외로움 때문에 아버지와 만났을 것이다. 사람마다 삶의 과정에는 혼자서 어찌할 수 없는 숙명 같은 것이 있을지 모른다는 생각이 들었다. 어른들의 남녀문제는 역시 내 손이 닿을 수 없는 곳에 있는 것 같았다. 그래도 나는 집요하게 헤어져달라고 간곡히 부탁했다.

"알았다. 노력해 볼게. 내가 상상했던 아들이 맞구나. 아버지가 정말 부럽다….”

가지런한 잇속을 보이며 여자가 미소 지었다. 그 바람에 나도 살짝 웃었다. 노력하겠다니 그걸로 됐다. 나는 진심으로 여자의 말을 믿고 싶었다. 상황이 이렇게 된 데에는 아버지도 여자도 어쩔 수 없는 사정이 있을 것이다. 여자의 진심을 믿어보기로 했다. 여자의 가게에서 나온 후 무언가 큰일을 해낸 것 같은 만족감에 마음이 차분해졌다. 그때서야 비로소 불상사가 일어나지 않았던 걸 오히려 여자에게 감사하고 싶은 기분이었다.

여자가 내게 한 약속이 결과적으로는 어머니의 상처를 달래고 아버지도 여자도 새로운 삶을 여는 계기가 되길 바랐다.

내가 쐐기를 박은 셈이다. 부모님의 실랑이가 또 생겨도 어디까지나 문제를 해결하기 위한 진통일 것이고, 그 효과는 서서히 나타날 것이다. 소원을 비는 심정으로 나는 그렇게 믿고 싶었다.

책방과 상점가를 무작정 어슬렁댔고, 영화관 선전 사진을 보며 시간을 보내다 아버지가 나가고 안 계실 때를 계산해 집으로 갔다.

서둘러 저녁을 먹은 뒤 방에서 꼼짝 않고 교과서와 소설책을 이리저리 뒤적였다.

도무지 마음이 진정되지 않았다.

어차피 아버지는 밤늦게 들어오겠지만, 내가 가게로 찾아왔었단 얘길 여자가 아버지에게 했을까? 어떻게 얘기했을까? 그 얘기를 듣고 아버지는 어떤 행동을 하실까?

부모나 어른 앞에서 버릇없는 행동을 하는 것을 아버지는 극도로 싫어한다. 여자가 여기저기 나서는 것도 금기사항이다. 아버지세대에선 당연한 일이었다.

내가 터무니없는 일을 저지른 것은 아닐까?

여자의 가게로 찾아간 것이 아버지에게 반항한 것일까. 헤어져달라고 여자에게 부탁한 일이 아버지를 무시한 건방지고 주제넘은 행동일까. 평소 아버지의 성품을 생각하면 아무래도 돌이킬 수 없는 잘못을 저지른 것 같아 나는 갑자기 위가 쓰리고 아파왔다.

어머니에게 사실대로 말할까?

사실대로 말한다고 이제와 어쩌겠나. 괜히 걱정을 끼치기만 할 뿐이었다. 에라, 모르겠다. 어차피 언젠가는 누군가 나서 나처럼 행동할 수밖에 없던 일이다. 내가 좀 지나쳤다 해도 아버지의 행동은 역시나 용서하기 어려웠다.

아래층에서 우당탕 거칠게 문을 여는 소리가 들렸다.

"마사오! 마사오! 이노무 자슥, 어데 있노!"

아버지의 고함소리가 들려왔다.

나도 모르게 벽시계를 보니 시계바늘이 막 9시를 가리켰다. 아버지의 귀가시간이 너무 빠르다. 결국 나와 아버지의 피할 수 없는 순간이 왔음에 각오를 다졌다.

"와 그러는교? 무신 일잉교?"

어머니의 불안한 목소리는 눈 깜짝할 사이에 비명소리로 바뀌었다. 아버지가 또 난폭해지기 시작한 것이다.

"아버지 때리지 마세요—"

동생들의 공포에 질린 목소리가 들렸다.

가슴이 찢어질 것 같았다. 나는 피가 거꾸로 치솟아 얼굴이 시뻘겋게 상기된 채 쿵쾅쿵쾅 계단을 내려갔다. 앞뒤를 생각할 이성 같은 건 이젠 없었다. 더 이상 도망치지 않을 거야. 당당하게 아버지와 대결하고 말테다!

계단을 내려가자 아버지는 뗄감으로 쓰는 막대기를 들고 맹렬한 기세로 내게 달려들었다. 기습공격이었다. 어머니와 동생들이 아버지의 팔다리를 잡고 매달렸다.

"때리지 마세요—"

아버지는 말리는 동생들을 걷어차고, 내 어깨를 있는 힘껏 막대기로 내리쳤다.

"이놈의 자슥, 니 그 여자한테 가서 머라꼬 씨부렸노?"

이를 악문 채 아버지가 휘두르는 막대기를 그대로 맞았다.

"헤어지라고 했습니다. 뭐가 잘못 됐습니까!"

아버지를 쏘아보며 나는 고함을 질렀다.

도망치기는커녕 뜻밖의 저항에 아버지는 당황했고, 내 말대꾸는 아버지의 화에 기름을 부은 꼴이 되었다.

그때서야 아버지가 화가 난 이유를 알아 챈 어머니는 안색이 변하셨다.

"석철아, 무신 짓이고! 잘못했다꼬 해라, 아부지한테 퍼뜩 잘못했다꼬 빌어라!"

"어째서 내가 잘못했다고 해야 돼요? 어머니도 그렇게 당하지만 마세요. 잘못한 건 아버지잖아요!"

"버르장머리 없이 어데서 부모한테 대드노! 가게까지 찾아가 헤어지라 했따꼬? 밥을 안 멕여줬노 핵교엘 안 보내줬노, 뭣이 불만이다꼬 애비 애미 일에 꼬박꼬박 나서서 참견이가!"

"아버지가 어떻게 해도 알아듣지 못한다면 말참견이든 뭐든 다 할 겁니다!"

"이놈의 자슥, 니 언제부터 부모가 우습게 뵈기 시작했노!"

아버지의 화는 극도에 달해 있었다.

"석철아, 고만하지 몬하겠나, 퍼뜩 피해라 고마!"

"오빠, 빨리 도망 가―"

"싫어, 이젠 더 이상 피하지 않을 거야!"

말이 끝나기가 무섭게 나는 아버지에게 달려들어 아버지 손에서 막대기를 낚아챘다. 욕을 퍼붓는 아버지 앞에서 나는 한 발짝도 물러서지 않았다. 때릴만한 것을 아버지가 찾으면 곧바로 빼앗아 내던져 버렸고, 주먹으로 얼굴을 맞은 뒤엔 있는 힘껏 아버지를 밀쳐버렸다.

유리창이 깨지며 아버지가 벽에 부딪힌 뒤 바닥에 나동그라졌다. 온몸의 힘을 모아 나는 완강히 저항했다. 아버지의 폭력에 사정을 봐주지 않고 있는 힘껏 대항했다.

"나가라 이놈의 자슥! 니 같은 불효막심한 놈은 더 필요 엄따, 당장 나가지 몬하겠나!"

어깨를 심하게 들썩이고 숨을 몰아쉬며 아버지는 있는 대로 고함을 질렀다. 그리고도 분이 풀리지 않는 듯 눈에 들어오는 것을 닥치는 대로 벽에 집어 던졌다.

"좋아요, 나가면 되잖아요! 이런 집구석에 더 이상 있으라고 붙잡아도 나갈 테니까!"

나는 2층으로 뛰어 올라갔다. 큰소리는 쳤지만 어찌해야 좋을지 몰랐다. 중학교 1학년 유자와 소학교 1학년 히로시가 2층으로 쫓아 올라왔다.

"오빠, 나가지 마. 오빠가 참아."

둘이 동시에 울음을 터뜨렸다.

갑자기 눈물이 나 손바닥으로 아무렇게나 눈물을 훔쳤다.

"나도 알아."

걱정하지 말라고 달래고 싶었지만 속마음과는 달리 걸려있던 셔츠를 낚아채 걸치고 아래층으로 내려갔다.

아버지는 이미 나가고 없었다. 아들에게 생각지도 못한 일을 당하자 분에 못 이겨 밖으로 나가신 걸까. 흥분해 뒤죽박죽으로 채운 셔츠 단추를 고쳐 끼우며 나도 밖으로 나가려고 하자 어머니가 힘껏 붙잡았다.

"어데 갈라꼬?"

"집 나갈 거야!"

"무신 소릴 하는 기고, 이놈의 자슥이."

어머니가 가까스로 내 팔을 붙잡고 나를 진정시키려고 했지만 있는 힘껏 어머니 손을 뿌리쳤다.

"이런 집구석에 더는 못 있겠어!"

"석철아, 엄마가 잘못했다. 니한테 씰데없는 얘길 한 에미가 잘못했다."

어머니가 우셨다. 나도 울고 싶은 심정이었다. 그래도 어머니 앞에서는 눈물을 보이지 않으려고 꾹 참았다.

내가 결심을 굽히지 않을 것을 아셨는지 어머니가 갑자기 벽장을 열어 이불 사이로 손을 집어넣고 무언가를 찾았다. 끄집어 낸 작은 봉투에서 오백 엔짜리 지폐를 꺼내 눈앞에 내밀었다.

"이거 갖고 가라. 속 풀리게 어데든 갔다 온나. 풀리면 바로 집으로 와야 된데이, 알 긋나."

어머니가 내 뒷주머니에 지폐를 무작위로 쑤셔 넣었을 땐 왈칵 눈물이 쏟아졌다. 흐르는 눈물을 닦지도 않고 운동화를 신은 다음 힘껏 문을 닫고 집을 나왔다.

"이상한 짓 하믄 안 된데이. 전화 꼭 해라, 알았제!"

"오빠, 가지 마—"

등 뒤에서 어머니와 동생들의 목소리가 들렸다.

철교에서 뛰어내리다

1

몇 시간 전까지만 해도 이런 결과를 예상하지 못했다.

이 시간에 딱히 갈 만한 곳도 없었다.

지나는 사람들이 많지 않은 길을 골라 걸었다.

눈물이 멈추지 않았고, 화가 나고 흥분이 가라앉지 않아 가슴이 두방망이질 쳤다.

도덴都電 거리로 나갔다. 길거리에 잠시 우두커니 서서 노면전차를 몇 대나 지나 보냈다. 목욕탕에서 집으로 돌아가는 가족과 귀갓길을 서두르는 샐러리맨이 혼자서 중얼중얼 욕을 하고 서있는 나를 의아하게 쳐다보며 지나쳐 갔다.

다시 걸었다. 발길가는 대로 무작정 걸었다.

파친코 파라다이스의 반짝이는 네온이 눈앞에 보였다.

태일이가 영어 반에 들어간 후 나와는 약간 소원해졌다. 이런 때 태일이 말고는 찾아갈 만한 친구가 가까이에 없었다.

가게 뒤쪽 입구로 돌아가면 2층으로 통하는 태일이네 가족 전용 계단이 나온다.

계단 아래에서 인터폰을 눌렀다.

잠시 후 2층에서 얼굴을 내민 것은 태일이의 형수님이었다.

"어머, 석철 군. 무슨 일이야, 이렇게 늦은 시각에…. 마침 태일 도련님 친구들이 가려던 참이니까 잠깐 기다려요."

태일이 친구들? 누구지?

지금은 태일이 말고는 아무도 만나고 싶지 않았다.

삼십 대에 막 접어든 태일이의 형님은 무척 상냥했다. 언제 봐도 생글생글 웃으며 어김없이 밥은 먹었느냐고 물었다. 대답을 머뭇거리면 곧바로 식사 준비를 했다. 우리 집과 비슷한 반찬인데도 형수님이 만들어 준 식사가 몇 배나 맛있었다. 시어머니도 잘 모시고 어린애 둘을 키우면서도 시동생 친구인 우리를 친동생처럼 대했다.

우르르 발소리와 함께 여럿이 한꺼번에 2층에서 내려왔다.

뜻밖의 얼굴들이라 놀랐다.

처음에 내려온 것은 김말순이다. 나를 보더니 '어머' 하고 어색하게 놀랐지만, 곧바로 '안녕' 하며 웃었다. 그 뒤로 박영희가 보였다. 나는 순간 당황했다. 이수일, 조승옥이 '어~이' 하고 나타났고, 그 뒤로 낯익은 동급생 다섯이 줄지어 내려왔다.

각기 반도 다르고 사는 곳도 다른 애들이다. 태일이와 그다지 대면할 일 없는 녀석들이 대부분이다. 전부 가방을 들고 있는 걸 보니 하굣길에 이곳에 들렀나 보다.

"어휴, 너무 늦었네."

그 길로 쓰루미鶴見에 있는 집으로 간다며 수일이가 내 어깨를 툭 치더니 가 버렸다.

"안녕."

말순이도 영희도 무뚝뚝한 인사말로 서둘러 나를 피하는 것 같았다.

나는 이 모임이 무엇인지 알아차렸다.

"무슨 모임이야?"

승옥이만 남았을 때 시치미를 떼고 물어볼 수밖에 없었다.

"공부 서클이야."

태일이가 천연덕스러운 표정으로 등 뒤에서 대답했다. 승옥이도 옆에서 의미심장하게 히죽 웃는다. 나도 따라 웃긴 했지만 왠지 모를 외로움이 밀려왔다.

수일이도 그렇고 말순이와 다른 애들까지도 너무 무뚝뚝했다. 승옥이까지도 내게 비밀이 있었다니. 내가 모르는 사이에 혼자 따돌려진 것 같았다. 부모님의 불화처럼 차원이 낮은 고민을 하는 나 같은 건 아무도 상대해주지 않는 것 같았다.

"웬일이냐, 이렇게 늦은 시간에."

태일이가 조심스럽게 내 표정을 살폈다.

"아무것도 아냐, 나, 갈게."

"싱거운 자식."

"왜 그래? 석철아."

승옥이가 어깨를 끌어안으며 내 표정을 살폈다.

"나 말야, 나….."

뒷말이 목에 걸려 나오지 않았다.

"방으로 들어가자."

뭔가 눈치 챈 듯 태일이가 말했다.

"싫어!"

밝은 곳에서 태일이 형수님에게 얼굴을 보이고 싶지 않았다.

"그럼 이 근처를 좀 걷자."

이번에는 승옥이가 말했다.

"가방은 어떡할래? 우리 집에 두고 갈까?"

대답도 하기 전에 태일이가 승옥이 가방을 낚아채 2층으로 올라갔다.

셋이서 도덴都電 거리로 향했다.

시내 상점들은 대부분 문이 닫혀있었다. 10시가 지났을 거다. 가게 문이 열려있는 곳
은 음식점 아니면 술집정도였다.

나를 가운데로 나란히 센쥬오오하시千住大橋 쪽으로 걷기 시작했다.

"석철아, 이제 괜찮지? 무슨 일인지 얘기해 봐."

태일이가 답답했는지 내게 물었다.

"집 나왔다."

"뭐? 니가?"

태일이가 뜻밖이라는 표정을 짓더니 소리 내어 웃었다.

"왜 나왔는데?"

승옥이가 내 얼굴을 똑바로 보며 태일이 엉덩이를 오른손으로 쿡 찌른다.

"아버지랑 한바탕 싸웠어."

"아아, 그랬구나. 전에 나한테 얘기한 그 일 때문에? 그 얘기라면 집으로 들어가서
천천히 얘기하자."

"니네 집에서는 싫어!"

"그럼 어디로 갈 건데. 이렇게 걸어봐야 다리만 아프지."

"걷기 싫으면 돌아가. 같이 안 가도 좋으니까. 승옥이 너도 싫으면 안 가도 돼!"

발끈해진 나는 소리를 질렀다. 둘은 놀랐는지 입을 다물었다.

"좋아, 걷자. 기타센쥬北千住 아라카와荒川 강까지 걷자. 오늘밤은 다 같이 우리 집에
서 자는 거다. 괜찮지 태일아? 내일은 일요일이니까 아라카와강에서 망둥이 낚시라

도 하고 놀자."

승옥이가 일방적으로 결정했다.

"응 좋아. 석철이도 오랜만이니까 다 같이 꼭 껴안고 잘까?"

셋이서 함께 웃었다.

중학교 때 우리 셋은 자주 아라카와강에서 망둥이 낚시를 하거나 헤엄을 치고 놀았다. 승옥이 집에서 가까운 센쥬신바시千住新橋 부근 아라카와강은 자주 놀러가서 익숙한 곳이다. 놀다 지쳐 승옥이 방에서 낮잠을 자려고 했던 적이 있다. '코딱지만한 방이라 안 된다'며 승옥이는 우리가 가는 것을 꺼렸다. 그렇게 좁은 방이니 오늘밤은 진짜로 껴안고 자야 될지도 모른다.

케이세이선京成線 센쥬오오하시역千住大橋駅을 지나자 마침내 상점 불빛도 보이지 않았다. 도덴 거리를 따라 나있는 보도를 가로등이 쓸쓸하게 비추었다. 내일은 일요일인데다 더워서 잠을 이루지 못한 사람들이 시원한 밤바람을 쐬러 나와 있었다.

벌써 세 번째 전차가 지나갔다.

"저게 막차겠지."

전차를 곁눈질 하며 태일이가 중얼거렸다.

수백 미터 앞에 센쥬신바시千住新橋가 보였다.

양쪽 강기슭의 폭이 4백여 미터나 되는 이곳은 풀이 많은 곳이어서 낮에는 동네야구를 하는 사람들이 많았다. 강 주변에 잡초가 무성하고, 폭이 50미터나 되는 풍부한 수량의 아라카와강이 흐른다.

둑 위를 천천히 걸어갔다. 달빛이 밝았다.

멀리 정면으로는 죠반센常磐線 철교가 보이고, 왼쪽으로 아야세綾瀬 거리의 등불이 희미하게 보였다. 강 쪽에서 불어오는 부드러운 바람이 강기슭에 자라난 초목들의 싱그러운 향기를 둑 위까지 실어와 기분 좋았다.

우리는 철교를 향해 계속 걸었다.

태일이와 승옥이가 큰소리로 노래를 부르기 시작했다. 조선과 일본의 동요, 유행가 등을 생각나는 대로 불렀다. 둑 아래 민가에서는 개들이 잇달아 짖는 소리가 들려왔다. 우리 셋은 철교 가까운 둑에 드러누웠다. 기분 좋은 피로가 몰려왔고, 밤하늘을 쳐다보며 한참동안 아무 말도 하지 않았다.

무수히 많은 별들은 빨려들 듯 깊고 고요했다.

나는 한숨을 내쉬며 아버지와의 일을 요약해 이야기했다.

"저 우주에서 지구를 보면 인간은 보잘 것 없는 생물이야. 그런 인간이 전쟁도 하고, 싸움도 하고, 울고, 아우성치기도 하지…."

태일이가 침착하게 말했다.

"그렇게 인류는 몇 만 년을 살아왔어. 그래도 인간의 본질은 하나도 변하지 않았지."

그 말에 동의하듯 승옥이도 담담하게 말했다.

"석철아, 니 얘길 듣고 곰곰이 생각해 봤는데, 호랑이를 잡으려면 호랑이굴에 들어가야 된다더니, 아버지에게 불만을 쏟아낸 너의 용기에 감탄했다. 일단 칭찬해 주지. 하지만 무모했다는 생각도 들어. 그 여자 가게에 무작정 쳐들어갔으니 아버지 자존심이 상처받지 않았을까? 유교사상에 굳어진 세대라 자신의 얼굴에 먹칠을 당했다 생각하셨을테니 화가 나실 수밖에."

"나도 한 마디 해도 될까?"

태일이가 나를 쳐다보며 조심스레 말했다.

"응, 해 봐."

"니가 걱정하는 건 잘 알겠는데, 근본적으로 아버지와 어머니 사이의 문제잖아? 거기에 니가 주제넘은 참견을 하는 것도 이상한 거 아니냐?"

"내가 쓸데없는 짓을 했다는 말야? 아버지의 폭력을 그냥 눈감고 있어야 된다는 거야?"

나는 화가 치밀어 벌떡 일어나 앉았다.

"그건 아니야, 단지 봉건적인 어른들은 상대하기 까다롭다는 얘기지. 낡은 생각을 고치려면 시간과 공이 많이 든다는 뜻이야. 자연스럽게 되어야지, 너무 호기를 부리다가는 될 일도 안 된다. 비슷한 이야기를 자주 들었지만, 난 아버지가 안 계시니까. 나도 아버지랑 실컷 싸워봤음 좋겠다."

변명이라도 하듯 태일이가 말을 흐렸지만 듣고 보니 맞는 말이다. 둘에게는 아버지가 안 계시니 누구보다 더 냉정하게 생각할 수도 있을 것이다. 그렇다고 아버지의 자존심 때문에 남자가 어떤 말과 행동을 해도 일체 비난받지 않아도 된다는 말은 절대 인정할 수 없었다.

"바늘 가는데 실도 따라 가는 거야. 부창부수라고 하지. 조선의 경우 일방적으로 여자의 인내만 요구됐어. 역사 선생님이 조선여성에게는 세 가지 고통스러운 길이 있다고 하셨잖아. 태어나서는 부모를 따르고, 시집가서는 남편을 따르고, 늙어서는 자식을 따른다. 이거 진짜야. 여자의 의지나 개성은 인정되지 않고, 그저 남자의 뜻대로 살 수 밖에 없어. 남자들만 계속 뻐기고 사는 거지."

승옥이가 말을 잘한다 싶었다.

"좋아하는 사람은 곰보자국도 보조개로 보인다잖아, 다들 자기가 좋아하는 상대를 최고로 여기고 끝까지 서로 사랑하면 가장 좋겠지만 말이야."

말순이 때문인지 태일이는 자신의 결의를 말하는 것 같았다.

"남자가 생리적으로 바람을 피우기 쉽다는데, 맘 가는 대로 행동하는 못된 동물이기도 하지. 아마 나도 바람을 피우겠지…."

정체를 알 수 없는 남자의 본성을 얘기하다 우리 셋은 풀이 죽어 더 이상 할 말을 찾지 못했다.

"그건 그렇고, 앞으로 어떻게 될까? 고등학교를 졸업하면 우린 뭘 하지? 일본에서 원하는 일을 찾는 게 가능할까…."

대학에서 금속공학을 전공하고도 파친코가게 주인이 될 수밖에 없었던 형 때문인지 태일이가 자조 섞인 말투로 화제를 바꿨다. 승옥이가 태일이 말에 덧붙였다.

"전쟁 중인 조국을 지키기 위해 우리가 할 수 있는 싸움을 하고는 있지만, 솔직히 말해 어쩐지 마음속에선 초점이 빗나가는 것 같아. 너희는 그런 느낌 안 들어?"

그저 듣고 있기만 할 뿐 대화에 끼지 않는 나에게 승옥이가 뭐든 말해 보라고 재촉했다. 아버지 일만 생각해도 우울한데 두 사람의 이야기를 듣고 있자니 점점 더 맥이 빠졌다.

"나도 가끔씩 이상한 생각이 들 때가 있어. 학교에서 배운 조선말은 가짜가 아닌지, 실제로는 본국 사람들에겐 통하지 않는 일본에 사는 조선인들의 고유 언어가 아닌가 하는 생각 말야. 처음부터 지구상에 조선이란 나라는 없었던 것 아닌가. 우리 존재 자체가 속임수이고, 그런데도 누군가가 너희들은 존재하고 있다고 속이는 것 같다고. 내가 누구인지 정말 모르겠어. 조국도 고향도 실체를 모르니까 가공의 세계에 사는 것 같아서 누가 나를 알고 있는지, 그런 사람을 찾아보고 싶어진다고. 미아나 고아처럼 말이야….”

“석철아. 너 머리가 이상해진 거 아냐? 너무 심각하게 생각하지 마. 비약이 너무 심하다. 무슨 말인지는 알겠는데, 우리는 틀림없이 존재하고 있어. 우리에게도 조국은 있다고. 우린 조선인이야. 살아 있는 거야. 넌 철학 같은 건 안 어울려, 자식아.”

이상한 방향으로 흐르는 대화를 정리하듯 태일이가 양손을 뻗어 얼굴 앞에서 크게 휘저으며 일어났다.

“우아아─”

승옥이가 갑자기 고함을 질렀다.

“아휴, 답답하고 짜증난다. 야, 너희들도 따라해 봐.”

승옥이가 우리한테도 따라 해보라고 했다.

바로 그때, 굉음을 내며 마쓰도松戸 방면으로 향하는 전차가 철교를 건너갔다.

“우아아─”

“우아아─”

셋은 전차를 향해 목소리가 나올 수 있는 만큼 최대한 고함을 질렀다. 또다시 먼 곳에서 개 짖는 소리가 들려왔다.

“애들아, 반대쪽 기슭까지 철교위로 건너가 보지 않을래?”

소리를 지르는 것만으로는 답답한 마음이 가시지 않아 나는 엉뚱한 짓을 제안했다. 가슴이 뻥 뚫리게 속이 후련해지는 일을 해보고 싶었다. 울적한 정체불명의 답답함을 깔끔하게 날려 버리고 싶었다.

“재밌겠는걸. 해 보자.”

태일이가 바로 내말에 동의했다.

“전차나 기차가 오면 어떡하려고? 위험해, 그건.”

승옥이는 망설였다.

"패기 없는 자식! 사나이 아냐 너? 기차가 오면 그때 생각하면 되잖아. 싫으면 넌 빠져."

나는 승옥이에게 쏘아붙였다.

"괜찮아. 지금 몇 시나 됐는지 모르겠지만, 심야라 지나가는 전차도 많지 않을 거야. 방금 지나간 것이 막차일지도 몰라. 한 5분, 5분이면 건널 수 있겠다."

태일이가 재미있을 것 같다며 승옥이를 안심시키려했다.

마지못해 승옥이도 같이 하기로 했다. 그런데 막상 철교 옆에 서 보니 역시나 긴장이 됐다.

부드럽게 볼에 와 닿던 둑의 상쾌한 바람이 여기서는 소용돌이치며 강하게 느껴졌다. 강에서도 바람이 불어와 아주 잠깐씩이지만 하체에 힘을 주지 않으면 몸이 흔들거렸다.

태일이가 난간에 기대어 다리 아래를 내려다보았다.

"밑에서 볼 때는 다리가 낮아 보였는데, 여기서 보니까 꽤 높다."

"어디어디."

승옥이가 다가와 내려다보더니 이내 입을 다물었다.

난간 옆에 철도 공사 인부들이 다니는 판자 보도가 철로와 평행하게 반대쪽 기슭까지 연결되어 있다.

나는 판자 길을 빠른 걸음으로 걷기 시작했다.

"잠깐 기다려. 사고 나면 큰일이니까 같이 걷자."

겁쟁이처럼 굴던 승옥이가 당황해 내 뒤로 붙었고 맨 뒤에 태일이가 따라왔다.

철교 곳곳에 판자 보도를 비추는 등이 켜져 있다. 달빛이 밝아서 멀리까지도 희미하게 보이긴 했어도 밝은 등불 아래 이르자 안심이 되었다.

50미터 쯤 걸으니 바로 밑에서 강물이 흐르는 소리가 크게 들려왔다. 그곳에 서서 다리 아래를 내려다보았다. 수면 위로 10미터는 될 것 같았다.

멀리 센쥬신바시를 건너는 트럭과 승용차의 헤드라이트가 길게 선을 그리며 지나는 게 보였다. 희뿌연 안개 속에 희미하게 보이는 아야세마을과 기타센쥬 거리의 등불이 환상적이다. 잠시 그대로 바라보고도 싶었지만 다리 아래에서 불어오는 바람과 옆에서 부는 세찬 바람에 몸을 가누기 어려웠고, 중심이 흔들리자 순식간에 공포가 몰려왔다.

나는 용기를 내 판자 보도에서 선로 침목으로 훌쩍 뛰어 옮겼다.

"석철아, 그만 둬! 떨어지면 죽어!"

태일이와 승옥이가 깜짝 놀라 동시에 고함을 쳤다.

"상관없어! 떨어져도… 상관없다고!"

조심조심 침목을 하나씩 건너갔다.

침목에만 신경을 쓰며 걷다보니 10미터 아래로 흐르는 강물에 빨려 들어갈 것 같은 착각이 들었다.

거의 강 중간쯤에서 나는 다시 멈춰 섰다.

바로 아래에서 강물이 울부짖는 소리가 들리고, 달빛을 받아 반짝이는 수면이 침목 사이로 보였다. 교각 이음새 부분의 강물이 소용돌이치며 우그그그 뱃속까지 울리는 소리를 냈다.

"석철아, 그만 가. 빨리 이쪽으로 와."

태일이가 나를 달래듯 갑자기 다정하게 말했다.

하지만 나는 움직이지 않았다.

그 자리에 쪼그려 앉아 흐르는 강물을 내려다보며 공포 속에서 나를 괴롭게 만들고 싶었다. 음울한 기분에서 해방될 수 있다면 아무래도 상관없었다.

"죽고 싶다아!"

나는 무심코 이렇게 소리쳤다.

놀란 승옥이가 허둥지둥 침목으로 뛰어와 내 몸을 떠받쳤다.

"석철아, 괜찮아. 우리가 함께 있어."

"죽고 싶다고ㅡ!"

"좋아, 니가 죽으면 우리도 함께 죽는다! 우린 친구잖아!"

판자 보도에서 나를 뚫어져라 쳐다보며 태일이가 소리쳤다.

목이 메고 눈물이 쏟아졌다.

그때였다. 레일에서 희미한 진동이 조금씩 울리기 시작했다.

맞은편 기슭에서 열차 기적소리가 길게 들려왔다.

우리 셋은 동시에 서로의 얼굴을 쳐다보았다.

순간, 온몸에 진땀이 흥건하게 베어 나왔다.

나란한 반대쪽 선로로 건너가도 되지만 폭이 너무 넓어 뛰어 건너는 게 무리일 것 같았다. 이대로 되돌아가면 기차보다 빨리 도착할 수 있을까? 열차가 지나는 동안 판자 보도위에 웅크려 있을까? 그러다 열차가 지날 때 부는 바람에 휩쓸리거나 열차 어딘가에 부딪혀 몸이 날아갈지도 몰랐다.

'강으로 뛰어 내려?'

우리는 숨을 죽인 채 아주 짧은 찰나에 같은 결론을 내렸다.

"이대로 다리 끝까지 건너는 거다. 기차가 먼저 오면 가능한 기슭이 가까운 곳에서 강으로 뛰어내리자!"

태일이 말에 우리 셋은 나란히 판자 보도를 맹렬히 달렸다.

우리의 판단은 예상대로 터무니없었다. 검은 연기와 하얀 증기를 기세 좋게 내뿜으며 라이트를 환하게 밝힌 시커먼 쇳덩어리가 철교를 둥둥 울리며 우리를 향해 달려왔다.

"못 건너가겠어! 안 되겠다! 여기서 뛰어내려!"

승옥이가 서둘러 평평한 난간 위로 올라가 허리를 구부렸다.

나와 태일이도 재빨리 손을 짚고 난간 위로 올라갔다.

"여기서 강기슭까지 10미터 정도야. 이 정도는 아무것도 아냐. 같이 한 번에 뛰어 내리는 거다!"

용기를 북돋우려는 듯 승옥이가 소리쳤다.

나도 그랬지만 태일이와 승옥이 얼굴이 어둠속에서도 확실히 보일만큼 새파랗게 질려있었다.

"알았지? 할 수 있지?"

승옥이가 다시 한 번 우리 둘에게 확인했고, 셋은 동시에 구령을 붙였다.

"하나, 두울, 셋!"

태일이는 머리부터 나와 승옥이는 다리부터 강으로 몸을 던졌다.

부웅―.

공중에 떠있는 동안 많은 일들이 머릿속을 빠르게 지나갔다. 아주 잠깐이었다. 이내 몸이 떨어지면서 항문으로 내장이 한꺼번에 빠져 나가는 것 같은 해탈감이 몰려왔다. 잠시 후 우리는 거의 동시에 수면 위로 얼굴을 내밀었다.

문득 철교를 올려다보니 화물열차가 굉음을 내며 아직 철교를 통과하는 중이었다.

"당황하지 말고 천천히 헤엄쳐. 기슭까지는 멀지 않아."

승옥이가 헤엄을 치며 몹시 침착하게 말했다.

바다에서 천 미터 장거리 수영을 한 적도 있어서 의외로 수영에는 자신 있었다. 하지만 나는 헤엄치는 방법을 까맣게 잊어버렸고, 아무 생각 없이 팔과 다리를 버둥거리기만 했다.

살아야겠다는 본능보다 지금의 위기에서 벗어나고 싶은 욕망이 앞섰다. 버둥거릴수록 바지가 양쪽 다리에 휘감겨 누름돌 같았고, 셔츠는 물 위로 떠올라 보자기처럼 부풀었다. 앞으로 나가고 있는 건지 그 자리에서 맴도는 건지 도무지 알 수가 없었다. 불안한 생각이 앞질러 어떻게 강기슭까지 도착했는지 내가 생각해도 신기할 정도였다.

"간 떨어지는 줄 알았다, 아휴—"

"죽는 줄 알았어."

"저렇게 높은데서 뛰어내린 건 처음이야."

강기슭에 모두 무사히 도착한 것과 동시에 들이마신 물을 입과 코로 뿜어내고 기침을 해대며 서로를 확인했다. 흥분, 겸연쩍음, 안도감이 뒤섞였고, 그 다음엔 공포와 전율이 몰려왔다. 얼굴은 창백해졌고 이까지 덜덜 떨며 위기일발에서 탈출한 공포로 온몸이 떨렸다.

강기슭의 잡초 속에 누워 거친 숨을 한참동안 몰아쉬었다.

겨우 진정이 되자 온몸이 진흙투성이가 된 걸 알았다. 강기슭의 진흙이 바지와 셔츠에 찐득하게 들러붙어 있었다.

"어, 신발이 없다."

태일이가 얼빠진 목소리로 말했다.

"나도 한쪽이 없어."

내 운동화도 강물에 떠내려가고 없었다.

"야, 니 얼굴 좀 봐."

태일이가 승옥이 얼굴을 손가락으로 가리키며 웃었다.

"니들도 마찬가지야."

승옥이가 나와 태일이를 번갈아 보며 웃었다. 우리는 자지러지게 웃으며 무사했음을
마음속 깊이 기뻐했다.

2

잠에서 깨어난 건 다음날 점심 무렵이다.

눈을 떠보니 세 사람의 바지와 셔츠, 팬티가 줄 하나에 꿰어져 머리위에 만국기처럼
걸려있었다.

머리와 다리를 어긋나게 두고 내천자로 누워 이불 한 장을 덮고 누운 것이 새벽 두
시. 승옥이의 낡은 팬티를 입고 우리는 정말 서로 껴안은 채 열 시간이나 곯아떨어졌
다. 아침 무렵 몇 번씩 철교에서 강으로 떨어지는 꿈을 꾸며 가위에 눌렸다. 잠이 깰
때마다 온몸이 땀으로 흥건했다. 닦아도 닦아도 계속 흐르는 땀을 참기 힘들어 일어
나보니 작열하는 태양빛이 그대로 방안으로 쏟아져 들어왔다. 게다가 알 수 없는 세
사람의 체취까지 더해져 방안은 퀴퀴한 냄새로 가득했다. 나는 벌떡 일어나 창문을
활짝 열어 바깥 공기를 안으로 들이며 말했다.

"배고프다."

어제 밤부터 오늘 아침까지 엄청난 사건들이 연이은 탓에 공복감은 한계에 달해 있었다.
두 녀석도 눈부신 햇살에 하품을 하고는 자리에서 일어났다.

"알았어, 밥 먹자."

머리를 긁적이던 승옥이가 개수대 선반에서 반합을 꺼내 벽장 속에 있는 쌀 주머니를
휘저었다.

"이거 안 되겠는걸. 3인분 하면 반합이 넘쳐 버릴 것 같다."

혼자 중얼대더니 개수대 선반에서 양쪽에 손잡이가 달린 냄비를 꺼내 반합에 있는 쌀
을 옮겨 담았다. 그리고는 쌀을 씻어 전열기에 올렸다.

"됐어, 삼십 분 후에 식사다."

나와 태일이가 이불을 개서 벽장에 넣고 빳빳하게 마른 옷을 갈아입는 사이에 승옥이

가 벽 쪽에 있던 귤 상자 세 개 중 하나를 질질 끌어 방 가운데로 옮겼다.

"그건 뭐하려고?"

상자 안에 꽉 차있는 교과서와 참고서를 들여다보던 태일이가 궁금한 듯 물었다.

"이게 우리 집 식탁이다."

방주인은 아무렇지도 않은 표정이다.

아침식사를 기대한 건 아니었지만 무엇을 먹여줄지 궁금했다. 하지만 승옥이의 아침 준비는 그게 전부였다. 식탁을 만든 후엔 방안을 정리하고 세수를 했고, 그 사이 우리 도 씻은 후 한 번도 못 들어오게 했던 승옥이의 성을 훑어보았다. 두 평도 안 되는 크 기라 앉아서도 한눈에 들어왔다.

벽에 박힌 못에 걸린 몇 벌의 옷과 식탁 겸 책상 겸 책장인 귤 상자가 세 개, 한 손에 쥐어지는 조그만 자명종 시계, 새것 같은 탁상 스탠드, 개수대 쪽을 보니 선반에는 반 합 한 개와 전열기에 올려져있는 양손잡이 냄비, 밥그릇 두 개, 젓가락과 숟가락 두 벌, 약간의 조미료와 이불 한 채가 승옥이의 전 재산 같았다. 가구라고 할 만 한 건 아 무것도 없었다.

승옥이의 살림을 보고 감탄만 할 뿐 태일이와 나는 할 말이 없었다.

"오, 다 됐다!"

거품으로 들썩이는 냄비를 보며 승옥이가 전열기의 스위치를 껐다. 몇 분간 뜸을 들 인 후 냄비를 귤 상자에 올려놓고 뚜껑을 열자 뜨거운 김이 모락모락 나는 보리 섞인 밥이 한 가득이다.

밥그릇과 수저를 들고 온 승옥이가 말했다.

"자, 실컷 먹어라."

집주인은 만족스러운 표정을 지으며 우쭐했다.

"반찬은?"

내가 물었다.

"아아, 중요한 걸 까먹었네."

개수대 밑에서 단무지를 하나 꺼내 큼지막하게 썬 다음 5홉들이 간장병과 함께 들고 왔다.

"간장을 뿌리면 밥이 훨씬 맛있다."

"이것뿐야? 다른 건 없어?"

태일이가 어이없다는 표정이다.

"소금도 있어. 너는 소금으로 할래?"

나와 태일이는 밥그릇에 퍼 담은 밥에 간장을 뿌렸다. 밥그릇이 두 개 밖에 없었기 때문에 승옥이는 냄비 한쪽 구석에다 능숙하게 간장을 뿌려가며 먹었다.

갓 지은 밥에 간장으로 간을 맞추고 날계란을 얹어 자주 먹곤 했다. 시간이 없을 때는 간단히 만들 수도 있고, 여기에 김치가 있으면 더할 나위 없다. 날계란도 없었고 김치는 단무지가 대신하긴 했어도 배가 등가죽에 달라붙은 지금은 이것만으로도 충분히 우리의 허기를 채워주었다.

"너희 집은 모든 게 두 개씩이구나. 밥그릇도 수저도. 왜 그래?"

입속에 밥을 몰아넣으며 태일이가 물었다.

"한 벌은 손님용이다."

나와 태일이는 밥알을 품으며 웃고 말았다.

"왜, 이상해?"

승옥이도 따라 웃으면서 우리를 쳐다보았다.

지붕이 바짝 붙은 옆집은 친척집이라 했다. 부모님이 안 계신 승옥이에게 판잣집 좁은 다다미방을 친척이 내주었다. 바로 얼마 전까지 제주도에서 밀항해 온 친척과 같이 지냈는데, 지금은 다행히 다른 곳으로 거처를 옮겨 자신만의 성이 되었다. 생활비와 학비는 오사카로 시집 간 누나와 미싱공 여동생이 보내주었다. 책상에 있는 새 스탠드는 작년에 우리 집에서 아르바이트 해서 번 돈으로 샀다고 한다.

변변치 못한 식사였지만 우리는 밥알 하나 남기지 않고 깨끗이 먹어치웠다. 배가 부르자 어젯밤에 있었던 공포의 모험담 얘기로 우리는 다시 활기를 되찾았다.

사고로 죽을 수도 있었던 원인을 제공한 나는 아무래도 말수가 적어졌다. 두 사람도 나를 의식해서인지 일부러 그 얘기는 꺼내지 않으려는 듯했다.

"우리 셋 다 죽었다 살아났다 생각하고 오늘부터 새로운 각오로 다시 시작하자."

"그래, 훌쩍거리고 울어봐야 아무것도 되는 건 없으니까."

두 녀석이 우리 셋만의 교훈처럼 말했지만, 나를 의식해서 한 말이 분명했다.

차 대신에 뜨거운 물을 마시고 있자니 문득 어머니가 생각나 눈물이 나고 목이 메었다. 해가 질 무렵에 태일이와 승옥이에게 이끌려 집으로 갔다.

하룻밤 동안의 가출이다.

내 꼴이 우스워서 싫다고 했지만 두 사람은 완강하게 함께 가주겠다며 내 말을 듣지 않았다.

나는 승옥이의 게다를 빌려 신었고, 태일이에게는 속죄하는 마음으로 시내에서 160엔짜리 운동화를 사주었다.

집에 도착하니 순남 누이와 기호 형님이 걱정이 됐는지 와 있었다.

"아까 태일이네 집에도 갔었다."

형이 내 머리를 쿡 쥐어박으며 말했다.

"아버지가 걱정하시며 조금 전까지 여기 계시다 나가셨어."

어머니와 누이가 아버지를 두둔하며 내게 말했다.

"보나마나 또 그 여자한테 갔겠지."

한마디 쏘아붙이고 나는 2층으로 올라갔다.

태일이와 승옥이가 바싹 달라붙어서 도무지 나를 혼자 놔두지 않았다.

낭독의 즐거움

4시 반까지는 돌아올 생각이었는데 5시가 지나서야 집에 도착했다. 평소 같으면 이렇게 허둥댈 필요도 없었다. 유자와 히로시가 현관 입구에 서서 목이 빠지도록 나를 기다리고 있었다.

"오빠, 이거."

유자가 익숙한 손놀림으로 죽마 한쪽을 나한테 건넨다. 다른 한쪽은 동작 빠른 히로시가 벌써 가슴에 끌어안고 있다.

"좋아, 가자."

우리 셋은 정류장 앞 광장을 향해 열심히 달렸다.

"오빠, 히로시, 빨리 와—!"

앞서 달리던 유자가 멈춰 서서 발을 동동 구르며 부른다. 이번이 세 번째다. 아무 것도 손에 들지 않은 유자는 그저 달리기만 하면 되지만, 좁은 골목과 상점가 사람들을 헤치며 2미터나 되는 죽마를 어깨에 걸치고 있는 나와 히로시는 그리 간단히 달릴 수 있는 게 아니었다. 더구나 소학교 4학년 히로시는 정신없이 뛰느라 모퉁이를 돌 때마다 중심을 잃고 휘청거렸다.

"조심해!"

조마조마한 나는 그때마다 큰소리로 고함을 질렀다. 모퉁이를 돌아서다 지나던 아저씨의 대머리를 죽마 끝으로 찌를 뻔했다.

"이놈! 큰일날 뻔 했잖아!"

먼저 알아차리고 몸을 피한 아저씨가 눈을 치켜뜨고 호통을 쳤다.

"죄송합니다아—"

뛰어 가면서 히로시가 꾸뻑 머리를 숙였지만 녀석은 뒤를 돌아보지도 않은 채였다.

"이 멍청아. 사람이 있을 때는 죽마를 세우라고 몇 번 얘기했어. 안 되겠다. 형이 들고 갈게."

"싫어. 내가 들 거야."

"됐으니까 이리 내놔."

나는 억지로 히로시가 들고 있는 죽마를 뺏으려고 했다.

"괜찮다니까!"

히로시는 재빨리 몸을 뒤로 빼고는 내달렸다.

"야 임마, 기다려!"

도망치는 히로시를 뒤쫓았다.

매번 이런 식이라 포기하고 말았지만 녀석은 얄미울 정도로 고집불통이었다. 위험하니까 형이 들어주겠다고 아무리 알아듣게 타일러도 고집스럽게 죽마를 내놓지 않았다. 죽마 한쪽을 자기가 드는 것에 집착하는 이유인즉, 죽마 사용우선권은 자신에게 있고, 그렇기 때문에 운반하는 역할도 자기가 맡아야 한다는 것이다.

도덴 미노와三/輪정류소 앞 광장에서는 '눈으로 보는 라디오'인 텔레비전 방송이 5시부터 시작했다. 지금 이 시간이면 쥐새끼 한 마리 지날 수 없을 만큼 가득 찬 사람들로 발 디딜 틈조차 없을 게 분명하다.

아니나 다를까 광장은 텔레비전 앞으로 몰려든 사람들로 가득했다. 테이블 두 개를 2단으로 겹쳐쌓고, 그 위에 큰 나무 박스를 놓고, 맨 위에는 21인치 텔레비전이 당당히 자리하고 있었다. 높이가 약 3미터쯤 된다. 이렇게 하지 않으면 광장을 가득 매운 구경꾼들에게 텔레비전 수상기가 보이지 않기 때문이다.

텔레비전 앞을 아이들이 점거한 때가 있었다. 하지만 초기에만 그랬고 지금은 어른들만의 구경거리가 되었다.

프로복싱 세계 플라이급 타이틀 매치 중계 때는 광장에 모여든 사람들로 위험할 지경이었다. 전차 승객들은 몸을 옴짝달싹할 수 없었고, 주변 상점도 장사를 하지 못해 불평이 쇄도했다. 이후로 주최 측인 상가진흥회가 토요일 저녁 5시부터 1시간동안만 가두 텔레비전을 보여주기로 정했다.

광장에 도착하자 히로시가 들고 있던 죽마를 내게 맡기고 사람들 틈 사이로 들어가 적당한 장소를 찾기 시작했다.

"이쪽, 이쪽이야!"

히로시가 책방 벽 쪽에 세 명이 기어들어갈 만한 공간을 발견하고 눈을 반짝이며 빨리 오라고 손짓을 했다.

"잠깐만 비켜 주세요. 지나가게 해주세요."

어른들의 허리를 찌르며 히로시가 길을 만들었다. 죽마를 세워 들고 나와 여동생이 사람들 속을 비집고 들어갔다.

"죄송합니다아~ 죄송합니다아~"

일부러 심술을 부리는 사람도 있었지만 여자 아이의 가냘픈 목소리에 투덜거리면서도 비켜주었다. 벽 쪽에 도착하기만 하면 그 자리는 우리 차지가 되는 거였다. 재빨리 죽마를 세웠다. 대나무 장대의 발 딛는 부분을 어제 밤 어른의 가슴 높이까지 고쳐 달았고, 부러지지 않도록 끈으로 튼튼하게 묶어 두었다.

히로시가 곧바로 기득권을 주장하고 내 등을 발판 삼아 죽마위로 기어 올라갔다. 히로시가 올라탄 죽마를 여동생과 내가 떠받쳐 주었다. 아무리 늦게 와도 구름처럼 사람들이 몰려 있어도 죽마의 위력은 절대적이었다.

"히로시, 이제 그만 유자랑 바꿔 줘."

히로시의 다리를 쿡 찔렀다.

"아직, 안 돼."

"그만 보고 바꿔 줘."

"아-직, 아-직."

"얌마! 빨리 바꿔!"

"에이~ 그럼 잠깐 만이야."

히로시가 투덜대며 죽마에서 내려왔다.

유자가 다시 내 등을 발판 삼아 죽마 위로 올라갔다. 죽마 위에서 유자가 깔깔대고 박수까지 치며 웃어대자 주위에 있던 남자들이 힐끗 유자를 올려다보았다. 치마 속 팬티가 그대로 보였다. 나는 당황해 유자의 다리를 찌르며 그것을 알려줬다.

"어머, 징그럽게. 오빠 엉큼쟁이."

내 등을 한쪽 다리로 쿡 찌른다.

"이 바보야."

나는 유자의 다리를 세게 꼬집어 줬다.

"아파—"

유자가 소리치며 치마를 한 손으로 움켜잡으면서도 이내 텔레비전으로 시선을 향한다. 유자와 히로시를 데려오지 않고도 텔레비전은 나 혼자서도 얼마든지 볼 수 있었다. 유자에게 이렇게 신경을 쓰는 이유는 녀석과 '거래'를 했기 때문이다. 히로시는 그저 덤이다.

'거래'의 내용은 이렇다. 남시학 선생님의 국어수업에 푹 빠진 나는 연극배우 같은 선생님의 낭독이 너무 멋져 보였다. 선생님은 마치 아나운서처럼 강약이 분명한 목소리로 산문을 읽었다. '조선고등학교식 조선말'이 아닌 계곡을 흐르는 맑은 물소리 같은 진짜 조선말이다. 아름다운 멜로디처럼 도취되었고, 언어가 부리는 마술에 황홀하기까지 했다.

선생님의 진가가 발휘된 것은 역시 시를 낭독할 때다. 교단이 무대가 되어 이쪽 끝에서 저쪽 끝으로 천천히 이동하면서 감정을 담아 낭랑하게, 때로는 구슬프게 노래를 부르듯 낭독했다. 마치 시가 살아있는 것처럼 가슴속으로 밀물처럼 전해왔다.

묘사된 정경이나 주인공의 움직임은 물론이고, 시인의 마음 속 잔주름까지 뚜렷이 보이는 것 같았다. 한 번도 만난 적 없는 고국 사람들의 괴로움과 기쁨이 구슬 같은 언어로 생동감 있게 다가와 교실 분위기는 차분해졌으며, 여학생들은 아무 말 없이 시의 여운에 취했다.

선생님처럼 되고 싶었다. 선생님이 읽는 것처럼 감정을 담아 시를 읽고 싶었기에 어떤 형태로든 반응을 보여주는 '청중'이 필요했다. 히로시와 유자가 그 희생양이 된 것이다. 교과서를 쥐어주며 두 사람을 '청중'으로 세웠다.

유자가 아직 중학교 1학년이라 불만이긴 했지만 나름대로 청중역할을 해냈다. 하지만 히로시는 도무지 도움이 되지 않았다. 하품을 하거나 코를 후비며 채 5분도 얌전히 있지 못했다.

"히로시, 넌 빠져. 유자 너만 해."

"나 혼자 하는 건 싫어!"

유자는 금방이라도 도망가려 했다.

"오빠가 니 공부를 도와주잖아. 대신에 그 정도는 해주는 게 당연한 거 아냐."

유자는 그래도 망설였다. 머뭇머뭇 두 눈동자를 위로 굴리며 무언가를 궁리하기 시작했다. 유자의 버릇이다.

"그럼, 오빠 이렇게 하자."

싱긋 웃더니 거래조건을 말했다.

"오빠 말대로 해줄게. 그 대신에 가두 텔레비전이 있는 곳까지 우릴 데려가 줘."

가두 텔레비전은 나도 보고 싶었기 때문에 일석이조의 '거래'라 생각했다.

유자라는 '청중'이 생기자 국어낭독에 더욱 의욕이 생겼다.

다음 국어시간에는 조기천의 장편 서사시 **백두산**을 낭독한다. 대략의 뜻을 파악하고 먼저 입에 잘 붙도록 몇 번 소리 내어 읽었다. 그리고 이번엔 감정을 담아 '시 다운 느낌'이 나도록 반복해서 읽었다.

욕심이 났다. 시를 낭독할 때 선생님은 교과서를 보지 않기도 했다. 암송하는 것이다. 한 손을 펼치거나 눈을 감으며 낭독극의 독무대를 만들었다. 그것을 따라해 보기로 했다. 적어도 프롤로그만이라도 암송해 보자.

유자에게 교과서를 건네고, 내가 암송할 때 틀린 곳이 있으면 곧바로 멈추도록 시켰다. 막힘없이 외워지면 그 다음은 '무대'에서 시연을 해보기로 했다. 현관 마루귀틀에 시인인 내가 씩씩하고 경쾌하게 등장했다.

'청중'인 유자가 히쭉 웃으며 짝짝짝 박수를 쳤지만, 이런 녀석 따위 호박이라고 생각하면 그만이었다. 유자의 등 뒤로 보이는 작업장에 시선을 두고 차분하면서도 '당당한'목소리로 프롤로그를 읽기 시작했다.

"오빠, 잠깐만."

유자가 현관 입구에서 조금 떨어진 곳으로 자리를 옮기더니,

"됐어, 이제 시작해."

하며 손짓을 한다. 시인의 전신을 봐야 된다는 거다. 나의 낭독은 점점 더 흥이 올라 마루귀틀을 좌우로 이동하며 결정적인 부분에서는 한 손을 펼쳐 보이기까지 했다.

"잠깐만, 오빠."

"왜 또? 이번엔 또 뭐야."

흥이 깨진 나는 짜증이 났다.

"오른손이 너무 올라갔어. 이 정도쯤이 보기 좋아. 그게 멋지거든."

무대감독이라도 된 것처럼 유자는 신이 나서 내 표정과 손동작까지 일일이 주문했다. 히죽거리며 놀려대는 '청중'이라도 지금은 귀한 의견이라고 생각했다. 꾹 참고 무대 감독의 지시에 따라 목소리를 가다듬어 정열적으로 낭독했다.

"오빠."

"왜 또 그래!"

평소에 내 모습이 아니라 이상했는지 슬쩍 옆으로 다가오더니 말똥말똥 내 얼굴을 들여다본다.

"머릿속, 괜찮은 거지?"

"멍청아, 무슨 소릴 하는 거야! 넌 책만 보면 돼, 책만!"

나도 속으로는 웃음이 터져 나오는 걸 억지로 참고 있었으면서도 놀려대는 유자에게는 윽박질렀다.

드디어 국어수업 날이다. 1시간이나 일찍 등교해 교단에서 예행연습도 했다.

국어시간에 선생님은 틀림없이 누군가를 지명했다. 선생님의 시선이 나한테서 멈추도록 몸을 있는 대로 쭉 펴고 일부러 좌우로 흔들었다.

다른 사람을 먼저 지명했지만, 그다지 능숙하지 않은 걸 보고 나는 곧바로 입만 우물거리며 암송한 시를 연습해 보았다.

"석철아, 너야."

뒤에 있는 녀석이 내 등을 쿡 찌른다.

드디어 내가 지명되었다.

"석철이 너, 교과서 보고 있는 거냐? 어디 프롤로그를 한번 읽어 봐라."

내가 딴짓을 하고 있던 걸로 오해한 선생님은 약간 언짢은 목소리다. 허둥대며 자리에서 일어났다. 엉뚱한 핀잔을 들어 당황한 나는 교과서를 든 손이 약간 떨렸고 심장이 두근거렸다. 호흡을 가다듬고, 배에 힘을 준 다음 저음으로 '씩씩하게' 읽기 시작했다.

삼천만이여!/ 오늘은 나도 말하련다!
백호의 소리 없는 웃음에도/ 격파 솟아 구름을 삼킨다는
천지의 푸른 물줄기로

양쪽 무릎이 덜덜 떨렸고 몇 번이나 혀가 꼬였다.
'아, 이러면 안 되는데'
그 순간 한꺼번에 머리로 피가 쏠리는 것 같았다.
"잠깐 멈춰 봐라."
선생님이 제지했다.
"석철아, 침착하게 다시 한 번 처음부터 읽어 볼래?"
선생님의 목소리가 갑자기 부드러워졌다. 그러자 마음이 편안해지고 신기하게 입술도
부드럽게 움직였다. 나는 더 이상 교과서를 보지 않았다. 보지 않아도 나는 시인이 되
어 있었다.

첩첩 충암이 창공을 치뚫으고/ 절벽에 눈뿌리 아득해지는 이곳
선녀들이 무지개 타고 내린다는 천지/ 안개도 오르기 주저하는 이 절정!

십 분은 족히 걸린 것 같다. 드디어 암송한 프롤로그를 다 읽었다. 얼굴이 빨개지고
화끈거렸다.
말갈기처럼 윤기가 도는 긴 머리칼을 양손으로 쓸어 올리며 남 선생님은 매우 기뻐했다.
"석철아, 아주 잘했다. 정말 훌륭했다!"
눈을 한일자로 만들며 선생님이 환하게 웃는다.
선생님의 칭찬에 쑥스러워진 나는 연신 머리를 긁적였다. 이토록 칭찬을 받은 적은
한 번도 없었다. 하늘로 날아오르는 기분에 지금은 학교 지붕에서도 뛰어내릴 수 있
을 것 같았다. 선생님은 내 속에서 큰 광맥을 발견한 것처럼 기뻐하셨다.
철교에서 뛰어내리던 날 '처음부터 다시 시작하자'고 맹세한 결의가 얼마 지나지 않
아 성과를 거둔 것 같았다.

비밀조직

점심시간에 나를 만나고 싶다며 태일이가 승옥이를 통해 전해왔다.

"무슨 말야, 너도 같이 가는 거야?"

"나는 안 불렸어."

"이상한 놈이네. 너한테 말하지 말고 나한테 직접 오면 될 것을."

"아무튼 가봐. 12시 15분이다. 늦지 마."

승옥이가 의미심장한 표정을 지었지만 이내 교정으로 뛰어갔다.

아침조회 전과 점심시간은 정신없이 축구공을 쫓아다니는 녀석들로 운동장이 가득했다. 승옥이도 축구를 하고 싶어 뛰어갔을 것이다. 야구를 좋아하는 녀석들은 캐치볼을 할 장소가 없다며 불평을 늘어놓았다.

지정된 장소는 교정 한 편에 있는 음악실 뒤쪽이다.

반이 달라서 간혹 승옥이를 통하기도 했는데, 시간과 장소까지 정해 부르니 어쩐지 이상했다. 음악실 벽에 기대서있던 태일이가 달려가는 나를 발견하고 손을 흔들었다.

"무슨 일야. 왜 불렀어?"

"응. 전에 얘기한 그 일이야."

역시 조방위(조국방위위원회) 때문일 거라는 내 짐작이 맞았다.

"가입이 허가되었다."

"그렇구나…."

"관심 없다는 듯 들리네. 들어오기 싫은 거냐?"

시큰둥한 내 대답에 태일이가 미심쩍은 표정으로 나를 쳐다본다.

"나 같은 사람이 들어가도 괜찮은지 싶어서."

"우리 조직이 조국을 생각하는 너의 애국심과 용기를 믿은 거야. 자신을 가져 임마."

"그런가…."

나의 애국심과 용기라….

정말일까? 조국을 생각하는 내 마음이 진짜 애국심이라 믿는 걸까? 내 뱃속을 갈라보기라도 했다는 건가?

"다시 한 번 너의 의사를 확인하고 싶어. 다만 조방위의 강령을 듣고 난 다음이긴 하지만."

"어, 말해 봐."

태일이가 주머니에서 여러 번 접은 종이를 꺼냈다. 내 얼굴과 종이를 번갈아 보며 엄숙하게 조방위의 강령을 읽기 시작했다.

"어때? 이해하겠냐?"

"이해될 리가 없잖아. 뭔가 어마어마한 일을 하는 것 같다."

강령의 큰 뜻은 파악이 됐다.

조국방위위원회라는 거창한 이름 때문에 위험한 활동과 엄격한 규율이 있으리라 예상은 했지만 조방위가 일본의 혁신정당과 밀접한 관계가 있고, 미국의 군사기지에 반대하고, 일본의 부당한 권력에 맞서는 활동도 한다니 어쩐지 두려움과 비장한 사명감이 뒤섞이는 묘한 기분이었다.

소학교 6학년이었던 1949년에 재일조선인연맹(조련)이 해산된 후 이듬해 6월 조선전쟁이 발발했다. 일본사회는 두말 할 것도 없고, 동포사회도 긴장과 불안한 나날이 계속되었다. 재일동포는 가장 먼저 조선민주주의인민공화국 지지를 표방하고, 조국방위의 입장에서 반미반전투쟁을 적극적으로 전개했다.

이후 1951년 1월, 조련의 후계단체로서 재일조선통일민주전선(민전)이 합법적으로 조직되었다. 민전은 미국의 간섭과 침략에 반대하고, 조국통일을 위한 활동과 민족교육을 지키고 발전시키는 활동, 동포들의 생활 권리를 되찾는 투쟁 등을 중요한 과제로 삼았다.

조선전쟁의 병참기지가 된 일본에서 민전의 활동은 하나에서 열까지 일본정부의 탄압 대상이 되었다. 가혹한 탄압으로 자연스레 과격한 반격이 되풀이되었다. 민전의 운동은 시행착오와 시련의 고난을 겪는 과정이었다.

조방위는 민전과 재일동포의 전위부대로서 중점운동의 선두에 서고자 했다. 또 이런 운동에 일본의 혁신정당이 관여된 것을 어렴풋이 알고 있었다. 엄한 정치상황에서도 조선인의 편에 섰던 이들은 이런 정당과 노동자들이었다. 우리학교가 기동대에게 습격당했을 때도 이들이 응원해 준 것을 모두 알고 있었다.

"미국의 침략으로부터 조국을 방위한다는 의미는 말하자면 일본에서 반미반전투쟁을 하는 거다. 미국의 무기가 조선으로 운반되는 것을 저지하는 것은 당연한 활동이고, 여기에 가담하는 일본의 반동정부 타도를 위해 싸우는 것도 조국을 지키는 싸움의 일환이지. 이것이 국제적인 연대와 통일전선이라는 거야."

태일이가 언제부터 이렇게 혁명가처럼 거침없어졌을까.

"자, 그럼 내일 세시 반에 여기로 다시 와라. 회의가 있어. 그 자리에서 모두에게 소개할게."

"알았어. 가입하기 전에 묻는 게 좀 그렇긴 하지만, 조직의 인원이 몇 명이나 돼? 지금은 어떤 활동을 해?"

"지금 그런 걸 물어서 뭐하게."

태일이가 나를 쏘아본다.

"뭘 하자는 게 아니라, 그냥 궁금해서 그러지."

비밀을 지키는 것이야말로 이 조직의 생명, 역시나 쓸데없는 질문이었다.

"어차피 동지가 되었으니까 너한테는 말해줄까."

태일이가 잇속을 보이며 씩 웃었다.

"나는 중학교 3학년 때 멤버가 됐는데, 학교 전체에 대원들이 얼마나 있는지는 잘 몰라. 학년별로 그룹이 있는데, 내일 만나게 될 사람들은 우리와 같은 고1이야. 수직관계는 비밀이고, 지시는 상층부에서 내려온다. 그리고 지금은 구체적으로 이렇다 할 활동은 하지 않고 있어."

"아무것도 안 한다면 조직을 만든 의미가 없잖아. 혹시 얼마 전 노동절에 황궁 앞 광장에서 미국인이 탄 승용차를 전복시키고 불에 태우는 걸 봤는데 그런 일도 하는 거냐?"

갑자기 불과 얼마 전이었던 '피의 노동절'이 생각났다.

경찰기동대의 실력행사로 사망자가 2명, 부상자는 2,300명이나 나왔다. 검거된 이들

1,200명 가운데 조선인이 10%가 넘는 130명을 헤아렸다.

길거리에는 성난 데모 참가자들로 넘쳐났다. 움직이지 못하고 정차 중이던 미국인으로 보이는 외국인의 승용차가 화공을 당하는 것을 눈앞에서 보았다.

"사실 조방위는 게릴라 임무를 맡은 비밀조직이기 때문에 상당히 힘든 일이 많을 거야. 치밀하게 투쟁방침이 세워지겠지만, 우리들은 고교생이니까 아직 그런 일까진 하지 않는다. 다만 시국토론이나 학습과제를 받아 학습회를 하고 있어."

"교내에서는 어떤 활동을 하는데?"

"교내에는 딱히 적이라고 할 만한 상대가 없으니까 투쟁대상 따위는 없어. 지금은 일본인 교사들과도 그런대로 잘 지내고 있기도 하고. 어쨌든 학생들의 선두에 서서 민족교육을 지키고, 열심히 학업에 열중하며 행동으로 모범을 보이도록 노력하는 거지."

"응, 알았어."

"너무 신경 쓸 필요 없어. 편하게 생각해도 돼. 그건 그렇고, 러시아어 반은 어떠냐? 꽤 분위기가 좋은 것 같던데."

"물론, 분위기야 좋지. 실력 있는 녀석들이 모였으니까."

영어 반으로 별안간 뜻을 바꾼 태일이를 비웃어 주려고 일부러 우쭐해 말했다.

솔직히 말하면 유행만 쫓아 우왕좌왕하는 녀석들과 소련의 영향에 심하게 물든 녀석도 있었다. 하지만 일본학교에서 온 편입반과 러시아어, 영어, 중국어 반으로 나누어지자 서로에게 경쟁의식이 생겼고, 우리 반은 비교적 야무지게 꾸려지는 것 같았다.

"근데, 아버지하고는 잘 돼 가나?"

"뭐, 그저 그렇지."

잘 되어간다고도 그렇지 않다고도 할 수 없었다. 요즘 들어 항상 귀가가 늦는데다 아버지와 마주쳐도 말을 섞지 않는 날이 많았다.

"너야말로 말순이랑 어찌 돼 가나? 속마음을 털어놓긴 했어? 그것 때문에 영어 반에 들어 간 거잖아?"

"뭐, 그냥."

"걔는 뭐래?"

내가 눈을 동그랗게 뜨고 물었다.

"특별히 뭐…."

고백한 건지 안 한 건지, 바라던 대답을 들었는지 못 들었는지 도무지 알 수 없는 대답이다.

"뭘 그렇게 꾸물대고 있어. 말해 버려. 좋아한다고 하고 확 안아버려. 그럼 된다니까. 여자들은 그런 말을 들으면 다 넘어온다구."

아는 건 많아도 정작 실천하지 못하고 늘 잘난 척만 하는 태일이의 태도가 애타기도 했고, 놀려주고픈 맘도 있어서 여자의 마음을 잘 아는 것처럼 말했다.

"내가 대신 얘기해 줄까?"

"……"

태일이는 말순이 얘기만 나오면 꾸어다 놓은 보릿자루처럼 소심해졌다.

운동장은 축구와 캐치볼을 하는 학생들로 어수선했다.

방과 후 약속시간에 맞춰 운동장을 가로질러 음악실로 달려간 나에게 뒤따라오라며 태일이가 성큼성큼 앞서 걸었다. 나는 약간 간격을 두고 태일이 뒤를 따라갔다. 태일이는 출입이 금지된 뒷산을 재빠르게 올라갔다. 오랜만에 올라가 본 나는 깜짝 놀랐다.

풀이 무성할 것이라 생각했던 유휴지는 깨끗하게 벌초가 되어 별천지 같았다. 약간 높은 곳은 잔디를 깔아 놓은 것처럼 상쾌한 경관이다. 깎아 쌓아 놓은 풀 향기가 주위에 가득했고, 마치 부드러운 융단을 밟는 것 같았다. 교정 뒷산에 이런 공간이 있으니 아무리 학생들의 출입을 금지한들 소용없을 것이다.

중학교 때 고교생들이 이곳을 밀회장소로 애용한다는 소문이 있었다. 드러내지는 않았지만 그럴듯해 보이는 남녀커플이 나무그늘에서 다른 이들의 시선을 의식하며 담소를 나누고 있었고 여기저기서 시끄럽게 떠드는 중학생들도 보였다.

조금 떨어진 곳에 열 명 남짓한 학생들이 둥글게 앉아있었는데, 태일이가 그쪽을 향했기 때문에 그들이 조방위 멤버들이라는 걸 눈치챘다.

경직된 얼굴로 따라가며 어쩐지 창피해 고개를 푹 숙이고 걸었다. 그들에게 가까워지자 면면이 확실히 눈에 들어왔다. 아는 얼굴도 있고, 이 녀석도 멤버였나 싶은 의외의 학생도 있다.

중학교 때 같은 반이었던 '아버지' 이평성, 조승옥, 이수일, 여학생은 박효순, 박영희다. 그런대로 예상했던 얼굴들이다. 러시아어 반에서는 김주학, 권상옥, 그리고 짐작대로 영어 반 김말순도 있다. 나머지는 언젠가 태일이네 집에서 만난 얼굴들이다. 그보다 놀란 건 영어 반에 들어간 강건일이 그 자리에 있었다. 녀석이 왜 거기 있는지 슬쩍 위화감이 들었다. 건일이와 몇 번 껄끄러웠던 기억이 있는데, 반은 달랐지만 3·7사건을 계기로 인사 정도는 하고 지냈다.

선배 박원식과 거무스름한 얼굴에 눈빛이 날카로운 2기 졸업생 신아무개가 무리 중앙에 당당히 앉아있다.

내가 마지막인 것 같았다.

태일이에게 이끌려 자리에 앉자 곧바로 수일이가 일어섰다.

"보신 바와 같이 오늘부터 우리의 동지가 된 김석철 동무와 강건일 동무를 소개하겠습니다. 본인의 결의는 물론이고 상부에서도 신중히 검토한 결과 믿을만한 동지로서 맞이하게 되었습니다. 두 사람에게 결의 표명을 듣고 싶은데, 1, 2분정도로 간략히 해주십시오. 알다시피 끝나더라도 박수는 치지 말아주십시오."

모두의 시선이 먼저 와 있던 건일이와 내게 한꺼번에 쏠렸다.

태일이가 내 옆구리를 쿡 찌른다.

"저기, 저는, 그러니까……조국과 인민을 위해 열심히 하겠습니다. 조직의 비밀도 지키겠습니다. 열심히 하겠습니다. 이상."

이런 순서가 있지 않을까 짐작은 하고 있었는데, 수일이 녀석이 얄궂게도 1, 2분의 짧은 결의표명을 하라는 게 아닌가.

눈 깜짝할 사이에 무슨 결의를 하라는 건지. 갑자기 머릿속이 새하얘져 뭐가 뭔지도 모르는 채 입에서 나오는 대로 말하고 나니 1분은커녕 10초도 안 걸렸다.

다음은 건일이가 벌떡 일어나 한 걸음 앞으로 나갔다. 직립부동 자세다. 녀석은 덩치에 어울리지 않게 바짝 긴장했다.

"나도…나도…아니 저도, 석철이가 말한 것과 같습니다. 이상!"

여기저기서 참지 못하고 웃음소리가 터져 나왔다. 건일이도 덩달아 웃더니 얼굴이 빨개지며 마구 머리를 긁적였다. 그러자 박원식이 모두를 제지한다.

그 다음엔 정세보고가 있다고 하자 신아무개에게 시선이 쏠렸다.

알고 있는 동무들의 모임이라고는 하나 시작부터 긴장감을 느낀 건 이것이 비밀회의이기 때문이다. 지루한 학급회의와는 달리 수일이와 박원식의 발언은 시원시원했고 간결하게 요점만 말했다. 나와 건일이의 결의표명조차 짧게 끝내도록 했다. 무언가에 쫓기듯 마음이 편하지는 않았지만, 조금 시간이 지나자 그런대로 발언내용이 머릿속에 들어왔다. 리더는 누구이고, 선배 박원식과 신아무개가 조직에서 어떤 위치이며, 어떤 권한을 가졌는지 아무런 설명이 없는 것도 비밀조직이 갖는 긴장감을 한층 돋보이게 했다.

학생들 사이에는 교사에겐 대들어도 선배에게는 대들지 않는다는 불문율이 있었다. 당연히 선배들에게도 그만한 인격과 포용력이 요구되었다.

학생회 리더였던 4기 선배 신아무개 정도면 가까이 다가갈 수 없을 만큼 두려운 대상이다. 그런 그가 지금 내 앞에 있다. 각진 이마, 여우 눈, 두툼한 입술까지 아무리 봐도 생김새가 변변치 않은 신아무개가 어색한 '조선고등학교식 조선말'로 발언을 시작했다.

남과 북의 전쟁은 교착상태에 빠진 1951년 6월부터 38도선에 위치한 개성에서 휴전협정체결을 위한 회담이 진행 중이다. 원폭투하 위협에도 굴하지 않는 조선인민의 영웅적인 투쟁과, 휴전회담에 응하는 척하며 여전히 침략의 야망을 버리지 못하는 미국(국제연합군)의 야만성에 대해 신아무개가 설명했다.

조금 사이를 둔 후 신아무개는 다시 거침없이 말을 이어갔다.

"조국방위와 민족적 사명을 수행하기 위해 우리는 적의 어떠한 탄압도 물리치고, 일본인민과 함께 미 제국주의의 조선침략전쟁에 반대하고 조선에서 미군을 철퇴시키는 투쟁을 더욱더 강화해야 한다. 그것이 미국의 종속국이 된 일본의 진정한 독립과도 통하는 투쟁이 된다. 민전은 조선전쟁 3주년이 되는 6월부터 해방 8주년을 맞는 8월에 걸쳐 '조국통일전취운동'을 전개한다. 그 선두에는 당연히 우리 조방위가 서게 될 것이다."

신아무개의 조선말은 신기한 매력을 감추고 있었다. 귀에 거슬리는 일본어식 조선말만 신경 쓰지 않는다면 보잘 것 없는 풍채에서 풍기는 촌스러움과는 거리가 먼, 사람의 마음을 분발시키는 격렬한 발언으로 들렸다.

회의는 신아무개의 이야기를 끝으로 마무리 되었다.

당장 무엇을 어떻게 한다는 구체적인 지시나 과제는 없었다.

박원식이 나를 손짓해 불렀다.

"잘 부탁한다. 열심히 해보자."

힘이 들어간 악수다.

"임태일 동무한테서 들었다. 작가지망생이라며?"

신아무개가 웃으며 내 손을 잡았다. 환하게 웃는 표정이 어린아이같이 천진하다.

"그 자식이 그런 얘길 했습니까?"

태일이 녀석이 또 쓸데없는 허풍을 떨었다. 나는 얼굴이 빨개져 고개만 가로저었다.

차례로 내게 악수를 청해와 어쩐지 겸연쩍었다. 말순이 손은 따뜻하고, 영희 손은 부드러웠다. 요란스레 소리 지르며 건일이와도 악수했다. 내게 감쪽같이 시치미를 떼었던 승옥이가 손을 내밀며 악수를 청했을 땐 핀잔을 주며 내밀었던 내 손을 뒤로 뺐다. 옆에 있던 태일이 녀석에겐 한쪽 발로 엉덩이를 걷어차 주었다.

도립학교 폐교의 움직임

<big>1</big> 러시아어 반에서 가까워진 친구는 김주학과 권상옥이다.

두 녀석 모두 유창한 조선말을 쓴다. 밀항해 온 친구들이라 생각했는데 그건 아니었다. 해방 전후로 일정기간을 남쪽에서 살았다고 한다.

두 친구와 부담 없이 친해질 수 있었던 이유는 본국 출신 특유의 독기가 느껴지지 않았기 때문일지도 모른다. 독기라고 말하면 부정적으로 들리겠지만, 결코 그런 의미는 아니다. 강한 개성이라고 바꿔 발할 수 있다.

일본 태생인 우리는 대인관계에 있어서 속을 드러내지 않는다고 할까, 한 발 물러선 조심스러움이랄까, 일본인 같은 태도가 무의식중에 몸에 배어 있다. 감정을 안으로 숨기고 일정한 거리를 둠으로써 마찰을 피한다. 그러나 본국 출신들은 감정을 솔직히 표현하고, 자기주장도 강해 크고 작은 마찰을 마다하지 않는다. 하지만 속마음을 알게 되고 의기투합하면 십년지기처럼 친해졌다. 인내심도 강하고, 어떤 일이든 집요하고 정열적으로 물고 늘어졌고, 대범하고 느긋하며 정도 두터웠다. 끈덕지게 달려드는 포기를 모르는 성향과 목적을 성취하기 위한 강력한 자기주장이 나에게는 독기로 느껴진 것이다.

대륙적인 대범함과 강한 인내심을 겸비한 그들에게, 좀스럽게 자로 잰 듯 매사를 생각하는 일본 태생인 우리가 선뜻 다가가지 못하는 망설임이 있었지만 어쩔 수 없는 일이다. 승냥이와 살면 승냥이처럼 울게 되고, 붉은 것을 가까이 하면 붉게 물드는 이치다. 두 녀석 다 본국 출신이지만 일본 생활이 길었던 만큼 독기와 강한 개성이 어느 정도 중화되어 수월하게 어울렸다. 게다가 둘 다 같은 조방위원이란 걸 알게 된 후 급속도로 가까워졌다.

태일이와 승옥이도 그렇지만 주학이와 상옥이는 어떤 과목이든 빠지는 것 없이 잘하는 녀석들로 특히 과학과 수학에 강했다.

일본에서의 앞날은 캄캄했지만, 조국이 우리를 필요로 할 때가 반드시 찾아온다고 믿었다. 실제로 전쟁이 한창인 지금, 한편에서는 정전회담이 판문점에서 열리고 있지 않은가. 전쟁이 끝나게 되면 폐허가 된 국토 복구를 위해서도 선진과학기술이 반드시 필요하게 되고, 그때가 되면 과학 분야에서 활약하고 싶다고 입버릇처럼 그들은 말했다.

이 두 사람처럼 폼 나는 말 한 마디쯤 나도 하고 싶었지만, 과학과 수학이 변변치 못한 나에게는 과학기술 같은 건 꿈같은 얘기였다. 물리와 수학의 어려운 문제들을 척척 풀어내는 그들에게 선망과 열등감을 느낄 뿐이었다.

게다가 주학이는 굵은 저음의 매력적인 목소리를 가졌다.

국어시간에 주학이가 전율이 느껴지는 저음으로 교과서와 시를 감정을 듬뿍 담아 유창한 조선말로 낭독하면 여학생들은 넋을 잃고 꿈을 꾸듯 그의 목소리에 취했다.

상옥이로 말할 것 같으면 이제 막 결성 된 축구부 정규선수로 뽑혀 물 만난 고기처럼 거칠 것이 없었다.

체육수업은 새로 부임한 정세현 선생님이 담당했다. 체육대학을 갓 졸업한 젊은 선생님으로, 부임하자마자 가장 먼저 한 일이 축구부 결성과 감독 취임이었다. 체격도 좋고 수업과 운동경기의 통솔력도 논리적이고 활기찼다.

억수같은 비가 쏟아지는 날에는 운동장에 나가지 않고 교실에서 수업을 했다.

"오늘은 조선의 스포츠에 대해 얘기해 볼까?"

정 선생님은 잡다한 세상사 얘기라도 하듯 편하게 얘기했다.

"조선의 스포츠 가운데 인기 있는 종목이 무엇인지 아는 사람?"

곧바로 대답할 수 있는 학생이 있을 리 없다.

"그럼, 유명한 선수의 이름이라도 좋다."

"손기정!"

"남승룡!"

곧바로 두 사람의 이름이 여기저기서 튀어나왔다. 베를린 올림픽 마라톤에서 1위와 3위에 입상한 조선의 선수다.

기록영화 '민족의 제전'을 통해 알려진 베를린 올림픽은 손기정, 남승룡의 이름과 함께 조선의 영웅이 탄생한 대회로 소학교 때부터 귀에 딱지가 앉을 정도로 들어왔다.

"맞다. 손기정과 남승룡은….'

선생님은 그들의 이름이 나오자마자 흥분하기 시작했다.

당시 조선의 신문 동아일보는 두 사람의 입상을 1면에 사진과 함께 대대적으로 보도했다. 그런데 저녁 무렵 신문사로 일본 경찰들이 들이닥쳤다. 사회부장과 기자가 줄지어 연행되었고, 신문은 10개월 가까이 발행정지 당했다.

일본총독부는 신문에 실린 사진이 마뜩찮았던 것이다. 시상대에 오른 두 사람의 가슴에 붙은 일장기를 빈틈없이 먹칠해 보이지 않게 보도했기 때문이다.

유럽에 있던 손기정은 그런 소동을 알 까닭이 없었지만, 일장기에 대한 감정은 조국 사람들과 같았다.

올림픽이 끝난 뒤 초청 자리에서 사인을 요청받으면 그는 한글 아니면 영어로 'KOREA'라고 썼다. 2시간 29분 19초는 당시 올림픽 신기록이었다. 우리는 이 이야기를 수백 번도 더 들었지만 몇 번을 들어도 처음 듣는 이야기처럼 흥분되고 설레었다.

정 선생님은 예로부터 전해온 조선의 씨름과 널뛰기, 그네 등 전통 스포츠와 해방 전 일본의 스모와 육상경기대회에서 활약한 조선 출신의 선수들을 소개한 후에 축구이야기도 했다.

"축구는 조선인의 국기國伎다. 식민지시대이던 1928년, 전일본 고교선수권대회에서 조선의 숭실고교가 우승했고, 이듬해에는 평양고등학교가 준우승했다."

"예에? 정말입니까?"

믿을 수 없다는 탄성이 한꺼번에 쏟아졌다.

"거짓말이 아니다. 기록에 분명히 남아있다. 말이 나왔으니 덧붙이자면, 우리나라에 축구와 비슷한 스포츠가 들어온 것은 1882년경으로 추정된다. 그해 6월, 영국 군함이 처음으로 인천에 입항했다. 그들이 축구에 열광하는 모습을 보고 아이들이 나중에 따라해 널리 유행하기 시작했다는 일화가 있다."

서구열강이 조선에 개항을 요구했고, 조선에 들어온 그들이 즐겨했던 스포츠인 축구를 선물로 남겼다는 흥미로운 얘기였다.

"머지않아 도시대항전이 활발하게 열려 1930년대에는 경평축구대항전이 조선 전체를 뜨겁게 달궜다. 6회에 걸쳐 총 18차례 시합이 열렸고, 평양팀은 7승4패7무의 전적을 남겼다. 언제나 수만의 관중이 경기장을 찾았다. 경평축구대항전은 조선의 축구 수준을 급격히 끌어올렸는데, 그보다 중요한 것은 일본의 식민지 지배아래 조선민족의 기개와 단결력을 보여준 장이 되었다는 것이다. 축구를 통해 나라를 빼앗아간 일본에 적개심을 불태웠다. 때문에 당시 조선의 고교 팀은 일본고교 팀과의 대결에서는 절대로 패해서는 안 된다는 기백으로 시합에 임해 승리했다.

경성축구단과 평양일곡축구단 등 조선의 사회인 축구팀도 일본의 전국대회를 석권했다. 축구를 통해 조선인민이 죽지 않았다는 것을 보여주었다.”

당시 조선인들의 심정이 손에 잡힐 것처럼 느껴졌다.

“이러한 시합을 통해 민족의식이 고취되는 것을 두려워한 일본총독부가 1935년 제6회 대회 이후 시합을 중시시켰을 뿐만 아니라, 조선인이 세 명이상 모이는 것도 금지시켜버렸다. 축구장에 모인 조선인들이 기세를 몰아 데모라도 일으키면 곤혹스럽다고 여긴 것이다. 그러나 우리는 지금 해방된 독립국의 국민이 되었다. 미국의 침략에 반대하고 조국을 지키기 위해 싸우고 있는 영웅적인 인민이다. 조선축구의 전통을 이어받았으니 지금이야말로 우리가 실력을 쌓아야 됨이 마땅하다. 일본에서 조선인의 기개와 자존심을 보여줘야 되지 않겠냐?”

조선인만이 모인 조선고교야말로 그런 마음가짐을 지닌다면 충분히 해낼 수 있다며 선생님은 열정적으로 우리에게 의지를 불어넣었다. 조국의 전쟁과 학교문제로 긴장의 연속인 나날이었지만, 선생님은 축구를 통해 우리 스스로에게 자신감을 불어넣고 동포들에게도 활력과 기쁨을 줘야한다고 생각한 것이다.

비록 식민지시대였지만 구체적인 기록과 우승한 학교의 이름까지 나오자 남학생들 모두가 불끈불끈 투지가 끓어올랐다.

생각해보니 우리도 소학교 때부터 공차기에 열중했었다. 상옥이도 본국에서는 아주 어릴 때부터 공을 찼다고 한다.

‘원폭’ 선생과 ‘엣삿사’ 선생처럼 그저 열정만으로 체육수업을 하는 것과는 달리 정 선생님의 체육수업은 과학적인 체육이라는 생각이 들었다. 단거리 경주, 체조, 행진도 논리적으로 설명했고, 축구와 배구, 야구 등 구기 종목도 이론과 규칙, 작전 등을 강조했다.

축구부에 들어가려는 희망자가 쇄도했다. 이에 영향을 받아 차츰 야구와 탁구부 서클 활동도 활기를 띠었다.

고등학교 1학년인 상옥이가 정규선수로 뽑힌 걸 보면 역시 녀석에겐 그만한 실력이 있었다. 방과 후 구슬 같은 땀을 흘리며 운동장을 이리저리 누비는 씩씩한 모습에 반한 여학생들의 뜨거운 눈빛이 상옥이에게 집중되었다.

게다가 주학이와 상옥이는 질투가 날 만큼 단정한 용모까지 갖추고 있었다. 문무를 겸비한 이 두 사람에게 은근슬쩍 추파를 던지는 여학생이 이따금 내 눈에도 들어왔다. 낯간지러운 것은 두 사람과 급속도로 친해지고 있던 나와 승옥이한테까지 그 여파가 서서히 다가와 언제나 우리 네 명이 주위보다 돋보였다는 것이다.

이렇게 활기찬 모습은 우리 러시아어 반에만 그치지 않았다. 다른 반도 명예를 걸고 서로에게 존재를 과시하거나 허세를 부리기도 했다. 학급끼리 성적을 다퉜고 대항시합 때는 학급이 총출동해 우승을 겨뤘다.

수일이의 제안으로 우리 반은 수업시작과 끝날 때 전원이 합창을 하기로 했다. 투쟁가에서 동요까지 뭐든지 불렀다. 지금 한창 유행하고 있는 우타고에 운동(전후 일본의 음악문화운동)에서 부르는 러시아민요와 각국의 민요도 불렀다. 목소리를 하나로 모으는 합창으로 학급 전원의 마음도 하나가 되었다.

며칠이 지나자 옆 중국어 반에서도 합창이 들려왔다. 그로부터 또 며칠 후, 이번에는 영어 반에서도 보란 듯이 노랫소리가 들려왔다.

"아, 저쪽 반에서도 합창한다, 합창."

우리는 서로를 보며 웃었고 곧 반격에 나섰다. 다른 반 합창소리가 들리지 않을 때까지 몇 곡씩이라도 불렀다. 다함께 목청 높여 노래하며 우위를 과시한 것이다. 다만 편입생 학급만이 여기에 끼지 못했다. 일본학교와는 사뭇 다른 활기에 간담이 서늘해졌을지도 모른다. 더 놀라운 일은 러시아어 반에서 시작한 합창이 상급생 교실에도 전파된 것이다. 어느새 고교생들의 행사처럼 되어 수업이 끝나면 여러 교실에서 일제히 노랫소리가 울려 퍼졌다. 그 광경이 이색적이기도 하고 장관이기도 했다. 이런 계기를 만든 우리 러시아어 반은 커다란 공적을 세운 것처럼 몹시 우쭐해졌다.

그날도 합창으로 하루를 마치고 승옥이, 주학이와 셋이서 함께 하교를 했다.

주학이는 우에노역 입구 정면에서 오른쪽으로 1킬로 정도 떨어진 다카라호텔 뒤 조선부락에 살았다. 술을 밀조한 혐의로 경찰기동대에게 '새벽녘의 급습'을 수없이 당했고, 지금은 조선전쟁 반대운동 거점 중의 하나로 지목되어 경찰에 미움을 사 감시를 당하고 있는 동포부락이다.

우리 셋은 게이힌 도호쿠센 닛뽀리역에서 갈라진다. 주학이는 곧장 가고, 나는 죠반센, 승옥이는 케이세이센 열차로 갈아탄다.

"이거 읽어 봐라."

가미나카자토역을 통과했을 때 주학이가 등사판으로 인쇄된 갱지를 가방에서 꺼냈다. **조선인 자녀의 교육을 지키기 위해**(공립조선인학교의 사립이관 반대서명 취지서)라고 고딕체로 써 있다.

"우리학교가 도립에서 사립으로 바뀐다는 소문이 돌던데 이게 그 얘기야?"

"또 학교가 봉변을 당할 것 같다. 암튼 읽어 봐."

조선학교가 도립으로 이관된 당초부터 머지않아 다시 사립으로 이관된다는 소문이 누차 사람들 입에 오르내렸다.

'도립 조선학교는 어디까지나 GHQ 점령 아래의 잠정조치'라고 도교육청은 당초부터 말해왔다.

샌프란시스코 강화조약은 1951년 9월에 조인되어 이듬해인 1952년 4월에 발효되었다. 일본은 6년 8개월 만에 국제사회로 복귀한 것이다.

도립학교로 이관되고 2년 만에 도교육청은 결국 의사를 분명히 했다.

'강화조약이 발효되면 일본과 조선의 관계가 대등해지기 때문에 이후 조선인의 교육에 대해 일본정부는 아무런 책임도 없다'

도립에서 사립으로 이관시킨다는 도쿄도의 구체적인 방침이 발표되지는 않았으나, 불꽃이 피어오르기 시작한 문제를 서둘러 진화해야만 했다. 학부형과 선생님들이 위기를 느끼고 여론에 호소하는 것을 우리는 다양한 기회를 통해 보고 들었다.

주학이가 읽어 보라고 건네준 일본 저명인사가 발표한 '사립 이관을 반대하는 취지서' 는 알기 쉽고 권위가 느껴졌다.

취지서는 다음과 같은 문장으로 시작했다.

근래 재일조선인에 관한 많은 사건이 보도되어 정부도 이에 대해 여러 시책을 강구하고 있습니다. 그러나 보도된 내용의 대부분은 핵심에서 벗어나 있고, 정책도 사태를 오히려 악화시키기만 해 유감을 금할 수 없습니다. 특히, 정부가 재일조선인 문제를 '치안의 문제' 로 다루는 태도는 예전 나치의 유대인 대책을 방불케 하고, 국내에 있는 타민족에 대한 근본적인 검토 부족을 통감하게 만드는 꼴입니다.

재일조선인의 대부분은 고국의 여러 지역에서 불문곡직하고 납치되어 왔기 때문에 일본에서는 도저히 인간다운 생활을 유지할 수 없는 임금으로 탄광과 토목공사 인부 등 비참하기 짝이 없는 강제노동을 강요당했습니다. 전쟁이 끝났음에도 정부는 그들을 제3국인으로서 아무런 보호도 않았으며 … 돌이켜보면 재일조선인이야말로 일본제국주의의 야만적인 전쟁 수행의 최대 희생자라고 해도 과언이 아니지 않습니까.

군의 재정비 때문에 현재 일본인 노동자의 생활도 더욱 궁핍해졌는데, 조선인의 곤궁은 한층 더 심해 상상을 초월하는 것입니다 … 그들이 그저 살기 위한 일념으로 어쩔 수 없이 행동을 시작하면 목청 높여 그것을 폭력이라고 선전하고 … 전쟁이 한창인 남조선으로 강제송환까지 기획했습니다.

그러나 이러한 방법은 재일조선인의 문제를 결코 근본적으로 해결하는 것이 아니며 더욱더 조선인의 삶을 궁핍의 구렁으로 몰아 나아가서는 사회불안을 부채질하고, 아시아의 동포인 일 · 조 양국의 민족간 재앙과 적의에 불을 붙이고, 일본을 재차 침략전쟁으로 몰아붙이는 수단으로까지 이용되기 때문입니다.

승옥이가 옆에 달라붙어 정신없이 취지서를 따라 읽었다.

조선인은 식민지 36년의 암흑시대에 진정한 조선인이 되기 위해 필요한 모국어인 조선말에 의한 교육의 기회를 모두 박탈당했을 뿐만 아니라 황민화 교육이라 칭하는 복종교육, 노예교육을 강요당해 왔습니다. 해방 후 그들은 누구보다 먼저 온 힘을 쏟아 자민족의 자녀들에게 모국어를 가르치고, 모국의 역사와 전통, 풍속, 습관을 가르치는 조선인학교를 경영하기에 이르렀습니다. 이것은 한 민족으로서 참으로 지당한 교육의 모습이라 하지 않을 수 없습니다… 그러나 1949년에 일본정부는 일본학교 교육법을 그대로 따르지 않는다는 이유로 이 학교들을 모조리 강제 폐쇄해 버리고 만 것입니다.

지금 또다시 도쿄도와 그 외의 도시에서 공립학교로서 지방자치의 감독을 받는 나머지 학교조차도 사립으로 이관시키려고 합니다. 현재 재일조선인의 궁박한 경제생활과 끊임없는 정치적 압박 아래에서 학교를 사립화 하는 것은 폐교로 이끌어가기 위한 시책에 지나지 않음은 한 치도 의심할 여지가 없는 부분입니다…

문득 주학이가 어떻게 이런 것을 갖고 있는지 이상했다.

차창 밖을 보니 전차는 어느새 다바타를 지나 닛뽀리에 가까웠다.

"이거 누구한테 받은 거냐?"

"이런 것도 있다."

묻는 말에는 답하지 않고 주학이가 다시 가방에서 등사판 타블로이드 신문을 꺼냈다.

"이건 **조교조 뉴스**잖아?"

조교조 뉴스는 조·일 양국 교사조합에서 발행한 기관지로 사립이관 반대운동 기사들로 가득했다.

"별걸 다 가지고 있네."

승옥이가 재빨리 신문을 낚아채더니 양손으로 펼쳐 들었다.

"외삼촌이 조합 임원이야. 도립에서 사립으로 이관되면 동포들이 모두 가난해서 학교를 운영할 수 없게 될 지도 모른다고 걱정하고 있어. 외삼촌은 지금 우리 집에서 학교로 출근해."

"외삼촌이 누군데?"

나와 승옥이가 동시에 물었다.

"원폭 선생."

주학이가 곤혹스레 모기만 한 소리로 대답했다.

"뭐어? 거짓말! '원폭' 이 외삼촌이라고?"

우리는 너무 놀라 동시에 소리질렀다.

중학교 때 체육수업에 늦은 벌로 '원폭' 선생에게 대나무 회초리로 종아리를 맞았었다. 찌리릿 전해오는 그날의 통증이 떠올라 나도 모르게 오른쪽 다리에 손이 갔다.

"원폭 선생 신동준이 우리 외삼촌이다. 창피해서 지금까지 말 안 했다."

전차는 닛뽀리역 홈으로 미끄러져 들어갔다.

또다시 학교에 중대한 일이 터진 것 같았다. 취지서의 나머지도 마저 읽고 싶었다. 주학이의 정보원인 '원폭' 선생이 학교의 현황과 장래에 대해 뭐라고 했는지도 몹시 궁금했다.

"좋아, 이대로 니네 집으로 가자!"

승옥이와 나는 또 입을 맞춰 소리쳤다.

우에노역은 몹시 혼잡했다.

이 역은 나한테도 달콤 씁쓸한 추억이 있다. 도쿄에서 태어나고 자란 나는 오랫동안 거주한 미나미센주南千住 외에는 거의 몰랐지만, 우에노역 주변은 익숙했다. 일본이 패전한 후 형과 함께 장사할 물건을 사러 갈 때도 자주 우에노역에서 기차를 탔다.

우에노역 지하도에 무리지어 살았던 도쿄대공습 이후의 이재민과 전쟁부랑아들은 너무도 유명하다. 그때 부모형제를 잃었다면 나도 이 지하도에서 살았을지 모른다.

소학교 4학년 소풍은 우에노 동물원으로 갔다. 아마 도쿄도내 조선학교들의 연합운동회도 몇 번인가 우에노의 산에서 열린 것으로 기억한다. 무엇보다 역 주변을 잘 알게 된 것은 역시 중학생 때 반전 서명 운동을 한 탓이다. 서명을 받기 쉬운 장소를 물색하느라 역무원과 경찰관의 순시를 교묘히 피해가며 역 구내를 이리저리 뛰어다녔었다.

역 앞 쇼와거리를 지나 지하도를 거쳐 지상으로 나왔다.

밖으로 나온 순간 귀청이 찢어질 듯 요란한 소리에 깜짝 놀랐다. 오고가는 자동차 소음, 고층빌딩 건축현장에서 들리는 금속음, 바로 옆 파친코 가게에서 흘러나오는 소음이 고막을 찢을 것처럼 들려왔다.

"어휴, 시끄러워."

무심코 우리 셋은 비명을 지르며 마주보고 웃었다.

지금 도쿄는 조선전쟁 특수로 빌딩건설 붐이라고 신문도 보도했다. 게다가 파친코는 ALL 20라는 연속발사가 가능한 기계가 새로 나와 전국적으로 유행이었다. 태일이의 형은 지금쯤 호황을 맞아 웃음이 끊이지 않을 것이다.

파친코 가게 옆으로 아이를 데리고 나온 주부들 십여 명 정도가 모여 있었다. 모여든 주부들 한 가운데에서 중년 남자가 쉰 목소리로 길거리에 넘쳐나는 소음에 질 수 없다는 듯 새로 나온 전기세탁기를 목청껏 선전했다. 편리한 기계가 나온 걸 신기해하며 우리는 사람들에게서 멀어져 오카치마치御徒町 방향으로 향했다.

주학이는 우에노역과 오카치마치역 중간쯤의 쇼와거리에서 왼쪽으로 꺾어졌다. 십 미터도 떨어지지 않았는데 역 주변의 활기와는 전혀 다른 모습의 소란함과 혼잡한 세계가 거기 있었다.

주학이가 뒷골목 교차로에 멈춰서더니 우리에게 말했다.

"여기가 우리 동네다."

전후좌우로 초라한 함석지붕이 길게 이어진 집들이 빽빽하게 처마를 잇대고 늘어서 있다. 건물사이 간격이 3미터 정도 폭으로 좁아서 이곳에 동포들이 얼마나 살고 있는지 짐작이 되지 않았다. 신축 빌딩 건설 따위는 바랄 수도 없지만, 큰 도로에서 겨우 십 미터 떨어졌을 뿐인데 이토록 다른 풍경에 당황스러웠다.

하지만 천천히 둘러보니 '우리 동네' 다운, 역 앞의 풍경과는 사뭇 다른 활기와 숨결이 느껴졌다. 삼베 치마저고리를 입은 할머니들이 지붕 아래 평상에서 담소를 나누는 모습이 저만치 보이는 것이 정靜이라고 한다면, 커다란 대야에서 물장난을 치고 있는 어린애와 코흘리개 녀석들이 칼싸움 놀이를 하느라 정신없이 고함을 지르며 뛰어다니는 모습은 동動이라 하겠다. 물론 동적인 모습은 다른 곳에서도 찾을 수 있다. 교차로 길모퉁이 땅과 도로에 접해있는 기다란 지붕 여기저기에 때 묻은 나와노렌(줄을 꼬아 만든 포렴)이 내걸린 호르몬야끼 가게, 원색의 옷감을 진열대에 내놓은 조선의류 가게와 조선 건어물 가게에 드나드는 사람들이 그것이다.

주학이는 부락의 중심거리로 걸어갔다.

나는 낯익은 원풍경에 마음이 평온해졌다. 오히려 자주 가던 미카와시마三河島 조선부락과 비교해 몇 배나 큰 이 부락이 흥미로워 정신없이 이곳저곳을 둘러보았다.

건어물 가게에는 뭐든지 있었다. 고추, 마늘, 참깨, 상추, 조선의 떡 종류, 각종 반찬, 생선과 육류의 내장들, 명태, 족발, 돼지 귀, 각종 김치가 세숫대야 같은 곳에 수북이 담긴 채 도로까지 자리를 차지하고 있었다.

미카와시마 조선인부락에도 건어물 가게는 있었다. 볼 때마다 든 생각은 과연 이런 물건이 상품이 될 수 있나 하는 것이었다. 우리가 매일 먹는 것들로 별로 특이하지도 않다. 치마저고리를 맞추려면 전문 의류 가게에 가야하지만, 매일 먹는 김치 종류는 집에서 담가 먹는 것이 상식이었다. 처녀가 김치를 못 담그면 시집도 못 간다는 말이 있지만, 내가 시집을 가는 것도 아닌데 어릴 때부터 사내인 나도 김치 담그는 일을 도와야 했다.

이런 물건들로 장사를 한다는 것은 조선인 외에도 조선의 맛에 친근함을 느낀 일본인들이 사러 오기 때문인 것을 나는 최근에서야 알았다. 정확히는 알 수 없지만 적어도 조선을 좋아하기 시작한 것이라는 생각에 낯간지럽기도 하고, 거북하기도 했다.

한 아주머니가 북어 꾸러미를 들고 큰소리로 점원과 값을 흥정했고, 그 옆에는 일본인으로 보이는 아저씨와 아주머니가 신기한 듯 여러 상품을 손가락으로 가리키며 점원에게 뭔가를 물었다.

건어물 가게 이상으로 사람들이 많이 찾는 곳은 호르몬야끼 가게들이다. 어느 곳이나 조선인과 일본인 노동자로 보이는 손님들이 대부분인데, 가게 문을 활짝 열어젖힌 채 뭉게뭉게 피어오르는 연기와 구수하게 구워지는 고기 냄새가 도로까지 풍겨왔다.

호르몬은 소나 돼지 내장의 한 종류다. 일본의 정육점에서는 상품으로 팔지 못하는 이런 내장들을 모두 버렸다. 돼지를 키우던 시절 우리 집도 돼지 먹이로 쓴다며 이것을 사온 후 돼지가 아닌 인간의 단백질 보충을 위해 먹었다. 조선인이 여기에 양념을 하고 호르몬이라는 이름을 붙여 팔게 된 이후 서민적인 싼 가격과 대중적인 맛이 일본인의 입에도 익숙해진 것이다.

여하튼 길게 늘어선 점포들 가운데 이런 점포는 손에 꼽을 정도이고, 그마저도 일본의 야타이屋台보다는 조금 나은 보잘 것 없는 것이었지만, 눈에 보이지 않는 무언가가 꿈틀거리는 활기가 느껴졌다. 이상하게 이곳만큼은 정비도 되어있지 않아 도로는 울퉁불퉁하고 흙이 그대로 드러나 있었다. 그것이 오히려 이 땅에 바짝 엎드려 살고 있는 '우리 동네' 사람들의 끈질긴 생명력을 보여주는 것 같았다.

"얘들아, 이쪽이야."

우리에게 손짓하며 점포들이 늘어선 골목으로 주학이가 들어갔다.

지붕이 하나로 이어진 가옥들의 간격은 몹시 좁았고 골목은 미로 같았다. 몇 번이나 좌우로 꺾어졌기 때문에 어디가 어딘지 도무지 알 수 없었다.

갑자기 모퉁이에서 머리에 보자기를 두른 소학교 4학년쯤으로 보이는 소년이 플라스틱 칼을 휘두르며 우리 앞을 뛰어 지나갔다. 곧바로 소년을 부르는 성난 할머니의 목소리가 뒤따라왔다. 한복치마에 메리야스만 입은 칠순 가량의 노파였다. 오른손에 파리채를 들고 잔뜩 화가 난 얼굴로 소년을 쫓았다.

노파는 주학이를 보자 멋쩍은 표정으로 물었다

"이제 오냐. 우리 손주 녀석 어디로 도망쳤다냐."

"할머니, 수식이는 오른쪽으로 돌아갔어요. 오른쪽요!"

주학이가 노파의 등에 대고 소리쳐 대답했다.

"이놈의 새끼, 공부는 안 하고 놀기만 할 거냐!"

손자를 꾸짖는 할머니의 목소리가 모퉁이를 돌아선 곳까지 들려왔다. 이곳 사람들은 조선말이 일상용어 같았다.

주학이네 집은 골목 끝이었다. 그 건물만 목조 2층 가옥이었는데 길게 지붕이 이어진 점포들과 마찬가지로 처마를 잇대고 있었다.

2

현관으로 들어가니 5평쯤 되는 실내에 짐 상자를 동여매 놓은 자전거가 세 대 있고, 잇닿은 안쪽으로 3평쯤 되는 방과 부엌이 하나로 붙어있다. 햇빛과는 인연이 없는 듯 실내 전체가 어둑했다. 바깥의 밝은 빛에 익숙해진 눈에 40촉 백열전구가 부엌만 불을 밝히고 있는 집안이 들어오기까지 약간 시간이 걸렸다.

"갔당와시냐."

부엌에서 설거지를 하고 있던 어머니가 주학이가 돌아온 것을 알아차리고 돌아보지 않은 채 말했다. 주학이가 친구들을 데려왔다고 하자 그때서야 이쪽을 보고 앞치마에 손을 닦으며 빙그레 웃으셨다.

사십 대 중반의 체격이 아담한 분이다. 웃을 때 표정이 청초해서 배우 다나카 키누요가 떠올랐다. 눈매와 콧날이 가지런한 주학이는 어머니를 닮았다. 주학이 어머니가 '원폭' 선생의 누님이니 어머니의 성은 신 씨다.

"안녕하십니까?"

나와 승옥이는 씩씩하게 인사를 했다.

2층으로 올라가자 바닥에는 마루가 깔려 있어 널찍해 보였다.

공업용 재봉틀 3대와 다리미판이 벽 쪽에 있었고, 중앙에 놓여있는 재단용 넓은 테이블에는 다섯 명의 직원들이 각각의 작업대에서 작업을 하고 있었다.

주학이네는 봉제업을 했다.

속옷, 점퍼, 양복 등을 칸다神田에 있는 도매상에서 주문을 받아왔다. 옷감과 종이견본만 있으면 뭐든지 만든다고 한다. 옷 한 벌을 만들어 내놓으면 값이 매겨지는 품삯벌이다. 여기저기에 회색, 감색의 옷감과 완성된 점퍼가 산처럼 쌓여있다. 지금은 점퍼만 만들고 있는 것 같았다.

재단용 테이블에서 가위질을 하고 있는 오십에 가까운 덩치 큰 남자가 주학이의 아버지인 것 같았다. 테가 없는 안경을 쓰고 등을 구부린 채 작업에 여념이 없었다.

인사를 하자 주학이 아버지는 일손을 멈추지 않은 채 가족과 집안환경 등을 물으셨다. 제주도 출신인 주학이 부모님은 우리가 동향 지인의 자식인지 아닌지를 확인하신 것이다. 나도 어딘가에서 인연이 닿아있지 않을까 싶어 기대하며 대답했지만, 우리 집과는 아무런 연이 없었다.

주학이 방이 어딘지 도무지 알 수 없어 실내를 살펴보았다.

밖에서 볼 땐 분명히 2층 건물이었다. 실내 전체에 마루가 깔려있어서 방처럼 보이는 곳은 없었는데, 안쪽에 위로 통하는 단조로운 계단이 보였다. 올라오라는 주학이 말에 계단을 올라갔더니 놀랍게도 천정이 낮은 두 평 반쯤 되는 다락방이 2개나 있었다. 부락도 미로 같았는데 집안은 요술을 부려놓은 것 같았다.

"우선 앉아라. 이 방은 불법건축으로 한 층을 덧붙여서 만들었어. 옆방이 '원폭' 방이야."

그 방에 들어갈 것도 아닌데 괜히 겁이나 원폭 선생의 방을 힐끔 쳐다보았다.

방에는 책상 두 개와 책장이 나란히 있고, 방바닥에 이불이 꽃무늬 천으로 감싸져 있었다.

"주학아, 호꼼만 알로 내려와 보라."

앉기도 전에 아래층에서 아버지가 주학이를 부르신다.

"예에."

주학이가 아래층으로 내려간 사이 우리는 달리 할 게 없어 전차 안에서 읽던 취지서를 마저 읽어보기로 했다. 승옥이가 들러붙어 보는 게 싫어서 아예 내가 큰소리로 읽기 시작했다.

…또한 앞서 말한 조선학교를 폐쇄한 지역에서 일본인학교에 수용된 학생의 50%이상이 이미 학교를 그만두었습니다. 이 사실은 조선인의 자녀가 일본인학교에서 교육받는 것이 얼마나 어렵고, 더없는 불행으로 이어지는지 여실히 보여줍니다…무리하게 조선인 자녀를 일본학교에 입학시킨다면, 그들을 모국의 역사도 전통도 배우지 못하는 인간으로 만들거나 교양 없는 부랑아를 대량으로 생산하는 것에 지나지 않습니다.

신문과 논설도 재일조선인이 선거권 등 일체의 권리를 거부당하는데도 불구하고 세금만은 변함없이 부담하고 있는 사실은 다루지 않고, 재일조선인을 위해 매년 막대한 돈이 든다는 것, 게다가 그들이 폭력화되었고, 조선인학교가 빨갱이 양성소라고 선전하는 일에만 열을 올린다는 것입니다.

…

조선인 문제는 이렇게 '사전계획 없이 즉흥적'으로 치안문제와 탄압정책으로 처리해서는 안 되며, 좀 더 조선인들의 생활 안정과 인간으로서 권리를 부여하는 방향으로 생각하지 않으면 결코 진정한 해결에 이를 수 없다고 생각하는 바입니다.

이런 이유로 정부의 현재와 같은 시책이 계속된다면 일본과 조선민족 사이에는 더 불행한 사태가 발생한다는 것을 단언하지 않을 수 없습니다. 우리는 특히 두 민족의 문화와 교육의 발전, 평화로운 일·조 친선관계수립을 위해 정부의 시책에 과오가 없기를 갈망하는 일념으로 도쿄도뿐만 아니라 다른 지역 조선인학교의 사립화에 반대하고 당국의 선처를 요구할 수밖에 없는 실정입니다 …

주학이가 보리차를 들고 올라왔다.

"조선인을 위해 매년 막대한 돈을 쓰고 있다는 게 무슨 뜻이야?"

"아, 그거. 도쿄도가 우리학교에 돈을 주고 있다는 말이다."

보리차를 나눠주며 주학이가 말했다.

"사립이었던 학교를 무리하게 도립으로 바꿨으니까 돈이 드는 것은 당연하지. 그러니까 공립학교 아니겠어. 생색내기는."

승옥이가 비죽거린다.

"도쿄도가 우리학교에 돈을 얼마나 주고 있는데?"

"삼촌한테 들으니 연간 5천만 엔 정도래."

"엄청나다."

나는 놀라서 휘파람 소리를 냈다. 하지만 5천만 엔이 어느 정도인지 짐작이 되지 않았다.

"다만 그 돈은 대부분이 일본인 교사들의 월급으로 쓰인대."

"뭐야, 생색은 실컷 내더니. 그게 사실이면 그렇게 부풀려 말하면 안 되지. 그럼 조선인 선생님들의 급료와 학교 운영비는 누가 내는데?"

"PTA(교사와 학부형들의 모임) 회비에서 지급하고 있어. 그 외에 학부모님들과 동포 유지들의 성금으로 꾸려가고 있대."

PTA 회비의 사용처 같은 건 생각해 본적도 없다. 그 돈이 조선인 교사들의 급료와 학교운영비로 쓰인다는 설명을 들으니 어쩐지 이해가 되었다. 그리고 앞으로 PTA와 동포들이 힘을 모아 교실 8개의 2층짜리 새 교사를 만들 계획이라고 했다.

고등학생이 되고 난 후부터 우리는 교문 정면에서 보이는 단층 목조 교실에서 공부한다. 중학교 입학 후 3년이 지난 지금, 중·고 전교생은 1,500명 정도로 불어나 어느 교실이든 60여 명의 학생들로 빼곡하게 들어찬 상태였다.

PTA에서는 여러 차례 도쿄도 측에 교실 증축을 요구했지만 전혀 들어주지 않고 있다. 답변을 기다리기 지쳐 도의 협력과는 상관없이 학부형과 동포들의 기금으로 새 교사를 신축하려는 것이다.

"학습원대학 학장인 아베 아무개 씨가 이런 얘길 했어."

주학이가 의기양양하게 조교조 뉴스를 펼쳐 읽기 시작했다.

"사립이관 문제는, 조선인측의 단순한 재정적 곤란 때문이 아니라 일본과 조선의 역사적 관계로 보더라도 도덕적으로 일본인도 도와야 마땅하다."

"그게 무슨 뜻이야?"

"돈 문제 따위로 좀스럽게 이러쿵저러쿵 말하지 마라. 일본은 조선을 식민지로 삼아 고통스럽게 했으니까 재일조선인의 민족교육에는 윤리적으로도 도덕적으로도 원조하는 것이 당연한 일이라는 얘기야. 맞지?"

승옥이가 주학이에게 얼굴을 들이밀며 확인하듯 물었다.

"뭐, 그런 얘기지. 구리바야시 타미오栗林農夫라는 학자는 더 분명한 말을 했어."

다시 주학이가 신문을 쳐다봤다.

'기초적인 교육은 모두 조선말로 하는 것이 당연함. 일본어는 보충학습으로 충분하고, 조선학교는 일본이 국가적으로 보장해야 함. 이렇게 하는 것이 옳으며 또한 두 민족이 국제적인 관계가 될 것이다. 올바른 관계란 민족의 독립과 평화이다'

"또 마키노 슈키지牧野周吉라는 사람은 이렇게 말했어."

주학이는 마치 강의라도 하는 것 같은 말투다.

'일본인은 과거 압제자로서 반항하는 것에 대해서는 민감하면서도 압박하고 있다는 사실에는 둔감하다. 일본인 스스로 민족교육에 충실히 임해야 하는 시대에 와 있다. 지금은 재일조선인들이 앞에 나서 사립이관을 반대하는 역사적 의의를 인정해야만 한다'

"그렇게까지 얘기해 주는 것은 좋지만 좀 낯간지럽네."

매스컴은 한사코 조선학교를 뭇매질해 왔다. 지금까지와는 정반대의 이야기를 들으니 어쩐지 어이없고 몸이 간질거렸다.

"조선인학교에 협력하는 것은 일본인으로서 윤리, 도덕적으로도 당연하다는 말이지. 하지만 돈을 준다고 간섭하면 곤란하지. 간섭 당할 바에야 아예 돈을 안 받는 게 낫다. 간섭은 하지 말고 응원만 해주면 좋을텐데."

승옥이의 강한 독립심에 감탄했다.

"맞아. 승옥이 의견과 같은 얘기를 평소 카지 선생님도 말씀하셨어."

중학교 때 담임이었던 카지 선생님의 이름이 별안간 튀어나오자 갑자기 선생님이 그리워졌다.

"선생님이 뭐라고 하셨는데?"

"개인적인 의견이라며 얼마 전에 카지 선생님이 원폭에게 이런 얘기를 했대."

신문에도 나오지 않는 자기만 아는 생생한 정보라며 주학이가 거드름을 피우자 승옥이가 재촉했다.

"알았으니까 빨리 말해 봐."

"카지 선생님은 첫째 재일조선인의 교육은, 고등학교 이하는 의무교육으로 공비로 운영하고, 교육내용은 조선인의 자주성에 맡겨야 할 것. 두 번째로, 재일조선인이 민족교육을 지키는 것을 일본인 자신들의 민족교육확립의 문제로 봐야 한다고 했대."

나도 모르게 감탄사가 튀어 나왔다.

꿈같은 이야기라 카지 선생님이 너무 앞서 나간 게 아닌가 하는 생각도 들었다. 고등학교 이하의 조선학교를 공비로 운영한다니, 해가 서쪽에서 뜬다 해도 일본 당국이 그런 생각을 할 리 없다. 하지만 카지 선생님이 그렇게까지 생각하고 있을 줄이야. 진정한 우리의 동지 같아서 무척 기뻤다.

"실제로 일본에서 학교에 가야하는 조선인 아이들이 얼마나 된대?"

승옥이가 물었다.

"고교생까지 합치면 12만 명에 이른다고 '원폭'이 얘기했어."

"12만 명이나 된다고?!"

"그런데 지금 조선학교에는 몇 명이나 다니는데?"

이번에는 내가 물었다.

"2만 명."

"겨우 그것밖에 안 돼?"

"조련(재일조선인연맹)이 있을 당시에 6만 명 정도였는데, 폐쇄령이 내려진 후 많은 학교가 폐교돼 버렸어. 끝까지 남은 학교에만 2만 명 정도가 다니고, 나머지 10만 명은 일본학교로 편입됐지. 그 10만 명이 일본의 공립 소·중학교에 편입됐으니까 경비는 반액 국고부담으로 면제되는 게 당연하지만, 그렇다고 그것이 조선인을 양성하고 교육하는 일과는 아무 상관이 없다고 카지 선생님이 말했어."

"그 말이 맞네."

내 말에 승옥이도 수긍했다.

"결국 카지 선생님의 주장은 일본정부가 재일조선인교육을 위해 해야 할 일은 경비의 전액 부담과 시설·설비 등의 조건 정비뿐이고, 나머지는 모두 조선인 스스로에게 맡겨야 한다는 것이야. 다만 거기에는 조건이 붙는다. 희망하는 조선인들이 완전히 조국으로 귀국이 가능해 질 때까지라는 조건이지만 말이야."

나는 문득 떠오르는 일이 있었다.

"사이타마에 사는 친척 아주머니한테 들었는데, 일본중학교에 보낸 자식이 어째서 자기를 조선인으로 낳았냐고 원망했대. 조선인에 대한 차별이 심하니까 부모도 자식의 국적을 숨겼고, 근처에 조선학교가 없으니까 깊이 생각하지 않고 일본학교에 보낸 건데, 어떻게 대답해야 좋을지 모르겠다며 한탄하셨어. 근처에 조선학교가 없는 경우야 어쩔 수 없다지만, 있어도 보내지 않는 부모도 있잖아. 10만 명이나 되는 애들의 부모는 민족교육 따위 필요 없다고 생각하는 건가?"

"야마시타 선생님도 카지 선생님과 같은 생각이야."

"야마시타 이치로 선생님? 세계사 과목?"

야마시타 선생님은 고등학교에서 세계사를 가르치는 일본인 교사다. 키는 작고 치아는 까맣고 늘 산발머리에다 깡마른 체형이라 허리띠가 반쯤 남아 꼬리처럼 축 늘어뜨리고 다녔다. 아무리 봐도 별 볼일 없는 풍채의 선생님이지만, 수업은 몹시도 재미있었다. 외삼촌인 '원폭' 한테서 들은 얘기라지만 내버려두면 주학이의 입에서 무슨 얘기든 다 나올 것 같았다.

"아무리 교육조건이 정비되어도 그것만으로는 발전할 수 없다고 야마시타 선생님이 말했대. 민족교육이라고 쉽게 말하지만 확실한 체계가 잡히지 않았고, 조선인 스스로가 독립민족으로서 책임을 갖고 연구를 거듭해 갈 필요가 있다고. 그러기 위해서는 우수한 지도력을 가진 교사를 계속 배출해 낼 수 있는 대학을 설립하지 않으면 안 되고, 독자적인 교육위원회, 교과서 편찬, 각종 연구조직과 학교별로 민주적인 운영조직의 확립 등 반드시 해야 될 일이 산재해 있다고도 말했어."

"대학이라…."

"얘기가 점점 더 커지는데."

"엄청나다 그 얘긴. 멋지다. 어차피 조선인에게는 대학을 만들 돈이 없겠지만 말이야."

"그런데 조교조(조선교직원조합)의 조합장이 누구야?"

승옥이가 주학이에게 물었다.

"히로타 오사무."

"뭐라고? 영어 선생 그 젠틀맨?"

"응, 젠틀맨 맞다."

"거짓말 같다. 일본인 선생님들이 모두 우리의 진정한 동지가 되었구나."

중학교 1학년 때 일본인 선생들과의 대결을 생각해 보면 이토록 달라진 모습에 적잖이 놀랐다.

"조교조가 이번에는 일본교직원조합의 교육연구전국집회에 나와서 사립이관 반대와 민족교육에 관해 전국의 일본 교사들에게 호소할 준비를 하고 있대."

"제대로 하네, 젠틀맨 선생."

"카지 선생님도 정말 열심이시고."

그때 주학이 어머니가 고구마와 김치를 쟁반에 담아 올라오셨다. 잘 익은 김치가 그릇에 수북하다. 먹을 것을 보자 갑자기 배가 고파진 우리는 허겁지겁 고구마를 먹었다.

아래층에서 아버지가 주학이를 다시 부르셨다.

주학이가 아래층에 내려간 사이 나는 고구마를 입에 문 채 책상 위에 있는 라디오 스위치를 켜고 책장을 들여다봤다.

교과서와 참고서가 꽂혀있고, 그 옆으로 소설과 사회과학서 사이에 **레닌주의의 기초**가 보였다. 얼마 전에 조방위 회의에서 이 책을 학습한다는 얘기가 떠올라 책을 꺼내 들고 팔랑팔랑 책장을 넘겨보는데 뜻밖에 책속에서 주학이 앞으로 온 편지가 있었다. 뒷면을 보고 깜짝 놀랐다. 정성스럽게 날짜까지 적힌 편지는 불과 한 달 전 박영희가 보낸 것이다. 중학교 여름방학 때 나는 그녀에게 엽서를 보낸 적이 있다. 시큰둥한 답장이 방학이 끝나기 직전에 도착했다. 관심이 있었다면 언제라도 학교에서 만날 수 있을 텐데, 영희가 주학이에게 편지까지 보낸 이유는 뭘까?

"재밌는 책이라도 있냐?"

"아, 아니 없어."

승옥이가 말을 걸어와 당황한 나는 손에 들고 있던 책을 얼른 책장에 집어넣었다. 갑자기 머릿속이 혼란스러웠고 얼굴까지 빨갛게 상기되었다. 라디오에선 에리 치에미가 부르는 테네시 왈츠가 흘러나왔다. 낮고 허스키한 그녀의 목소리가 오늘따라 내 마음을 갈기갈기 할퀴어 놓는 듯했다. 가슴속에서 뭔가가 와르르 무너지는 것 같았다.

주학이가 올라왔다.

"미안한데 지금 칸다에 있는 도매상에 배달가야 할 것 같아. 자전거 한 대로는 다 싣지 못하는데. 승옥아, 나 좀 도와줘라."

"응, 알았어."

"괜찮으면 오늘 밤은 우리 집에서 자고 가라."

"아, 그거 좋지."

혼자인 승옥이는 어디서든 부담 없이 외박을 해 식비를 절약했다.

주학이와 영희는 어린 시절을 조선에서 보냈다. 조국의 고향에서 그곳이 고국이라고 의식할 필요도 없이 자랐다. 지금은 일본이라는 이국땅에서 조국과 고향을 그리워하고 있다. 주학이와 영희는 조선인의 감정과 정감의 원천인 조국을 공유하고 있는 것이다. 나는 그들과 공유할 만한 감정과 정감을 갖고 있지 않았다.

나에게 없는 그것을 영희가 주학이에게 느낀 것일까?

체포, 감방 사람들

1

1953년 6월 25일 저녁 8시경, 최루탄과 화염병이 난무해 마치 시가전을 방불케 한 신주쿠역 동쪽출구 아수라장 속에서 나는 경찰에 체포되었다.

엎치락뒤치락 있는 힘껏 저항하는 사이에 한 아주머니와 태일이가 재빨리 군중 속으로 숨어드는 것을 먼발치에서 확인했다.

건장한 체격의 사복경찰 두 명이 땅바닥에 내 이마를 찍어 누르고 겨드랑이 사이로 팔을 넣어 뒤로 꺾은 뒤 등 뒤로 두 손에 수갑을 채운 채 경찰차에 집어넣었다.

공무집행방해. 나는 체포되었다는 두려움보다 수갑이 채워진 굴욕감이 앞섰다. 그러나 '이것으로 됐다'고 마음 한구석으로는 안도감이 들었고, 이상하리만치 차분해졌다. 그나마 운이 좋았다고 할까, 불기소처분으로 다음날 저녁 무렵 석방되었다. 꼬박 하룻밤의 '유치장행'이었다.

조선전쟁 발발 기념일인 이날을 시작으로 7월까지를 민전(재일조선인민주통일전선)은 '평화옹호 구국투쟁 월간'으로 삼았다.

파괴활동방지법 타도를 위해 들고 일어난 일본국민과 함께 '조선전쟁 즉시정전'을 요구하고, 이날 오후 5시부터 신주쿠 스케이트장에서 5천여 명에 이르는 집회가 열렸다. 집회는 3천여 명 참가자들의 가두시위로 이어졌는데, 천 명이 넘는 무장경찰기동대와 시가지 한복판에서 충돌했다. 이 충돌로 30명 정도가 체포되었고, 그 가운데 조선인 9명 포함되어 있다는 것을 뒤늦게 알았다.

불기소 처분으로 석방된 사람은 나 말고도 한 사람 더 있었다. 임태일이다.

석방 직전 변호사가 입회한 가운데 소지품을 돌려받는데, 그 자리에 태일이가 있었다. 태일이는 나를 보더니 빙긋 웃었다.

내가 있던 2평 남짓한 감방에는 남자 일곱 명이 있었다. 세 사람은 먼저 들어왔고, 이날 신입은 나를 포함해 네 명이었다. 노동자로 보이는 중년 남자와 나머지 둘은 대학생이다.

신입들은 바닥에 앉지도 않고 쇠창살에 이마를 대고 서서 '인터내셔널(프랑스 혁명노래)'과 국제학련가, 노동가를 부르며 집회에서 못 다한 기세를 몰아갔다. 흩어져 있는 감방에서도 끊임없는 구호와 합창소리로 옥사는 마치 혁명전야를 떠올리게 했다.

"조용히 해! 멈추지 않으면 죄가 더 가중될 줄 알아!"

경비들이 각 감방을 뛰어다니며 고래고래 고함을 질렀으나 소용없었다. 그럴수록 옥사 안의 노랫소리와 항의가 점점 더 커질 뿐이었다.

석방되는 날에는 민전 소속의 활동가와 태일이네 담임, 우리 담임인 남시학 선생님이 열다섯 명의 반 친구들과 함께 우리를 경찰서 앞에서 맞아 주었다.

우리 반에서는 조승옥, 이수일, 권상옥, 김주학 외에 다섯 명의 친구들이 왔고, 태일이네 반 친구들 중에는 김말순도 있었다.

말순이 옆에서 얼굴을 붉히며 내게 뜨거운 눈길을 보내는 여학생이 보였다.

주영순.

한동안 못 본 사이에 통통하게 살이 올라있고, 새하얀 블라우스가 얼굴에 반사되어 청순했다.

맨 뒤에 태일이네 형 부부와 우리 형 얼굴도 보였다. 나와 눈이 마주치자 형은 한 손으로 V자를 그리며 빙긋 웃었다.

2층을 올려다보니 창문 커튼 뒤에서 우리를 사진에 담고 있는 젊은 형사와 그 옆으로 부아가 치민 얼굴로 노려보는 히로세 과장의 얼굴이 보였다.

여전히 꺼림칙한 기분이 남아 있었다. 활동다운 활동도 하지 못한 채 실수로 붙잡힌 것이 무슨 대단한 투쟁이란 말인가. 고작 하룻밤 유치장 신세였던 것이 오히려 부끄러울 정도다.

솔직히 말해 붙잡힌 것은 내 의지였다. 기동대와 실랑이를 벌이는 와중에 나 자신을 고통스럽게 만들고 싶은 심경이었다. 그렇게라도 해서 내가 지은 죄를 탕감 받고 싶었다. 그 일만 없었더라면 오늘 같은 일도 없었을 것이다.

한 달 전쯤, 나는 아버지의 돈을 훔쳤다.

돌발적이고 우연한 사건이었다.

그날 밤 나는 카루소가 부르는 가극 토스카의 아리아 '별은 빛나건만'이 무척 듣고 싶었다. 하필 이날은 집에 아무도 없었고 전축은 아래층 방 한쪽에 있다.

전축 안에 레코드 꽂이가 꽉 차서 더 이상 넣을 수 없는 레코드를 묶어서 한쪽 선반위에 올려놓았다. 열장씩 묶어 쌓아 놓은 LP묶음 속에 분명 카루소가 있었다.

선반 위로 손을 뻗었는데 레코드가 안쪽 깊이 들어가 있어서 좀처럼 꺼낼 수 없었다. 까치발을 하니 레코드 묶음 포장지 끝부분에 손끝이 닿았다. 조금 더 발끝을 세우고 손가락 끝으로 포장지를 잡아 끄집어냈다. 세 장의 LP가 겹쳐진 상태로 떨어졌다. 재빨리 양손으로 받아들었을 때 레코드의 종이 포장에 걸려있던 100엔짜리 지폐가 펄럭펄럭 방바닥으로 떨어졌다.

어째서 돈이 여기에 있는 거지? 이상한 생각이 들어 몇 번이고 뛰어올라 선반을 들여다봤다.

선반 안쪽에 레코드와 잡동사니에 뒤섞여 끈으로 묶여진 100엔짜리 지폐다발 네다섯 개가 보였다. 아무렇게나 내던져두었다고밖에 할 수없는 상태로 뒤섞여 있다. 끝에 있는 한 다발은 끈이 끊어져 묶음이 풀어진 지폐가 레코드에 걸려있었다.

갑자기 심장이 두근거렸다. 바닥에 떨어진 지폐를 원래 자리에 갖다 놓았으면 아무 일없이 끝났을 것이다. 하지만 나는 그러기는커녕 다시 까치발로 뛰어올라 손끝에 걸리는 몇 장의 지폐를 더 끄집어냈다.

모든 것이 끝났을 땐 어차피 동족을 죽이는 무기 만들기에 협력해서 번 돈이라는 아버지에 대한 반발과 허술한 금전관리에 기막혀하며 혀를 차기까지 했다. 그리고 아버지의 돈이 여자에게 쓰이는 것보다 좀 더 유효한 곳에 쓰는 게 낫다고 이유를 붙이기까지 했다.

불과 몇 분 동안 이런 생각들이 머리를 휘저었다. 귀신에 홀린 게 아니고서야 충동적이었던 내 범행을 변명할 수 없었고, 스스로 당당한 논리도 세울 수 없었다.

몇 장인지 모를 지폐를 주머니에 쑤셔넣은 다음 레코드는 듣지도 않고 도망치듯 2층으로 올라왔다. 잠시 뒤 집으로 돌아온 가족들 소리가 아래층에서 들려왔다.

조심조심 지폐를 세어봤다. 열다섯 장이나 된다. 그때서야 열다섯 장의 무거운 누름돌이 마음을 짓눌렀다. 허둥지둥 지폐를 교과서에 꽂아 넣고 이불을 뒤집어 쓴 채 아침까지 뜬눈으로 지새웠다.

날이 밝으니 지난 밤 내가 저지른 일이 믿기지 않아 몹시 후회가 됐다. 틈을 봐서 제자리에 갖다 두자고 결심했지만, 좀처럼 기회를 잡기 힘들었다. 그러는 사이 아버지와 눈을 마주치는 것이 무서워 아침밥도 먹지 않고 등교해 버렸다.

일찌감치 학교에서 돌아와 기회를 살피면 되겠지만, 평소보다 빠른 귀가를 의심받는 것도 곤란했다. 우물쭈물 하는 사이에 하루가 지나고 이틀이 지나더니 결국 사흘이나 지나고 말았다.

어느 나라에선가 혁명운동의 활동자금을 마련하기 위해 은행 강도를 했다는 이야기가 생각났다. 어차피 자본가들의 돈은 인민을 착취해서 벌어들인 것이니 은행 강도는 죄가 되지 않는다는 것이다.

나의 행동은 그렇게 거창한 일이 아니었다. 귀신에 홀렸다는 건 핑계일 뿐 양심의 가책이 들어 도무지 맘이 편치 않았다.

돈의 주인은 아버지다.

조선전쟁 특수의 여파로 아버지가 사들인 고철이 대포나 총알이 되었다 한들 그것을 누가 증명할 수 있겠는가. 대포가 아닌 건축자재나 냄비, 양동이 같은 생활필수품으로 재생되었을지도 모르지 않나. 게다가 아버지는 번 돈의 일부를 학교와 동포단체의 활동에도 넉넉하게 기부했다. 여자에게 돈을 쓰는 것이 화가 나긴 했지만, 그것이 아버지의 능력이라면 학교나 동포단체에 기부할 수 있는 것도 아버지의 능력 아니겠나. 아무리 내 나름의 논리를 세워도 그곳에 있던 돈을 슬쩍 한 뒤 시치미를 뗐다는 사실에는 변함이 없었다. 아버지가 선반에 보관해 둔 돈을 내가 훔친 것이다.

나흘째 되던 날, 제자리에 돈을 갖다 놓으려고 의자를 딛고 올라가 선반을 보니 그 자리에 있어야 될 나머지 돈다발이 자취를 감추고 없었다.

'어떡하지…'

불안은 한층 더해졌고 혼란스러웠다.

아버지가 1,500엔이나 없어진 것을 모르는 걸까?

또다시 새로운 이유가 필요했다.

조방위에 들어가 알게 된 것인데, 조국방위투쟁이 일본전국에서 과감하게 펼쳐져 무기를 만들지도 전장으로 보내지도 말자는 주장이 많은 일본의 노동자들에게도 지지를 받는다고 했다.

조방위 활동에 기부할까?

그것도 이상했다. 어떻게 해야 내가 속죄 받을 수 있을까?

결국 나는 여섯 달 치 PTA회비를 선납하기로 결정했다. 교사들의 급료와 학교운영비로 애를 먹고 있는 학교를 생각하면 회비를 선납했다는 것에 조금은 마음이 편해졌다. 1,500엔이면 한 달에 250엔 하는 PTA회비의 정확히 여섯 달 치에 해당한다. 단 한 푼도 나를 위해 쓰지 않았다는 것에 안도했다. 그렇게 사건은 일단락된 것처럼 보였다. 하지만 여전히 마음은 개운해지질 않았다. 꽤 여러 날이 지났어도 죄의식은 점점 더 뇌리에서 떠나지 않았다.

아버지의 잘못을 비난하고 어머니를 비난한 내가 남을 비난할 자격이 있는지 한심스러웠다. 조국과 동포를 걱정하기 전에, 사회의 불의를 따지기 전에, 스스로의 잘못부터 고치고 나를 더럽힌 사악한 마음을 부숴버리고 싶었다.

2 6월 25일 오후 5시 집회 참가를 위해 같은 학년에 의기투합한 친구들과 함께 신주쿠역 동쪽출구에 도착한 것은 1시간이나 늦은 6시 무렵이었다.

지하계단을 올라가 밖으로 나가려는데 개찰구 주변에서 승객들이 전혀 움직이지 못하고 있었다. 역 구내는 눈 깜짝할 사이에 시커멓게 가득 찬 사람들로 숨쉬기조차 힘들었다.

도로는 경찰기동대에 차단당해 모든 통행이 금지되었고, 역 앞 광장은 계단 위까지 모여든 사람들로 가득했다.

우리는 곧 이유를 알았지만 모여든 모든 사람이 사정을 알 수는 없었다. 꼼짝없이 갇혀있는 사람들을 향해 환락가로 떼지어 몰려가던 일부 젊은이들이 불만을 토로했다. 그것이 군중심리로 바뀌어 발길을 차단당한 사람들의 길을 비키라는 아우성이 여기저기에서 들끓어 올랐다.

바로 그때다.

가부키쵸 쪽에서 '와아—' 하는 함성소리가 나더니 데모대가 쓰나미처럼 우리 쪽으로 몰려왔다. 피슝 피슝 사방으로 튀는 날카로운 발사음이 뒤쫓아 들려왔다.

최루탄이다. 주변은 온통 안개가 뒤덮이듯 최루가스가 사방으로 퍼졌고, 군중들이 흩어지기 시작했다. 그러자 도로를 차단한 경찰기동대가 많은 군중의 압도적인 힘에 못 이기고 밖으로 떠밀려났다. 거미 새끼들이 흩어지는 것처럼 군중들의 대혼란으로 마치 그곳은 둑이 터져 홍수가 난 것 같았다.

데모대 뒤쪽에서 기동대가 돌격해 왔다. 맨 앞은 방독면을 쓴 경관들이다. 어디에선가 기동대를 향해 화염병이 날아들었다. 한 병, 두 병 날아들더니 무수히 많은 화염병이 기동대 대열 속으로 쏟아졌다. 와장창 깨지는 요란한 소리를 내며 터진 화염병은 도로위에서 불타올라 주변으로 불길이 번졌다. 화염병에 정확히 맞아 온몸이 불기둥이 된 경찰도 속출했다.

화염병이 작열하는 가운데 전진하지 못하고 화염에 둘러싸인 동료를 구출하느라 기동대가 후퇴했다. 그 틈에 데모대는 군중 속으로 뒤섞였고 양측의 대결은 잠시 멈추었다. 그곳은 이상한 공간이었다.

50미터쯤 간격을 두고 쌍방이 대치한 채 전열을 가다듬었다.

잠시 후 '경찰은 물러가라! 물러가라, 이 개놈들!'하고 고함을 지르는 무리가 있었고, 주변의 젊은이들이 그들을 쫓아 합창하듯 따라 소리쳤다. 소리친 이들은 데모와는 관계없는 젊은이들 같았다. 한번 흩어진 젊은이들도 어딘가에서 다시 모여들었다. 전열을 정비한 기동대가 저벅저벅 군화 소리를 맞춰 조금씩 전진해 왔다.

"돌격!"

명령이 떨어지자 맹렬한 기세로 기동대의 공격이 시작됐고, 수많은 군중이 다시 사방으로 흩어졌다. 그것은 마치 게임과도 같았다.

우리는 역구내 지하로 도망쳤다. 계단 이곳저곳에서 사람들이 장기알처럼 넘어졌다. 아비규환, 앞 다투어 도망치는 사람들, 그러나 기동대의 집요한 추격은 지하 구내에서도 멈추지 않았다.

3·7사건을 경험했기에 이런 상황에서 도망치는 방법은 이미 터득했다고 생각했다. 그때도 기동대의 무자비한 공격에 '어떤 의지'가 담겨있다고 생각했는데, 오늘도 같은 느낌이었다. 집요하고 무자비한 공격이 난무하는 지하도 구내는 극심한 충돌로 인

해 아수라장으로 변했다.

도피처를 잃은 군중은 개찰구를 그대로 지나쳐 지상 플랫폼으로 올라갔다. 우리도 따라 플랫폼으로 도망쳤다. 깜짝 놀란 건 홈으로 진입하지 못하고 정차해 있던 열차 선로 쪽에서도 기동대가 밀려든 것이다. 모든 플랫폼이 기동대의 협공을 받아 군중은 전혀 움직일 수 없었다. 잘 훈련된 경찰기동대와는 달리 데모대는 우왕좌왕할 뿐 도망칠 곳을 찾지 못했다. 돌을 던지고 깃대를 힘차게 휘둘렀지만 경찰기동대에게 대항이 되질 않았다.

가까스로 플랫폼을 빠져나와 동쪽출구 밖으로 나왔다.

출구 주변에서는 번쩍번쩍 플래시가 터지고 있어 대낮같이 밝았다. 그 와중에도 화염병이 계속 날아들었고, 데모대와 기동대는 일진일퇴를 반복했다.

태일이, 승옥이, 수일이와 보도 가로수 아래서 가쁜 숨을 고르며 바짝 붙어있었다. 나머지 친구들과는 어느새 떨어지고 말았다. 서로의 겁먹은 얼굴을 보며 짧은 얘기를 나눴는데, 무슨 얘기를 했는지 지금은 전혀 생각나지 않는다.

주변에 있던 군중이 또다시 일제히 흩어지기 시작했다. 기동대가 덮쳐왔기 때문이다. 바로 그때였다. 커다란 천가방을 든 사십 대의 한 아주머니가 이리저리 도망치는 군중을 헤치고 가로수 앞으로 뛰쳐나갔다. 그리고는 있는 힘껏 천가방을 펼쳤다. 주둥이에 도화선이 연결된 사이다병과 맥주병으로 만든 화염병 여러 개가 눈에 들어왔다. 갑자기 네다섯 명의 젊은이가 나타나더니 화염병을 집어 들고 거리로 뛰쳐나가 그들을 향해 다가오는 기동대에게 던지기 시작했다.

순식간에 벌어진 일이었다.

아주머니가 빈 가방을 뭉쳐들고 재빨리 사람들 속으로 들어가려는 순간 대여섯 명의 건장한 남자들이 튀어나왔다. 둘은 아주머니를, 네 명은 화염병을 던진 젊은이들을 쫓아갔다. 눈앞에서 아주머니가 그들에게 붙들렸다.

우리 넷은 그 장면을 처음부터 끝까지 지켜보았고, 서로의 얼굴을 보며 같은 생각을 했다.

승옥이와 수일이가 아주머니의 목덜미를 짓누르고 있던 사복경찰에게 맹렬한 기세로 달려가 몸을 날렸다. 나와 태일이는 또 한 명의 사복경찰의 등을 있는 힘껏 밀친 후

다리를 걸어찼다.

두 명의 사복경찰은 허공에 떠올랐다가 그대로 바닥으로 떨어졌다. 그 사이에 아주머니와 승옥이, 수일이는 군중 속으로 쏜살같이 도망쳤다.

두 명의 사복경찰이 바닥에서 일어나 태일이를 붙잡으려 달려들었다. 나는 사복경찰 사이로 돌진하면서 '이 개놈들아! 개자식들아!' 고함을 질렀다.

사복경찰들이 내게 달려들어 땅바닥에다 이마를 짓누르고 등 뒤로 두 팔을 꺾는 바람에 꼼짝할 수 없었다. 그 틈에 태일이가 도망치는 것이 멀리 보였다. 모든 것이 눈 깜짝할 사이에 벌어진 일이었다.

3

형사들에게 열손가락의 지문을 채취당한 후 전후좌우로 얼굴 사진을 찍혔다. 팟—하고 플래시가 터진 순간 나는 일부러 건방진 표정을 지어보였다.

"암튼, 앉아라."

삼십 대 전후의 각진 얼굴에 눈썹이 짙은 형사가 턱으로 의자를 가리키며 말했다.

1층 교통과도 마찬가지지만 2층 방범과도 체포된 사람들이 여기저기 분산되어 취조를 받았다. 취조실이라는 작은 푯말이 붙은 방이 3개나 나란히 있었지만, 그곳만으로는 부족한 것 같았다.

"어때, 아프냐?"

형사가 걱정스레 상처가 난 내 이마를 쳐다보며 살짝 손을 댔다. 여기저기 긁힌 상처가 손바닥 감촉으로 느껴졌고, 따끔따끔 쓰리고 열이 났다. 지금은 앞으로 수갑이 채워져 있는데, 이마에 난 상처보다 뒤로 수갑이 채워졌을 때에 뒤틀렸던 팔이 더 심하게 아팠다.

"어디 보자."

형사가 가까이 다가와 이마의 상처를 손가락으로 만지는 척하며 셔츠와 바지에 코를 바짝 대고 냄새를 맡았다. 기분 나쁜 놈이다.

우리는 평소에 일본경찰을 개놈이라고 불렀는데, 진짜 개처럼 냄새를 맡아댔다.

"무슨 냄새라도 납니까?"

"아, 아무것도 아니다. 어쨌든 약이라도 발라두자."

형사가 구급약 상자를 들고 와서 소독약으로 상처를 닦은 후에 약을 발라주었다.

"앗, 쓰라려—"

상처에 소독약이 스며들자 나도 모르게 신음소리가 나왔다.

"사내자식이, 참아. 괜히 쓸데없는 짓은 해가지고."

그 말에 나는 입을 다물었다.

"자, 지금부터 조서를 꾸밀 거다. 불리한 것은 말하지 않아도 좋지만, 솔직하게 얘기하는 게 신상에 좋을 거다. 그러면 빨리 나갈 수 있다. 알겠냐?"

형사는 사무적으로 카본지가 붙은 크고 얇은 종이 위에 볼펜을 올려놓았다.

"이름?"

"김석철입니다."

"뭐?"

순간 형사의 눈이 빛났다.

"뭐야, 조선인이냐? 한자로 어떻게 쓰지?"

형사 앞에 있는 메모지에 한자로 내 이름을 썼다.

"학생이냐?"

"예, 조고생입니다."

"뭣? 조선고교? 몇 학년이지?"

형사의 표정에 긴장이 흐른다.

"1학년입니다."

"너, 열일곱 살이냐?"

"아니요, 아직 열여섯입니다. 올해 12월에 만 열일곱이 됩니다."

"그래. 헌데, 왜 열여섯 살 어린애가 이런 짓을 했지?"

형사가 어이없다는 표정으로 어린애를 타이르듯 말했다.

"이런 짓이라는 게 무슨 말입니까?"

"뭐?"

"제가 무슨 짓을 했다는 겁니까?"

형사가 나를 노려보았다.

"야 임마, 니가 무슨 짓을 했는지 경찰이 모른다고 생각하는 거야? 시치미를 뗄 작정이야?"

"모르겠습니다. 알려주십시오."

형사는 한숨을 쉬더니 잠시 말이 없었다.

그리고는 취조실을 두리번거리더니 상체를 약간 일으키고 누군가를 찾았다. 찾는 사람을 발견하지 못했는지 말을 바꿨다.

"뭐, 좋다. 니가 무슨 짓을 했는지 나중에 증명해 줄 테니까. 그건 그렇고 신주쿠에 누구와 몇 시쯤 갔지?"

"친구와 여섯 시쯤에 갔습니다."

"뭐?"

"개찰구에 사람이 너무 많아 도저히 밖으로 나갈 수 없었습니다."

사실이었으므로 나는 분명하게 대답했다.

"신주쿠에는 뭣 하러 갔어?"

"놀러 갔습니다."

"그래?"

"기동대와 데모대의 충돌을 구경하고 있었습니다."

"이 자식이! 너 장난해!"

형사가 힘껏 책상을 치더니 거칠게 자리에서 일어섰다.

"경찰을 우습게 보지 마라. 너 여기가 어딘지 몰라? 좋다, 오늘밤은 못 나간다. 어디 맘대로 해 봐. 취조는 내일 할테니 한숨 붙이고 잘 생각해. 이대론 못 나갈 줄 알아."

조서작성을 쉽게 끝내리라 예상했는데 생각처럼 되지 않자 형사는 신경질을 부렸다. 내 허리에 묶인 끈을 거칠게 잡아끌더니 그대로 1층으로 끌고 내려갔다.

4

1층 안쪽 맞은편으로 이어진 복도가 보였다. 복도를 지나자 바닥부터 천정까지 쇠창살이 이어진 방이 나왔다. 자물쇠가 채워진 큼지막한 그 방 쇠창살 너머로 보이는 곳이 유치장이었다.

쇠창살 바로 앞과 건너편에는 낡은 책상이 하나씩 놓여있었다. 건너편 쪽에 젊은 남자가 있고, 바로 앞에는 중년의 경비가 앉아있었다.

유치장 안은 반원형으로 되어있고, 바로 앞은 넓은 공간이다. 뒤쪽으로 여덟 개 정도의 감방으로 나뉘어 있었다. 넓은 공간 한 가운데에는 여러 개의 수도꼭지가 일렬로 나란히 붙어있는 낮은 세면대가 길게 이어져있다.

내가 들어간 방은 맨 끝이었다.

마룻바닥에는 먼저 들어온 다섯 명이 벽에 등을 기대고 책상다리를 하고 앉아 있었고, 힘차게 반전가를 부르고 있던 노동자로 보이는 중년 남자와 대학생 같은 청년이 내게 다가와 악수를 청했다.

내 손을 꼭 잡으며 두 사람은 동안인 내 얼굴을 보고 놀란 표정을 지었다. 악수한 두 사람 말고 먼저 들어와 있던 세 사람에게 어떻게 인사를 해야 될지 망설였다.

이런 경우 감방 고참을 어떻게 구분해야 좋을지 몰라 양반다리를 하고 앉아있는 일흔에 가까운 노신사를 시작으로 나머지 두 명에게도 꾸벅 머리 숙여 인사를 했다.

2평 남짓한 마룻바닥 안쪽에 20센티 정도의 낮은 정방형 칸막이가 있어 무심코 다가가 들여다보니 구멍이 나있고 뚜껑이 덮여있다.

"젊은이, 거긴 변소야."

노신사가 상냥하게 말했다.

"어이, 너도 데모했냐?"

이십 대 전후의 건달 같은 사내가 신기한 것을 본 듯 내게 다가왔다.

"예에, 뭐."

"너도 화염병 던졌어?"

남자의 눈이 빛났다.

"아뇨, 그럴 리가. 그냥 구경만 했습니다."

남자를 경계하며 나는 힘껏 고개를 가로저었다. 유치장에 스파이를 심어둔다는 얘기를 어떤 소설에선가 읽은 것이 생각났기 때문이다.

"뭐야, 그냥 구경만 했단 말야?"

남자는 실망한 표정이다.

"어머머, 학생들이 가엾기도 하지. 요놈의 세상, 아주 온통 모순투성이라니깐. 근데,

젊은 오빠는 꽤 어려보이네. 대학생 같진 않은데 몇 살?"

이상한 말투를 쓰는 서른 정도의 마른 남자가 징그럽게 웃으며 가까이 다가왔다.

"자기, 몇 살이야?"

"열여섯입니다."

"뭐? 열여섯? 어머나, 어머나 가여워라. 그럼 고등학생이잖아."

갑자기 내 두 손을 잡더니 억지로 자기 가슴으로 가져갔다.

"이건 말도 안 된다구요, 아무리 유치장이라고 해도 그렇지, 미성년자를 이런 곳에 쳐 넣는 법이 어딨어요. 절~대로 용서 못해. 젊은 오빠, 뭐든 힘든 일이 있음 나한테 의논해. 난 오사나이라고 해, 우리 친하게 지내자. 이래 뵈도 내가 의지가 될 걸."

눈물까지 글썽거린다.

"어느 학교?"

대학생이 관심을 보였다.

"조선고교입니다."

"너, 조선고등학교 학생이야? 미 제국주의와 싸우고 있는 용감한 조선인민이란 말이지!"

마치 내가 전장에서 돌아온 전사라도 되는 듯 놀라움과 동경의 눈빛이다.

"어이, 거기 잠깐 이쪽으로."

노동자로 보이는 남자가 먼저 들어온 세 명과 나, 그리고 대학생을 반대편 벽 쪽으로 불렀다.

"좀 더 바짝 다가오게."

남자가 작은 소리로 말했다.

"머야머야 싫다, 자기들끼리만 따로 뭉치구. 비밀로 얘기할 것 까진 없잖아요. 여기서는 모두 동지 아냐 동지."

오사나이가 짜증이 난 듯 투덜거렸다.

"미안. 우리끼리 잠깐 모일게."

남자가 오사나이에게 한쪽 눈을 찡긋한다.

"나는 야마다라고 해. 이제부터 조사가 시작될 거야. 너희가 어떤 그룹에 속해 있는지 모르겠지만, 조직의 비밀과 동지를 지키기 위해서도 묵비권이라는 게 있다는 건 알고 있겠지?"

나와 대학생은 작은 소리로 그렇다고 했다.

혹시라도 검사 구류가 떨어졌을 경우 재판의 대처방법에 대한 예비지식을 야마다는 알기 쉽게 차근차근 설명했다.

체포된 이의 권리에 묵비권이 있다는 것은 알고 있었다. 설명이 참고가 되었지만, 내 나름대로 대처방법도 생각해 두었다.

나는 묵비권의 필요성을 느끼지 않았다. 순순히 처음부터 나의 신원을 밝힌 것도 내 나름의 생각이 있었기 때문이다.

그건 그렇고 가까이에서 두 사람과 얘기하고 있자니 휘발유 냄새가 코를 찔렀다. 분명히 화염병을 던져 체포된 것이다. 그때서야 내 셔츠와 바지를 꼼꼼하게 냄새를 맡았던 형사의 꿍꿍이를 알게 되었다.

이마에 붕대를 감은 대학생 같은 남자가 다시 감방에 들어왔다.

"곤도, 밖으로 나와라. 조사다."

안에 있던 대학생과 자리를 바꾸듯 이름을 불린 학생이 쇠창살문을 나갔다. 그 학생의 이름이 곤도인 것 같았다.

붕대를 감은 학생은 들어오자마자 벽에 기댄 채 말이 없었다. 아픈 모양인지 몇 번 씩 손으로 이마를 만졌다.

"많이 아픈가?"

야마다가 학생에게 다가가 말을 걸었다. 나직한 목소리로 달래자 몹시 기가 죽어있던 학생은 갑자기 눈물을 글썽였다.

몇 명인가 뒤를 이어 감방으로 들어왔는데, 그 이상으로 체포된 사람들이 자리를 바꾸듯 여기저기 감방에서 밖으로 나갔다. 노랫소리도 어느새 힘이 빠져있었다. 조사가 본격적으로 시작된 것 같았다.

담요와 베개가 지급되었다.

"어머, 벌써 열 시야? 오늘은 손님이 들어와서 즐거웠는데 좀 피곤하네. 오늘밤은 철야조사라도 하나봐. 젊은 오빠, 이쪽으로 와. 내 옆에서 같이 안 잘래?"

오사나이가 간살스러운 목소리로 나를 부른다.

"이보게, 어린 학생을 놀리면 못쓰는 법이네."

노신사가 따끔하게 한마디 했다.

"너 말야, 좀 느끼하거든. 제발 저리로 꺼져줄래, 니 자리는 저쪽 구석이야."

건달이 안쪽을 가리키며 오사나이에게 말했다.

"어머, 어머, 뭐래는 거야, 건달 주제에 잘난 척은. 흥!"

"뭐라고! 다시 한 번 말해 봐!"

건달이 오사나이의 멱살을 잡았다.

"조용히들 하시게! 여기까지 들어와서 꼭 싸워야겠는가!"

노신사가 다시 큰소리로 꾸짖었다.

나는 쇠창살 쪽에 야마다와 나란히 누웠다. 너무 비좁았다. 옆 사람과 전혀 간격을 둘 수 없을 정도로 협소했다. 억지로 눈을 감긴 했지만 조사를 받으러 빈번하게 드나드는 사람들 때문에 좀처럼 잠이 오지 않았다. 내일 어떤 조사를 받을지 상상이 안 되었지만 불안하지 않았다. 나름의 작전은 생각해 두었다. 이젠 상황에 맡기는 수밖에 없었다.

아버지의 돈을 훔친 일이 다시 떠올랐다. 체포될 당시 도망치려고 했으면 얼마든지 도망칠 수 있었다. 거의 붙잡힐 것 같았던 태일이의 위험한 상황을 내 쪽으로 유도했던 것은 특별히 태일이를 생각해서가 아니라 순간적인 선택이었다. 이것으로 죄가 상쇄될 수 있을까? 돈을 훔친 사실만은 없어지지 않겠지만, 이걸로 용서받고 싶었다. 비겁하지만 내가 얼마나 뉘우치고 있는지 아버지가 알아주길 바랐다. 몽롱한 상태에서 야마다와 붕대를 감은 남자를 동시에 부르는 소리가 희미하게 들려왔다.

아침 여섯 시에 기상을 했고, 각 방에는 빗자루 하나와 걸레 세 개씩이 지급됐다.

내가 빗자루를 들고 쓸려고 하자, 오사나이가 빗자루를 뺏앗아 곤도에게 들이밀었다.

"자긴 아무것도 안 해도 괜찮아. 이봐요, 그쪽에 있는 학생, 멍하니 있지 말고 빗자루로 좀 쓸어요. 일하지 않는 자 먹지도 말라는 말 몰라요?"

"예예."

곤도가 간들간들 웃으며 바닥을 빗질하자 익숙한 손놀림으로 먼저 들어온 세 명의
'선배'가 걸레질을 했다.

잠시 후 바로 앞쪽에서 점호소리가 들려왔다. 그 사이 '선배'들을 따라 네 번 접은
담요 위에 베개를 올려놓고 나란히 일렬로 앉아 감시원이 오기를 기다렸다.

우리 방이 맨 마지막이다.

세 명의 감시원이 방 앞에 섰다.

"자신의 이름을 부르면 똑바로 대답해라. 알겠지. 시라네 유노스케, 오사나이 기쿠
오, 니시카와 노부오, 야마다 테츠지, 곤도 센이치로, 킨 세키테츠(김석철), 마에시마 요
시아키."

감시원 한 사람이 메모를 보며 하나씩 이름을 불러 확인했다. 내 이름만 한자를 일본
어로 읽었다. 이것으로 방안에 있는 모든 사람의 이름을 알게 되었다. 점호가 끝난 뒤
감시원 두 명이 안으로 들어왔다. 구석구석을 쳐다보고 손을 대보며 의심스러운 물건
이 없는지 검점했다. 마지막으로 각자 주머니를 뒤집어 보이게 하고 옷 속의 중요한
부분까지도 꼼꼼히 살폈다.

방 앞 세면대에서 각 방별로 2분 동안 세수를 하게 했다.

나를 비롯한 신입은 세면도구 따위 갖고 있지 않았기에 2분이면 충분했다. 하지만
'선배'들은 그렇지 않았다. 차입으로 들어온 세면도구를 사용해 귀신처럼 빠른 속도
로 이를 닦고 세수를 했다.

잠시 후 아침식사가 나왔다. 보리밥에 싱거운 된장국, 단무지 두 개가 전부다. 식사시
간은 5분, 모두가 밥알 하나 남기지 않고 깨끗이 먹어치웠는데, 마에시마만 음식을 남
겼다.

건달 니시카와가 내게 다가왔다.

"너, 담배 피냐? 안 피겠지? 이따 담배 피는 시간을 줄 건데, 그때 쪽수대로 한 개비
씩 나눠주거든. 그거 나한테 넘겨."

부탁을 하는 주제에 으름장까지 놓는다.

흡연시간이 되자 순서대로 5분이 주어졌다. 세면대를 등지고 재떨이를 대신한 물이
담긴 양동이를 감시원이 감방 앞으로 들고 왔다. 양동이 안에는 담배꽁초가 가득했

다. 모두 양동이를 둘러싸고 쪼그려 앉아 담배를 피웠다.

감시원이 신세이新生담배를 한 개비씩 나눠주기 시작했다. 나도 손을 내밀었다.

"고등학생이 유치장에서 감시원한테 담배 달라고 손을 내밀어? 이 새끼 간이 배 밖으로 튀어 나왔구만."

감시원에게 불쾌한 말을 듣고 혼까지 났다. 나는 창피해서 나도 모르게 니시카와를 째려보았다. 니시카와는 시치미를 뚝 뗀 얼굴로 뱃속까지 빨아들인 푸른 연기를 맛있게 뿜고 있었다.

아침 7시 전에 모든 게 끝났다.

이것은 2분, 저것은 5분으로 시간을 정해놓아 정신이 없었다. 문제는 오전 7시 이후로 지독하게 금욕적인 긴 시간을 어떻게 보내느냐는 것이다.

신입 동지들이 서로 정보교환을 하고 있자 오사나이와 니시카와가 이야기에 끼어들었다. 시라네 노인은 양반다리를 하고 따로 떨어져 명상에 잠겨있다.

감방 사람들에게는 최연소자이고, '일본인처럼 일본말을 잘하는' 조선인인 내가 흥미의 대상이었다. 조선전쟁과 우리학교, 나에 대해 이것저것 물었다. 어쩐지 나와는 사고방식의 톱니바퀴가 어긋나는 부분이 있었지만, 오히려 지루함을 달래기에는 좋을지도 모른다는 생각에 조선 문제와 우리학교 일들을 열심히 얘기했다.

"근데, 넌 언제 일본에 왔냐? 어떻게 나보다 일본어를 더 잘하냐."

내 말이 끝나자 놀란 니시카와가 물었다.

"이봐, 여태 뭘 들은 거야. 김 군은 일본에서 나고 자랐다잖아."

야마다가 어이없다는 듯 니시카와를 쏘아본다.

정치운동에 관심을 보인 곤도와 마에시마도 다르지 않았다.

"김 군은 가끔 저쪽에 갔다 오기도 해?"

저쪽이라니 어느 쪽 말인가. 정말로 우리가 가끔씩 조선에 간다고 생각하는 건가. 조선인 같지 않고 일본인 같다는 말에 기뻐하고 감사해야 되는 걸까.

"민족차별을 하면 안 되죠. 지금 김 군의 얘길 들어 보니까 일본인 이상으로 일본어도 잘하는데다 우리하고 얼굴도 똑같이 생겨서 전혀 조선인처럼 안 보이잖아요."

나름대로 열심히 설명을 했다고 생각했는데, 이 정도밖에 이해하지 못한다는 게 어이 없어 일일이 답할 맘도 생기지 않았다.

곤도가 내뱉은 말이 나를 더 짜증나게 했다.

"김 군은 일본에서 태어나고 일본에서 자랐으니까 일본인이나 마찬가지 아니겠어."

결코 다르다는 것을 인정하지 않고 동화되는 것을 당연히 여기는 일본의 사회풍조와 아무런 의문도 문제의식도 가지지 못하는 이 사람들의 사고방식이 못마땅했다.

우리 부모들이 이것만은 절대 빼앗길 수 없다고 완강히 지켜 온 조선학교의 민족교육 을 아무리 설명해도 그들이 볼 때에는 그저 남의일인 것 같았다.

"내 오야붕은 말야, 아라이新#라는 성을 가진 조선인인데 남쪽을 지지해. 근데 또 내 가 모시는 형님은 가나이金#라는 성을 쓰는 역시 조선인이란 말야. 헌데 이쪽은 북을 지지한단 말이지. 정치문제가 나오기만 하면 허구한 날 싸우는 바람에 그 불똥이 우 리한테까지 튄다구. 나야 형님이 좋아서 그쪽 편을 들고 싶은데, 오야붕이 장난 아니 게 무섭거든. 정치 따위 어느 쪽으로 굴러가든 상관없잖아? 오야붕도 형님도 같은 동 포니까 하나로 뭉치면 좋을 텐데, 일치단결 말이야."

니시카와의 말이 차라리 일리가 있었다.

"자기네 학교 말야. 신문이랑 주간지에 기사가 자주 나오던데, 북쪽을 지지한다는 거 진짜야? 그럼 일본에서는 위험한 거 아냐? 게다가 김 아무개라는 수상의 사진을 교실에 걸어 놓았다며? 매스컴이 하루가 멀게 시끄럽게 트집을 잡는데 그냥 내리면 좋을 것을."

오사나이가 동정하는 투로 말했다.

"입들 다물게!"

그때 별안간 시라네 노인이 소리를 질렀다.

모두들 어안이 벙벙해져 노인에게 시선을 향했다.

"아무것도 모르면서 다른 나라 일을 이러쿵저러쿵 말해선 안 되지. 난 남의 흉을 보 는 게 제일 싫다네. 북을 지지하든 남을 지지하든 그 나라 국민의 의사에 맡겨야지. 그게 바로 민주주의 아니겠나. 일본인이 잘난 척 참견을 할 문제가 아니란 얘기네."

너무 조용하기에 분명히 잠든 거라 생각했던 시라네 노인이 멀쩡하게 이쪽을 노려보며 쏘아붙였다. 하고 싶은 말을 다했는지 아무 일도 없었다는 듯 곧바로 다시 명상에 잠겼다.

그 순간 야마다, 곤도, 마에시마 세 사람의 이름을 동시에 감시원이 불렀다. 오늘 예정된 조사가 시작된 것 같았다.

세 사람이 자리를 뜨자 곧바로 오사나이가 내게 다가왔다. 기분이 언짢아질 틈도 없이 나를 감싸 안으며 자신의 입을 내 귀에 가까이 대고 말했다.

"저 노인네, 여기 왜 들어왔는지 알아? 전과 8범의 사기꾼이야, 사기꾼. 쳇! 집에 천황의 사진을 걸어놨다고 허세를 떠는데, 자기 집이 있는지 없는지도 모른다구. 왠 줄 아니? 벌써 일주일이나 여기에 있었는데 면회 오는 가족이 아무도 없었다니까."

숨도 막힐 것 같고 역겨워서 오사나이를 밀어냈다. 그런데 '그'는 생각보다 힘이 세서 밀어내면 밀어낼수록 풀을 붙인 것처럼 달라붙더니 이번엔 니시카와를 쳐다보며 말했다.

"저 건달은 어린여자들을 오키나와에 팔아넘기고, 상인들을 협박해 자릿세나 받아챙기는 악랄하기로 소문난 건달이야. 나쁜 놈. 사내 축에 끼지도 못하는 여자들의 적이야, 적."

"좀 떨어져요—"

나는 용기를 내 단호하게 말했다.

"그런 오사나이 씨는 여기 왜 들어왔어요?"

오사나이의 표정이 일그러지며 내 눈을 뚫어지게 쳐다보았다.

"어머나, 그게 궁금했었구나?"

징그러운 말투로 눈물까지 글썽거렸다. 갑자기 오한이 들었다.

"아니, 그게 저….."

그때였다.

"거기, 킨 세키테츠(김석철), 나와."

감시원이 감방 앞에 서서 나를 불렀다. 천만 다행이었다.

5

2층 방범과 취조실로 나를 불러낸 이는 어젯밤 나를 취조했던 형사보다 더 젊은 형사였다. 부석부석한 얼굴에 큼지막한 눈, 두툼한 입술, 약간 살집이 있는 대머리다.

마흔 안팎의 이 남자는 담배연기를 뿜으며 나를 기다리고 있었다. 남자의 얼굴을 보자마자 흠칫 놀라 순간 뒷걸음질을 쳤다. 아버지와 닮은 얼굴이다.

"앉아라. 히로세라고 한다. 잘해 보자."

아버지를 마주하고 있는 것 같아서 나를 취조하는 담당 형사로는 최악이란 생각이 들었다.

"조서는 나중에 받을 거다. 자넨 밖에 나가 있어. 난 김 군하고 둘이서 잠시 할 얘기가 있으니까."

"과장님…."

"됐으니까 빨리 나가래두."

히로세 형사가 젊은 형사를 째려보았다.

젊은 형사가 밖으로 나가자 순간 긴장이 감돌았다.

조서는 나중에 받겠다는 건 무슨 뜻일까. 무슨 꿍꿍이인지 알 수 없어 시작부터 경계를 풀 수 없었다.

취조실 문이 닫히는 것을 확인하자 히로세가 갑자기 험상궂던 표정을 풀고 눈웃음을 짓더니 유난히 돌출되어 보이는 두툼한 입술로 노련하게 묻기 시작했다.

"어떠냐, 어젠 잠 좀 잤냐?"

"……"

히로세의 얼굴을 빤히 쳐다본 채 나는 아무 대답도 하지 않았다. 여기서 시선을 떨어뜨리면 위축되는 것 같아 히로세의 눈을 뚫어져라 쳐다보았다. 이 남자의 눈빛과 표정에서 뭐든 읽어내야 한다고 생각했다.

"아버지와 어머니가 걱정하고 계신다."

"옛? 우리 집에 갔었습니까?"

느닷없이 부모님 얘길 들으니 나도 모르게 말이 튀어나와 버렸다.

"내가 갔다 온 건 아니고. 어젯밤 늦게 미나미센주 경찰서로 연락해서 오늘 아침 일찍 서에 있는 사람을 보냈었다. 아버지와 어머니가 걱정하고 계실 테니까 니가 무사한 것만이라도 알려야 할 것 같아 그랬다."

무사하든 안하든 경찰이 당연히 신원조사를 했을 것이다.

"너희들이 데모를 하거나 화염병을 던지는 기분은 잘 안다. 누구라도 자기 나라가 존망위기에 놓인다면 애국심에서 뭐든 하고 싶은 게 당연하지. 혈기왕성한 젊은 때는 특히 더 그렇지. 난 너희들 생각을 충분히 동정한다."

"……"

처음부터 핵심을 치고 들어왔다.

히로세 형사는 어젯밤 취조에 대한 보고를 이미 들은 게 틀림없다. 체포된 이유를 모르겠다고 항변하는 내 주장을 히로세 형사는 완전히 무시했다. 데모나 화염병과 관련 있다고 아예 단정 짓고, 혈기왕성한 청년이라면 당연한 행동이라고 동정을 내비친 것이다. 회유작전이라는 직감이 들었다. 내 증언 여하에 따라서는 학교가 습격당했던 3·7사건 때와 같이 구실을 만들어 얼토당토않은 사건으로 부풀릴 게 뻔했다.

"내가 자랐던 원산도 미군의 함포사격으로 폐허가 됐다고 하던데……."

의중을 살피려는 나를 무시한 채 히로세가 뜻밖의 이야기를 꺼내며 감개무량 한 듯 천정을 지긋이 올려다보았다.

히로세는 우리 부모님을 아버지 어머니라고 분명히 조선말로 했고, 동해에 인접한 항만도시 원산도 조선말로 했다. 소년시절을 조선에서 보냈다며, 손안에 들어온 피의자에게 속말이라도 하듯 자신을 숨기려고 하지도 않았다. 히로세가 공안 혹은 외사과(외국인 담당, 주로 조선인)에 속한 형사라는 느낌이 왔다.

현재 일본에서 조선어를 가르치는 곳은 텐리天理 대학(나라현 소재, 1949년에 천리교 해외포교를 목적으로 설립된 사립대학)뿐으로 여기서 공부하는 이들 대부분이 공안관계 사람들이라는 얘길 들은 적이 있다. 그 외에 조선어를 알고 있다면 해방 전에 조선에서 살았던 사람으로 그것도 종주국으로서 식민지 정책에 관여한 이들과 군인·군속, 공안경찰과 관련된 이들이 많다. 이런 사람들만이 '조선이 그립다'고 말하기도 했다.

지금은 입 밖으로 꺼내려고조차 하지 않는, 양심의 가책을 느낄 법한 자신의 과거사를 히로세 형사는 대머리를 쓰다듬어 가며 당당하게 밝혔다.

"나는 십 년이나 조선에서 살았다. 넌 너의 나라에 가 본 적이 있나?"

"……"

"아마도 넌 조선에서 살았던 경험이 있는 일본인이 그다지 유쾌하지 않겠지. 뭐, 당연한 거다. 조선인을 '센징鮮人'이라 부르며 인간 취급을 하지 않았던 놈들이 많았으니까. 어째서 조선인을 '센징'이라고 불렀는지 너도 알겠지?"

"......"

"몰라? 학교에서 안 가르쳐 주든? 조선이라는 나라이름이 '아침朝이 아름다운鮮 나라國'를 뜻하는 건 알고 있겠지? 그런데 당시의 일본에서 보면 조선의 '朝'는 '조정朝廷'의 '朝'로 통했다. 이것이 괘씸하다는 이유로 '朝'를 떼 버리고 '센징鮮人'이라 했어. 몹쓸 짓을 한 거지."

"......"

그래서 어쨌다는 건가. 조선인의 고통에 대해 설명하며 잡담하듯 말하는 이 남자는 도대체 무슨 얘기를 하고 싶은 걸까.

"아버지가 일본인학교 교사였거든. 처음엔 평양, 그 다음에는 원산으로 전근을 하게 됐다. 그래서 평양과 원산에서 십 년을 살았지. 학생시절엔 서울과 부산으로 여행도 갔었다. 조선은 나에게 있어서 제2의 고향이라고 할 수 있지. 너와는 반대의 경우가 되겠지만, 우리는 비슷한 처지인 거다. 이건 역사의 장난이라 할 수 있지."

"......"

"너 광주학생사건을 알고 있냐? 학교 역사시간에 배웠겠지? 몇 년도였더라?"

"1929년 11월 3일입니다."

"맞다. 그 사건은 1929년도에 일어났다. 하긴 그때는 어려서 잘 몰랐지만, 아주 끔찍한 사건이었지. 식민지인 조선에 있던 일본인 학생은 죄다 오만불손했어. 조선인 학생이 결기한 것은 당연한 일이다. 내가 조선인이었다 해도 맞서 싸웠을 테니까. 결국 당시 만주로 도망쳤던 조선인을 중심으로 게릴라 투쟁을 일으킨 김일성을, 일본인은 비적 혹은 마적이라 부르며 겁을 냈지만, 내 아버지는 조선의 호랑이라며 남모르게 존경하고 두려운 마음을 품고 있었다. 상해에 조선의 망명임시정부를 수립했던 김구, 이토 히로부미를 저격한 안중근처럼 기라성 같은 독립운동 투사들이 많이 나왔지……."

"조선에 대해 잘 알고 계시는군요."

나는 비웃어 줄 심산이었다.

"그러니까 아까 말한 거 아니냐, 너희들의 행동에 동정하고 있다고."

내 마음을 샀다고 생각했는지 히로세가 빙긋 웃으며 주머니에서 담배를 꺼내 불을 붙였다.

"널 보고 있자니 내 아들 녀석이 걱정된다. 아직 중학생인데, 너희처럼 나라와 자신의 장래에 대해 신중히 생각하고 있는 건지 걱정이 돼서 말야. 그건 그렇고 김 군, 시장하지 않아? 난 어젯밤부터 오늘아침까지 바빠서 제대로 식사도 못했다. 좀 이르긴 하지만 점심이라도 함께 먹자. 경찰서에서 먹는 게 편하진 않겠지만, 이건 내가 개인적으로 사는 거니까 안심하고 먹어도 된다."

"……"

"넌 뭘로 할래? 난 카츠동. 너도 그걸로 해라."

말이 나오기가 무섭게 내 대답은 듣지도 않고 취조실 문을 열더니,

"누가 카츠동 두 개만 초특급으로 주문해 줄래?"

하고 소리쳤다.

"내 얘기만 계속했네. 이번엔 니가 얘기할 차례다. 재일조선인이 무슨 생각을 하고, 어떻게 살고 있는지, 난 실제 모습을 알고 싶었다. 넌 화가 날지도 모르겠지만, 실컷 조선말을 해보고 싶기도 해서 일부러 내가 너와 만난다고 한 거다. 말할 기회가 없으니까 조선말을 다 잊어서 말야. 연습 삼아 해봐도 괜찮지? 킴쿠눈 므슨 카모쿠를 초아해?(김 군은 무슨 과목을 좋아해)"

"……"

나는 속으로 비웃었다. 하지만 당황스럽기도 했다. 이게 정말 그저 잡담하자는 것인가.

"므슨 카모쿠(무슨 과목)? 쿠고(국어)? 요쿠사(역사)? 체유쿠(체육)?"

"……"

미소 띤 얼굴로 히로세가 물었다. 웃고는 있지만 날이 선 눈빛엔 내 작은 마음의 변화도 놓치지 않겠다는 의지가 보였다.

"조선사에서 역시 너희들에게는 일제시대가 중요하겠지? 그렇다면 분명 반일의병투쟁과 반일무장투쟁을 중점적으로 배우고 있을 거고 말이야. 일본인은 나쁜 놈들이라며… 그렇지?"

이번엔 일본어다.

"아니야?"

"......"

"너한테 재밌는 걸 보여 줄게."

히로세가 서랍에서 소책자를 꺼내 내가 읽을 수 있도록 제목이 내 쪽을 향하게 책상 위에 올려놓았다.

명조체로 경찰청편집실무교양선집 **재일조선인운동**이라고 쓰여 있다.

"이중에 일부분을 읽어줄테니 화내지 말고 들어 봐. 일본경찰이 조선인을 어떻게 보는지 그 일면을 알 수 있는데, 이걸 보면 난 몹시 화가 나거든. 일본경찰이 조선을 대하는 관점이 식민지시대와 전혀 달라지지 않아서 한심하기도 하고 내가 바보취급을 당하는 것 같다니까. 어때, 읽어도 되겠지?"

히로세가 소책자의 페이지를 팔락팔락 넘기다 한 부분을 손가락으로 짚으며 구독점마다 끊어서 읽기 시작했다.

"조선인은 대체적으로 문화교육의 수준이 낮고, 준법정신도 희박한데다, 성격은 사대주의이고, 쉽게 부화뇌동하며, 감정적이고, 흥폭함이 이루 말할 수 없고, 공리적인 한편 교활하고, 사치와 허영심도 많고, 사행심으로 가득 찼고, 노동의욕은 결여되어 있는 등 복잡한 성질을 가졌는데, 여러 문제점이 한편으론 장점으로 인정되지만 국민성에 공통적으로 나타나는 결함이라고 볼 수 있다……."

참을 수 없이 울화가 치밀었다. 도대체 일본인이 얼마나 대단한 존재라고 다른 민족을 이렇게까지 조롱할 수 있단 말인가. 패전이라는 미증유의 굴욕을 맛보았음에도 여전히 조선인을 돼지취급을 한단 말인가.

"히로세 형사님, 일본인은 우리를…."

"니 맘 안다. 김석철, 아무 말 하지 않았으면 좋겠다. 일본이 이런 생각을 가진 이상 일본과 조선은 영원히 적이 될 수밖에 없다. 나라의 녹을 먹고 있는 몸으로 나 또한 괴롭다. 매우 안타깝다. 이 따위 것을…."

소책자를 책상 위에 내리치더니 벌레 씹은 표정을 지었다.

나는 어금니를 악물고 천연덕스럽게 웃었다. 너무 화가 치밀어 오르니 저절로 웃음이 났다.

"그래, 그렇게 웃으면 되는 거다. 웃음으로 조선인의 큰 배포를 보여줘라."

히로세가 섬뜩한 눈빛으로 입가에 희미한 미소를 띠었다. 잠시 동안 무거운 침묵이 흘렀다.

"넌 입이 아주 무거운 녀석이구나. 화를 참을 줄도 알고. 좋아, 화제를 좀 바꿔 보자. 재밌는 얘기가 좋겠지?"

"……"

"조선고등학교에서는 체육시간에 축구를 아주 열심히 배운다던데. 축구를 국기처럼 여겨서 그렇겠지?"

"……"

히로세의 속셈을 알 것 같았다. 그는 내 마음을 조종하려는 것이다. 화를 돋우기도 하고 이해하는 척도 하며 뭔가를 털어놓게 하려는 것이다. 나는 유도심문에 말려들지 않으려고 굳게 입을 다물었다.

한참 후 히로세가 다정한 목소리로 엉뚱한 질문을 했다.

"넌 시를 좋아하냐? 난 조선의 시가 좋아서 몇 편 암송할 정도란다. 김소월 알지?"

"압니다."

나도 모르게 대답이 나왔지만 깜짝 놀랐다. 이런 상황에서 소월의 이야기를 듣게 될 줄이야.

"아, 알고 있구나."

히로세 표정이 환해진다.

"나는 말야, 소월의 **산유화**와 **진달래꽃**이 특히 맘에 든다. 그리고 이상화의 **빼앗긴 들에도 봄은 오는가**도 좋은 시지."

제목을 조선말로 말하더니 짧은 **산유화**를 콧노래라도 부르듯 작은 소리로 암송해 보였다. 흥이 오른 히로세는 이상화의 시 일부도 암송했다. 도대체 이 남자의 정체가 무엇일까?

김소월도 이상화도 내가 가장 좋아하는 시인들이다.

히로세가 나를 조롱하고 있었다.

조선에서 소년시절을 보냈다는 그와 모국을 알지 못하는 내가 같은 처지라고 말했다. 터무니없는 말이며 결코 같을 수 없다. 우리 부모는 관광 유람을 하러 일본에 온 것이 아니었다. 아무리 역사의 장난이라 한들 지배한 자와 지배 당한 자의 자손으로 태어나 전혀 다른 상황에서 서로의 조국에 살게 된 것에 지나지 않다. 혹여 공통되는 것이 있다면 아무리 애를 써도 묻어버릴 수 없는 쌍방의 불행한 과거를 정상으로 돌리기 위한 과제가 남아있을 뿐이다.

막말로 히로세가 조선에서 소년시절을 보냈다는 말을 누가 증명할 수 있겠는가. 이 자리에서 그저 나오는 대로 지껄이는 말에 지나지 않는지도 모르지 않은가.

화기 치밀어 올랐지만 이토록 조선에 대해 잘 알고 있는 히로세라는 형사에게 묘하게도 강한 흥미가 솟구쳤다. 땅속 깊이 숨어있던 요괴와 맞닥뜨린 것 같은 이상한 느낌에 휩싸였다. 때가 되면 여지없이 둔갑할 가죽을 벗겨버려야 한다.

젊은 형사가 카츠동과 차를 쟁반에 담아 방으로 들어왔다.

"아, 왔구나. 배가 등가죽에 붙겠구만. 자자, 김 군, 어서 먹자."

히로세는 내 생각은 개의치 않고 그릇의 뚜껑을 열며 젓가락을 건넸다.

이 세상에 카츠동이라는 음식이 있다는 건 알고 있었지만 학생 처지에 그렇게 비싼 음식은 한 번도 먹어 본 적이 없었다. 부끄럽게도 카츠동을 보자마자 꿀꺽 침을 삼키고 말았다. 맛난 음식으로 환심을 사려고 야비한 방법을 쓰다니.

잠시 생각에 잠겼다. 그리고 이내 마음을 정했다. 이따위 치사한 속임수에 넘어갈 내가 아니다. 나는 망설임 없이 젓가락을 집어 들었다.

밥 한 톨도 남김없이 그릇을 싹 비우고 차를 마셨다. 먼저 식사를 끝내고 담배를 피우던 히로세와 눈이 마주쳤다. 게걸스럽게 식사를 하는 나를 히로세는 담배연기를 천천히 허공에 뿜으며 바라보았다. 히로세가 히죽 웃었지만 눈빛은 차가웠다.

"어때, 이제 좀 편안해졌냐?"

"예에, 암튼 잘 먹었습니다."

"잘 먹었다니 다행이다. 그건 그렇고, 계속 해볼까?"

재떨이에 담배를 비벼 끄고 여전히 부드러운 말투로 말했다.

"에- 또, 어젠 누구와 신주쿠에 갔다고 했지?"

"친구와 갔습니다."

카츠동을 얻어먹어서 그런 것은 아니지만 조금은 말하기 편해졌다.

"그래. 누구지? 그 친구가."

"말할 수 없습니다."

"어째서?"

"하굣길에 환락가에서 놀지 말라고 학교에서 엄하게 금지했기 때문에 학교선생님이 물어도 말할 수 없습니다."

"음, 알겠다. 그건 니 말이 맞다. 하지만 가긴 간 거다. 누구랑 갔는지만 말해라."

"대답 못합니다."

"왜 대답 못해!"

"이런 안 좋은 일에 친구들을 끌어들일 수는 없습니다."

"'친구를 팔수는 없다'고 말하고 싶은 게지?"

히로세가 비아냥대듯 웃었다.

"……"

"너, 의리 한번 끝내주는구나."

"……"

"그럼, 신주쿠에서 뭘 하며 놀 생각이었지?"

"그냥 돌아다니려고 했습니다."

"그냥 돌아다닌다? 집회가 있다는 것은 알고 있었지?"

"몰랐습니다."

"오호~ 몰랐다? 거참, 이상하군. 집회장소도 역 주변에도 조고생들이 잔뜩 있었거든. 사진에 찍혔는데 보여줄까? 너와 같이 있던 녀석들 모두 규율을 어기고 신주쿠에 놀러갔단 말이냐? 분명히 동원되었겠지만 말야."

"다른 애들은 모르겠습니다."

히로세의 표정이 어두워졌다.

"그렇다면 그 아주머니는 누구지?"

"누구 말입니까? 아주머니라니요?"

"화염병을 운반한 아주머니 말야."

"아아, 그 아주머니요."

"아는 사람이지?"

"모릅니다. 그분이 화염병을 가져왔다는 것도 전 몰랐습니다."

"그럼 어째서 넌 그 여자를 체포하는 걸 방해했지?"

"방해했다니요, 저는 그냥 아주머니를 도와드린 겁니다."

"맞다, 도왔지. 왜지? 도와줄 이유가 있었던 거 아냐?"

히로세의 눈이 빛났다. 말투는 부드러웠지만 베일 것같이 날카로운 목소리다. 순간 긴장해 뒤를 이을 말을 생각했다.

"거기 있던 사람들이 모두 한꺼번에 도망쳤기 때문에 장기알처럼 차례로 쓰러지는 상황이었어요. 아주머니도 그때 넘어졌습니다. 아주머니를 짓밟고 달아나는 두 명의 젊은 남자가 있어서 그들로부터 보호하려고 도운 것뿐입니다."

"솔직하게 답하는 게 좋을 걸? 난 너희들의 행동에 동정한다고 얘기했지. 동정심이 있기 때문에 사실이야 어떻든 앞길이 창창한 너한테 나쁘게 할 생각이 전혀 없단 말이다. 아주머니를 도망치게 한 너의 마음을 나도 아주 잘 알아."

"잠깐만요. 우리 행동에 동정한다고 계속 말씀하시는데, 제가 어떤 행동을 했다는 말입니까? 그저 이리저리 도망치고 있던 것뿐이에요. 도망치는 와중에 넘어진 한 아주머니를 도와준 게 전부에요."

히로세의 얼굴을 똑바로 쳐다보며 나는 힘주어 말했다.

"야, 김석철! 적당히 해! 여자를 체포하려고 한 사복경찰에게 니가 몸을 부딪쳐 방해했잖아. 왜 그랬지? 왜? 어째서 방해했냐고? 동지를 도망치게 도운 거 아냐!"

"예에, 도망치게 했습니다!"

"그랬겠지!"

"다만, 그 아주머니와 저는 아무 관계도 없습니다. 달려든 두 명이 사복경찰이란 것도 몰랐습니다. 사복경찰이 등에다 '나는 경찰이다' 라고 써 붙이기라도 했습니까? 넘어져서 짓밟히고 있는 아주머니가 안타까워 짓밟는 남자들을 밀쳐낸 것뿐이라구요. 그게 죄가 된다면 형사님 맘대로 하십시오."

"어떻게든 널 감싸주려 했는데 소용없는 일 같다. 좋아, 그렇다면 너처럼 사복경찰에게 달려들었던 조고생이 있었지. 그 녀석들의 이름만이라도 불어라. 그러면 이 취조는 끝난다."

동지의 이름만이라도 좋다, 귀찮으니까 그거면 된다고 구슬렸다.

"모릅니다. 같이 간 일행들을 놓쳐서 그때 제 주위에는 친구가 한 명도 없었습니다."

"이 새끼가! 경찰을 깔보는 거야! 공권력을 뭐라고 생각하는 거냐? 너 같은 조선인은 절대로 눈감아 줄 수 없어!"

히로세는 한 순간에 돌변해 정체를 드러냈다. 큼지막한 눈알이 번뜩였고, 두툼한 입술로는 그냥 흘려들을 수 없는 말들을 쏟아냈다. 조선인을 동정한다고 떠들어댔지만, 결국 생각나는 대로 지껄인 말에 지나지 않았다.

온몸에 힘을 주며 입술을 꽉 깨물고 그의 얼굴을 노려보았다.

아주머니를 체포하려던 사람이 사복경찰이라는 건 처음부터 알고 있었다. 그들에게 우리가 먼저 몸을 날린 것도 사실이다. 누가 되었든 그 장소 그 상황이었다면 그렇게 했을 것이다. 사건정황이나 증언이 어찌되었든 체포된 사람이 나 하나뿐이라면 시치미를 떼는 방법밖에는 없다고 생각했다. 시치미를 떼서 넘어갈 수 없으면 어쩔 수 없겠지만, 데모는 물론이고 화염병과도 아무 관련이 없다는 사실이 나를 당당하게 했다.

"니 얘기는 억지에 지나지 않는다. 니가 굳이 그 아주머니와의 관계를 자백하지 않겠다면 우리도 생각이 있다. 한동안 여기서 못 나갈 줄 알아라. 그래도 할 말 없겠지?"

히로세가 괘씸하다는 표정으로 쏘아붙였다.

나는 눈을 부릅뜨고 말했다.

"히로세 형사님. 형사님께 충고하고 싶은 게 있습니다."

"뭐어? 충고?"

히로세가 눈을 부라린 채 나를 노려본다.

"저를 어떻게 처분하시든 형사님 맘대로 하십시오. 하지만 형사님. 조선인 앞에서도 일본인 앞에서도 두 번 다시 조선에 대해서는 얘기하지 않는 게 좋을 겁니다. 잘 아는 것처럼 말씀하시지 말라는 얘깁니다. 우리가 학생이라고 우습게 보지 마십시오. 조선

인을 동정한다는 속보이는 거짓말을 모를 것 같습니까? 조선인을 모독하지 말라는 말
씀입니다. 그리고 형사님은 소월과 상화의 시를 암송하셨죠. 대단하십니다. 솔직히 놀
랐습니다. 하지만 형사님 같은 사람한테서 그 시를 들으니 구역질이 납니다. 조선시
인의 영혼을 더 이상 더럽히지 마세요."

히로세가 거칠게 의자를 박차고 일어섰다.

장승처럼 우뚝 서서 가소롭다는 듯 나를 내려다보았다. 나도 치켜뜬 눈으로 히로세를
노려보았다.

"이 새끼가……."

히로세는 뭔가 이야기하려 했지만 말을 잇지 못했다. 거칠게 문을 열고 밖으로 나가
며 고함쳤다.

"이 새끼 감방에 다시 쳐 넣어!"

6 감방으로 돌아와 불과 1시간 만에 나는 다시 2층 취조실로 끌려갔다. 히로세를 대신
해 어젯밤의 젊은 형사가 나를 기다리고 있었다.

"너 아주 배짱 한번 좋더구나. 각오는 돼 있지? 내가 지금부터 정식으로 조서를 받
을 거니까 과장님과의 잡담은 잊고 솔직히 자백하는 게 좋을 거다. 이게 마지막 기회
야. 여기서 말한 것은 전부 기록되고 증거가 된다. 알겠지? 솔직히 대답해."

형사는 몇 번이나 솔직하게 말할 것을 강조했다.

문답은 히로세와 했던 '잡담'의 반복이었다. '솔직'하게 나는 똑같은 사실을 진술
했다. 형사는 여러 번 혀를 차며 내 진술을 카본지가 붙은 조서 용지에 기록했다.

"좋다, 니가 진술한 것을 지금부터 읽어줄테니 틀린 것이 있으면 바로 말해라."

형사가 교과서를 읽듯이 천천히 읽기 시작했다.

진술서

저는 도쿄 도립조선인중고등학교 1학년으로 도쿄도 아라카와구 미나미센주에 사는 김석
철입니다. 올해 열여섯 살입니다. 6월 25일 오후 6시경 저는 친구 몇 명과 같이 신주쿠에
놀러갔습니다. 친구들의 이름은 우리의 우정 때문에 말할 수 없습니다. 특별히 목적을 정

하고 간 것이 아니라 그저 신주쿠 주변을 돌아다닐 생각이었습니다. 신주쿠역 동쪽출구에서 밖으로 나가려고 했을 때 데모대와 경찰기동대의 충돌과 맞닥뜨려 꼼짝할 수 없었기에 잠시 일행과 구경을 하고 있었습니다. 그때 화염병을 가지고 온 아주머니가 제 앞에 있었다고 하는데, 저는 그걸 몰랐고 물론 그분과도 아무 관계없습니다. 충돌로 인해 놀란 사람들이 도망칠 때 아주머니가 넘어지고 말았습니다. 사복경찰이 아주머니를 제압하려고 했는데, 제가 착각해서 사복경찰을 정신없이 도망치는 사람들 중에 하나라고 생각해 몸을 날려 아주머니를 구해주었습니다. 그때 저 외에도 몇 명이 더 있었는데, 얼굴도 모르는 남입니다. 나중에 경찰에서 얘기를 듣고 알았고, 결과적으로 공무집행을 방해한 상황이 되어 죄송하게 생각합니다. 저는 데모도 화염병과도 아무런 관계가 없습니다. 위에서 진술한 내용은 사실과 다름없음을 다시 한 번 말씀드립니다.

"이걸로 됐지? 됐으면 서명하고 지장 찍어라. 오른손 검지다."
형사는 사무적인 어조로 말했다.
형사가 읽는 진술서를 들으면서 이런저런 의문들로 머리가 복잡했다.
이 젊은 형사도 '이번이 마지막 기회'라고 겁을 주며 내 '진술'에 뭔가 기대를 거는 것 같았다. 의도적으로 사복경찰에게 몸을 날린 것 이외에는 나에게 '진술'이라고 할 만한 것은 아무것도 없었다. 그런데도 결과적으로 조서는 꾸며졌다. 그렇다면 조서는 나중에 받겠다고 말했던 히로세의 '잡담'은 대체 뭐란 말인가? 게다가 히로세는 조선을 잘 이해하는 사람처럼 자신을 포장해 내 환심을 살만한 얘기를 주절주절 지껄였다. 그리고 사건과는 아무 관계가 없는 우리학교 내부사정을 파고들었다. 사건이라고 할 수도 없는 조서를 받은 것은 히로세의 '잡담'이 단지 연극이 아니었다는 것을 증명한 것이나 다름없다. 그리고 조서를 쓸 때 형사는 내게 히로세만큼 집요한 추궁을 하지 않았다. 이미 결과가 정해져 있었기에 말투는 곱지 못했어도 사무적인 절차만 남았다는 투로 조서를 꾸몄다.
석방된다는 걸 직감했다.
조서는 석방을 위해 절차로 그저 형식에 지나지 않았다. 미성년자라는 이유도 있을 것이다. 법적인 해석이 어떻게 되는지 알 수 없지만 나는 틀림없이 석방된다!

감방으로 돌아오자 마음속을 짓누른 돌이 치워진 것처럼 한결 편안한 기분이었다.

야마다와 다른 세 명은 아직 취조 중인 것 같았다. 내가 먼저 방에 있던 이들에게 다가갔다.

"어땠니? 무서워서 혼났지?"

오사나이가 내손을 꼭 잡으며 애처로워했다.

"그 새끼들이 뭘 물어 보던? 끈질긴 놈들이지?"

취조 당한 일이 떠올랐는지 니시카와가 눈을 치켜뜨고 묻는다.

"학생, 일단 확신이 선 것은 끝까지 밀어붙이게. 젊을 때야말로 그것이 용서가 되는 법이지. 젊음이란, 그저 그것만으로도 훌륭한 것이네."

여전히 책상다리를 하고 명상에 잠겨있는 시라네 노인이 눈을 감은 채 나에게 말했다.

어느덧 해가 질 무렵이었다.

"거기, 킨 세키테츠(김석철) 석방이다."

감시원이 내 이름을 불렀다.

"다음에 신주쿠에서 만나면 꼭 아는 척해라."

"어머, 섭섭하다. 김 군! 우린 감방 동지란 거 잊지 말구!"

뜻밖에 만난 '동지'들과의 이별에 조금 야릇한 기분이 들었다.

"시라네 할아버지, 안녕히 계세요. 그리고 다른 세 분에게도 인사 전해주십시오. 여러분 몸조심하시길 바랍니다."

나는 노인에게 머리 숙여 인사했다.

내가 석방되는 걸 알아차린 감방에서 잘 가라는 인사가 들려왔다.

2층 방범과 책상 위에 내 가방과 소지품이 놓여있었다.

바로 옆에서 뭔가를 쓰고 있던 히로세와 눈이 마주쳤다. 보일 듯 말 듯 목례를 했다. 히로세 형사는 벌레 씹은 표정으로 책상으로 시선을 돌린 채 '빨리 나가라'는 손짓을 했다.

저쪽에서 나처럼 소지품을 돌려받고 있는 태일이가 보였다.

휴전

중학교 1학년이던 1950년 초여름에 발발한 6·25전쟁은 고등학교 1학년 한여름이 되어서야 휴전이 되었다. 3년 1개월 2일 18시간 만에 찾아온 '평화'였다. 말 그대로 '휴전'이 되었을 뿐 언제 또다시 전투상황이 벌어질지 모르는 위태로운 '평화'에 지나지 않았다.

휴전회담은 1951년 7월 10일, 38선 남쪽 개성에서 시작되었다. 조선인민군과 중국 인민지원군의 합동대표단이 참석하고, 국제연합군 측은 몇 명의 미군 장교만이 참석했다. 한국인 1명이 준대표 자격으로 참가했다.

휴전회담이 조선과 중국에는 예상치 못한 성공을 가져왔다. 왜냐하면 그때까지 미국은 외교적으로나 정치적으로나 조선과 중국의 승인을 줄곧 거부해 왔기 때문이다.

회담은 급속도로 진전되었지만, 쌍방의 주장이 심하게 대립했기 때문에 몇 차례나 결렬되었다.

휴전회담을 자국 군대에 유리하게 이끌기 위해 미군 측이 행한 핵병기 사용의 위협은 매우 비열한 행동이었다. 실제로 B29폭격기가 몇 차례나 북으로 출격했고, 원폭투하 테스트용으로 모의원폭과 거대한 자유낙하폭탄을 투하하기도 했다. 이 작전은 원자폭탄의 조립, 검사, 투하, 지상에서 적중률 확인 등 원자폭탄 공격에 관한 모든 것을 테스트 할 목적으로 실시되었다. 전술적인 이유에서 원자폭탄 투하하는 효과가 없다고 판단해 중지되었지만, 만약 이것이 실제 원자폭탄이었다면 평양은 히로시마와 나가사키처럼 참혹한 피해를 입었을 것이다.

전쟁의 귀추와 휴전회담에 가장 중요한 영향을 초래한 것은 미군에 의한 무차별 공중폭격이었다. 그중 가장 심각했던 것은 평양폭격으로, 전쟁이 시작되기 전 50만 명이던 인구가 5만 명으로 줄어들었다. 미군의 교살작전은 철저했고, 여러 종류의 끔찍한 파괴병기를 하늘에서 쏟아 부었다.

휴전회담 제2라운드의 가장 큰 쟁점은 포로의 송환문제였다.

제네바협정은 전쟁 중에 붙잡힌 포로는 전투가 중단되면 지체 없이 석방하고, 송환하도록 되어있다. 쌍방 모두 제네바 협정을 존중한다고 했지만, 결정적인 순간에 미군 측은 **자유의사에 의한 송환**이라는 제안을 내놓았다.

51년 6월, 조·중 측 포로들이 수용된 거제도에서 대규모 소요사건이 발생했다. 환경의 열악함과 식량 부족으로 아사자가 속출했고, 진료를 받을 수 없어 사망하는 포로와 폭력에 의한 사망자가 원인이었다. 이러한 폭력문제야말로 포로문제의 핵심이라고 할 수 있다.

52년 2월, 미국은 처음으로 공식적으로 모든 포로를 송환할 수 없다고 밝혔다. 이때부터 포로들의 대반란이 일어난다. 조국으로 돌려보내지 않겠다는 압력에 저항하는 반란이었다.

송환 여부를 포로의 뜻대로 '선택' 할 수 있는 기회가 필요하다는 것이 미군 측의 설명이었다. 그러나 이 '선택' 이란 사실상 여러 차례의 협박과 고문이었다. 많은 포로의 살갗에는 강제로 반공 슬로건이 문신으로 새겨졌다. 조국 송환을 선택하기 어렵게 만들기 위해서였다.

미군은 포로들의 반란에 사살명령을 내렸다. 리지웨이Matthew B. Ridgway 총사령관은 거제도의 포로 반란 진압에 전선에서 2백 대의 전차를 출동시킬 것을 부하인 제임스 밴 플리트James Award Van Fleet에게 명령했다.

52년 5월, 거제도의 포로들은 수용소장인 프란시스·T 도드Francis Townsend Dodd 준장을 감금했다. 도드의 후임인 찰스·F콜슨James Alward Van Fleet 준장은 '선택' 이 폭력에 의해 강제로 행해진 것을 인정하는 한편 '많은 포로가 연합군에 의해 살상되었음' 을 인정하는 문서에 서명하고 도드 준장은 석방되었다. 그는 3일간 포로들의 포로가 되는 굴욕을 맛보았다.

휴전회담은 새로운 난관에 봉착했다. 미군이 세균전을 펼치고 있다는 조·중 측의 비난 때문이었다.

52년 2월부터 3월에 걸쳐 미군은 병원균을 지닌 메뚜기, 벼룩, 거미, 대합, 조류의 깃털을 투하해 페스트, 콜레라, 폐렴 등을 북조선 주민들에게 발병시켰다. 세균전에 종사했다고 한 미군 포로의 진술서에 따라 중국 측에서 발표되었다.

조·중 측이 날조한 것으로 미국이 그런 끔찍한 병기를 사용했을 리 없다며 미군과 서방의 여러 국가들은 기고만장했으나 귀결은 뜻밖의 결과를 가져왔을 뿐이었다. 만약 서방 측의 주장이 옳다면 조·중 측이 북조선과 중국에서 수천의 인원을 동원해 중국의 유력한 지도자가 의사, 과학자들에게 일대 사기 기만극을 펼친 것이고, 거대한 의학드라마를 날조한 것이 된다. 서방 측 대부분은 조선전쟁을 '더러운 전쟁'으로 여기게 되었다.

52년 2월 17일, 휴전 성립 후 3개월 내 외국군대의 철수와 조선의 평화적 재통일을 논의하는 정치회담을 개최하기로 결정되었다.
한국의 이승만 대통령은 이것을 탐탁지 않게 여겼다. UN과 미국의 감독을 받지 않는 독립적으로 조직된 군대를 만들어 전국에 계엄령을 선포했다.
6월 23일, 미 공군은 북조선 네 곳의 중요한 댐과 수력발전소를 폭격했다. 표적 가운데 하나가 압록강변에 위치한 수풍발전소였다. 수풍발전소는 북조선 전력의 90%와 중국 동북부 전력의 10%를 제공했다. 미군기 5백 대 이상이 출격한 이곳 폭격은 단 한 번의 작전으로는 6.25전쟁 사상 최대 규모의 폭격이 되었다. 발전소는 폭격에 날아가고 북조선 전 국토는 그 후 전쟁이 끝날 때까지 결국 전력 회복을 할 수 없게 되었다.
그해 초가을, 조·중 측은 철원 북서쪽 중앙 지구에 그해 들어 최대의 공격을 가했고, 미군은 원산으로 일대 상륙작전을 감행했다. 이로써 초점은 휴전회담 텐트에서 다시 전장으로 옮겨졌다.
53년 1월, 미국의 제34대 대통령으로 취임한 아이젠하워는 **일반교서**를 통해 전쟁을 끝내기는커녕 확대하겠다고 했고, 초점을 조선에서 중국으로 향하려고 했다. 선거전에서 '아시아인들끼리 싸우게 해 끝내 버리자'가 그의 슬로건이기도 했다.
3월 5일, 소련의 스탈린이 사망하자 사태는 급속히 진전되었다.
4월 26일, 휴전회담이 재개되고 조국송환을 원치 않는다는 확실한 의지를 표명한 포로는 다른 중립적 기관의 보호아래 두고, 이 과정을 감시하기 위해 중립적인 몇몇 국가에 의한 포로송환위원회를 설치하기로 결정했다.
6월 8일, 포로문제에 관해 기본적 합의가 성립되고, 17일에는 최종적으로 휴전선 라인의 협정도 체결되었다. 그런데 다음날 18일 밤, 최후까지 북진통일을 주장하던 이승만은 합의사항을 무시하고 2만 7천이 넘는 북측의 포로들을 '탈주' 시키고 말았다. 조 · 중 측은 7월 24일부터 25일에 걸쳐 한국군이 확보하고 있는 전선에 총공세를 펼치고 미군에게도 맹공을 퍼부었다. 조 · 중 측은 미국에, 미국은 이승만에게 휴전조건을 지키도록 보장할 수 있는가를 따졌다. 미국은 확답을 피했다. 조 · 중 측은 또다시 한국군에 총공세를 퍼부었다. 미국은 책임지고 이승만에게 휴전을 받아들이도록 하겠다고 약속했다.

1953년 7월 27일, 드디어 휴전협정이 조인되었다. 조선인민군과 중국인민지원군사령관이 나란히 앉고, 미국은 회담테이블 맞은편에 앉은 조인자였다. 한국은 협정에 조인하지 않았다.

7월 27일.

이날 판문점 일대는 구름이 잔뜩 낀 흐린 날씨였다.

오전 9시 30분, 협상관계자와 기자단이 회담장에 나타났고, 중앙 테이블 위에는 조 · 중 측이 준비한 진녹색 표지의 협정문 9부와 공화국 국기가, 반대편에는 UN측이 준비한 청색 표지의 협정서 9부와 UN기가 마주보고 놓여있었다.

오전 9시 57분, 휴전회담대표의 입장이 시작되었다.

정각 10시, 양측 수석대표인 남일 준장과 해리슨Harrison, W. K 소장이 착석했다. 두 대표는 서로에게 인사를 건네지도 않은 채 자리에 앉아 말없이 협정문서에 서명했다. 그 사이 회담장 안은 희미하게 셔터를 누르는 소리와 필름 감는 소리, 그리고 몇 사람이 기침하는 소리가 들릴 뿐이었다.

10시 12분, 두 대표의 서명이 끝났다.

남일 준장은 무표정하게 자리에서 일어섰다. 해리슨 소장이 어색한 미소를 띤 얼굴을 카메라로 향했다. 두 사람은 잠깐 상대방을 서로 주시했지만 한 마디도 나누지 않고 곧바로 등을 돌려 회담장을 빠져나갔다.

1953년 7월 27일 밤 10시가 지나자 휴전협정에 따라 조선반도에서 모든 포성이 멈췄다.

답답하고 지루한 장마가 끝나자 아침부터 뜨거운 햇볕이 내리쬐었다. 학교는 일주일 전부터 여름방학이다.

7월 27일.

오후 1시, 히비야공회당日比谷公会堂에서 **조선 정전축하 재일조선인중앙대회**가 열린다. 이날 아버지는 작업장 일을 모두 접었다. 지역에 사는 대부분의 동포들도 일이 손에 잡히지 않는지 일손을 놓아버렸다.

일부 동포들은 전차를 타고, 길을 잘 모르는 노인들과 뭐든지 모여서 하길 좋아하는 사람들은 무리지어 차를 준비해 대회장으로 향했다. 우리 집에 있는 삼륜트럭도 동원되어 대회장까지 동포들을 실어 나르게 되었다.

형은 이른 아침부터 나나쵸메에 있는 작업장까지 가 삼륜트럭을 끌고 와서 차체는 물론이고 쇳녹이 슬어 붉으죽죽한 짐칸을 깨끗이 청소했다. 오늘만큼은 즉석 승합버스가 되어 고철이 아니라 동포들을 실어 나른다. 그동안에도 지역 동포들이 단체로 꽃놀이나 해수욕을 갈 때마다 이 트럭을 자주 사용했다.

시동을 걸고 엔진과 타이어의 공기압 등을 체크하는 건 형이고, 나는 세차를 돕고 짐칸에 1평 남짓한 돗자리를 3장이나 깐 후 가는 도중에 마실 거리로 얼음을 넣은 커다란 주전자를 챙겨 놓았다.

가장 먼저 도착한 사람은 미나미센쥬南千住 분회장인 하라다 아저씨다.

일본 패전 직후 재일조선인연맹 시절부터 조선말 읽기와 쓰기가 가능한 하라다 아저씨는 어지간한 연설도 할 수 있는 '인텔리'로, 여러모로 지역 동포들의 신뢰를 얻고 있다. 생활보호, 아이들의 학교문제, 고부간의 갈등, 처녀 총각의 중매, 한국의 피붙이에게 보내는 편지의 대필, 부부싸움의 중재에 이르기까지 하라다 아저씨의 도움을 받지 않은 동포는 거의 없었다. 아버지 보다 7살 아래로 다카야마 이모부와는 동년배이자 동업자 관계. 고철 사업이 '조선전쟁의 가담자'라고 자신을 비하하며 풀이 죽어 있기도 했지만, 장사만큼은 누구보다 성실해 이제껏 모은 돈으로 어느 새 국철선로 옆 토지를 사들여 새로운 작업장까지 마련해 두었다. 휴전협정을 진심으로 기뻐한 것은 아마도 아버지와 하라다 아저씨 같은 사람들일지도 모른다. 이제부터는 어느 누구의 눈치도 볼 필요 없이 당당하고 자신 있게 장사를 할 수 있기 때문이다.

집합시간은 오전 10시다.

9시 반부터 볼륨을 끝까지 올려놓은 라디오에서 휴전협정에 관한 뉴스가 작업장에 울려 퍼졌다.

삼삼오오 동포들이 모여들기 시작했다. 십여 명은 족히 된다. 아무리 시간을 정해 놓아도 아무렇지도 않게 매번 1시간쯤은 늦고 마는 코리안 타임과는 달리 오늘은 다들 시간을 어기지 않았다. 가까이 살아도 평소에는 좀처럼 만날 수 없는 사람들인데, '하이고 마' '우예 지냈노' 요란스레 인사를 건네는 동포들로 우리 집은 그야말로 잔칫집 같았다. 하나같이 표정은 작열하는 한여름 뙤약볕보다 눈부셨고, 온몸은 기쁨이 한꺼번에 쏟아져 웃음이 가득했다.

"야나가와 누님요, 오늘은 삐까뻔쩍하게 멋을 냈네예, 억수로 이쁘다 아입니꺼, 으헤헤."

이마에 땀이 송글송글 맺힌 채 뛰어온 호르몬야끼 가게 과부인 야나가와 아주머니에게 다카야마 이모부가 농담을 건넸다. 순간 얼굴이 빨개진 야나가와 아주머니를 이모부가 엉큼한 눈빛으로 쳐다보며 서두르라는 듯 손목시계를 가리켰다.

"봐라, 하라다. 얼추 모있다 아이가. 고마 출발하제이."

여자라면 늙고 젊음을 막론하고 덮어놓고 '억수로 미인'이라며 치켜세우는 게 이모부 입버릇이다. 젊은 여자들에게는 진심으로 '미인'이고, 약간 나이든 여자들에게도 빼놓지 않고 '소싯적 미인'이라고 구분해서 썼다.

10시 집합인데 벌써 20분이나 지났다. 코리안 타임으로 보면 이제 시작에 불과하지만, 오늘만큼은 지각하는 사람을 절대 봐줄 수 없다는 게 모두의 심정이었다.

"아이다, 쪼매만 더 기다려 보그레이. 깝치지 말고."

이만하면 시작이 꽤 좋은 편인데, 하라다 아저씨는 코리안 타임을 예상하고 집합시간은 10시로 정해놓고, 출발은 11시에 할 작정이었다.

하라다 아저씨는 황수식黃守植이란 어엿한 본명이 있다. 그런데 내가 알기론 동포들에게 한 번도 본명으로 불린 적이 없다. 자신을 '황씨'로 불러 달라 아무리 얘길 해도 익숙해진 통명인 '하라다'가 먼저 튀어 나왔다. 그때마다 조선인으로서 긍지를 되찾

아야 한다며 차근차근 창씨개명의 역사를 한바탕 읊어댔지만 정작 본인의 집 문패는
여전히 통명인 原田守植으로 써서 걸어놓았다.

"오늘이 을매나 기쁜 날인교. 기왕 기다리는거 누님요, 미리 축하라도 하구로 막걸
리라도 한잔 내 오소."

"무신 소릴 하능교, 아침 댓바람부텀. 당신, 행님한테 그라믄 몬쓴다!"

다카야마 이모가 인상을 찌푸리며 남편을 째려보았지만, 표정과는 달리 부랴부랴 어
머니와 함께 부엌으로 들어갔다.

"오늘은 특별한날 아이가. 딱 한잔이라카이. 마이 묵으라케도 몬 묵는다."

기분이 좋아진 하라다 아저씨가 어머니와 이모의 등에 대고 너스레를 떨었다.

태일이와 태일이 형님 부부가 30분이나 늦었다.

"여가 전쟁터라 카면, 30분이나 느자뿌면 마카 다 죽었을 끼다."

태일이네 형 부부에게 하라다 아저씨가 면박을 주면서도 눈은 웃고 있다. 하라다 아
저씨 입장에서 보면 비록 파친코 가게 사장님이지만 대학을 졸업한 태일이의 형님이
야말로 지역 동포사회를 대표하는 인텔리다.

"미안합니다, 죄송합니다."

이마의 땀을 닦으며 태일이 형님이 죄송하다는 인사를 하는 동안 하나둘씩 삼륜트럭
에 올라타기 시작했다. 남자가 일곱 명, 여자가 다섯 명, 애들이 두 명, 조수석에는 아
버지가 탔다. 예상보다 많이 모이자 짐칸에 탄 사람들은 다리도 뻗기 힘들었다.

"여 있심니데이, 미리 묵는 축하주라예. 딱 한 잔씩이라카이."

어머니와 이모가 막걸리 사발을 남자들에게 나눠주고 댓병에 담긴 시원한 막걸리를
남실남실 사발에 채워 돌렸다. 안주는 잘 익은 김치와 북어다. 캬아ー 목울대를 울리
는 경쾌한 소리를 내며 남자들은 단숨에 잔을 비우고 입가를 손바닥으로 훔쳤다. 몇
몇 아주머니도 막걸리를 사발에 따라 나눠 마셨다. 나는 빈 잔을 챙기는 척하며 병에
남은 막걸리를 잽싸게 따라 홀짝 들이켰다. 잘 숙성되어 진한 맛이 나는 막걸리가 마
른 목을 기분 좋게 축여주었다.

"고마 출발하래이!"

이모부가 크게 소리쳤다.

"쪼매 기다리 봐라."

하라다 아저씨가 이모부에게 눈치를 준다.

"여직 남았능교?"

"둘 더 있데이."

하라다 아저씨가 도로로 나가 안절부절 먼 곳을 살피신다. 나도 따라 나가 보았다. 노파와 젊은 새댁이 잰걸음으로 이쪽으로 오고 있었다. 신발끈 가게 김씨 아저씨의 어머니와 아저씨의 막내며느리다.

"난 또 누구라고, 김씨 아저씨네 할머니시네."

젊은 새댁은 3년 전 김씨 아저씨의 막내 동생에게 시집간 하라다 아저씨의 큰딸이고, 할머니와 하라다 아저씨는 사돈지간이다. 딸 생각에 조급한 마음을 꾹 참고 줄곧 기다린 하라다 아저씨 모습이 우스웠다.

일흔이 다 된 할머니는 동포들의 모임이라면 결혼식, 제사는 물론이고, 조선학교 학부형회에서 정치집회까지 어디든 참석했다. 결론은 한가하다는 얘기지만, 참석만 하는 게 아니라 말참견도 빠지지 않으신다. 시집와서 3년이나 지났는데 아직도 손주를 못 봤다며 할머니가 며느리를 구박한다는 소문이 돌았다. 그것이 자신의 탓이라도 되듯 사돈에게 면목 없어 한 하라다 아저씨는 이 안사돈 앞에선 꼼짝 못하셨다.

"다 탈 수 있겠노. 내는 허리가 아파가 짐칸에는 몬 탄데이."

제일 늦게 왔으면서 미안하다고 머리를 숙인 건 젊은 며느리였고, 할머니는 떡하니 버티고 서서 짐칸을 쳐다보며 벌써부터 불평이 이만저만이 아니시다. 이 할머니는 뭘 하든지 먼저 트집부터 잡았다.

하라다 아저씨는 조수석에 앉은 아버지한테 자리를 할머니에게 양보해 주도록 빌다시피 해 겨우 출발했다.

삼륜트럭이 요란스럽게 작업장에서 집 앞 도로로 빠져 나오자 캇짱을 비롯한 이웃 아이들과 어른들이 무슨 일인가 궁금해하며 멀찍이서 둘러싸고 쳐다보았다.

"어머나, 굉장하네요. 어디 해수욕이라도 갑니까?"

캇짱의 어머니가 궁금한 듯 물었다.

"그게 아니라, 지금부터 조선전쟁이 끝난 걸 축하하러 가는 겁니다. 아주머니도 같이 가실라우?"

이모부가 큰 소리로 대답하며 짐칸에 한 사람이 탈 자리를 만드는 시늉을 했다. 캇짱네 어머니는 당치도 않다는 표정으로 양손을 휘저었고 짐칸에서는 한꺼번에 웃음이 터져 나왔다.

닛코오가이도日光街道로 진입한 후 우에노上野 방향으로 삼륜트럭이 점점 속도를 냈다. 도로에 움푹 팬 곳 때문에 트럭이 가볍게 들썩거릴 때마다 다함께 아이들처럼 비명을 질렀다. 햇살은 뜨거워도 달리는 동안에는 바람이 불어 와 기분이 상쾌했다.

태일이가 형수님이 가져온 바구니에서 공화국 깃발을 꺼냈다.

"야아, 챙겨 왔구나!"

태일이가 빙긋 웃으며 고개를 끄덕인다.

"석철아, 깃발 끝을 잡아."

"이럴 줄 알았으면 대나무 봉을 갖고 왔음 좋았을 걸."

태일이와 나는 운전석 뒤쪽 손잡이를 붙잡고 일어섰다. 직사각형의 깃발 양쪽 끝을 잡고 동시에 손을 높이 쳐들었다. 맞바람에 흔들리는 깃발이 탁탁탁 소리를 내며 힘차게 펄럭였다.

지나가던 사람들은 궁금한 듯 우리를 쳐다보았다. 팔이 아플 정도로 힘차게 펄럭이는 깃발 끝을 꽉 붙잡으며 나는 이토록 멋진 광경이 기뻐서 어쩔 줄 몰랐다.

우에노역 교차로를 통과할 때 교통 순사가 우리가 탄 트럭을 가리키며 힘껏 호루라기를 불었다. 깜짝 놀란 형이 트럭의 속도를 늦추자 아버지가 운전석 지붕을 거칠게 두들기며 소리쳤다.

"개안타, 쭈욱 밟아라! 내쳐 달리그레이!"

삼륜트럭이 갑자기 급발진하자 짐칸에 있던 사람들이 우루루 옆으로 쏠려 푹 고꾸라지는 사람도 있다. 하라다 아저씨와 이모부는 입을 모아 소리쳤다.

"계속 밟으레이! 막 달려삐라 고마!"

짐칸에서는 폭소가 터졌다. 그것은 쌓일 만큼 쌓인 울분을 한꺼번에 토해 가슴이 뻥 뚫리는 것 같은 웃음이었다. 트럭을 쫓는 교통 순사의 날카로운 호루라기 소리가 뒤를 따라왔다.

첫사랑

1

뜻밖의 엽서를 받았다.

주영순. 무슨 일이지?

4년 동안 친구로 지냈지만 그녀에게 엽서를 받은 건 처음이다.

나도 여름방학이 되면 반 친구들 몇 명에게 엽서를 보내긴 했지만 그 가운데 영순이는 포함되지 않았다.

깊은 두메산골 미카와三河에서 휴전의 기쁨을 같이 나눌 친구가 없는 쓸쓸함이 가느다란 여자 글씨체로 써 있다. 더구나 한글이다. 추신에는 '도쿄에서는 친구들과 성대하게 축하를 나눴겠지. 그 생각을 하니 너무너무 친구들과 만나고 싶어서 문득 석철이 생각이 났어.' 라고 썼다.

엽서 한 구석에 일본어로 쓴 추신이 산골에 살고 있는 그녀의 외로움의 깊이를 얘기해 주는 것 같았다.

휴전은 여름방학 중에 일어난 예상치 못한 사건이다. 나는 지역 동포들과 축하대회에 갔는데, 참가자들로 넘쳤던 대회장에 얼굴을 비친 동급생은 극히 일부에 지나지 않았다. 여름방학이 한창이라 친구들끼리 '성대' 하게 축하할 기회도 만들지 못했다.

아무튼 처음 받은 엽서가 중학교 1학년 때 짝꿍이었던 영순이를 정겹게 떠올려 주었다. 고등학교부터 다른 반이 된 이후로 오랜만에 만났던 게 불과 얼마 전 6월 신주쿠 경찰서를 '출소' 했을 때다. 그날 발갛게 볼을 붉히며 나를 바라보던 그녀의 뜨거운 눈빛에 순간 눈을 둘 곳을 찾지 못했다. 누군가와 만나고 싶어서 문득 나를 떠올렸다는 수줍은 엽서를 읽고, 나에 대한 영순이의 마음을 훔쳐본 것 같아 불쑥 부끄럽고 묘한 감정이 들었다.

중학교 1학년 때 일본학교에서 전학 온 영순이에게 나는 다정하게 대해줬다. 그녀도 순진하고 솔직하게 나와 친해졌다. 당시 영순이가 나를 어떻게 생각했는지 알 수 없지만, 조선학교의 선배로서 당연한 행동이라 생각했고 그것뿐이었다.

그런데 신주쿠경찰서 앞에서 오랜만에 만난 영순이는 어딘지 모르게 위태롭고 의지할

곳 없어 보이던 모습은 완전히 자취를 감추고 어엿한 소녀가 되어있었다. 내게는 그렇게 보였다.

엽서를 받은 날 나는 바로 답장을 보냈다.

일주일 후, 이번에는 긴 편지가 도착했다.

산기슭을 깎아 마을과 현県의 도로를 만드는 토목업을 하시는 아버지에 대해 얘기했다. 해방 직후 함께 토목작업을 하던 많은 동포들이 대부분 귀국했거나 도시로 나가버려 지금은 수를 셀 정도밖에 남지 않아 아버지가 쓸쓸해 하신다고 했다.

편지를 읽어보니 그녀는 다섯 남매 중 막내인 듯 했다. 아버지가 재혼을 하셨고, 작업 현장이 바뀔 때마다 거주지를 옮겨 다닌다고 한다. 막내딸인 영순이는 같은 토목업을 하고 있는 동포에게 시집간 큰언니에게 어릴 때부터 맡겨졌다. 복잡한 사정으로 가족들이 모두 여기저기 흩어져 생활하고 있었다.

영순이가 세 살 때, 서른여섯이던 생모를 잃었다. 출산 후 산후조리를 제대로 하지 못한 것이 나중에 화근이 된 것 같았다.

'나를 낳은 후 어머니는 심한 출혈을 하셨어. 냇가에서 이불을 빨던 언니가 몹시 울었다고 해. 냇물이 빨갛게 물들었기 때문이래. 내가 태어나서 엄마의 죽음을 앞당겼을 뿐 아니라 난 낳아주신 엄마의 얼굴도 모른 채 자랐어.'

나는 영순이의 편지에 당황스러웠다. 그녀는 왜 자신의 출생과 가정환경을 나에게 밝히려고 생각했을까. 다만, 이런 의문이 생긴 것은 시간이 한참 지난 뒤였고, 나는 그 날로 동정과 위로의 뜻을 담아 답장을 보냈다.

곧바로 그녀에게서 또다시 편지가 왔다. 이번에는 도쿄로 나올 때까지의 과정이 전부 일본어로 써 있었다. 중학교까지 배운 조선말 실력으로는 자신의 심정을 정확하게 표현하기 어려웠을지도 모른다. 역시 일본어로 쓴 그녀의 편지는 문장도 매끄럽고 생생한 느낌이었다.

소학교 때는 공부를 잘하진 못했지만 눈에 띄는 아이였다고 자신을 표현했다. 나름 인기도 있었다고 한다. 그런데 고학년으로 올라가면서 영순이의 통명인 우메다梅田라는 이름의 내력이 서서히 주위에 알려지자 어느 사이엔가 평범하지 않은 아이가 되어

버렸고, 어찌해도 친구들 사이에 끼지 못하는, 친구로 생각해 주지 않는 동네 아이들 때문에 마음에 상처가 되었다.

그녀가 사는 두메산골 미카와는 여름이 되면 캠프와 피서지로 사람들이 많이 찾는 곳인 것 같았다.

어느 해 여름, 동네 친구들과 물놀이를 갔던 계곡에서 도시에서 놀러 온 단체 관광객들과 만나게 되었다. 신나게 왁자지껄 떠들며, 화려하고 소란스러웠지만 한없이 명랑한 사람들이었다.

그들은 강가 모래밭에 넓게 둘러앉아 술잔을 주고받고, 둥근 북을 두드리며 남녀노소 할 것 없이 노래 부르고 춤을 추었다. 그 북이 조선의 '장구' 라는 걸 나는 금방 알았다. 그건 우리 집에도 있기 때문이다. 아버지의 동료들이 모여 술자리가 벌어지면 장구로 장단을 맞추며 조선의 노래를 부르는 것을 어릴 때부터 자주 봐왔다.

영순이는 물놀이를 그만두고 신기한 것을 발견한 것처럼 친구들과 멀찍이서 둥글게 앉아있는 그 사람들을 바라보았다.

같이 간 친구들이 자신과 그 사람들을 번갈아 쳐다보며 비웃는 것을 알아차린 순간 창피했지만 개의치 않고 그녀는 계속 그 사람들을 바라보았다.

비슷한 또래의 아이들이 몇몇 있었다. 어른들의 부추김에 흥이 난 아이들은 둘러앉은 사람들 가운데 서서 합창을 했다. 어른들이 주고받는 말과 똑같은 언어의 노래였다. 여유롭고, 발랄하고, 느긋한 합창소리가 계곡에 메아리쳤다.

자신과 같은 또래인데 그들은 어째서 조선말을 잘 하는 걸까. 그들이 부러웠다. 그들에 비하면 자신은 산골에 버려진 아이 같았다.

도시에서 온 아이들이 물놀이를 시작했을 때 영순이는 한 여자 아이에게 다가가 주뼛주뼛 말을 걸었다.

"너네들 어디서 왔어?"

"나고야에서 왔는데, 왜?"

"조선말은 누가 가르쳐 준 거야?"

"왜? 너 조선말 알아?"

"어디서 배웠는지 알려줄래?"

"조선학교에서 배웠지~"

"조선학교? 나고야에 조선학교가 있어?"

"있지. 몰랐어? 일본 전국에 있는 걸. 도쿄에는 훨씬 많아. 아마 도요하시豊橋에도 있을 걸?"

도요하시는 전차로 1시간 반이면 닿는 곳이다.

그 후로 영순이는 밤낮으로 '조선학교에 가고 싶다'고 어머니를 대신하는 큰언니에게 졸랐다. 아침저녁으로 조르는 동생에게 큰언니는 할 수 없이 두 손 들었고, 형부도 '하나쯤 조선말 할 줄 아는 아이가 있는 것도 괜찮지 않겠냐'며 찬성해 주었다.

큰언니가 그 일을 아버지에게 의논했지만, 아버지는 절대로 안 된다며 펄쩍 뛰셨다.

"계집애는 나이 차서 시집가면 그만이다. 공부 따윈 해서 어데 쓸라고. 여기서 소학교만 나오면 그걸로 됐다."

딱 잘라 반대하셨지만 진짜 이유는 통학해야 하는 어려움과 학비, 도시생활의 번잡함이 걱정되셨던 것 같다.

중학교에 진학할 때였다. 실력 있는 학생은 그곳에서 도요하시나 나고야에 있는 중학교로 진학했다. 어렵사리 도쿄에 조선중학교가 있고, 지방에서 오는 학생들을 위해 기숙사도 있다는 것을 알게 되었다.

결국 영순이는 도쿄의 조선학교에 진학하는 걸 허락 받았다. 학교에서 배우지 못했던 큰언니의 강한 설득과 형부의 경제적인 지원도 한몫을 했다. 도쿄로 떠나는 딸에게 아버지는 단호하게 말했다.

"시집갈 밑천은 바라지도 마라. 도쿄에서 공부시켜 주는 걸 그 밑천이라고 생각해라."

영순이의 편지를 반복해서 읽어보니 도시생활을 하는 나에게는 상상도 할 수 없는 것이었다. 급격한 인구감소 지역에 사는 영순이의 가족들은 동포들로부터도 고립되어 있었다. 당연하게 조선학교를 선택하는 도시에 사는 우리들과는 전혀 달랐다. 영순이가 혼자서 도쿄로 나오게 된 것은 본인에게는 물론이며 가족들에게도 큰 결단이 필요했던 것이다.

중학교까지만이라고 했던 아버지는 어느새 고등학교 진학까지 허락하셨다.

'3·7사건 때 무서운 경험도 겪었지만 조선학교에 다닌 걸 정말 잘했다고 생각해. 왜냐면 진정한 나를 찾았다고 느꼈기 때문이야. 나의 뿌리가 무엇인지 알게 되었거든. 그걸 잘 몰랐던 지금까지는 바람에 휘날리면 어디든 날아가 버리는 뿌리 없는 잡초 같았어. 기숙사 선배와 반 친구들의 도움도 있었지만, 중학교 1학년 때 옆에 앉은 석철이가 대해준 친절함을 결코 잊지 못해.'

'진정한 자신' '자신의 뿌리'라고 했다.

소학교를 나와 그대로 중학교를 거쳐 고등학교까지 진학한 나로서는 생각할 수 없었던, 가슴이 뭉클한 신선한 울림이 영순이의 편지에 담겨 있었다.

나는 영순이가 그저 여름방학의 무료함을 달래기 위해 편지를 쓴 것이라고는 생각하지 않았다. 영순이의 생각과 강한 의지에 감동했고, 곧바로 내 나름의 감상을 적어 답장을 보냈다. 이렇게 나와 영순이의 편지교환은 어느 사이 여름방학이 끝날 때까지 이어졌다.

영순이가 도쿄로 오게 된 계기가 된 미카와의 강가에 나란히 누워 밤하늘을 바라보는 나를 상상해 보았다.

쏟아질듯 별이 총총한 밤하늘, 모든 가능성이 무한히 펼쳐지는 칠흑 같은 우주, 영순이의 외로움과 기쁨, 나의 희로애락, 조선인의 슬픔과 분노, 그 속에서 우리의 현재와 미래가 서로에게 연결되는 상상은 현실과 일상을 더욱 진하게 만들었다. 이건 나 혼자만의 한여름 밤 몽상에 지나지 않을지도 모른다. 설령 그렇다 해도, 혼자서 멋대로 앞서나간다 해도 누군가와 꿈에 잠기는 일은 비할 데 없는 기쁨이었다.

여름방학만 되면 늘 실천하지도 못할 과도한 계획을 세웠었다. 그리고 8월이 끝날 무렵에는 어김없이 후회를 했다. 태일이, 승옥이와 바다에 가거나 수영장에 갔고, 영화를 보거나 숙제를 하거나 집안일을 적당히 돕는 등 이번에도 평범한 여름방학이었다. 나중에 후회할 계획은 아예 처음부터 세우지 않았다. 그런데 생각지도 못했던 영순이의 편지가 이번 여름방학을 충실하게 해주었다. 편지를 보낸 다음날 나는 벌써 그녀에게서 올 답장을 기다렸다.

하루 두 번, 오전 10시와 오후 3시에 우편배달부가 온다는 것도 처음 알았다. 두툼한 편지가 오면 두근두근 설레며 봉투를 열었고, 얇은 편지일 때는 그녀의 기분이 좋지 않은 건 아닐까, 병이 난 것은 아닐까 불안했다. 태일이나 승옥이에게 느끼는 친근함과는 전혀 다른, 마음을 안절부절 못하게 만드는 신비한 감정을 영순이의 편지에서 느꼈다. 태일이와 승옥이에게 이 일을 비밀로 한 것이 왠지 모르게 내 마음을 더 들뜨게 했고 행복하게 했다.

2

9월이 되었다.
영순이를 볼 수 있는 2학기 첫날이다.
교내 기숙사 주변 아니면 교정 어딘가에서 문득 자연스럽게 영순이와 만날 수 있을지 모른다.
우리의 만남은 무조건 자연스러워야만 된다고 생각했다. 그렇지 않으면 모처럼 하나하나 쌓아올린 공든 탑이 우르르 무너져 버릴까 봐 불안했다. 교환편지도, 여름밤 달콤한 꿈결 같은 몽상도 결국 덧없는 꿈이 되어버릴 것만 같았다.
영순이와 어디서 어떻게 만나게 될까. 만나면 무슨 얘기를 할까?
러시아어 반인 우리 1반과 영어 반인 영순이네 4반과는 교실이 다르기 때문에 수업이 시작되면 좀처럼 자연스런 만남의 기회를 만들기 어렵다. 아니면 내가 먼저 태연하게 4반으로 영순이를 찾아가야 하는데, 그건 너무 부끄러워서 못할 것 같다. 아니, 만일 그렇게 되면 태일이를 찾아온 척 슬그머니 창문으로 들여다보면 될지도 모른다. 하지만 영순이를 발견해도 모두가 있는 앞에서 뭐라고 말을 걸어야 하나. 그렇게 복잡하게 할 것 없이 차라리 등교할 때 교정에서 만나는 편이 훨씬 자연스러울 것 같았다.
여덟시 반.
복도로 나가 창문 너머로 교정을 보았다. 속속 학생들이 등교하기 시작했고 낯익은 친구들이 저만치서 보였다. 까맣게 그을린 얼굴들, 엉덩이를 찌르는 녀석, 뛰어와서 팔짱을 끼는 녀석, 서로 어깨를 두드리는 녀석, 반가운 만남들이다.
교문 옆 여자기숙사에서 삼삼오오 기숙사생들이 교정으로 나오는 것이 보였다. 그중에 드디어 영순이를 발견하고 나는 허둥지둥 교정으로 달려 나갔다.
그녀 혼자 교정으로 나오길 슬쩍 기대했지만 그렇지 않았다. 영순이는 선배와 얘기를 나누며 교실로 향했다. 새하얀 세일러 교복이 강한 태양빛을 받아 눈이 부실 만큼 빛났다.

나는 교문 쪽을 향해 볼 일이라도 있는 것처럼 아무렇지 않게 뛰어갔다. 이렇게라도 하지 않으면 내가 그녀를 만나기 위해 일부러 뛰어온 꼴이 될 것 같았기 때문이다.

그런 나를 알아차리고 영순이가 그 자리에서 멈춰 섰다. 영순이의 표정을 보고 의아한 눈빛으로 그녀와 나를 번갈아 쳐다보던 여자 선배는 보일 듯 말듯 미소 지으며 영순이에게 멀어져 갔다.

나는 그걸 재빨리 곁눈질로 확인했다. 그리고 그때서야 그녀를 보았다는 듯 상기된 얼굴로 어색하게 웃으며 영순이에게 가까이 다가갔다.

영순이가 다가오는 나를 보고 오히려 내가 부끄러울 만큼 수줍게 맞아 주었다. 단발머리가 바람에 살포시 흔들렸다. 보기 좋게 그을린 피부가 하얀 이를 더욱 새하얗게 보이게 했다.

왼손 엄지와 검지로 콧등을 움켜잡았다. 긴장하거나 깊이 생각할 때 자주 나오는 내 버릇이다. 콧등에 땀이 송글송글 맺혀 있다.

"잘 지냈어?"

침착한 척 인사를 했는데 멍청한 인사를 한 걸 곧 후회했다. 영순이에게서 마지막 편지를 받은 건 3일전이다. 잘 지냈다는 건 벌써 알고 있었다.

당황해서 다시 물었다.

"언제 왔어?"

이것도 얼빠진 질문이었다. 이미 편지로 언제 오는지 알고 있었기 때문이다.

"어제."

"그래. 햇볕에 타서 건강해 보이네. 강에서 수영도 했나 봐?"

"아버지 일을 돕느라 산에도 갔었어."

"기운도 좋네."

"그런 게 아니구. 그렇게라도 하지 않으면 지루해서 죽을 거 같았거든. 답장해 줘서 고마워. 정말 기뻤어."

"나도 기뻤어. 즐거웠고."

"······"

"······"

너무 부끄러워서 좀처럼 다음 말이 나오질 않았다. 영순이도 슬쩍 나를 보았다가 주위를 둘러보았다. 서 있는 자리가 불편한 것 같았다. 그때서야 교정 한가운데 서 있는 우리를 모두가 쳐다보고 있다는 걸 알아차렸다.

반 친구 녀석들이 우리 쪽으로 다가와 당황스러웠다.

"그럼, 또 보자."

"석철아, 나······."

나는 영순이의 말을 못 들은 척 교문을 향해 또 뛰기 시작했다. 그리곤 생각했다. 왜 이렇게 바보 같을까. 볼일도 없으면서 있는 척 하고, 그냥 당당하게 얘기하면 좋았을 것을 부끄러워하기만 하고, 요령도 없고, 게다가 남들이 어떻게 볼 것인가만 온통 신경을 썼다. 또 보자고 말은 했지만 그게 언제가 될 지도 모르는데, 의연하지 못한 내가 한심하고 우스웠다. 편지로는 차분하게 준비해서 뭐든지 쓸 수 있었는데, 얼굴을 마주하니까 왜 이렇게 야무지지 못하고 어이없기만 한지 바보 같은 내가 정말 한심했다.

하지만 한편으론 영순이와 있었던 일을 아무에게나 말하고 싶지 않기도 했다. 본능이라고 할 수밖에 없는 신비한 감정이었다. 왠지 있는 힘껏 고함이라도 지르고 싶을 만큼, 하늘로 날아오를 것 같은 쾌감이다.

3

선생님들과 학생들의 표정이 마치 커다란 해바라기처럼 화사하다. 별것 아닌 몸짓과 말 한마디에도 웃음소리가 터졌다. 그리고 수업시작과 끝날 때의 경쾌한 합창이 모두를 온화하게 만들었다. 운동장은 축구와 야구를 하는 학생들로 활기찼고, 교실도 교정도 학생들의 활기가 가득했다.

휴전이 되자 모두 가슴을 쓸어내렸다. 학생자치회 회장이 이러쿵저러쿵 휴전의 의의에 대해 설명했지만, 결론은 전쟁이 '끝났다'는 것이다. 한 달 반 여름방학 동안에 조선은 역사의 큰 페이지를 넘긴 것이다.

지금까지 단편적으로만 전해지던 전쟁에 관한 뉴스는 믿기지 않을 정도로 많은 양이 일본에 전해졌다. 완전히 폐허로 변해버린 남북조선의 도시와 무참하게 죽음을 당한 사람들, 시선을 피하고 싶을 정도로 생생한 뉴스가 일본의 신문과 뉴스영화로 보도되었다.

주학이, 상옥이가 말한 대로 드디어 폐허에서 부흥의 망치소리가 높이 울려 퍼지고 있다고 평양방송이 전했다.

"조선인민은 불사조다!"

전쟁기간 게시판 **백두산**엔 이렇게 쓰여 있었다.

"학생의 본분은 공부다!"

이건 새로운 슬로건이다. 지금까지는 학생의 본분을 충실히 할 수 없을 만큼 불안한 환경 탓도 있었지만, 어쩐지 당연한 슬로건이 오히려 신선했다. 숙제와 시험이 전보다 훨씬 많아져 평소 같으면 분명 불평이 쏟아졌겠지만 지금은 누구도 불만을 말하지 않았다.

방과 후 특별활동도 활발해졌다. 그중에서도 축구부의 기세가 제일 등등하다. 감독 정세현 선생님이 체육대학 시절의 인맥을 동원해 가까운 일본학교에도 시합을 요청했기 때문이다. 정규선수인 상옥이에게 열광하는 여학생 몇 명이 응원을 하러 선수들과 타 학교까지 원정을 가기도 한 것 같다.

연극부도 새로운 멤버가 들어와 활기를 띠었다. 무대에 올리는 것만 생각할 게 아니라 발성법과 연극이론 등 아예 기본부터 철저히 다시 배우기로 했다.

신기하게도 내가 더 이상 박영희 앞에서 이전처럼 부끄럽거나 주뼛주뼛하지 않게 된 것이다. 때때로 멍하니 쳐다보게 될 때도 있었지만 그뿐이었다. 주학이네 집에서 영희의 편지를 본 이후로 그녀에게 품었던 감정이 완전히 사라졌다. 그저 짝사랑에 지나지 않았던 그때를 코웃음을 치며 이젠 영순이만 생각했다.

그나저나 영순이와 앞으로 어떻게 지내면 좋을까.

중학교 때부터 김말순을 좋아해 온 태일이는 이럴 때 어찌 해야 좋은지 알지도 모른다. 적어도 이런 문제에서는 태일이가 선배다. 그 후 둘이 어떻게 되었는지도 물어보고 싶었다. 하지만 태일이에게 내 얘기를 털어놓지는 않았다. 솔직히 무엇을 어떻게 얘기해야 할지 확신이 서지 않았기 때문이다. 또 다른 불안도 있었다. 나만큼 영순이도 내게 관심이 있을까 하는 것이다. 그것도 나 이상이거나 거의 비슷한 정도가 아니면 의미가 없었다. 그냥 남학생 친구로 얼버무려지는 것이 더 겁이 났다.

4

오후 수업이 없는 토요일 점심시간.
식당으로 향하는 영순이에게 재빨리 쪽지를 건넸다. 그녀는 살짝 부끄러워하더니 서둘러 쪽지를 주머니에 넣었다. 특별활동이 3시전에 끝나니 '3시에 음악실 앞에서 기다릴게'라고 썼다.
음악실은 운동장 끝 뒤쪽에 있다. 토요일 오후 운동장은 축구와 야구부가 차지하고 있었고, 한쪽에서는 중학생들이 제멋대로 놀고 있었다. 당당하지 못하고 숨어서 만날 생각만하니까 어딘지 더 부자연스러웠다. 오히려 반대로 하는 편이 자연스럽다고 생각했다. 우리가 당당하게 나무그늘에 앉아 이야기를 나눈다 해도 교내에서 흔히 볼 수 있는 광경이 아닌가.
다만 일방적으로 시간을 정한 것이 마음에 걸렸다. 볼일이 있어서 그녀가 오지 못할지도 모른다. 갑자기 불러냈는데도 나와 준다면 나에 대한 영순이 마음에 변화가 없음을 확인하는 것이라 생각했다.
올까? 안 올까?
운동장에는 축구부가 두 편으로 나뉘어 연습시합을 하고 있었다. 최근 타 학교와 몇 번의 교류시합에서 우열을 가리기 어렵거나 그들 이상의 실력을 갖춘 것으로 학교 내부에서도 평판이 났다. '붉은 선풍'이나 '혜성처럼 나타난 팀'이라는 닉네임은 오히려 시합을 하는 상대학교 쪽에서 불렀다. '붉은 선풍'은 우리 학교에 대한 야유도 되겠지만, 빨갛든 까맣든 어쨌거나 시합을 통해 속이 후련해지고 힘을 주는 팀이 되어 주길 전교생이 바랐다.
운동장 끝에서 야구부원들이 캐치볼을 시작한 것이 보였다. 축구부 연습이 끝난 후에는 야구부가 운동장을 쓰는 것 같았다.
멀리서 영순이가 보였다.
약속시간보다 5분정도 늦어지자 종종걸음이다.
"아, 늦어서 미안해. 기숙사 선배랑 얘기하고 있었는데 도무지 놔주질 않지 뭐야. 약속이 있다고 억지로 뿌리치고 왔어. 네가 화나서 그냥 가버리면 어쩌나 많이 조마조마했어."

가슴에다 양손을 대고 가쁘게 숨을 몰아쉬었다.

"미안, 미안. 갑자기 불러내서."

뛰어오는 영순이를 멀리서 봤을 때부터 내 입은 벌써 귀에 걸려 있었다.

"니가 쪽지를 안 줬다면 내가라도 먼저 연락하려고 했어."

"왜?"

"아니, 요전에 아무 얘기도 못했잖아. 여름방학 동안 편지 보내줘서 정말로 너한테 고마웠거든. 가슴속 답답함을 모두 털어놓아서 후련했어. 너한테는 마음 쓸 일만 만들게 했는지 모르지만 말야."

"그렇지 않아. 나도 너를 다시 봤을 정도니까."

"어째서?"

"중학교 1학년 땐 엉엉 울기만 했었잖아. 그랬던 니가 그렇게 의젓한 편지를 쓰다니 놀랐다니까."

"너무 해, 엉엉 울기만 했다니."

커다란 눈으로 얄밉다는 듯 나를 쏘아본다.

"하긴, 그땐 정말 매일 울기만 했는지도 모르겠다. 그땐 학교생활이 익숙하지도 않았는데, 경찰기동대 습격까지 당하고 나니까 무서워서 우는 것 말고는 할 수 있는 게 없었다구."

"이젠 안 무서워?"

"하나도 안 무섭다 이젠."

내가 놀리자 영순이가 새침한 표정을 지었다.

"근데, 오늘은 무슨 일로 부른 거야?"

"아니, 그냥. 얼마 전엔 제대로 얘기를 못해서……."

"응, 그건 그래."

"……"

무슨 얘길 하지. 무슨 일로 불렀는지 새삼스럽게 물으니 갑자기 난처했다.

"태일이는 잘 지내?"

"잘 지내. 여전히 반 친구들을 어찌나 웃겨 주는지 몰라."

"말순이는?"

"석철이 너 말순이한테 관심 있었어?"

의아한 눈빛으로 내 눈을 빤히 쳐다본다.

"아니, 아니, 그런 게 아니라 태일이랑 말순인 소학교부터 같이 다녔으니까 그냥 어떻게 지내나 궁금해서."

"하긴 그렇겠다."

목구멍까지 올라온 태일이와 말순이 사이를 나는 말하지 않았다.

"후후후"

무슨 생각이 떠올랐는지 영순이가 갑자기 입속 웃음을 웃는다.

"왜 그래?"

"이번 방학도 그랬지만, 울 아버지 기분이 엄청 좋으셔."

"그래? 어째서?"

"조선학교에 다닌 후부터 나 조선말로 아버지라고 부르거든. 처음에는 어리둥절 하셨었지. 울 언니 오빠도 교과서를 보여 달라느니 학교는 어떠냐느니 끝도 없이 묻는 거야. 조선에 관한 얘기랑 전쟁에 대해서도 물어봤어. 아주 귀찮을 정도라니까."

"그랬구나."

딸의 변화 된 모습에 놀라는 아버지의 기분을 알 것도 같았다.

"그럼 새어머니도 조선말로 어머니라고 부르겠네."

"그 사람한테는 도저히 그 말이 안 나와서……."

그 말을 하자마자 영순이는 표정이 어두워졌다. 3살 때 생모를 잃은 그녀에게는 내가 헤아릴 수 없는 새어머니에 대한 또 다른 감정이 있는 것 같았다.

"……"

"……"

우리는 잠시 운동장을 바라보았다.

등 뒤 뒷산에서 부는 바람에 나부껴 사각대는 나뭇잎 소리가 바다가 우는 소리처럼 들렸다. 10월에 들어서자 뒷산과 교정의 나무들은 황록색이 눈에 띄게 늘었고 바람도 완연하게 선선해졌다.

"앗, 동연이다."

영순이가 소리쳤다.

이동연은 영순이와 같은 반으로 축구를 잘하기로 소문난 학생이다. 동연이가 축구공을 자유자재로 다루며 상대 골문으로 달려갔다.

"동연아, 패스 해! 패스 하란 말야!"

휴대용 확성기로 정 선생님의 날카로운 지시가 운동장으로 날아든다. 그런데 동연이는 선생님의 지시를 무시한 채 무리하게 골문을 향해 내달렸다.

"이 멍청아. 개인플레이 하지 말란 말야!"

선생님의 고함이 계속 되었다. 필사적으로 방어하는 상대선수에게 둘러싸여 힘이 떨어진 동연이가 골문 앞에서 공을 허공에 높이 차 버리고 말았다. 공이 떨어지는 것을 세 명이 기다렸는데, 재빨리 높이 뛰어올라 헤딩으로 공을 넣은 것은 상옥이었다. 연습을 보고 있던 학생들한테서 박수와 환성이 터져 나왔다. 여학생들의 환호하는 함성이 몹시 크게 들렸다.

"잘하네, 상옥이. 동연이도 만만치 않은 걸."

"그치? 동연이도 상옥이도 기숙사생이야. 여자애들 팬이 엄청 많다구."

"왜 축구부만 여자애들한테 인기가 있지?"

농담반 진담반으로 슬쩍 물어 보았다.

"멋지잖아. 남자답게 보이거든."

힐끗 영순이를 보았다. 넋을 잃은 표정으로 동연이를 바라본다.

선생님이 선수 전원을 운동장 중앙으로 집합시켰다.

"빨리 집합하지 못해! 뛰어 왓!"

확성기에서 다시 또 고함소리가 울렸다. 짜증 난 목소리다. 전원이 모이자 선생님은 동연이를 호되게 꾸짖었다. 목소리는 들리지 않지만 선생님의 몸짓으로 화가 난 것이 느껴졌다.

"개인플레이를 하면 안 되지. 동연이 자식 너무 나섰어."

영순이와는 정반대 말이 무심코 입 밖으로 튀어 나왔다.

"석철아, 너 말이 좀 심해. 축구부 애들 나쁘게 말하지 마."

슬쩍 화가 났지만 목에 걸린 다음 말을 그냥 삼켜버렸다.

게임이 다시 시작되었다. 센터라인 부근에서 차 올린 공이 포물선을 그리며 내 쪽으로 날아왔다.

"공을 똑바로 보란 말야! 눈을 어디다 붙이고 있는 거야!"

선생님은 다시 꽥꽥 고함을 질렀다. 저렇게 고함을 지르면 축구가 잘 되기라도 할 것처럼 끊임없이 소리를 질렀다.

나는 이쪽으로 굴러 온 공을 손으로 집어 들었다.

상옥이가 어깻숨을 내쉬며 뛰어왔다.

" … ?"

상옥이가 고개를 갸우뚱 하더니 그때서야 미소를 지었다. 내 뒤에 앉아 있는 영순이를 보았을 상옥이에게 우쭐한 기분으로 공을 던져줬다.

상옥이는 라인에 서서 전신을 활처럼 젖히더니 내가 던져 준 공을 재빨리 드로잉하고 뛰기 시작했다. 그리곤 무슨 생각을 했는지 우리 쪽으로 다시 돌아와 턱짓으로 나를 불렀다.

"왜?"

대답은 안하고 나와 영순이를 번갈아 쳐다보더니,

"니들 사귀냐?"

"그런 거 아냐 짜샤!"

나는 상옥이 엉덩이를 걷어차 줬다.

"으악~"

엄살을 떨며 소리치더니 깔깔 웃으며 운동장으로 뛰어간다.

"상옥이가 뭐라고 했어?"

"아무것도 아냐. 돈을 빌려갔는데 좀 더 기다려 달라 하길래 석 달이나 지났으니 빨리 갚으라고 하니까 내빼 버렸다."

"정말이야? 연습 도중인데 그런 얘기도 해? 상옥이도 의외네."

"뭐, 그렇지. 겉보기하고 다른 사람도 있거든, 특히 남잔."

나는 엉뚱한 곳으로 시선을 피했다.

"근데, 석철아. 너 생일이 언제야?"

"왜 갑자기 그런 건 물어 봐?"

"그러지 말구 가르쳐 줘, 궁금해서 그래."

"혹시 선물이라도 주려고?"

나는 헤죽헤죽 웃었다.

"너는 언제인데?"

"어머, 뭐야. 남자가 먼저 말하는 게 에티켓인 거 몰라. 난 5월 15일야."

"정말? 나보다 위잖아. 누나네. 난 6개월 늦은 12월 8일야."

"뭐라구? 12월 8일? 정말야? 거짓말!"

양손으로 입을 막으며 영순이가 깜짝 놀랐다.

"진짜야, 학생수첩 보여줄까?"

별것 아닌 생일을 가지고 왜 저렇게 놀라는 것일까.

나는 바지 뒷주머니에서 학생수첩을 꺼냈다. 영순이가 내 어깨 가까이 다가오더니 수첩을 들여다보았다. 영순이 머리카락이 내 볼에 닿자 비눗방울 같은 달콤한 향기가 났다.

그때 운동장 둘레를 달리고 있던 야구부 애들이 눈앞으로 지나갔다. 녀석들 중에 갑자기 대열에서 빠져나와 일부러 우리 쪽으로 다가오는 한 녀석이 있다. 얼굴을 보는 순간 불길한 예감이 들었다.

"오오, 보기 좋~구만. 너무 티내지들 마라~"

얄밉게 한 마디 던지고 도망치듯 뛰어간 녀석은 강건일이다.

"저 자식이!"

영순이가 보는 앞에서 뒤쫓으며 고함을 치긴 했지만, 그것도 좀 우스운 것 같아 그만두었다. 건일이가 마릴린 먼로의 흉내를 내며 엉덩이를 크게 흔들면서 도망쳤기 때문이다.

영순이 얼굴이 빨갛게 붉어졌다.

"어머, 쟤 뭐야. 창피하게."

"저 자식, 예전부터 저랬어. 생각 없이 말하는 녀석이야. 나쁜 자식은 아닌데 눈치 없이 말이 많다니까."

녀석을 조금은 감쌌던 것은 무의식적으로 같은 조방위원이라는 동지의식이 작용했기 때문이다.

그건 그렇고 교내에서 우리 둘만 만날 수 있는 공간이 어디에도 없다는 게 이걸로 확실해졌다. 이래저래 훼방을 받으니 오늘은 그만 가야될 때가 된 것 같다. 사람들이 많은 곳을 택한 것은 효과가 없었다. 반쯤 일어서는 영순이를 억지로 앉게 하고 조금 전 화제를 다시 꺼냈다.

"영순아, 왜 내 생일에 그렇게 놀란 거야?"

"아아, 그거."

"왜 그런 건데?"

"큰오빠가 죽은 날이 네 생일과 같은 날이라서 그랬어."

"그래? 돌아가신 오빠가 있어?"

"으응. 편지에는 쓰지 않았지만 내가 소학교 1학년 때……."

"그랬구나."

내가 모르는 사정이 아직 더 있는 것 같았다.

"석철아. 부탁이 있어."

"뭔데?"

"우리 말야, 일주일에 한 번씩, 한 달에 한 번이라도 좋아. 그동안에 생각했던 것을 노트에 써서 교환하지 않을래? 시도 좋고 작문도 좋고 독서 감상문도 좋으니까. 어때, 해보지 않을래?"

"좋아, 그렇게 하자. 다만 기한은 정하지 말자. 먼저 쓴 쪽에서 가지고 오기. 그래도 되지?"

둘이서 만날 기회를 좀처럼 잡을 수 없었는데 이건 바라지도 못했던 일이다. 이러면 언제든 보고 싶을 때 영순이를 만날 수 있을 것 같았다.

"그럼, 이제 갈까."

갑자기 힘이 솟아났다. 영순이도 만족스러운 듯 고개를 끄덕였다.

"먼저 가. 난 나중에 갈 테니까."

영순이가 살포시 웃으며 일어나더니 스커트의 먼지를 털었다.

"그럼, 또 봐."

"근데, 노트를 언제쯤 교환하는 게 좋을까."

"내가 먼저 말했으니까 내가 먼저 쓸게. 일주일이나 열흘쯤 후."

"응. 기다릴게."

종종걸음으로 걸어가는 영순이의 뒷모습을 바라보면서 나는 온몸을 쭈욱 폈다. 어쩐지 크게 소리라도 지르고 싶어졌다. (2권에서 계속)